한국 현대 시극의 세계

김동현 지음

국학자료원

책머리에

최인훈과 신동엽은 1960~1970년대를 대표하는 시극 작가들이라 할 수 있다. 이 책『한국 현대 시극의 세계』는 이들을 주제로 해서 연구한, 부산대학교 대학원 국어국문학과 박사 학위 논문인 「최인훈 시극의 장르론적 연구」와 『한국문학논총』 제55집에 발표했던 「신동엽 시극 <그 입술에 파인 그늘>의 이데올로기」를 엮은 것이다. 이를 통해 1960~1970년대의 시극 중심부의 모습을 파악할 수 있으리라 본다.

이 책은 연구가 거의 이루어지지 않은 시극 분야에 있어서의, 의미 있는 연구의 결과물이라 자부해 본다. 이 책은 그간의 '극시'와 '시극'의 개념 혼란상을 극복하고, '시극'의 장르시학(詩學)을 정립하는 데 그 근본 목적이 있다. 이를 위해 먼저, 장르론적 관점에서 지금까지의 '시극'과 '극시'에 대한 논의들을 검토하였으며, 이를 통해 기존의 혼란스러운 장르관을 극복하고 '시극'과 '극시'의 개념을 확정, 제시한 데 의의가 있다.

또한, 본 연구자가 정립한 '시극'의 장르 개념을 바탕으로 최인훈의 희곡들을 검증하여, 그의 희곡들을 본격적으로 '시극'으로 평가한 최초의 연구이기도 하다. 최인훈의 희곡들을 분석하는 과정에서 '시극' 개념에 부합하는 전형적 시극 작품들을 발견할 수 있었으며, 그에 걸맞은 가치 부여를 한 최초의 본격적인 연구이기도 하다. 최인훈의 작품들은 그 수준도 높고 본 연구자가 장르시학을 통해 제시한 시극 정의에 부합하여, 현대시극의 한 수준 높은 전범(canon)적 형태를 보여주는 만큼, 최인훈의 시극들은 우리 시극사에서 새롭게 재평가되어야만 한다.

한편, 「신동엽 시극 <그 입술에 파인 그늘>의 이데올로기」는 '민족시인' 신동엽의 시극 「그 입술에 파인 그늘」을 본격적인 드라마투르기 분석과 테리 이글튼의 이데올로기 이론에 입각해서, 당대의 일반적인 이데올로기와 미학적 이데올로기, 작가의 이데올로기 및 텍스트 이데올로기 간의 관계를 통해 텍스트의 생산 관계를 살펴본 것이다. 이를 통해 1960년대의 이데올로기 전개 양상의 한 축을 확인할 수 있을 것이다. 신동엽은 일체의 이념을 초월한 낭만적이고 전통적인 휴머니즘의 유기적 전체성(총체성)에 대한 회복을 통해, 주체적이고 유토피아적인 세상을 꿈꾸었다.

본 연구자가 '시극'에 관심을 가지게 된 데는, 부산대학교 국어국문학과 재학 당시 '극예술연구회'에서 안톤 체홉의 「바냐 아저씨」와 콜린 히긴즈의 「해롤드와 모드」를 연출하고, 여러 작품에서 배우로 무대에 오른 경험이 바탕이 되었다. 이러한 연극과 희곡에 대한 관심은 자연스럽게 부산대학교 대학원에서의 희곡 전공으로 이어졌고, 「윤대성 희곡의 실존의식과 현실비판의식 연구」로 석사 학위를 받았다. '시' 또한 본 연구자가 동경해 마지않는 장르로 20대 초반부터 습작을 하며 가슴앓이하던 장르이다. 이는 1998년 『자유문학』을 통해 등단을 하게 했고, 도서출판 전망에서 시집 『이쑤시개꽃』을 상재하기도 했다. '시'와 '연극(희곡)'에 대한 이러한 애정이 자연스럽게 '시극'에 대한 연구에 빠져들게 한 원동력이었다. 사실 '시극'에 대한 연구는 이 두 장르에 대한 이해를 바탕하지 않는다면 접근하기 힘든 것이기도 하다.

박사학위 논문과 이 책이 나오기까지, 고현철 지도교수님의 지도 공력이 대단히 컸다. 꼼꼼한 지도와 특히, 람핑(D. Lamping)의 시각이나 최일수에 대한 안내를 통해 큰 도움을 얻을 수 있었다. 지도교수님께 제일 먼저 감사의 말씀을 드린다. 한편, 구모룡 교수님의 지도에도 큰 도움을 얻었다. 헤겔, 역사철학, 유기론, 헤이든 화이트, 장파 등을 통해 대상을 보는 보다 큰 시각을 열어주셨다. 김중하 교수님도 지도에 중심을 잘 잡아주셨고 논문을 계속 써 나갈 수 있게 믿어주시고 용기를 많이 북돋아 주셨다. 임종찬 교수님도 논문 착수 초창기부터 찾아뵈었는데, 러시아 형식주의 리듬론 등에 대한 도움을 주셨다. 엄국현 교수님도 한국적 리듬론에 대한 시각으로 도움을 주셨다.

또한, 학부와 석사 과정에서부터 김준오 교수님, 민병욱 교수님의 영향은 대단히 컸고, 매체론과 관련해서는 김려실 교수님의 영향도 있었다. 문학을 문화론적인 입장에서 넓게 보는 시각은 이재봉 교수님에게서 얻은 것이다. 석사학위 논문의 지도 교수이시기도 한 김정자 교수님도 여러 면에서 도움을 많이 주시고 용기를 많이 불어넣어주셨다. 그러고 보면 본 연구자는 운이 참 좋은 것 같다. 주위 많은 분들에게서 많은 도움을 얻을 수 있었으니 말이다. 그런 의미에서 영국의 사회학자 쟈넷 월프의 사회적 생산이론처럼 『한국 현대 시극의 세계』라는 결실은 사회적으로 생산된 것이라 해도 좋을 것이다.

마지막으로 박사 학위 논문을 쓰는 내내 옆에서 용기를 북돋워 주고, 안방을 서재로 내어 주고 각방 쓰는 것까지 흔쾌히 수용해 준 이자령 마나님과 오십견 앓는 어깨를 귀찮아하면서도 늘 밟아 준 딸 예린과 아들 준혁에게도 감사의 말을 전한다.

저에게 도움을 주신 모든 분들께 진심으로 감사의 말씀을 드립니다. 고맙습니다.

오봉산 기슭 우남 우거에서
김 동 현

차례

제1부

최인훈 시극의 세계
—장르시학적 연구

본 연구자는 최인훈의 희곡 작품에서 시극 장르론에 적합한 형태들을 발견한다. 본 논문은 이를 논리적으로 뒷받침하는 과정을 밟게 될 것이다. 이러한 과정을 통해 시극 장르론이 보다 강화될 수 있을 것인데 본 논문은 최인훈의 희곡을 '시극'의 관점에서 본격적으로 분석, 연구한 최초의 논문이 될 것이다.

제1장. 서론

1. 문제 제기와 연구 목적

슈타이거(Emil Steiger)는 『시학의 근본 개념』에서 오로지 서정적인 것, 오로지 서사적인 것, 오로지 극적인 문학은 없으며, 정도의 차이가 있을 지언정 문학을 세 가지 본질을 고루 갖추고 있는 것으로 보았다. 곧, 장르를 개방적인 구조로 받아들인 것이다. 그는 문학의 형식은 가변적이며 장르상으로 비순수하다는 입장에서 외적 형식보다 인간 정신 등 내적 형식을 기준으로 형용사(episch, lyrisch, dramatish)를 택했다.[1] 또한 마리노(Adrain Marino)는 모든 문학 작품은 실재로든 잠재적으로든 여러 장르를 포함하고 있으며 모든 장르는 다른 장르의 '예견' 또는 '조건'이라고 하여 '다극적 장르'의 개념을 제시한 바 있다.[2]

---

[1] Emil Steiger, 이유영 · 오현일 공역, 『시학의 근본개념(*Grundbeqriffe der Poetik*)』, 삼중당, 1978, 13~14쪽, 319~320쪽, 326쪽; 김준오, 「서술시의 서사학」, 현대시학회 편, 『한국 서술시의 시학』, 태학사, 1998, 37쪽.
김준오, 『한국 현대 장르 비평론』, 문학과지성사, 1991, 78쪽, 82~83쪽. 슈타이거, 카이저를 비롯한 독일 문예학은 문학의 외적 형태란 걷잡을 수 없이 다양하게 급격히 변화하고 있어 장르들 사이의 경계선이 모호해진 상황에서 특수한 것보다 일반적인 것, 구체적인 작품보다 마음의 태도를 선호하는 입장을 취하여 형용사(우리말로는 관형사)를 사용했다.

[2] Adrain Marino, *"Toward a Definition of Literary Genres", Theories of Literary Genre*(Joseph P. Strelka 편), Pennsylvania State University Press, 1978; 김준오, 『한국 현대 장르 비평론』,

실제 장르 분류의 기준인 유사성들은 선택의 문제라기보다 강조의 문제이므로 다원적 체계가 요청된다. 이러한 취지에서 아리스토텔레스는 모방의 대상(희극, 비극), 모방의 수단(운문, 산문 등), 모방의 방식(서사, 극 등)의 3가지 분류 기준을 내세웠고, 프라이(Northrop Frye)는 미토스(플롯 유형)에 따라 희극·비극·로만스·아이러니로, 양식(mode, 주인공의 능력)에 따라 신화·로만스·상위 모방·하위 모방·아이러니로, 제시 형식(작품이 독자, 관객, 청중에 전달되는 방식)에 따라 서정·서사·극·소설로 문학을 분류했다. 나아가 헤르나디(Paul Hernadi)는 주제적·극적·서사적·서정적 담화로, 동심원적·동적·포괄적 범위의 문학으로, 비극적·희극적·희비극적 정조로, 주석적·인물시각적·이중적·사적 시점으로 분류를 시도했던 것이다.[3]

본 논문에서 다루게 될, '시극'과 '극시'는 그 용어상의 유사성으로 인해, 또한 둘 다 '시'와 '극'이 뒤섞인 혼합 장르적 성격을 띠고 있어, 일반적으로 혼동되는 양상을 보여 왔다. 이러한 혼란은 논자들의 장르관의 차이에서 비롯되는 문제이다. '시극'과 '극시'는 세 근본 개념 중 특히 서정 양식과 극 양식이 상호 우세한 복합장르의 양태를 보여준다. 이러한 양상은 "현대 문학 장르들의 범주는 흔들리고 중복되고 허용되는 혼합물"이라는 김준오의 지적을 떠올리게 한다.[4] 그가 "서정적 소설들은 운문 소설과 산문시와 함께 중간 장르들이거나 혼합장르들"[5]이라고 말한 것처럼 '시극'과 '극시'도 중간 장르나 혼합장르로 볼 수 있을 것이다.

13쪽 재인용.

3) Aristoteles, 손명현 역, 『시학』, 박영사, 1986, 37~48쪽; N. Frye, 임철규 역, 『비평의 해부』, 한길사, 1982, 49~101쪽, 179~478쪽; Paul Hernadi, 김준오 역, 『장르론 -문학 분류의 새 방법(Beyond Genre)』, 문장사, 1983, 182~219쪽; 김준오, 『한국 현대 장르 비평론』, 19쪽.
4) 김준오, 『한국 현대 장르 비평론』, 223쪽.
5) 김준오, 『문학사와 장르』, 문학과지성사, 2000, 233쪽.

그런데, 극 장르 자체는 원래 장르 혼합(Generic Mixture)으로서의 종합 예술적 성격을 띠고 있었다.[6] 그리스 극은 디오니소스(Dionysus) 신의 제전에서 불리어진, 신에 대한 찬가인 디티람보스(dithyrambos)에서 기원한다. 디티람보스는 처음에 합창이 주였고 무용이라는 동작을 수반했다.[7] 이와 같이 극 장르는 그 기원에서부터 발생 계통적으로 혼합 장르적 성격을 띠고 있었고, 그 발생에서부터 음악(리듬)에 종속된 형태로 근대에까지 이어지고 있다.

시극에 대한 연구가 본격적으로 되기 위해서는, 일차적으로 장르론적 관점에서 '시극'과 '극시'의 개념 혼란상을 정리하고, 이를 둘러싼 다양한 장르관의 검토를 통해, 포괄적이고 보편적인 이론으로서 시극(poetic drama)의 장르 개념을 명확히 정립해야 할 필요성이 절실하게 요청된다. 이 논문의 일차적인 목표는 장르시학(詩學)으로 시극을 연구하는 것인데, 자연스럽게 혼선을 빚어온 극시(dramatic poetry)의 개념도 정립될 것이다. 그리고 이렇게 정립된 시극의 개념을 최인훈(崔仁勳)의 시극을 통해 검증하는 과정을 거치면서 시극 장르론의 실제성을 담보하게 될 것이

---

6) 장백일 · 홍석영 공저, 『문학개론』, 대방출판사, 1984, 24~27쪽, 29쪽. 핀란드의 미학자 히른(Yrjö Hirn)은 그의 『문학의 진화(The Evolution of Literature)』에서 리듬론을 주장하며, 원시 상태에 외침과 흉내, 몸짓이 있었으며, 외침이 진화한 곳에 언어가 생겨났고, 외침의 리듬에 의해 음악이 생겨났고, 흉내와 몸짓의 리듬에 의해 무용이 생겨났다고 했다. 음악과 무용과 시는 수렵원시민족의 제의 때 기쁨을 상징하는 삼위일체였다. 원시적인 문화에서 무용과 시를 도와주는 것은 음악이었다. 여기에서 리듬은 대단히 중요한 역할을 했다. 모울튼(Richard Green Moulton)은 그의 『문학의 근대적 연구(The Modern Study of Literature)』에서 원시종합예술체인 민요무용설(Ballad Dance)을 주장했는데, 이것은 운문과 음악의 반주와 무용의 결합을 의미한다. 고대의 제천의식과 음주무(飮酒舞)가 뒤섞인 민요무용은 종교적 의식에서부터 시작되었다. 이를 주재하는 사람은 무격(巫覡)이었으며 춤을 추어 신을 내려오게 하였다. 농사를 마치고 신을 즐겁게 하려는 간단한 무당의 의식에서 점점 복잡한 가무가 발달하게 되었고 비로소 가무극이 발생하게 되었다. 이는 미분화 상태의 예술적 형식인 원시적 종합예술체 속에 내재해 있던 동작(몸짓, 행위)은 무용과 연극으로, 소리는 음악으로, 말(주술)은 시(문학)로 분화되었음을 의미한다.

7) Aristoteles, 앞의 책, 53~54쪽; 이근삼, 『서양연극사』, 탐구당, 1983, 11쪽.

다. 최인훈의 시극을 선택한 이유는 그의 희곡들이 일반적으로 시적 요소가 강조되어 있는 것으로 평가되고 있으며, 시극 장르 개념에 가장 적합하다고 판단하기 때문이다.

이 논문은 1) 장르시학적 관점에서 기존의 시극과 극시에 대한 논의들을 검토하여 기존의 혼란스러운 장르관을 극복하고 그 개념들을 확정, 제시하고자 한다. 2) 연구자가 정립하게 될 시극의 장르 개념과 장르의식을 바탕으로 최인훈의 희곡을 시극으로 살펴보고자 한다. 이로써 최인훈 희곡의 상당수를, 이상일 등이 이야기하는 단순한 극시(劇詩)가 아닌 시극(詩劇)의 차원으로 볼 수 있게 되었다. 최인훈의 희곡에 대한 지금까지의 시각은 대개 극시 수준에서의 평가에 그치고 있다. 즉, "드라마에 부여한 시적 세계의 확산, 극장 무대에 시적 형상화가 가능해질 조짐", 시와 극이 결합된 형태를 구성요소로 하는 극시라는 시각이 그것이다.[8] 단순히 극의 세계에 시적 세계를 부가한 정도의 의미 부여에 그치고 있어, 적극적으로 '시극(詩劇)'이라는 평가는 하고 있지 않은 것이다. 그런데 본 연구자는 최인훈의 희곡 작품에서 시극 장르론에 적합한 형태들을 발견한다. 본 논문은 이를 논리적으로 뒷받침하는 과정을 밟게 될 것이다. 이러한 과정을 통해 시극 장르론이 보다 강화될 수 있을 것인데 본 논문은 최인훈의 희곡을 '시극'의 관점에서 본격적으로 분석, 연구한 최초의 논문이 될 것이다.

---

8) 이상일, 「극시인의 탄생」, 『옛날 옛적에 훠어이 훠이』(최인훈전집 10), 문학과지성사, 2000, 371~372쪽.

2. 연구사 검토, 연구 방법과 범위

1) 연구사 검토

시극 및 극시에 대한 중요한 연구들을 살펴보면 다음과 같다. 최일수는 「현대시극과 종합예술」(『현대문학』, 1960.1, 3~9), 「시극의 가능성」(『사상계』, 1966.5), 「시극의 현대적 의의」(『현대문학』, 1972.3)를 통해 모든 예술 장르가 각자의 개성을 완전히 평등하게 드러내면서 그것을 지양하여 종합되는, 새로운 차원의 초(超)장르로서 시극 개념을 제시하고 있다. 새롭고 광범한 문학예술 운동으로서의 시극 이론을 제시하고 있는 것이다. 그는 시극은 가장 완전한 형태의 종합예술이라는 시극관을 제시하며 신산문을 통한 산문시극을 주장했다. 그러나 그의 시극 이론은 일반화되지 못하고 말았다.

이현원은 그의 「1920년대 극시·시극 연구」9)에서 많은 사전류, 개론서, 시론, 희곡론 등을 통해 극시·시극의 개념 정립을 시도하고 있지만, 극시와 시극의 개념을 변별적으로 정립하지 못하고, 혼동하거나 뭉뚱그려 버리고 만다. 하지만 그는 많은 논자들의 극시와 시극에 대한 개념들을 전시하고 있어, 그간의 극시와 시극에 대한 개념 혼란상을 잘 반영해 놓고 있다. 즉, 극시와 시극을 구분하지 않고 극(희곡)에 귀속시키거나 시에 귀속시키는 경우와 시극을 극10)에, 극시를 시(운문)에, 또는 이와 반대의 양상으로 귀속시키는 경우들을 제시하고 있다. 아울러 그는 시극을 독립적 장르11)로 보는 경우도 제시한다. 또한, "시극과 극시를 동

---

9) 이현원, 「1920년대 극시·시극 연구」, 계명대학교대학원 국어국문학과 석사학위논문, 1988.12.
10) 홍난파, 「가극의 이약이」, 『개벽』 31호(1923.1); 이현원, 「한국 현대시극 연구」, 계명대학교대학원 국어국문학과 박사학위논문, 2000.6, 24쪽 재인용. 홍난파는 가극의 대본이 시극이라 했다.

일 개념으로 보는 경우, 이질 개념으로 보는 경우, 유사 개념으로 보는 경우 등"12)이 있음을 제시하고 있다. 극 장르 자체가 문학, 음악(노래), 무용, 시각 예술(미술) 등의 종합적 성격을 띠고 있으므로 어찌 보면 수긍되는 혼란상이기도 하나, 이현원은 근본적으로 장르에 대한 이론적 배경을 결하고 있어, 시극과 극시에 대한 장르규정에 있어 혼란 양상을 그대로 답습하고 있는 것이다.13) 그는 "극시와 시극은 시적 요소와 극적 요소를 중심으로 문학외적 요소까지 수용하되, 각 요소의 참여빈도에 따라 그 구조적 특성이 변하게 되는 실험적 문학형태"14)라고 정의해 버린다. 한편, 그는 시극을 "시의 입체화, 혹은 무대화를 위한 시로 그 전체적 표현이 시적 정신으로 일관되어 있는 것"15)으로 파악하기도 하였다.

민병욱은 「한국 근대 시극 <인류의 여로>에 대하여」16)에서 시극의 일반적인 유형을 의사역사적인 내용이나 환상적인 내용을 다루면서 보다 높은 도덕적 정신적 가치가 주제인 장르로, 그 대표적인 것이 중세 도덕극 「만인(Everyman)」의 비유담 형식이라 했다. 이 논문은 오천석의 「인류의 여로」를 통해 근대 시극의 특성 및 텍스트의 구조와 의미 구조

---

11) 이현원, 「1920년대 극시 · 시극 연구」, 17~18쪽; 이현원, 「한국 현대시극 연구」, 83쪽. 이현원은 최일수를 비롯한 시극동인회가 추구한 시극을 전위 형태의 새로운 독립적 장르로 파악한다. 이현원은 최일수가 주장하는 시극이 종합적 장르가 아니며, 시와 극과는 별개의 장르라고 파악하고 있는데, 이것은 최일수의 주장을 잘못 파악한 오독이다. 왜냐하면, 최일수는 시정신을 중심으로 시와 극을 포함한 모든 예술 장르가 각자의 개성을 완전히 평등하게 드러내면서도 그것을 지양하여 종합되는 새로운 문학예술장르(가장 완전한 형태의 종합예술)로서의 시극을 주장하고 있기 때문이다. 그러므로 독립 장르로 본다면 그것은 장르 통합으로서의 역사적 장르로 본다는 말이 될 것이다.
12) 이현원, 「한국 현대시극 연구」, 9쪽.
13) 그는 작품 분석에서도 그가 근대 최초의 극시로 지칭하는 이헌의 「독사」와 최초의 시극이라 지칭하는 월탄의 「죽음보다 압흐다」, 그리고 오천석의 시극 「인류의 여로」를 한 자리에서 분석하고 있다. 또한 분석 방법도 똑같은 방법을 적용하고 있다.
14) 이현원, 「1920년대 극시 · 시극 연구」, 29쪽.
15) 이현원, 「한국 현대시극 연구」, 20쪽, 217쪽.
16) 민병욱, 「한국 근대 시극 <인류의 여로>에 대하여」, 『문화전통논집』 창간호, 경성대학교 부설 한국학연구소, 1993.8.

를 살펴보고 있는데, 「인류의 여로」를 최초의 근대 시극으로 규정하였다. 그는 시극을 시와 극 사이의 단순한 결합이 아니라 상호융합에 의해 창조된 새로운 혼합 장르로 형식 실험이라 했다. 그런데 '시극'은 신화적이며 환상적인 내용을 성취하기 위해서, 또는 높은 도덕적 가치를 지니고 있는 운문보다도, 더 높은 도덕적 가치를 지니고 있는 것을 위해서 사용된다고 하여 시극의 범주를 한정시키고 있다.

임승빈의 「1920년대 시극 연구」[17]는 1920년대 시극을 그 발생 배경, 시와 극의 형식(시적 자질, 극적 자질), 주제 의식 등을 중심으로 분석하고 있다. 이를 통해 감상적 낭만주의 경향의 남녀 간의 사랑보다 기독교적 구원의식이 더 효과적으로 구현되고 있다고 평가했다.

곽홍란은 「한국 현대시극의 형성과 전개양상에 관한 연구 —1920~1960년대를 중심으로」[18]에서 시극의 형성을 판소리의 영향인 내적 요인과 외적 요인으로 구분하여 살펴보고 있으며, 이와 함께 새로운 창조적 욕구와 필요성에 의해 시극이 형성된 것으로 보고 있다. 그는 우리나라의 현대시극을 시의 입체화, 시의 극화, 시의 무대화, 시로 된 극, 시적 희곡의 무대화, 시의 극적 모색 등으로 정의하며, 시극을 통해 과감한 시의 실험과 모색이 이루어졌다고 평가한다. 곧, 현대시가 그 표현과 전달의 문제를 해결하기 위해 극을 지향한 것으로 시극을 파악하고 있다.

강철수의 「1960년대 한국 현대 시극 연구 —신동엽·홍윤숙·장호를 중심으로—」[19]는 헤르나디의 양식론의 입장에서 거의 모든 양식을 아우를 수 있는, 즉 서정적·서사적·극적 양식을 융합하는 복합 양식으로 시극의 개념을 규정하고, 이를 바탕으로 1920년대의 시극은 교술성

17) 임승빈, 「1920년대 시극 연구」, 『한국극예술연구』 제16집, 한국극예술학회, 2002.10.
18) 곽홍란, 「한국 현대시극의 형성과 전개양상에 관한 연구 —1920~1960년대를 중심으로」, 영남대학교 대학원 국어국문학과 박사학위논문, 2007.12.
19) 강철수, 「1960년대 한국 현대 시극 연구 —신동엽·홍윤숙·장호를 중심으로—」, 한양대학교 대학원 국어국문학과 박사학위논문, 2010.2.

이 요구되는 당대의 사회 분위기와 그에 걸맞은 가(歌)의 기능적 효율성이 결합된(가창을 요구하는) 양식적 욕구가 외국 문학의 촉매와 결합하여 발생했으며, 독자적 양식으로 정립되었다고 그 등장 배경과 특성을 분석했다. 그리고 1960년대의 대중매체로의 소통체계의 변화로 말미암은 한국 시극의 재등장 배경과 양상을 살펴보고 그 특성과 문학사적 위상을 밝히고 있다. 그는 시극을 시의 전위적인 실험 양태로 보며 음악무대공연(극)을 시극의 대표적인 한 유형으로 보았다.

위의 연구사에서도 드러나듯이 시극을 1) 초장르, 2) 실험적 문학형태, 3) 극의 하위 장르, 4) 시의 하위 장르 등으로 보고 있어, 그 장르관이 혼란스러울 정도로 다양하여 시극과 극시의 장르 규정이 이루어지지 못한 한계를 확인할 수 있다. 본 연구자는 이러한 한계를 넘어 본격적인 장르시학의 관점에서 시극과 극시의 장르 개념을 정립해 보고자 한다. 이런 내용은 본 논문의 '제2장. 시극의 장르론적 검토'에서 구체적으로 살펴볼 것이다.

2) 연구방법

'극'이라는 장르류는 보편적이고 관념적인 형태인데, 이러한 관념적 형태가 시대에 따라 구체적인 모습으로 나타난 것이 역사적 장르로서의 '극시'와 '시극'이다. 이 논문은 지금까지의 극시와 시극에 대한 장르론적 연구의 혼선을 바로잡고 극시와 시극의 장르론을 재정립하여 그 개념들을 확립하고 이를 검증하는 데 목적이 있다. 따라서 연구방법으로 일정한 정합성을 지닌 장르시학을 제시하고자 한다.

어떤 한 장르에 귀속되는 작품은 순전히 그 장르의 필연적 요소만을 갖추고 있지는 않다. 장르는 비배타성·공존성을 지니고 있기 때문에 우세한 장르적 요소를 중심으로 여러 다른 장르적 요소들이 조화를 이룬 '다원적 화음'인 것이다. 그래서 우리는 장르에 대해 개방적 태도(상대주의)를 가질 필요가 있다. 장르의 귀속 문제는 그 작품이 띠고 있는 장르의 대표적 양상, 곧 우세한 장르적 경향(지배소)에 좌우된다. 장르를 형용사로 기술하는 양식론은 현대의 지배적 장르론이다. 양식은 분량, 외형적 형식 같은 어떤 특징을 지니지 않는 장르의 한 구성 요소다. 이것은 장르를 변화시키는 요인이 되면서 한 작품의 장르적 성격을 다원화시킨다.[20] 슈타이거도 '서정시'는 결코 오로지 '서정적'일 필요가 없으며 '서정적인 것'이 '굳이 서정시 안에만' 존재하는 것도 아니라고 말하고 있다. 곧, 모든 시들이 언제나 배타적으로 어느 한 장르에 배속되는 것은 아니며, 시의 개별적 부분들 안에 서로 다르게 구조화된 발화가 존재한다. 그러므로 지배적인 발화 구조를 통해서 그 텍스트를 특정 짓게 되는 것이다.[21] 서인석도 문학 장르들은 "논리적인 의미에서의 종이 아니라, 역사적 친족 집단으로 보아야 한다. 장르라는 것은 '경험적으로' 발견되고 묘사될 수는 있으나, '정의와 연역'으로 설명하기는 어렵다"[22]고 하고 있다. 이렇게 장르는 탈규범적인 것으로 기술시학의 관점으로 서술될 수밖에 없는 것이다.

또한, 장르는 관습적 성향을 가지므로 문학의 창작과 수용에 있어 '장르 의식'은 대단히 중요하다. 우리는 환원이 아니라 증대로 해서 생기는 장르, 비배타적 포괄성으로서의 장르의 개념[23]에 익숙해져야 한다. 루카치도 어떤 장르의 법칙이란 작가가 이 법칙의 범위를 독창적으로 참

---

20) Adrian Marino, op. cit, p.45; 김준오, 「서술시의 서사학」, 19~20쪽, 26쪽, 218쪽; 김준오, 『한국 현대 장르 비평론』, 197쪽; 김준오, 『문학사와 장르』, 107쪽.
21) Dieter Lamping, 장영태 역, 『서정시 : 이론과 역사 ─현대 독일시를 중심으로』, 문학과 지성사, 1994, 132쪽, 154~158쪽.
22) 이상택 외, 『한국 고전소설의 세계』: 서인석, 「한국 고전소설과 인접 장르의 관련」, 돌베개, 2005, 251쪽.
23) WellekWarren, 김병철 · 백철 공역, *The Theory of Literature*, 신구문화사, 1959, 323쪽; 김준오, 『한국 현대 장르 비평론』, 179쪽.

신하게 확장시킴으로써 준수될 수 있을 뿐이며, 이것이 일반적 규칙이 된다[24]고 말하고 있다. 이같이 우리가 장르론적 문제에 접근할 때 재단적 시각이 아닌, 보다 유연하고 개방적인 시각이 절실히 요청된다.

　시극은 양식으로서 시적이지만 외적 형식으로는 극이 되는 복합장르다. 본 연구자는 위에서 제시한 다원적이고 개방적인 장르관에 입각하여, 파울러(Alastair Fowler), 헤르나디, 김준오, 람핑(Dieter Lamping)의 장르 이론을 참고한 장르시학적 관점에서 시극과 극시의 정의를 이끌어 낼 것이다. 파울러는 형용사로 기술되는 양식의 용어가 역사적 장르의 명칭과 연관될 때 이 역사적 장르는 복합장르라 할 수 있지만 전체 형식은 오직 그 역사적 장르에 의해 결정된다고 했다. 헤르나디는 장르의 개방성과 다원성의 시각을 열어주었다. 김준오도 장르의 범주는 흔들리고 중복되는 개방성과 다원성을 가진 것으로 보았으며, 서구와는 다른 새로운 시극 장르론의 가능성을 열어주었다. 람핑은 개방적 장르관으로 시와 서정시의 범주를 확장시켜놓고 있는데, 그에게 있어 시는 시행 발화뿐 아니라 산문시까지를 포함하는 넓은 의미의 율동화를 이룬 것으로 규정된다. 그의 장르관은 시극의 개념과 범주를 넓게 정립하는 데 도움이 된다.

　다른 장르와의 상호 침투·접속·교합·혼용·혼효·넘나듦·뒤섞임 등으로 이야기되는 장르 혼합(해체) 및 변화의 요인은 장르 순위의 이동인 중심 장르·주변 장르 사이의 수직적 관계, 그리고 장르들 간의 수평적 관계에 의한 변화, 곧 장르 변화의 내적 요인에 의한 변화로 크게 나누어 볼 수 있다.[25] 지금까지 이러한 장르혼합의 관점을 통해 다면성·복합성·혼합성을 가진 복합(혼합)장르 및 변종장르에 대한 연구가 이루어졌으며, 장르적 지배소를 중심으로 주변소가 어떻게 결합되는지에 연구의 관심이 집중되어 왔다.[26]

---

24) Paul Hernadi, 앞의 책, 143쪽.
25) 김준오, 『한국 현대 장르 비평론』, 90~92쪽.
26) 김현주, 「판소리의 장르 교섭 양상」, 『판소리의 세계』(판소리학회 엮음), 문학과지성

장르는 스스로 양식화(樣式化)하고자 하는 성향을 보임과 동시에, 양식화를 스스로 거부하기도 한다. 장르가 스스로 형식성을 약화시켜 나아가는 현상을 장르 엔트로피 현상이라 한다.[27] 이와 같이 장르의 해체와 교섭[28]은 자연스러운 현상이다.

장르의 혼합은 매체(media)[29] 이론으로도 설명할 수 있다. 새로운 매체

사, 2000. 김현주는 전통 문예 양식들의 장르(갈래) 교섭, 특히 판소리의 장르 교섭을 통해, 문예 양식의 영향과 수용은 다방향적이고 중충적이며, 중심축의 부재(권위적인 중심의 부재)가 상대적 다원주의(다원성)를 낳게 되며, 이러한 과정에서 다중의 목소리가 뒤섞이고, 장르의 경계가 허물어지는 장르 해체(파괴) 현상에 대해 검토하고 있다.

27) 우한용, 「제7장 문학교육과 장르론」, 『문학교육과 문화론』, 1997, 195쪽; 두산백과사전 EnCyber & EnCyber.com. 엔트로피 증가의 원리는 분자운동이 확률이 적은 질서 있는 상태로부터 확률이 큰 무질서한 상태로 이동해 가는 자연현상으로 해석할 수 있다. 예를 들면, 마찰에 의해 열이 발생하는 것은 역학적 운동(분자의 질서 있는 운동)이 열운동(무질서한 분자운동)으로 변하는 과정이다.

28) 장르 교섭이란 용어를 사용하여 그러한 관점에서 본격적으로 연구한 것은 고전문학 쪽이 활발했는데, 조세형·김병국·김현주·서인석 등이 그들이다. 현대문학 쪽에서는 장르 혼합(해체)란 용어를 사용하여 연구되어 왔고, 장르 교섭이란 용어를 통해 검토한 경우는 우한용 등이 있다.

29) Marshall McLuhan, 김성기·이한우 옮김, 『미디어의 이해(Understanding Media : The Extensions of Man)』, 민음사, 2002, 55쪽, 87쪽, 118쪽, 339쪽, 204쪽, 37쪽, 91~92쪽, 95쪽, 97쪽. 맥루언은 매체(media)를 인간의 확장물, 우리 자신의 신체와 감각들의 확장(물), 감각 생활의 확장물·촉진자, 개인과 집단이 확장된 형태라 했다. 곧, 미디어들은 우리 자신의 확장이거나 우리의 일부를 다양한 재료를 이용해 변환시킨 것들로, 인간의 행위와 결사(結社)의 규모와 형태를 형성하고 제어하는 것이다. 또한, "어떤 것을 인식하게 하는" 인자가 아니라 "어떤 것이 일어나게 하는" 인자로서 제반 갈등의 원천이며 보다 큰 갈등들을 야기하기도 하는 권력이기도 한 것이다.

Werner Faulstich, 황대현 옮김, 『근대 초기 매체의 역사 —매체로 본 지배와 반란의 사회 문화사』: 황대현, 「옮긴이 서문」, 지식의 풍경, 2007, 10~11쪽. 황대현은 맥루언의 매체 개념을 인간의 힘과 감각 및 육체적 기능을 기술적으로 확산, 보완해 주는 모든 것으로, 또한 대중 매체와 관련된 커뮤니케이션 및 매체 이론에서의 매체는 정보를 전달하고 확산시키는 기술적인 수단 또는 도구로 정리하고 있다. 독일의 미하엘 기제케(Michael Giesecke)는 매체를 정보를 저장하는 기능을 갖고 있는 모든 정보 저장체로 정의함으로써 복잡한 기술적 장치뿐만 아니라 정보 저장 기능을 보유한 사회 집단과 인간 자체도 매체의 범주에 포함시킨다.

Werner Faulstich, 앞의 책, 26쪽, 12쪽. 파울슈티히는 매체를 '사회적 지배력과 함께 특정한 능력을 지니고 있는 조직화된 의사소통의 통로를 둘러싼 제도화된 체계'라 했다.

문화는 매체 간의 투쟁 또는 새로운 수요와 필요의 상황에 따라 예전의 낡은 매체들의 핵심적인 기능이 통합되고 예전 매체의 기능이 다른 방식으로 전환(매체의 재기능화, 기능 수정 · 변화 · 전이)됨으로써 이룩된다. 곧, 예전 매체의 기능이 정치, 경제, 사회적 필요에 따라 전환되고 통합되면서 새로운 매체가 생성된 것에 지나지 않는 것이다. 또한 매체 군(群)들 사이에서 개별 매체들 간의 결합의 형태들은 오락, 저장, 정보 전달, 자기 과시, 지배 혹은 항의와 같은 매체의 중요한 기능들을 가지게 되며, 이렇게 형성된 새로운 매체는 사회적 방향 설정 및 조정 기능[30]을 발휘하게 된다.

장르의 교섭과 혼합은, 1980년대 초에도 장르 해체 의식이 대두되었지만 특히, 1990년대의 포스트모더니즘의 유행과 그로 인한 장르의 파괴 현상을 연상시킨다. 장르 사이의 교섭 및 혼합은 상호텍스트성(텍스트연관성, intertextuality)의 관점에서도 살펴볼 수 있는 것이다. 그리고 앞에서 언급한 것처럼 현대 사회의 다양한 매체의 결합을 통해서도 살펴볼 수 있다. 곧, 본 논문에서 다루고 있는 시극(詩劇)은 인간 매체의 지속인 연극 매체와 시(문학 매체)[31] 간의 결합(media mix)의 관점에서 볼 수 있는데, 그 시각이 문학의 차원을 넘어, 문예론 · 문예사의 차원, 더 나아가 문화론의 차원 즉, 문화 변동 과정 속에서의 문화 교섭의 일환으로, 문화사회학의 차원으로 보아야 함을 일깨운다.[32]

하나의 의사소통 체계가 진정한 매체가 되기 위해서는 단순히 의사소통이 의미를 지닐 수 있도록 규칙적으로 조직하고 제도화하는 데 그쳐서는 안 되고, 사회적 · 문화적인 상호작용 과정을 매개하는 메커니즘으로서 자신을 둘러싸고 있는 사회적 관계에 결정적인 영향력을 행사할 때에야 비로소 가능해진다. 즉, 매체는 단순히 정보를 전달하는 기술적 수단 혹은 도구가 아니며 '사회적 조정 및 방향 설정 기능'을 갖고 있는 것으로, 인간 집단도 매체의 범주에 포함된다.

30) Werner Faulstich, 앞의 책, 461쪽, 463~464쪽, 466쪽, 19~20쪽 참고.
31) 시는 구술 문화에 속하는 전통적 인간 매체의 한 양태이다.
32) 강철수, 앞의 논문, 54~59쪽, 144~153쪽; 장호, 「시극의 가능성」, 『장호시극, 수리뫼』, 인문당, 1992, 7쪽; 장호, 「시극의 가능성 ─희랍극을 통해 본 극과 언어와의 문제」,

3) 연구 범위

이 논문의 일차적인 연구 범위는 시극 장르론이다. 그리고 본 연구자가 도출한 시극의 장르시학을 통하여 최인훈의 시극을 분석하고 해석하고자 한다. 최인훈의 시극이 연구자가 설정한 시극 장르시학에 가장 적합한 대상이기 때문이다.

최인훈은 우리에게 남북한의 이데올로기를 동시에 비판한 최초의 소설이자, 전후문학 시대를 마감하고 1960년대 문학의 새 지평을 연 첫 번째 작품으로 평가되는, 또한 문학적 성취 면에서도 뛰어난 것으로 손꼽히는 「광장」의 작가로 잘 알려져 있다. 또한, 그는 한국의 설화 세계를 통해 민족의 본성을 탐구한 희곡집 『옛날 옛적에 훠어이 훠이』를 통해 한국연극영화예술상 희곡상(1977), 제4회 중앙문화대상 예술부문 장려상(1978), 서울극평가그룹상(1979)을 수상한 희곡작가로도 잘 알려져 있다.[33]

최인훈은 1969년에 구렁이와 까치의 보은 설화와 바보 온달 설화를 원형으로 한 「온달」(『현대문학』 7월호) 또는 「어디서 무엇이 되어 만나랴」, 「열반의 배 ―온달2―」(『현대문학』 11월호, 1막),[34] 1976년에 평안

『연극학보』 1, 동국대학교 연극영상학부, 1967, 25쪽. 부분적으로 매체 변화의 관점에서 시극을 보고 있는 논문으로는 강철수의 앞의 논문을 들 수 있다. 그는 1960년대 시극 운동이 일어난 배경(원인)을 방송매체인 라디오, 텔레비전 등의 대중매체 시대의 대두로 보고 있다. 장호도 이러한 새로운 소통 체계의 변화에서 오는 위기로 말미암아 시가 대중과의 소통 부재 현상을 빚게 됐고, 시와 극이 모두 소통의 위기 상태에 빠지게 되었다고 보고, 이러한 대중과의 소통의 중요성을 인식하여 이것을 타개하기 위해 시극 운동을 펼쳤던 것이다.

33) 김종회, 「최인훈, 문학적 연대기」, 『화두』 1(최인훈), 문이재, 2002, 473~524쪽; 두산 백과사전 EnCyber & EnCyber.com.

34) 『현대문학』 1969년 11월호에 실려 있다. 산문극으로 왕자가 불법의 큰 세계를 만들기 위해 인도로 가려다 좌절되는 이야기다. 이야기가 끝나지 않은 듯한 결말을 보여 완성도가 떨어지는 작품이다. 아니면 「온달」 또는 「어디서 무엇이 되어 만나랴」의 일부분으로 1막과 2막 사이에 삽입될 만한 작품이다. 이 작품은 최인훈의 전집에서 빠져 있다.

북도에서 내려오는 전설인 애기장수 설화, 용마 사상을 바탕으로 한 「옛날 옛적에 훠어이 훠이」(『세계의 문학』 창간호), 1977년에는 문둥이 가족 이야기를 다룬 「봄이 오면 산에 들에」(『세계의 문학』 봄호), 1978년에는 호동왕자와 낙랑공주 설화를 바탕으로 한 「둥둥 낙랑둥」(『세계의 문학』 여름호), 심청전을 바탕으로 한 「달아 달아 밝은 달아」(『세계의 문학』 가을호), 해와 달이 된 오누이(해님달님) 설화를 패러디하고 있는 소품 「첫째야 자장자장 둘째야 자장자장」, 그리고 1981년에는 앞 시기의 작품들이 대체로 우리 설화에 대한 패러디를 바탕으로 한국적이고 전통적인 성격을 나타내는 것과는 달리, 서구의 헨젤과 그레텔 설화를 활용하고 배경이나 인물 등을 독일 및 유럽을 바탕으로 하여, 사상(정치)의 문제와 사랑의 문제를 다룬 「한스와 그레텔」(『세계의 문학』 가을호) 등 8편의 희곡 작품을 쓴 바 있다.

최인훈의 희곡 작품에 대한 연구는 1976년 작 「옛날 옛적에 훠어이 훠이」, 1977년 작 「봄이 오면 산에 들에」, 1978년 작 「둥둥 낙랑둥」, 「달아 달아 밝은 달아」 등을 시극의 범주와 관련하여 주된 분석 대상 범위로 삼는다. 첫 희곡인 「어디서 무엇이 되어 만나랴」가 부분적으로 시 또는 노래를 사용하고 있으나, 화해(和諧)를 지향하는 시적 비전이 보이지 않아 시극과 거리가 먼 산문극적 양상을 띠고 있으며,35) 「열반의 배 —온달2—」도 완전한 산문극의 양상을 띠고 있어 연구의 범위에서 배제시켰다. 「첫째야 자장자장 둘째야 자장자장」을 시극으로 보는 시각도 있다. 정우숙은 이 작품을 시극으로서 짧은 양과 시적 행갈이, 그리고 시적 연극성의 형식미를 통해 불확정적인 의미, 열려진 해석과 다채로운 공연

---

35) 『현대문학』(1969.7), 104~141쪽. 여기에서는 「온달」이란 제명으로 발표되었는데, 최인훈이 4막으로 지칭하는 네 개의 장으로 구성되어 있다. 그런데 1장 부분은 소설 형태의 서사로 처리되어 있어 특이한 면모를 보여준다. 이것은 이 작품이 시극과 거리가 먼 것임을 뒷받침하는 또 하나의 간접적 근거가 된다. 이후 「어디서 무엇이 되어 만나랴」라는 완전한 희곡으로 개작된다.

의 가능성을 가진 문제작이라고 했다.36) 그러나 단순한 작품의 짧음과 시적 행 배열이 시극을 담보하는 것은 아니다. 정우숙은 이 작품이 왜 시극이 되는지 근본적인 근거를 제시하지 않고 있다. 작품 전체적으로 반복이 주된 전개 방식이 되고 있고 부분적으로 모호성이 보이긴 하나, 특별한 시적 조사(시어법)가 보이지 않으며, 궁극적으로 시적 비전의 모습이 보이지 않아 본 연구자에게는 이 작품이 시극으로 보여지지 않는다. 또한 「한스와 그레텔」도 두말할 것 없는 산문극으로 논란의 여지가 없어 시극으로서의 연구 범위에서 제외시켰다. 연구는 발표순에 따라 순서대로 한다. 텍스트는 모두『옛날 옛적에 훠어이 훠이』(최인훈전집 10, 문학과지성사, 2000)에 실린 것을 기본으로 삼는다.

　최인훈 시극에 대한 구체적인 연구사 검토는 논의를 효율적으로 하기 위해 제3장의 개별 작품 분석 앞에서 다루기로 한다.

---

36) 정우숙, 「최인훈 희곡 「첫째야 자장자장 둘째야 자장자장」 연구 ―'무서운 어머니' 모티프를 중심으로―」, 『여성문학연구』 13, 한국여성문학학회, 2005.

제2장. 시극의 장르론적 검토

1. '극시'와 '시극'

서정, 서사, 극이라는 장르류는 보편적이고 관념적인 형태로 본질시학의 관점에서의 분류다. 이러한 관념적 형태가 시대에 따라 구체적인 모습으로 나타날 가능성을 가지는 것, 또는 시대에 따라 구체적인 역사적 장르로 나타난 것이 역사시학으로서의 장르종이다. 그러므로 극이라는 장르류는 근대(17세기) 이전의 극시(劇詩, dramatic poetry)와 시극, 운문극, 산문극 등을 그 역사적 장르종의 형태로 가진다. 그런데 '극시'는 서정시, 서사시, 극시로 분류하는 3분법의 영향으로 극 장르에 속하는 것으로 오인되는 경향을 보인다. 일반적으로 장르종으로서의 극시는 극의 형식을 통해 씌어진 시로 상연에는 부적합한 것을 지칭한다.[1] 이러한 배경으로 근대 이후의 용법에서 극시라는 용어가 논자에 따라 상연을 목적으로 하느냐 아니냐(상연에 적합하냐 아니냐)로 양분되어 정의되는 혼란을 보였다. 그래서 극시를 서정 장르로 예속시키기거나, 또는

---

[1] 한국문학평론가협회 편저, 『문학비평용어사전』 상, 새미, 2006, 314~315쪽. 이런 용법으로서 황동규는 극적 서정시(Dramatic Lyrics)에 해당하는 '극서정시'라는 말을 사용했다. 앞서 극적인 요소들이 있는 시를 '극적 서정시'라 한 사람은 브라우닝이다. 이명섭도 극시라는 용어는 극적 형식이나 극적 기교의 어떤 요소를 사용하는 시에만 한정되어야 한다고 규정했다.

극 장르2)로 보기도 하는 견해가 생기게 되어 극시를 여전히 극의 하위 장르로 보는 시각이 존재하게 된 것이다.

양명문은 극시와 시극을 혼용해서 사용하는데, 시의 입장에서 이것들을 보고 있다. 그리고 "극시를 무대에 올려 상연하는 그것을 시극이라고 하게 되니까 역시 극의 요소를 떠날 수는 없게 될 것이다"라고 말함으로써, 희곡이 문학의 영역에 속하고 연극이 극의 영역에 속하듯이, 극시를 문학의 차원으로, 시극을 극의 차원으로 지칭하였다.3)

최일수는 극시를 극 중에 시적인 요소가 있는 것, 부분적으로 시가 삽입된 것, 단순히 시와 극을 합쳐 놓은 옛날의 극시와 같이 시어로 엮어진 극, 운문극(운문체의 희곡)4) 등으로 정의하고 있다. 전체적으로 그의 개념은 극시를 극으로 보는 시각이다.

또한 김용범이 극시집 『오페라 리브레토』에서 제시한 극시 개념은 음악극의 대본(libreto)과 유사하다. 여기에서 시는 무용, 오페라, 가무극 등 음악무대 예술의 핵심 종자로서의 기능을 한다. 그는 리브레토를 시와 음악의 연결 장치로 파악하여, 언어의 율격을 최대한 살리고, 서사시의 극적 구성이나 내용을 음악과 연결시킨, 시의 실험적 양상으로서의 '극시(劇詩)'를 제시하고 있다.5) 김용범은 '극시'를 시의 하위장르로 본다.

근대적 '극시'에 대해 극 장르로 보는 시각은 전근대의 역사적 장르종

---

2) 오학영, 『희곡론』, 고려원, 1981, 20~21쪽. 오학영은 극시를, 시어로 시적 표현 형식에 의해 극으로 씌어진 형태라 했다. 즉, 그는 극시를 극으로 본다. 그는 시극에 대해서 '현대에 와서 출현한 형식'이라 했으며, 극시에 대해서는 현대에 와서 희곡이라 지칭한다며, 용어의 동일성으로 인해 근대 이전의 '극시' 개념과 근대적 '극시' 개념을 구별하지 못하고 혼동하고 있다. 결국 그는 근대적 극시 개념을 인식치 못하고 있는 것이다.
3) 양명문, 「극시 소고」, 『명지어문학』 1, 명지어문학회, 1960, 174~176쪽.
4) 최일수, 「시극과 종합예술」, 『현실의 문학』, 형설출판사, 1976, 370쪽, 379쪽, 372쪽, 374쪽, 427쪽.
5) 박제천, 「영혼을 감복시키는 새 개념의 서사극시」, 김용범, 『오페라 리브레토』, 문학마을사, 2002, 3~5쪽; 김용범, 앞의 책: 김용범, 「시가 활자 밖으로 일탈하고자 하는 노력」, 6~10쪽.

인 극으로서의 극시와 근대 이후 서정으로서의 극시를 혼동한 데서 온 결과다. 이렇게 극시 개념에 혼란 양상이 많이 나타나는 것은, 우리의 근대 문학 형성기에, 서구의 전근대적 장르로서의 극시와 근대적 장르로서의 극시가 구분되지 않고 혼재되어 도입되었기 때문이다.

이러한 혼란의 원인은 헤겔(Georg Wilhelm Friedrich Hegel)의 미학에 있다. 헤겔은 시(Poesie)를 서사시, 서정시, 극시로 삼분했으며, 극시를 다시 비극, 희극, 드라마 또는 사우스필(Schauspiel)로 나누었다.6) 이러한 헤겔의 3분법의 영향에서 혼란이 초래되고 있는 것이다. 이러한 헤겔의 '극시' 구분이 '극으로서의 극시'라는 개념을 낳아, '근대적(현대적) 극시'와 '근대적(현대적) 시극'이 개념과 용어상의 혼란을 일으킨 것이다.

근대 이전 극의 장르종으로서의 '극시'라는 개념은 근대 이전의 '서사시'라는 용어처럼 이미 소멸한 역사적 장르의 명칭이다. 앞의 극시 장르론들에 대해 메타적인 입장에서 정리하면, 근대(현대)에 있어서의 '극시'란, 시극과 상대적인 장르 개념을 가진 장르종으로서, 극의 형식을 통해 씌어진 시(서정 장르)로 상연에는 부적합한 것을 지칭한다.

헤르나디는 산문 소설에서도 서정적 요소나 극적 요소가 있으며, 극에서 서정적 이탈이나 서사적 이탈이 발생하며, 서정시에 극적 양상이 있다고 언급하고 있다. 도른(Wolf Dorn)도 유사 극적 독백이 극적 지각보다 오히려 서정적 지각에 호소한다고 했다.7) 이 유사 극적 독백은 극시에 해당한다.

람핑(Dieter Lamping)은 독백적 발화(개별 진술)로서 서정적 발화는 상이한 발화 방식에서 대화화의 경향을 통해서도 특징지을 수 있다고 했

6) Georg Wilhelm Friedrich Hegel, 최동호 역, 『헤겔시학』, 열음사, 1992, 242~255쪽; 황애숙, 『시와 철학 —시를 중심으로 본 예술철학사』, 한국학술정보, 2010; Georg Wilhelm Friedrich Hegel, 두행숙 역, 『헤겔의 미학강의 3 —개별 예술들의 체계』, 은행나무, 2010.
7) Paul Hernadi, 앞의 책, 80쪽, 57쪽.

다. 독백의 대화화는 서정적인 언어 행위가 일종의 말을 통한 호소로 넘어갈 때, 곧 화자가 자신에 대해서 말을 붙이거나, 어떤 상대를 향할 때 발생한다. 하지만 그 대상은 대답하지 않는다. 또한 화자는 자신의 발화 가운데에서 스스로를 호소의 대상자로 꾸며 생각할 수 있고, 이 호소 대상자의 꾸며진 태도 내지는 표현을 예측하거나 심지어는 이에 반응하기도 한다. 하지만 이 호소의 대상자는 단지 표면상으로 언급되고 있으며, 실제에 있어서 화자는 그에게 단지 특정한 표현만을 종속시키고 있는데, 그 표현들이란 제 자신의 사고 또는 감정의 표현일 뿐이다. 곧, 화자는 자신의 독백을 진정한 대화가 되도록 만들지 않으면서 대화화시키고 있는 것이다. 개별 발화의 화자가 두 개의 주체로 갈라져 이 두 개의 주체로 하여금 서로 진술토록 하지만, 가상의 양자 대화에서 진정한 대화가 이루어지는 것이 아니라 단순히 내적 대화가 될 뿐인 것이다. 대화화된 서정시(대화적 서정시)에서 볼 수 있는, 어떤 개별 발화에서 다른 한 화자의 발언이 개입되고 반응을 얻어내고 있는 경우, 그리고 어떤 개별 발화에서 다른 한 화자의 발언이 단순히 인용되는 경우도 마찬가지다. 즉, 이는 여전히 개별적인 발언이며 개인의 발화가 된다.[8]

또, 서정시인은 철두철미 가면을 쓰고, 혹은 어떤 역할을 지닌 채 말할 수 있다. 그러므로 서정적 발화는 허구의 영역에 속할 수도 있다. 문학적 허구의 두 가지 기본 형식들인 의미(론)적 허구(허구적 발화) 및 화용론적 허구(가공적 발화)는 서사적 · 극적 발화에도 존재할 수 있을 뿐 아니라, 서정적 발화에도 있을 수 있다. 또한 서사적 텍스트들이 가공적이거나 허구적이 아닐 수도 있으며, 반면 서정적 텍스트들이 가공적이거나 허구적일 수도 있는 것이다. 서정적 시는 발화하는 사람이 고안된 인물

---

8) Dieter Lamping, 앞의 책, 105~109쪽, 147~149쪽. 이는 직접 인용과 간접적인 발화의 재현의 경우이다. 또한, 람핑은 극단적이며 흔하진 않지만, 직접적이며 중재를 통하지 않는 이질적 발화와 본래적 발화의 대칭을 설정한 작품도 개별적인 발언이며 개인의 발화일 수 있다고 보았다.

이거나 역사적 인물이거나를 불문하고 작자와 동일하지 않는 등장인물의 발화일 때 가공적이다. 이러한 가공의 서정적 발화의 전형은 역할시다. 역할시에서는 화자와 저자가 한 사람이 아니다. 저자는 여기서 거의 두 개의 목소리로 말한다. 그 자신의 목소리는 제목(표제) 속에서 울리고, 타자의 목소리는 한 등장인물의 목소리로서 발화 속에서 울린다. 이 두 개의 목소리는 시의 소통 체계 안에서 동일한 위치를 지니고 있는 것이 아니기 때문에, 저자의 어휘들은 등장인물의 발화를 그 구조에 의해 변동시킬 수 없고 단지 그것의 상황에 의거해서 변동시킬 수 있을 뿐이다. 저자의 말들은 이 자리에서 문제되고 있는 것이 저자와 동일하지 않은 등장인물의 발화라는 사실을 밝혀준다. 하지만 그것과는 상관없이 이 등장인물의 발화는 서정적 발화로 남아 있게 되는 것이다.9) 이렇게 도른, 람핑의 언급들은 근대적 극시 범주의 임계지점에 해당한다.

엘리엇은 제2의 음성 중 가상적인 음성으로 다른 사람들에게 말을 하는 시를 준극시로 규정한 바 있다.10) 극장을 떠나서 극적인 재능이 가장 잘 발휘되는 극적 시인의 음성, 무대를 떠난 시로서 극적이라고 특징지을 만한 것, 곧 극적 독백에서 작자는 자기를 인물(하나 이상의 인물)과 동일화시키고, 인물을 자기와 일체화(인물을 작자 자기의 것으로 소유)시킬 수 있다는 것이다. 여기에서는 어떤 역사적 인물이 아니면 허구적 이야기에 나오는 인물의 의상이나 화장을 한 시인의 음성만이 들린다.11) 이는 앞서 람핑이 진술한 역할시 개념과 연결된다. 작가의 의사를 대변시킬 몇몇 역사적 인물을 가리키는 말로서 엘리엇은 퍼소나(persona)

---

9) 앞의 책, 166~168쪽, 173~174쪽. 람핑은 허구 혹은 현실 영역에로의 소속 여하에 따라 서정적 시들을 4개의 유형으로 구분했다. 허구적이지만, 가공적이지 않은 서정적 시들(화자가 가공적이지 않음), 그리고 가공적이지만, 허구적이지 않은 서정적 시들, 가공적이며 또한 허구적인 서정적 시들(가공적 인물의 저 자신에 대한 가상적인 주장들), 가공적이지도 허구적이지도 않은 서정적 시들(체험시들)로 구분했다.
10) T. S. Eliot, 최종수 역, 「시의 세 가지 음성」, 『문예비평론』, 박영사, 1983, 140쪽.
11) 위의 글, 150~152쪽.

라는 용어의 채용을 이야기하고 있다.12) 이런 경우 작가는 등장인물에 생명을 부여할 수 없으며, 이미 알고 있는 인물을 다만 흉내낼 수 있을 뿐이라고 말한다. 극적 독백에서 지배적인 것은 제2의 음성(다른 사람 · 청중에게 말하는 시인의 음성)이다.13) 이러한 언급들은 근대적 극시의 개념 범주에 드는 내용들이다. 이는 '극이 아닌 시'를 쓰는 것이며, 작가 자신의 음성(제1의 음성, 제2의 음성)을 통해서 쓰는 것이 된다.14)

민병욱은 극시를 혼합장르와 탈장르화 현상으로 보고 있다. '극시'는 장르간의 지배소와 주변소의 관계에 따라 희곡(연극)이 주변소가 된 시의 혼합장르에 관한 문제이며, '극적인 시'로 극적 (서정)시와 극적 (서사)시에 관련된 것이라 했다.15)

'극시'와 '시극'의 변별의 핵심은 '시성'에 있는 것이 아니라, '극성'에 있다. 극시와 시극은 제시 형식(방식)의 관점에서 변별해 볼 수 있는 것이다. 다시 말하면 극이 되느냐 마느냐, 상연의 적합성 여부, 미메시스(mimesis)의 가능성 여부에 달려있다. 곧, 대본 또는 대본에 준하는 시놉시스(synopsis)를 이루었는가 등 무대에 대한 고려를 문제 삼을 수 있는 것이다. 이는 서술(narration, diegesis)되느냐 동작(몸짓)으로 재현(representation, mimesis)되느냐의 문제이다. 극시(서정)는 시인의 자기표현이고, 시극(극)은 등장인물들의 자기표현(대화)인 것이다.16) 또한, 담화(담론)

---

12) 앞의 글, 152쪽. 브라우닝의 최대의 제자, 에즈라 파운드(Ezra Pound)가 persona라는 용어를 채용했다고 하고 있다.

13) 위의 글, 153쪽. 시인이 어떤 역을 맡고 가면을 통해서 말을 한다는 사실만으로도 청중이 존재한다는 것을 알 수 있다. 자기 자신에게만 말하는 것이라면 가장복이나 가면을 쓸 이유가 없는 것이다.

14) 위의 글, 146쪽 참조.

15) 민병욱, 『회곡 문학론』, 민지사, 1996, 34쪽. 극시와 극(희곡, 연극)의 차이는 극적인 것이 형용사형(관형사형)과 명사형으로 사용된 차이라 하고 있다.

16) 각색은 다른 차원의 문제이다.
김준오, 『한국 현대 장르 비평론』, 77쪽. 제시 형식(방식)은 관중(독자)에 대해 예술가가 채용하는 태도다. 이 태도가 장르를 결정하는 한 요인이다.
김준오, 「서술시의 서사학」, 『한국 서술시의 시학』, 23~24쪽. 반면, 서사는 객체(사방식의 관점에서, '극시'는 독백성이라는 시적 담화방식을 취하면서 대화성이라는 희곡적 담화방식을 수용하고 있는 것이고, '시극'은 대화성이라는 희곡적 담화방식을 취하면서 독백성이라는 시적 담화방식을 수용하고 있는 것이지만, 극시와 시극은 각각 구조적인 면에서 '시'이고 '극'이다. 파울러의 장르 이론으로 말해서, 극시는 양식으로서는 극적이지만 외적 형식으로는 시가 되는 역사적 혼합장르인 것이다.

다음으로 시극(詩劇, poetic drama)의 개념들을 살펴보면, 대개의 경우 시의 형식(또는 운문)으로 씌어진[17] 극 장르의 하위 개념으로 정의된다. 또한, 시극을 극형식을 빌린 시[18]로 보는 경우들도 있다.

건)를 보고하는 장르다.

17) 장호, 「시극의 가능성 ―희랍극을 통해 본 극과 언어와의 문제」, 28쪽. 장호는 그리스극의 노래나 대화 전편이 시의 형식으로 되어 있다고 보았다.
   김흥우, 「장호의 시세계」, 『문예운동』, 문예운동사, 2008, 36쪽; 강철수, 앞의 논문, 115쪽, 117쪽. 장호는 라디오 시극(방송 시극), 무대 시극을 실험했는데 그의 시극 개념은 시로 된 극, 곧 운문극으로서 엘리엇의 영향을 절대적으로 받고 있다고 볼 수 있다.

18) 최일수, 「시극과 종합예술」, 380쪽, 400쪽, 424쪽, 426~427쪽. 최일수는 엘리엇의 시극을 시로 보고 있다고 볼 수 있다. 그것은 그가 엘리엇의 시극에 대해 "시가 극이라는 형식을 빌려 무대에 올려놓자는 데까지만 생각이 그치고 있었다. 그리하여 그가 말하는 시극이란 극의 형식을 빌려 무대에서 낭독되는 시에 불과했던 것이다", "시의 자기 확대로써 극적인 시", "극적 성격을 띠운 시의 예술", "소리의 예술"이라고 언급한 부분에서 알 수 있다.
   이현원, 「한국 현대시극 연구」, 19~20쪽. 이현원은 전위적 성격을 지닌 현대시극운동이 국외에서는 1920년대에, 한국에서는 1960년대에 일어났다. 우리나라에 대해서는 1960년대 <시극동인회>의 시극운동을 시인들이 시작 외에 시극이라는 공연 형태를 취하여 시적 공간의 확대를 꾀하고자 하는 노력의 일단(김형필 외, 『문학개론』, 보성문화사, 1981, 106쪽)으로, 시극은 연극과 다르고 시적인 정신으로 일관하며(최일수, 「시극의 가능성」, 『사상계』, 1966.5, 327쪽), 시극이 극 구성을 위해 표현 형식으로 시어를 사용하는 것은 분명하지만, 본질적인 것은 극 그 자체가 시가 되어야 한다(오학영, 앞의 책, 20쪽) 등을 언급하고 있다. 곧, 이현원은 시극을 시의 입체화, 혹은 무대화를 추구하는 시로 파악하고 있는 것이다. 또한, 그는 오학영이 최일수와 동일한 맥락의 주장을 하고 있다(「한국 현대시극 연구」, 81~82쪽)고 했으나, 최일수는 종합적인 새로운 차원의 시극을 주장하고 있는 것으로 오학영과 확연한 차이를 보이고 있다. 한편, 오학영도 이현원의 파악처럼 시극을 시의 단순한 무대화를 추구하는 시가 아니라, '시

먼저, 오학영(吳學榮)의 시극 개념을 들 수 있다.[19]

> 시극은 극 구성을 위해 표현 형식으로 시어를 사용하는 것은 분명하지만, 본질적인 것은 극 그 자체가 시여야 한다는 데 있다. …… 극 진행의 표현 형식이 시로 되어 있는 것이 중요한 것이 아니고 극 전체, 희곡 전체가 하나의 시로 형상된 것이 시극이다. 때문에 반드시 대화 형식이 시어로 표현되어야 시극이 되는 것이 아니며, 극 자체가 하나의 시가 되어야 한다.[20]

위와 같이 언급한 오학영은, 바로 다음에 엘리엇이 시극이 무엇인가를 명석하게 해명하고 있다고 하면서, 엘리엇의 「시와 극(Poetry and Drama)」에서 "시극은 다만 희곡의 틀을 가진 훌륭한 시여서는 안 될 것이며 그 자체가 극적이어야 할 것이다"[21]라는 말을 인용한 것으로 보아, 그는 시극을 시와 극이 융합된 양식으로 본 것이다. 엘리엇도 시극을 시와 극이 일체화되고 융합된 경지의 극으로 보고 있다.[22] 이렇게 시극에

와 극이 일체화되고 융합된 경지의 양식'으로 보고 있는 것으로 파악하는 것이 옳다.
이인석, 「나의 인생 나의 문학」, 『월간문학』, 1978.1, 19쪽. 시극동인회 회원인 이인석은 시극을 문학 형태로 이야기하고 있다.
유민영, 『우리시대 연극운동사』, 단국대학교 출판부, 1996, 404~405쪽. 1979년 극단 민예극장이 도서출판 문학세계사와 손잡고 자기들의 소극장에서 현대시를 위한 실험 무대로서의 시극운동을 펼쳤는데, 이것은 연극 무대를 이용한 시의 대중화운동이었다.
곽흥란, 앞의 논문, 34쪽, 44쪽. 시극이 '시의 새로운 표현기법(방법)', '갑작스런 시풍인 시극의 출현' 등으로 언급되고 있다.
강철수, 앞의 논문, 1~2쪽, 4쪽, 36쪽, 147쪽. 강철수는 시극을 시의 극적 지향형이 극대화된 것으로 시의 형식상의 실험의 한 유형, 시의 전위적인 실험 양태로 보고 있다. 시의 새로운 실험 양식으로 음성 중심의 실험, 리듬 중심의 시적 실험의 한 양상, 탈텍스트, 문자적 이미지보다는 소리와 음악을 중요시하는 청각적 이미지 중심의 시형식 실험이었다고 평가한다.
19) 이현원, 「1920년대 극시 · 시극 연구」, 15쪽. 오학영의 견해를 '시극을 시로 본 것'이라고 판단한 이현원의 주장은 오독(misreading)으로 볼 수 있다.
20) 오학영, 앞의 책, 20~21쪽.
21) 오학영, 위의 책, 20~21쪽.
22) T. S. Eliot, 최창호 역, 「시와 극」, 『엘리어트 문학론』, 서문당, 1973. 엘리엇의 관심은 궁극적으로 극에 집중되어 있다.

관해 오학영은 엘리엇의 입장에 입각해 있는 것으로 보인다. 그래서 그는 극시를 극의 관점으로 보았으며, 시극도 시로 본 것이 아니고, 시와 극이 융합된 것으로 현대에 새롭게 출현한 형식으로 보았다. 곧 그는 시극을 현대의 역사적 장르로서의 극으로 본 것이다.

오학영은 최일수와 같은 시극동인회에 참가하였다. 그러므로 최일수와의 상호 영향 관계를 고려할 수 있다. 하지만 오학영은 엘리엇의 입장에 입각하고 있어, 엘리엇에 대해 비판적이며 새로운 시극 이론을 제시하고 있는, 최일수와는 다른 경향을 보이고 있는 것으로 판단된다.

한편, 곽홍란은 우리나라의 현대시극을 시의 입체화, 시의 극화, 시의 무대화, 시로 된 극, 시적 회곡의 무대화, 시의 극적 모색 등으로 정의하며, 시극을 통해 과감한 시의 실험과 모색이 이루어졌다고 평가한다. 그의 시극에 대한 관점은 시에 중점을 두는 것으로 파악된다. 그것은 그가 1960년대를 대표하는 시극작가, 시극 연출가로 평가하는 장호가 "현대의 시극운동이 현대시 자체의 문제에서 출발했다"(장호, 「시극이란 무엇인가?」, 『한국연극』, 1980.5, 66쪽), "현대시가 그 현대를 감당해 낼 수 있는 길을 시극에서 찾고자 나선 것이다"(장호, 「<수리뫼> 언저리」, 『장호시극, 수리뫼』, 인문당, 1992, 102쪽)라고 언급한 말들을 인용하며, "<시극연구회> 회원들은 시극연구를 문학예술의 한 운동으로 시도하게 된다"라고 언급한 것으로 뒷받침된다.[23] 이렇게 곽홍란은 현대시가 그 표현과 전달의 문제를 해결하기 위해 극을 지향한 것으로 시극을 파악하고 있는 것이다.

대개 시극을 시의 하위 장르로 보는 학자들이, 작품 분석에 있어서 극 장르에 대한 이해 부족의 한계를 많이 드러낸다. 강철수의 「1960년대 한국 현대 시극 연구」도 극적인 분석에 크게 문제가 없어 보이기는 하나 부분적으로 그런 일면이 있다. 물론, 그는 시의 하위 장르로 시극을 보고

---

23) 곽홍란, 앞의 논문, 18쪽, 78쪽, 142쪽, 94쪽, 98쪽, 114쪽, 143쪽.

있지만, 시의 무대화의 관점에서 공연을 토대로 해야 본격적인 시극[24]이 성립한다는 시각을 보여 극이 그만큼 중요하다고 인정하고 있는 셈이다. 그는 헤르나디의 양식론과 야콥슨의 담화론을 바탕으로 시극의 개념 규정을 시도하여, 시극을 서정적(서정성) · 서사적(서사성) · 극적 요소(극성, 극적 재현성)의 융합으로 이루어진 양식[25]으로 보고 있다. 그런데 그의 시극 정의의 문제점은, 시극 속에 서사적 요소가 있을 수 있으나 그것이 시극의 장르 개념을 결정짓는 본질적 요소는 아니라는 데 있다.

시극의 개념 정의들은 1951년, 엘리엇의 「시와 극」 발표 이후 거의 단일하게 시의 형식(운문)으로 씌어진 극으로 정의되는 양상을 보인다.

한편, 시극을 전통적 극시의 부활로 보려는 일면이 있다. 이는 과거의 웅혼했던 장르, 웅혼한 인간 정신의 표현에 대한 그리움의 징후다.[26] 홍문표는 "현대 시극은 근대의 산문 희곡에 대한 반동으로 발생한 것으로 무대에서 사라진 시적 비전을 되찾으려는 의도에서 씌어졌다. 때문에

---

24) 강철수, 앞의 논문, 145쪽, 149쪽, 148쪽. 시극을 무대공연종합예술의 한 형태로 인식하고 있다.
25) 강철수, 앞의 논문, 8쪽, 18쪽, 28~37쪽, 46쪽.
26) 이근삼, 앞의 책, 246쪽, 377쪽. 이근삼은 보톰레이(Gordon Bottomley), 오든(W. H. Auden), 엘리엇이 시극 부흥을 위해 노력했고, 자연의 질서, 지성의 질서, 자비의 질서를 내세운 엘리엇이 질서의 회복과 인간성의 회복을 위해 압축되고 고상한 시극을 다시 시작해야 한다고 주장했다고 언급하고 있다.
T. S. Eliot, 「시와 극」, 109쪽, 123쪽. 엘리엇은 시극이 그 본연의 자리에 복귀하기를 바란다고 했다. 이러한 시극의 위치 회복은 극시의 회복을 꿈꾸는 것이지만, 단순한 과거로의 회귀를 의미하는 것은 아니다. 한편, 인간이 왜소화된 현대에 있어서 인간의 위대함, 숭고함의 회복을 꿈꾸는 장르가 지속적으로 시도될 수밖에 없을 것이다.
김남천, 「소설의 운명」, 『인문평론』, 1940.11; 김준오, 『한국 현대 장르 비평론』, 164쪽. 김남천은 소설 개조론을 펼치며 루카치의 이론에 근거하여, 시성이란 서사시의 주인공인 영웅과 그가 속해 있는 사회와의 일체성을 말하며, 산문성은 장편소설의 주인공인 시민이 이런 원시적 공동체적 성격을 상실한 채 자기 자신을 위해 행동하고 자신의 행위에만 책임을 지는, 개인과 사회의 분열, 곧 시민 사회의 모순과 갈등을 가리킨다고 했다. 시극은 그러한 시성의 회복, 일체성의 회복을 꿈꾸는 장르다.

종래의 희랍 고전극, 셰익스피어의 시극과는 그 성격을 달리할 뿐 아니라 일종의 연극에 대한 반항으로서 환각적인 시운동이라 할 수 있겠다. 현대시극 작가들 … 자연주의 내지 사실주의에 입각한 극작 태도를 비판하고 표현주의 형태를 따르고 있다"27)라고 하고 있어, 이런 의미에서 시극 운동은 실험적(전위적) 행위로 볼 수 있다. 또한, 끊임없는 장르의 변화 과정 속에 시극이 어느 순간 격상되는 순간을 맞이할 수도 있을 것이다. 그 화려한 부활을 준비하는 것이 시극 운동의 행보일 수 있다. 이는 현대서사가 고대 그리스 서사시 장르의 부활을 꿈꾸는 태도와도 동궤에 있다 할 것이다.

근대 이전 서양의 거의 모든 문학은 다 운문으로 창작되었다.28) 이러한 전통으로 말미암아 극(劇)도 운문으로 씌어졌다. 이때의 극시는 근대 이전의 역사적 장르종 개념이다. 이것이 근대 이후 희곡으로 대표되는 극 장르로 정착되었으며, 근대 이후의 극은 근대적 정신을 반영하기에 적합한 산문극을 중심으로 발달되었다. 하지만 서구에서는 근대 이후, 산문극뿐 아니라 근대적 장르종으로서의 시극도 꾸준히 창작되어 상연되고 있다. 이러한 과정에서 근대 이전의 역사적 장르로서의 극시의 개념과 근대적 장르종으로서의 시극의 개념이 적지 않은 혼란을 일으키고 있는 것이 사실이다. 이는 두 개념이 역사적으로 접합되는 지점이 있기 때문에 자연스럽게 발생되는 일이다.

한편, 우리에게 있어서 개화기를 거쳐 근대로 넘어오면서 서구의 신극(근대극)이 도입되고 보급될 때, 산문극이 중심 장르로 전해져 활발히 창작되고 공연되었지만, 시극은 제대로 전해지지 못하였으며 그 창작과

---

27) 홍문표, 『현대시학』, 양문각, 1987, 341쪽.
28) 손명현, 「해설」, Aristoteles, 앞의 책, 12쪽. 소극(笑劇, mimes)과 같이 인물의 성격이나 태도를 묘사하는 산문으로 된 운율이 없는 시도 있었음.
권기호, 『시론』, 학문사, 1984, 323쪽. 권기호는 보편적 장르 개념으로서 극시란 말을 사용하고 있으며, 때로는 시적인 산문으로 된 것도 있다고 하였다.

공연도 그리 활발하지 못하였다. 이로 말미암아 시극의 명확한 개념이 형성되지 못하였고 신극 도입기에서부터 극시(근대 이전, 이후의 극시)와 개념 혼동 양상이 빚어지게 된 것이다.

2. 초(超)장르로서의 시극

초장르로서의 시극 개념은 1959년에 만들어진 동인 단체인 시극연구회(詩劇研究會)로 대표되는 시각이다. 특히, 최일수(崔一秀)는 모든 예술 장르가 각자의 개성을 완전히 평등하게 드러내면서도 그것을 지양하여 종합되는,[29] 새로운 차원의 초(超)장르로서의 시극 개념을 제시하고 있다. 이는 이론적 장르들을 초월하는, 원시종합예술체의 현대판으로 인식되는 개념이다. 최일수는 이 시극을 그들(시극동인회)이 창현한 새로운 문학예술 장르로 규정한다. 그런 의미에서 전위적이라 할 수 있다. 그는 서구의 현대시극에 입각[30]해 있으면서도 그것을 넘어서는 시극 이론을 제시하려고 한 것이다. 그의 주장의 핵심 맥락을 정리해 보면 다음과 같다.

그는 새롭고 광범한 문학예술 운동으로서의 시극 이론을 제시한 것으로 보인다. 시극은 가장 완전한 형태의 종합예술로서, 현존하는 모든 예술을 보다 높은 세계로 발전시키고, 모든 예술상의 장르를 종합하여 하나의 주제와 하나의 상황 속에서 이루어내는 새로운 차원의 높은 문학예술의 세계라고 이야기하고 있다. 또한 장르가 고도로 발전해 나가는 과정에서 교합되는 복합감각의 종합적인 이미지가 무대의 종합적인 상

---

29) 최일수, 「시극과 종합예술」, 408쪽, 411쪽, 413쪽; 최일수, 「시극의 가능성」, 『현실의 문학』, 형설출판사, 1976, 430쪽, 435~438쪽; 최일수, 「시극의 현대적 의의」, 『현실의 문학』, 440쪽, 448쪽.
30) 최일수, 「시극과 종합예술」, 367쪽.

황 아래서 모색되고 이루어진 장르[31]라고 말하고 있다. 이것은 그가 시극(문학예술)에 대한 하나의 궁극적 이상(理想)을 제시한 것으로 파악된다. 그는 단순한 극으로서의 시극을 이야기하는 것이 아니라 그것을 초월하여, 창조의 근원적 계기를 개시하는 시적 비전으로 일관된, 모든 예술 장르의 완전한 다성적 종합[32]을 이루어 내는 초월적인 장르를 추구하고 있는 것이다.

그래서 그는 셰익스피어의 운문극 「햄릿」을 예로 들면서, 결코 시어를 접종시키지 못했으며, 부분적으로 시를 접종시켰다 가정하더라도 그 자체는 극시조차 될 수 없다고 했다. 그것은 시어란 시라고 하는 하나의 통일된 작품 속에서만 시어로서 생명이 있는 것처럼, 시를 부분적으로 삽입한다 해도 그 삽입된 것이 시가 되지 못하기 때문이라고 했다. 만일 부분적인 것이 아니고 전부가 시로 된 극이면 그것은 극도 극시도 아닌 시극이 된다고 했다. 곧, 시극이란 작품 전체가 하나의 완전한 시로 이루어진 극을 말한다. 그래서 「햄릿」은 극시지 시극이 아니라고 했다.[33]

최일수가 이야기하는 시극은 다음과 같은 것이다. 그가 지칭하는 가장 완전한 형태의 종합예술인 시극에서, 시는 가장 핵심적인 역할을 한다. 그리고 시가 지니는 영원한 창조의 근원적 계기성과 극이 가지는 종합적 광장성의 합일이 핵심이다. 시극은 시와 극이 각자의 개성을 가지면서도, 둘이 합일되어 이미 시도 극도 아닌 새로운 장르가 되는 것이다. 이를 통해 과거(서사성)와 현재(서정성)를 내포하여 그것들을 통일하면서 내일의 세계를 열어가는 것이 그가 말하는 시극이다.[34]

이러한 최일수의 시극론은 헤겔의 미학에 상당 부분 의지하고 있는

---

31) 앞의 글, 369쪽, 371~373쪽.
32) 최일수, 「시극과 종합예술」, 376~377쪽; 최일수, 「시극의 현대적 의의」, 440쪽.
33) 최일수, 「시극과 종합예술」, 378~379쪽.
34) 위의 글, 380~385쪽, 415쪽. 그는 시극의 시를 핵심 요소로 극을 그에 합일되는 요소로 보았고, 시극이란 모든 예술이 종합된 것으로, 그가 비판하고 있는 이전의 종합 예술과 구별하려고 하고 있다. 그리고 영화(시나리오)가 극 다음의 위치에 놓인다고 했다.

것으로 보인다. 헤겔은 「예술철학」(1835)에서 모든 일정한 내용은 그것에 알맞은 형식을 결정한다. 예술은 헤겔이 '세계정신', '이념', '절대자'라고 부른 것이 전개되는 과정에서의 상이한 단계들을 표현한다. 이것이 예술의 내용이며 이 내용은 예술형식 안에서 자신을 계기적으로 적절히 구현시키려 한다고 했다.35) 또한 "극은 내용 및 형식면에서 보아 가장 완전한 총체로 완성되기 때문에 시나 예술 일반의 최고 단계로 인정되어야 한다"36)고 말하고 있다. 이러한 맥락에서 최일수가 새로운 차원의 시극 형식을 실험한 것은 '세계정신'에 대한 지향을 염두에 둔 큰 시각의 행위로 파악된다. 헤겔은 시가 미의 모든 총체성을 정신적인 방식으로 완전하게 산출하더라도 정신성은 여전히 결여되었다고 보았다.37) 그가 예술에 높은 위상을 부여했지만 예술이 정신의 진정한 관심사를 의식시켜 주는 최고이자 절대적인 방식은 아니라고 본 것이다. 예술은 특정한 내용에 한정되기 때문에 예술작품 속에서는 진리의 어느 특정한 범위와 단계만이 표현의 계기가 되며, 이러한 예술적 창조나 예술작품의 독특한 방식들은 더 이상 우리의 욕구를 채워주지 못한다고 보았던 것이다. 그래서 예술은 참된 진리와 생동성을 상실하고 표상의

---

35) Terry Eagleton, 이경덕 옮김, 『문학비평: 반영이론과 생산이론(Marxism and Literary Criticism)』, 까치, 1986, 33~38쪽.

36) Georg Wilhelm Friedrich Hegel, 최동호 역, 『헤겔시학』, 208쪽.

37) 위의 책, 208~214쪽; 황애숙, 앞의 책, 155~196쪽; 김준오, 『한국 현대 장르 비평론』, 72쪽; Paul Hernadi, 앞의 책, 104~105쪽; 민병욱, 『현대희곡론』, 삼영사, 1997, 29쪽; 조동일, 『한국 소설의 이론』, 지식산업사, 1977. 헤겔은 예술이란 유희물을 생산하는 것이 아니라 진리를 나타낸다고 확신했다. 예술은 감성의 표출이 아니라 절대정신의 드러남이고 인간을 통해서 이상적인 것을 표현하는 것이다. 또한, 예술형식 가운데 가장 정신적인 표현방식이 시이며 시의 원리는 정신성이라 했다. 그는 극시를 객관적인 서사와 주관적인 서정의 종합 곧, 변증법적 통합으로 보아, 시예술의 최고 단계로 보았다. 그는 총체성을 준거로 극을 인물들의 행위와 그 객관적 전개를 대상성에서 표현하되 운동의 총체성을 반영하는 것으로 정의한다. 극은 집약적이고 현재형이며 총체적인 행동이며, 극은 서사원리와 서정원리를 통합하는 종합적 모방 양식으로 극적 대화와 행위를 통해 인물들의 특수한 주관성을 객관화시키는 수단이다.

대상이 되어 버렸다고 본다. 예술은 절대정신의 한 표현이지만 종교와 철학보다는 낮은 단계인 것이다. 그래서 그는 시를 넘어서서 절대정신이 드러나는 마지막 형식인 철학을 추구한다. 철학은 절대자가 유한자 속에서 스스로 자신을 실현해 가는 역사적 과정 체계로서의 학문이다. 변증법적 전개 방식에 따라 정신은 주관적 정신, 객관적 정신에서 절대정신으로 나아가고, 절대정신은 다시 즉자적인 예술, 대자적인 종교, 즉자대자적인 철학으로 전개되어 정점에 이른다고 했다.[38] 최일수는 이러한 헤겔의 철학에 대한 지향을 변형시켜 '가장 완전한 형태인 종합예술'로서 '시극'이라는 형식을 통해 절대정신에 대한 지향을 추구한 것이라고 볼 수 있다.

또한, 최일수는 운문만이 시극의 전부가 될 수 없다고 하며 운문형태의 시극이 아니라 산문적 형태의 시극을 추구했다.[39] 하지만 그는 산문이 바로 시는 아니라고 주장한다.[40] 시가 되는 산문은 그것이 가진 기능, 시적 기능, 극적 효용성으로, 운율에 구속받는 비융통적인 운문으로는 도저히 표현할 수 없는 시각성, 내면 묘사의 선명함(명확함)과 치밀성, 다양성이 자유로운, 하나의 시로써 근원적인 계기성을 직관하는, 내면의 근원적 의미의 세계를 표현하는 것이다. 또한 산문은 무대언어의 밀도감에 있어서도 운문보다 낫다. 산문은 단순한 일상용어가 아니며, 그 자체가 하나의 세련된 언어형식으로서 통일성과 표현의 직관성을 가지고, 풍부하며 깊이 있는 시적 체험의 충실함을 유발시킬 수 있다고 말한다. 산문의 밀도감은 언어의 통일성과 표현의 직관성으로써 이루어지는 율동성 속에 있으며, 그 산문의 율동성 속에 세련된 언어형식의 통일된 직관성이 내재하고 있다[41]는 것이다. 이는 곧 현대시의 표현 수단은

---

38) 황애숙, 앞의 책, 155~196쪽.
39) 최일수, 「시극과 종합예술」, 389쪽, 367쪽. 2·30년대의 영국의 엘리엇이나 4·50년대의 딜란 토마스 등이 시도했던 산문적 형태의 시극에 입각한 것.
40) 위의 글, 400쪽.

율동화를 이룬 산문[42]이며, 시극의 문체를 시정신에 흠뻑 잠긴 산문율(내재율, 자유율, 심리율)의 산문으로 하자는 얘기로 들린다. 이것이 그가 지향하는 '신산문'[43]이라고 할 수 있다.

> 시극이 사용해야 할 언어는 정형적인 운문보다는 자유스럽게 표현할 수 있고 또 표상에 대하여 보다 풍부하게 이미지할 수 있는 현대어로서의 산문에 의존할 수밖에 없다. …… 현대시극이 산문을 그 표현수단으로 삼는다는 것은 지극히 당연한 일이다. …… 산문이 시극의 유일한 표현수단[44]

최일수는 엘리엇과 반대로 산문만의 시극(산문시극)을 주장한다. 그는 언어가 지니는 리듬의 미학을 좀 더 내면적으로 추구[45]하는 산문시극을 주장하고 있는 것이다. 그는 서로 형태와 성격이 다른 예술들의 내면에 흐르는 공통된 세계를 일관시켜 종합해 주는 시가 필요하고, 또 그 시에 유일한 표현수단인 산문이 필요하다며, 시(시정신)가 중심이 되어 모든 예술의 종합적 경지를 주도하고 새로운 차원으로 승화시키며, 시 자신도 승화된다고 말하고 있다. 그러면서 엘리엇의 시극은 진정한 시극이 아니며, 엘리엇은 죽은 운문을 다시 살려 재활용하고 있다고 평가했다.[46]

이러한 최일수의 산문 지향도 헤겔의 영향으로 볼 수 있다. 헤겔은 철학은 예술의 감각성을 객관성의 최고 형식인 사유의 형식으로 바꾼 것

---

41) 앞의 글, 387~391쪽, 393~394쪽. 또한, 그는 산문은 질적으로 다르게 운문보다 풍부하고 감각적이고 융통성 있는 표상이 가능하다고 했다.
42) 위의 글, 401쪽, 403쪽. 산문시를 포함한 시는 시적 조사(시어법)나 시정신, 율동화가 문제되는 것이지, 꼭 외형적 운율이 갖추어져야 하는 것은 아니다.
43) 위의 글, 398쪽.
44) 위의 글, 398~399쪽.
45) 위의 글, 399쪽. 그가 「시극의 가능성」에서는 내재율로서의 자유시로 된 자유로운 이미지의 시극을 주장하고 있어, 「시극과 종합예술」에서의 산문시극의 주장에서 후퇴한 듯한 인상을 준다.
46) 최일수, 「시극과 종합예술」, 424쪽, 386쪽.

이며 또한 종교의 주관성이 사유의 주관성으로 정화된 것이라고 말한다. 그러므로 예술을 지양한 종교와 철학은 예술의 최고였던 시도 지양한다. 시를 절대정신의 표현이라 하더라도 철학보다는 낮은 단계로 본 것이다. 그래서 언어의 내재적인 리듬을 벗어난 산문으로 이행하게 된다. 시예술보다 더 정신적인 철학의 언어는 운문보다 산문이 적합하다고 본 것이다. 헤겔은 예술보다 철학이 근대적 세계를 보편적으로 다룰 수 있다고 보았고 철학의 산문이 근대시대에 요구되는 것으로 보았던 것이다.[47]

결국, 최일수는 엘리엇이 이야기하는 시적인 산문극(산문시극)[48]을 지향하고 있는 것으로 보인다. 엘리엇이 시극에서 운문 형식을 통해서 모든 것을 표현할 수 있으며 그렇게 해야 한다[49]고 주장한 것에 대해, 최일수는 운문은 모든 것을 다 표현할 수 없는[50] 형식이고 모든 것을 다 표현할 수 있는 산문을 지향해야 함을 주장하고 있다. 최일수의 시극론은 엘리엇의 시극론에 자극 받아 형성된 것이지만, 근본적으로 헤겔의 변용을 통해 엘리엇의 시극론을 넘어서 보려는 시도를 보이고 있다. 여기에다 우리의 시가 서구의 시에 비해 운율이 선명하지 못함과 그리고, 시 자체의 추상적 상징성 등의 근본적 제약으로 말미암아 시가 표현할 수 있는 현실성의 폭이 넓지 않음으로 해서, 또한 현대시가 산문시를 지향하는 현대적 경향에 따라 산문이라는 표현 수단을 택한 것으로 보인다.

또한, 그는 시극을 상황의 예술이며 여러 예술이 하나의 상황에 합일

---

47) 황애숙, 앞의 책, 155~196쪽.
48) T. S. Eliot, 「시와 극」. 엘리엇은 존 밀링턴 싱(John Millington Synge), 매테를링크(Maeterlink), 예이츠(Yeats), 입센(Ibsen), 체호프(Chekhov) 등을 시적인 산문극을 쓴 작가들로 제시하고 있다.
49) 위의 글, 111쪽. "운문은 산문처럼 자연스러울 수도 있다."
50) 현실은 산문적인데, 음악과 시는 현실로부터 떨어지게 하는 속성을 가진 것으로, 현실을 표현하는데 한계를 가진 것으로 생각하는 경향이 있는 것 같다. 곧, 음악과 시는 현실을 세세히 표현할 수 없는 형식이라고 생각하는 것이 일반적인 시각인 것 같다.

되는 경지라고 이야기하고 있다. 상황이란 역사적으로 주어진 특정한 환경 밑에서 인물이나 사물, 장소, 수단, 동기, 시간 등과 관계있는 모든 여인(輿因)들이 종합되어, 그곳에서 우러나는 하나의 연대력을 가진 통일된 필연적인 상태를 말하며, 상황의 세계는 역사적 필연이라 했다. 또한, 사회 속에서 그 상황의 주인공인 역사적 전형을 창현해 내어야 하고, 현대에 이 상황의 주인공을 누구보다도 철저하게 어느 누구보다도 가장 리얼하게 포착하고 창현해 낼 수 있는 것이란 종합적 차원의 예술인 '시극' 이외는 없다고 했다. 이와 같이 그는 시극을 필연적 장르라고 말한다.[51] 여기에서도 최일수는 세계사적 개인(world historical individuals, 문제적 개인)을 통해 총체성이 분열된 근대(현대) 사회에서 총체성(근원적인 시적세계 상태)을 회복을 추구하는 헤겔의 이론을 변용하여 시극에 적용하고 있는 것을 확인할 수 있다.[52]

그는 시극을, 근원적인 창조의 계기를 직시하고 이를 개시하는 모든 예술의 근원으로서의 시정신의 세계가, 모든 예술의 전체적인 광장인 무대에서 여러 장르들과 완전한 통일을 이룬 종합적인 것, 운문체를 사용한 낡은 것(극시)이 아니라 이미지의 세계를 표현할 수 있는 현대 산문으로 된 것, 철저하고 진정한 상황의 예술로 정리하고 있다.[53] 이러한 그의 시극 이론은 헤겔의 관점을 빌려 기존의 이론적 장르들을 뛰어넘는 예술에 대한 하나의 이상을 제시한 것으로 볼 수 있다. 하지만 그의 시극이론은 대중성을 획득하지 못하였고, 일반화되지 못하고 말았다.

51) 최일수, 「시극과 종합예술」, 412쪽, 414~416쪽, 422쪽, 417쪽.
52) Georg Wilhelm Friedrich Hegel, 김종호 역, *Die Philosophie der Geschichte*, 사상계사, 1969, 87~88쪽; 황애숙, 앞의 책, 194쪽.
53) 최일수, 「시극과 종합예술」, 426쪽, 427쪽, 429쪽; 최일수, 「시극의 현대적 의의」, 441쪽.

3. 시극(詩劇)의 장르론적 특징

1) 시적 비전

우리는 장르론적 입장에서 대상 작품에 대한 보다 정확한 인식 제고를 위해, 하나의 이념상으로서 각 장르의 지점들을 설정하고 그것들이 어떻게 상호 작용하여 하나의 작품을 이루는가를 살펴보는 입장을 취할 수밖에 없다. 시극은 일차적으로 극이 서정적 부분을 지니고 있는 장르 혼합(복합적인 구조)으로 정의할 수 있다. 파울러의 장르 이론으로 이야기한다면 시극은 양식으로서는 시적이지만 외적 형식으로는 극이 되는 복합장르가 된다. 파울러는 형용사로 기술되는 양식의 용어가 역사적 장르의 명칭과 연관될 때 이 역사적 장르는 복합장르라 할 수 있지만 전체 형식은 오직 그 역사적 장르에 의해 결정된다고 했다.[54]

---

54) 김준오, 『한국 현대 장르 비평론』, 83쪽; Alastair Fowler, *Kinds of Literature*, Clarendon Press, 1982, p.56, p.107, p.106, p.236, p.108; 김준오, 『한국 현대 장르 비평론』, 83~85쪽, 17쪽. 양식(mode)은 종류의 특징들로부터 추출된 것 · 선택된 것으로 외적 특징, 구조적 특징을 갖지 않는다. 종류(historical genre, 장르종)는 역사적 산물이기 때문에 소멸하게 마련이다. 그러나 파울러는 소멸보다는 장르의 변화로 해석한다. 외적 형태는 끊임없이 급격히 변화하고 이 변화의 중요한 국면이 양식이다. 양식은 앞서 있었던 종류가 소멸한 뒤에도 그 종류의 특징을 지니면서 어떤 다른 외적 형태 속에 통합되어 모든 시대에 지속될 수 있다. 이는 종류의 비구조적 특징들이 다른 종류를 수식하는데 확장됨을 의미한다. 장르의 변화에 해당하는 이런 종류의 양식화에 있어서 중요한 점은 어떠한 종류라도 원칙적으로 양식화한다는 것이다. 그래서 그는 슈타이거의 세 가지 근본 개념도 대표적 양식으로 장르가 아니라 한 작품이나 한 장르에 있어서 많은 요소들 가운데 단지 하나에 불과하다고 단정한다. 그는 짧은 종류들이 만들어낸 양식으로 격언적 · 속담적 · 만가적 · 찬미시적, 비교적 긴 종류들이 만들어낸 양식으로 서사시적 · 비극적 · 회극적 · 역사적 · 로만스적 · 전기적 · 피카레스크적, 비문학적 종류들이 만들어낸 양식으로 지형학적 · 신화학적 · 묵시록적 등 많은 양식들을 제시한다. 그는 슈타이거의 근본 개념은 유사 장르적 특성으로서 장르 이론에 부적합하다고 비난한다. 그에게 장르란 한 작품 전체의 유형이지 한 작품의 여러 요소 가운데 하나인 근본 개념은 결코 아니다. 양식은 내적 형식의 기능으로서 한 장르의 한 구성 요소다. 이렇게 장르류를 다룬 체계시학의 경우 양식은 이념형으로 그 갈래가 한정되어 있지

또한 기야르(Albert Guérard)의 9분법에 의하면, 극시는 극적 서정시(dramatic lyric)에 해당하며, 시극은 '서정적 극(lyrical drama)'[55]에 해당한다. 슈타이거도 '서정극'에 있어서, '극'이 대화형식을 가지고 있으면서 무대 실연을 위해 정해진 문학이라면, '서정적'이란 그 극이 가지고 있는 어조를 의미한다고 했다.[56] 헤르나디도 시극의 서정적 양상에 대해 언급하고 있다.[57] 이와 같이 '시극'이란 용어에서 관형사(형용사)로서의 '시적'은 극의 독특한 어조(양식)를 나타낸다고 할 것이다. 양식 개념의 적용을 통해 '시극'은 시적인 양식과 극 장르의 결합인 혼합장르로서 '서정적 극'의 전형이라고 할 수 있다.

시극에서는 극의 시화가 문제가 된다. 그런데 극은 본질적으로 청중에게 보여주는 행동이 되어야 한다. 상상적인 인물들(등장인물의 개성화) 간의 의사 전달인 행동으로 현실화되어야 하는 것이다.[58] 람핑의 말처럼 드라마(장면으로 현실화되는 텍스트)는 장면으로 옮겨놓을 수 있는 줄거리를 제시해야만 한다. 또한 대화적으로 구조화된 대화적 또는 극적인 시로서, 대칭해서 혹은 병존해서 발언하고 있는 교환 발화의 구조, 곧 대칭으로 첨예화된 것이나 조화롭거나 간에 모든 대화적인 시들, 장면으로 실현 가능한 대화적인 시들로서 서로가 말하며 행동하는 인물들을 제시해야 한다.[59] 이러한 근원적인 드라마[60]로서의 극과 시가 혼합된 장르가 시극이다.

만, 장르종을 중시하는 파울러에게 양식은 무제한적이다. 이렇게 장르는 변화하면서 연속되는 것으로 연속성을 가진다.

55) Paul Hernadi, 앞의 책, 76쪽; 김준오, 『한국 현대 장르 비평론』, 79~80쪽.
56) Paul Hernadi, 앞의 책, 37쪽; 민병욱, 『현대희곡론』, 33쪽.
57) Paul Hernadi, 앞의 책, 57쪽.
58) T. S. Eliot, 「시의 세 가지 음성」, 154쪽, 152쪽, 144쪽, 162쪽, 166쪽.
59) Dieter Lamping, 앞의 책, 156쪽, 147쪽, 146쪽. 그러나 꼭 어떤 줄거리의 연관 아래서 한 등장인물의 발화 또는 다수 등장인물들의 교환 발화(대화적인 발화)를 제시할 필요는 없다. 무언극도 존재하기 때문이다.
60) Peter Szondi, 송동준 역, 『현대 드라마의 이론(*Theorie des modernen Dramas(1880-1950)*)』, 탐구당, 1983, 6쪽, 14~15쪽.

‘시극’은 궁극적으로 시적 비전을 추구하여 시와 극이 완전히 융합된 극이라 할 수 있다. 그러면 ‘시적 비전(poesie)’이란 무엇인가? 슈타이거는 『시학의 근본 개념』에서 서정적, 서사적, 극적 등의 형용사를 사용하는 세 가지 양식이 근본적 인간태도들의 문학적 표명이며, 세 가지 장르적 태도, 곧 서정 양식, 서사 양식, 극 양식의 본질로서 서정적인 것에 ‘회상, 환기, 암시, 느낌, 기억, 영혼’을, 서사적인 것에 ‘표상, 매혹, 축적, 외관, 재현, 육체’를, 극적인 것에 ‘긴장, 유보, 강요, 증명, 투영, 정신’을 각각 등가시켜 설명한다.

슈타이거의 ‘회상(회감, 回感)’의 개념은 자아와 세계의 미분리 상태, 자아와 세계뿐만 아니라 리듬과 의미, 과거 · 현재 · 미래도 구분되지 않고 조화적으로 융합되어 있는 상태를 말한다. 이렇게 서정적 양식이란 사물과 영감 받은 시인의 내면세계 사이의 조화 곧, 주체와 객체 사이에 아무런 단절도 없는 것이다. 시인의 영혼은 유동적 요소인 정조를 타고 흐른다. 내면으로 향하는 회상(상호작용 · 동일화의 뜻, 기억과 다름)의 작용에 의하여 과거 · 현재 · 미래를 그 시혼의 고유의 본성으로 동화시킨다. 이렇게 모든 문학작품에서 서정적인 것의 표현은 문학작품으로 하여금 합리성의 제 한계를 뛰어넘게 한다. 또한, 자아와 세계가 자기 표현적 정조의 자극 속에서 융합되고 상호 침투하는 것, 곧 정조의 순간적 고조를 띤 카이저의 ‘대상성의 내면화’가 서정시의 본질이며, 이때 세계는 자아에 종속된다. 자아에 반영된 것으로서의 대상이 되는 것이다. 음향과 의미가 완전히 혼연일체를 이룬 것이 서정적 이상이며, 서정시에서 언어의 소리층이 띠고 있는 중요한 의의 때문에 만약 서정적인 것이 하나의 순수한 상태로 존재할 수 있다면 그것은 말하기보다 노래하기가 되기 마련이다. 또한 서정시는 높은 구문법의 논리를 회피한다. 서정양식은 산만하게 짜여진 문장들의 병렬적 연속 가운데 전개되는 경향이 있다.61)

슈타이거는 앞의 서정의 거리결핍에 비해, 극적 양식인 '긴장'에 대해서는 다음과 같이 설명한다. 정념(pathos)은 반드시 있어야 할 것에 대한 강제적 힘으로서 인간의 의지에 영향을 미치며, 문제(problem)는 부닥치기 위해 미리 내던져진 무엇이다. 이러한 의지(will)와 탐색(search)으로서 양자는 미래를 지향하기 때문에 근본적으로 일치한다.

이와 같이, 슈타이거는 문학이란 인간 존재의 본질을 구성하고 있는 태도를 표현한 것이며, 그 태도는 감정적인 것, 상징적인 것, 논리적인 것 세 가지라고 하고 있다. 감정적인 것은 자아가 세계와의 거리를 두지 않으며, 세계와 일치하는 것이다. 서정양식이란 자아와 세계 사이에 거리가 존재하지 않으며, 자아와 세계가 일치하는 양식이다. 논리적인 것은 자아가 세계와 관련을 맺으면서도 세계를 판단하며, 판단대상이 되는 세계는 스스로 질서와 분별력을 가져야 한다. 극양식은 극적 자아가 세계와 관계를 맺어가면서 질서와 분별력을 가지고 있는 세계를 증명하는 것이다.[62] 곧, 당위의 세계를 추구해 가는 것이 '극'인 것이다.

시는 순간의 장르로서 어두운 시대에 가장 적합한 문학 양식[63]인데, 이것이 주인공의 좌절이나 성취, 곧 사회의 붕괴나 궁극적 승리 그 자체에 초점을 두는 극[64]과 결합하여, 세계사적 개인(문제적 개인)[65]이 총체성이 분열된 근대(현대) 사회에서 총체성을 회복하기를 꿈꾸는 장르인 '시극'을 탄생시킨 것이다. 있는 것에 대한 불만과 있어야 할 것에 대한 갈망을 표현하는, 목표지향적이고 미래지향적인 파토스(pathos)와 문제

61) Emil Steiger, 앞의 책; Paul Hernadi, 앞의 책, 36~41쪽, 96쪽; Wolfgang Kayser, 김윤섭 역, *Das Sprachliche Kunstwerk*, 대방출판사, 1982, 520~521쪽; 조동일, 「시조의 이론, 그 가능성과 방향 설정」, 『고전문학을 찾아서』, 1976; 김준오, 『한국 현대 장르 비평론』, 68~69쪽.
62) Emil Steiger, 앞의 책; 민병욱, 『현대희곡론』, 33쪽.
63) 김준오, 『문학사와 장르』, 389쪽.
64) 김준오, 『한국 현대 장르 비평론』, 56쪽.
65) Georg Wilhelm Friedrich Hegel, 김종호 역, *Die Philosophie der Geschichte*, 87~88쪽. 헤겔의 용어인 세계사적 개인을 주인공으로 하는 극은 변혁기, 혁명기에 적절한 양식이다.

적인 상황과 미래에서의 해결가능성 곧, 있어야 할 미래에 대한 문제의식과 그것을 향한 의지를 특성으로 하는 문제적인 양식[66]인 극이, '시적 비전'을 내포한 서정장르(시)를 만난 것이 '시극'인 것이다. 이 같이 당위적 현실을 꿈꾸는 것은 문학의 본질일 것이다.

이러한 시각은 바로 유기론(organology)적 세계관과 연결된다. 유기론은 전통적 이론, 전통미학으로 전통적인 상징들을 이용하여 정서의 심층부에 호소하고자 하는 민족주의의 한 양상이기도 하다. 또한, 근대주의에 의해 파괴된 전통에 대한 향수를 내포한다. 유기론은 전통을 통해 주체가 자기 정체성(동일성)을 지키려는 노력이다.[67] 근대의 유기론은 삶의 전체성이 확인될 수 없는 혼란의 시기에, 유기적 삶의 해체라는 위기에 대응하여 생의 느낌들을 하나의 연속성으로 재구하려는 노력의 일환으로 생명의 전체성을 추구한다. 즉, 근대주의에 의해 파괴되어 분열된 현실과 대조되는 유기적 전체에 대한 시적 갈망을 내포하고 있다. 이것은 그 사유방법과 세계관에 있어서 전통의 세계를 사유의 근원으로 한다. 또한, 생명, 전체, 성장, 완성 등의 점진적 과정의 논리를 가진다. 유기론은 당면한 역사의 무대에 전개되는 현상을 부수적인 환상으로 배격하면서 생명이라는 본질을 향하는 신념체계다. 유기론은 근대주의라는 악으로부터 주체를 지키려는 이상주의적 담론이다. 이것이 지닌 시적 비전은 잃어버린 순수의 공간 혹은 조화의 공동체 곧, 유기적 전통에 대한 향수이다. 유기론의 미학이 서정의 철학과 구분되지 않는 것은, 이것이 기억의 현상학에 의존하는 이론이기 때문이다. 유기적 역사에서처럼 회극적 결말에 대한 염원은 시적 역설이다. 이렇게 유기적 민족과 유

---

66) 민병욱, 『현대희곡론』, 35~36쪽; 김준오, 『문학사와 장르』, 323쪽. 있어야 하는 세계를 애타게 갈망하고 추구하는, 그래서 욕망에 구속된 것이 극적 자아라고 언급하고 있다.
67) 구모룡, 「한국문학비평과 유기론적 전통」, 『한국문학논총』 제20집, 한국문학회, 1997.6, 263~265쪽. 유기론의 의의는 근대성 체계에 대한 궁극적인 극복으로 탈근대성 이론이라는 데 있다.

기적 역사의 관념은 상승적 희극구조를 가진다.[68]

　유기론은 자연유비의 발상, 연속성, 통일성, 생명성 등으로 볼 때 시의 이론이다. 시적 비전은 생 속에 내재한 생명현상으로 우주의 생명적 본질에 상응하는 정신이다.[69] 시적 지향은 근대적 삶의 상실과 해체에 대

---

68) 앞의 논문, 277~281쪽.

　장파, 유중하·백승도·이보경·양태은·이용재 옮김, 『동양과 서양, 그리고 미학』, 푸른숲, 1999, 118~144쪽, 36~51쪽, 75쪽, 84쪽, 150~158쪽, 162~166쪽. 문화는 자신의 정신적 기질에 따라 객관 세계를 구축하며, 문화의 정신적 기질이 세계관으로 외화된다. 인간은 모두 이러한 문화적 세계(우주) 속에 산다. '화해(和諧)'는 서로 다른 것들의 어우러짐, 다른 것들을 용납한다는 의미를 포괄하는 개념으로, 동서양 모두에서 문화적(미적) 이상이다. 우주의 발전 법칙과 연관된 인간의 발전은 최선의 방향으로 진행된다. 화해란 최선의 생존 상태와 최선의 발전 상태를 뜻하며, 인류가 추구하는 최고의 이상이다. 이는 인간과 자연, 사회·정치, 우주 전체와의 화해를 추구한다. 동양적 화해는 우주의 정체적 화해로, 모든 존재를 포용하며 대립하지만 서로 겨루지 않는 화해관을 가진다. 서로 이질적인 사물들이 어우러져 평행을 이루는 것, 상이한 요소의 배합 관계, 상보 관계, 상생 관계 곧, 상반상생(相反相生)을 추구한다. 곤경에 처한 동양인은 환상을 통해 화해에 대한 믿음을 보이며 그것을 갈구한다. 이런 환상 속에서 문화적 화해는 보존된다. 또한, 개인적 화해의 실현에 절망할지라도 문화적 화해, 천도의 법칙은 깊이 신뢰한다. 이러한 배경에서 동양에선 현실적 비극성과 문화적 비극이 극으로 표현되지 않았다. 이것은 탈춤 등 우리의 고전에서 현실적 비극의 양상이 해학적(희극)으로 처리되는 것을 통해 확인할 수 있다. 서구적 화해는 피타고라스에서부터 미의 본질로 인식되었으며, 우주적 화해를 추구했다. 화해는 합리 속에 존재한다. 서구적 화해는 '대립―투쟁―화해'의 과정을 거친다. 전쟁은 보편적이며 정의란 투쟁이다. 모든 것은 투쟁과 필연성을 통해 만들어진다. 화해는 사물의 발전과 변화의 문제인 것이다. 화해를 대립물의 투쟁으로 보며, 투쟁과 부정, 신생(新生)을 강조한다. 대립을 통한 발전, '부정→전진'은 서구 문화의 기본적 특징이다. 이것은 필연적으로 비극의 형태를 배태할 수밖에 없으며 이것이 서구에서 비극이 발전한 이유다. 이로써 서구적 인물의 이상 추구는 언제나 개별적으로 나타나며, 서구적 화해 정신은 자아 완성에 대한 추구로 나타난다. 이렇게 서구 문화의 발전사는 끊임없는 소멸과 신생의 역사였다. 비극은 강한 행동력과 영웅적인 투쟁의 양상을 보이며, 그 결말은 쌍방의 멸망이다. 비극은 인간으로 하여금 멸망을 인정하고 멸망에 대해 물으면서 끊임없이 발전하게 한다. 서구의 비극 의식은 폭로에 치우치고 동양의 비극 의식은 보완을 중시한다. 이렇게 서구인들은 끊임없이 스스로를 부정했으며, 이념이 진화하는 논리적 구조를 중시했다. 반면, 동양인이 중시하는 것은 기가 만물로 변화하는 공능(功能)의 운행이다. 동양 문화의 이상 추구는 순환적, 서구 문화의 이상 추구는 직선적이다. 보존은 동양적 화해의 문화적 함의이고, 혁신은 서구적 화해의 문화적 함의다.

69) 구모룡, 『한국문학과 열린 체계의 비평담론』, 열음사, 1992, 53~54쪽.

응하는 생명적 본질을 옹호하는 것이다. 생명과정의 궁극이 완성이듯 시가 지향하는 바도 하나의 완성의 관념이다.

앞의 논의들을 통해, '시적 비전'이란 총체성을 상실한 인간이 그 총체성의 회복을 꿈꾸어 궁극적으로 근원적인 세계, 화해의 세계를 추구하는 의식, 곧 유기적 전체성에 대한 지향이라 정의한다.

그런데 현대의 시적 비전은 여기에서 나아가 확장된다. 람핑은 '시행 발화', '시행을 통한 발화'로 시(詩)를 규정할 것을 제안하고 있다. 또한 서정시에 대해, 서정적 발화는 개별 발화(단독 발화)로서 근본적으로 독백적인데, 화자 기준의 좁은 의미에서가 아니라 발화 기준의 넓은 의미에서 독백적이다. 서정적 발화는 겉으로 그것이 서정적이거나 비서정적이거나 간에 다른 발화로부터 구분되어 항상 자립적이다. 이렇게 발화 연관을 가지지 않음으로써 드라마적 독백(독백과 같은 개별적 진술)과 구분된다. 그러므로 이는 개별적인 화자의 표현일 필요는 없으며, 다수 화자의 공동적 표현일 수도 있다. 즉, 서정시는 전적으로 1인칭 단수를 통해서가 아니라 "2인칭 및 3인칭을 통해서 그리고 나아가 단수와 마찬가지로 복수를 통해서 말하는" 것이며, 나, 너, 그, 우리, 너희, 그들의 서정시를 말할 수 있는 것이다. 이렇게 람핑에게 있어 '서정적'이란 말은 정조적, 음악적인 분위기를 가진 것이 아닌 개별 발화의 구조를 가진 것이다. 예를 들어, 오직 한 등장인물이 발언하고 있는 모든 운문 드라마는 서정적 운문 드라마다. 순수한 모노 드라마로서 오로지 한 등장인물의 발화만을 담고 있는 베케트의 연극 『나는 아니다(Not I)』는 구조적 의미에서 서정적 드라마가 되는 것이다.

그는 또한, 시문학에 대해 가능한 한 포괄적인 장르로 규정하고, 서정적이라는 용어가 시적 발화에만 적용 가능한 것은 아니라며, 시적 발화들을 개별 발화, 교환 발화, 매개(적) 발화로 나누었다. 딜타이나 함부르거의 체험 개념이 서정시로부터 허구를 배제한 것에 비해, 람핑은 서정적 텍스트도 허구적이거나 허구를 기반으로 할 수 있다고 주장한다. 시인의 자리에 타자를 등장시킨 경우 그것은 허구적 발화이다. 람핑은 서정시를 체험 내지 정조의 서정시라는 좁은 울타리로부터 끌어내고 있다. 서정시의 개념 규정에서 비 미메시스적인 문학이라는 굴레를 벗겨주며, 서정시는 주관적 문학도 아니라고 얘기한다. 즉 서정시는 주관적 문학이 아니며, 미메시스적인 문학일 수도 있는 것이다.[70] 이렇게 시와 서정시의 범주를 확대시키는 람핑의 시각은 본 연구자의 시극 개념을 정립하는 데 큰 시사점을 주었으며, 시극의 정의 · 범주를 확장시키는 데 응용할 수 있었다. 즉, 시란 시행 발화뿐 아니라 산문시까지를 포함하는 넓은 의미의 율동화를 이룬 것으로 그 개념을 확장시키는 것이 필요하다.

2) 운문(율문)과 율동화

'서정적 극'이란 용어에서 명사는 작품이 대화형식을 가리키는데 반하여 형용사는 언어의 음악적 의미로 작품의 기조(基調, Tonart)를 기술[71]한 것이다. 그러면 시는 운율과 관련해 어떻게 정의되는 것인가? 다시 말해, 시극은 운율을 가진 운문('운'이 발달하지 않은 우리 시에서 보다 정확한 용어는 '율문')으로만 씌어져야 하는 것인가?

민병욱은 운문과 시, 운문극과 시극을 구분하고, 시와 시극이 모든 것을 다 표현할 수 없다고 했다.[72] 그는 운문 형식의 극적 구성원리를 기준으로 드라마는 운문극(verse drama), 산문극(prose drama)으로 변별되며,

70) Dieter Lamping, 앞의 책, 38쪽, 105~109쪽, 113쪽, 125~126쪽, 132쪽, 154~158쪽; Oskar Walzel, *"Schicksale des lyrischen Ichs," in Ders.,* Das Wortkunstwerk, S. 265; Dieter Lamping, 앞의 책, 옮긴이 서문 iv—viii 참조.

71) Paul Hernadi, 앞의 책, 37쪽.

72) D. Gerstenberger, *"Perspectives of Modern Verse Drama"*, Modern Drama Vol. 3—No. 1, 1960, p.311; 민병욱, 「한국 근대 시극 <인류의 여로>에 대하여」, 215~216쪽, 219쪽.

이는 희곡텍스트에 있어서 언어 형식의 선택의 문제이고, 운문, 산문의 희곡적 연극적 기능이 서로 다름을 뜻한다고 언급한다. 운문은 산문이 전달할 수 없는 극적 메시지를 효율적으로 전달하기 위해서 사용되기도 하는데, 운문은 그 자체가 상징성과 리듬을 가지고 있으므로 극적 집중성과 극적 템포, 산문보다도 배우의 말과 행동, 극작가의 의도에 대한 적합한 이해에 이바지한다. 그래서 운문은 산문보다도 보다 높은 도적적 가치를 지니는 것에 사용된다[73]고 말한다.

운문의 기능원리를 준거로 변별되는 운문극 · 시극은, 드라마의 기교 / 드라마 장르, 기교로서의 가치중립적 개념 / 장르로서의 가치개입적 개념으로 변별된다. 또한 운문극과 시극은 한 편의 극적 텍스트에서 운문과 시만을 극적 언어로 사용한다는 것은 아니다. 운문극에서 운문과 산문이 텍스트 내에서 혼합되어 사용되는 것과 같이, 시극도 운문시극과 산문시극의 유형으로 나누어져서 혼용되기도 한다.[74] 이렇게 극은 운문극과 산문극, 이 둘이 혼합된 극, 시극은 운문시극과 산문시극, 운문과 산문을 필요에 따라 적절하게 조화시킨 시극으로 변별될 수 있다.

그런데 민병욱은, 시극 언어로서의 운문이, 운문극에서의 운문과 같이 무엇이든 표현할 수 있을 만큼 넓은 영역을 갖는다면, 그 운문은 전혀 시가 아니다. 단지 극의 상황이 고도로 강렬해져서 시가 자연스러운 어조로 변화할 때, 시극에서의 운문은 유일한 극적 언어로서 시가 된다.[75] 운문극은 비사실적 표현의 효과를 성취하기 위해서나 산문극보

---

73) J. L. Styan, *The Elements of Drama*, Cambridge University Press, 1982, p.28; M. Esslin, 원재길 역, 『드라마의 해부』, 청하, 1987, 64~66쪽; 민병욱, 『희곡문학론』, 민지사, 1996, 38쪽.

74) D. Donoghue, *The Three Voice*, Princeton University Press, 1966, pp. 3 ff.; 민병욱, 「한국 근대 시극 <인류의 여로>에 대하여」, 217쪽.

75) A. P. Hinchliffe, *Modern Verse Drama*, Methuen & Co. Ltd, 1977, p.73; 민병욱, 「한국 근대 시극 <인류의 여로>에 대하여」, 217~218쪽; 엘리엇, 「시의 세 가지 음성」, 147쪽. 이것은 엘리엇의 "시는 높은 강도에 도달한 극적 순간의 언어"이며, "단순한 운문이 아닌 시로 되어진 말"일 때 더욱 확연하다는 말에 근거하는 것으로 보인다.

다 높은 도덕적 가치를 옹호하기 위해서 사용되며, '시극'은 운문극에서 발생했지만 신화적이며 환상적인 내용을 성취하기 위해서나, 높은 도덕적 가치를 지니고 있는 운문보다도, 더 높은 도덕적 가치를 지니고 있는 것에 사용된다. 근대 시극에 있어서 그 도덕적 가치는 첫째, 영웅적 상황과 영웅적 형상을 포함하는 의사 역사적인 내용, 둘째, 상징적 행복을 찾기 위하여 존재하지 않는 환상의 나라를 상징적으로 탐색하는 환상적인 내용에 사용되어지는 것76)이라고 했다. 이러한 효과를 성취하기 위하여 등장한 근대 시극은 시와 극의 표현 형식 및 삶과 세계를 보는 관점을 융합시켜서 그 속에서 극의 새로운 실체를 찾아내려는 형식 실험이라는 것이다. 시극은 시와 극 사이의 단순한 결합이 아니라 상호융합에 의해 창조된 새로운 혼합 장르이다. 현대에 있어 시극의 등장은 연극의 최초의 형태인 운문극으로 되돌아가는 것이 아니라 운문의 희곡적(연극적) 기능을 최대화하거나, 산문으로 매개할 수 없는 희곡(연극)적 특성을 전달하기 위하여 시의 예술적 기능을 혼유하기 위해서 발생한다는 것이다.77)

민병욱은 앤더슨(M. Anderson), 호튼(N. Haughten), 엘리엇의 주장들을 수용하며, 시는 극을 위해 자연스럽고도 완벽한 매개물이며, 산문극은 연극이 줄 수 있는 오직 일부만을 전달하는데, 시극은 산문극보다 훨씬 심각하고 흥미진진한 것을 줄 수 있다고 주장한다. 그는 힌클리프(A. P. Hinchliffe)와 호튼이 제시한 시극 특성을 정리하면서, 시극은 일반적으로 신화와 역사적 사실을 다루고 있지만, 반드시 직접성과 현시성을 배제해야 하는 것은 아니다. 시극은 일반화에의 경향을 가지지만 언제나 특

---

76) D. Gerstenberger, op. cit, p.24. 그런데 시극이 꼭 도덕적 주제에 한정되어야만 하는 것인가? 인간의 숭고한 정신적 가치 추구는 옳은 방향이나, 도덕적인 것에 한정된 것일 수만은 없다.

77) 민병욱, 「한국 근대 시극 <인류의 여로>에 대하여」, 224쪽, 217~218쪽; 민병욱, 『희곡문학론』, 38~39쪽, 105쪽. 시극은 쏜디(P. Szondi)에 의하면 현재적인 인간 상호간 사건의 문학형식인 희곡이 양식상 처한 위기를 해결하려는 시도로 생산된 것이라 했다.

수를 일반과 관계 지운다고 말한다. 또한 산문시극이 시적 관습이나 규범의 제약을 상대적으로 더 받는다고 했다.[78] 이것은 엘리엇이 산문이면서도 시적인 것을 쓰려면 극작가는 언제나 일관해서 시적이어야 하기 때문에 그의 창작 범위는 극히 제한을 받게 된다(제재에 제약을 받는다). 시적인 산문극을 쓰려는 사람은 지나치게 시적인 것을 쓰도록 해야 한다. 산문으로 쓴 시적인 극은 운문으로 쓴 시적인 극보다는 한층 더 시가의 인습에 의해서, 즉 어떠한 제재가 시적인 것이 될 수 있는가 하는 우리들의 인습적인 관습에 의해서 제한을 받게 된다고[79] 한 것을 정리한 것이다.

그런데 시극은 일반적 차원과 구체적 차원을 동시에 표현할 수 있는 장르이다. 또한 그 표현 수단이 운문, 산문 어느 쪽도 가능하다. 사실 민병욱도 "진정한 극적 운문은 셰익스피어가 그렇게 한 것처럼, 가장 실제적인 사실을 말하는 데 사용할 수 있는 것"이라고 한 엘리엇의 말을 '시극' 특성 항목으로 정리하고 있어, 스스로도 시극이 절대적 경지만을 추구하는 것이어서는 안 된다는 시각을 내비치고 있다.[80]

엘리엇은 지금까지의 시극이 일반적으로 그 제재를 어떠한 신화에서 취하거나, 극중 인물들이 현실의 인간으로 인정을 받을 필요가 없고, 따라서 운문으로 말할 수도 있으리만큼 현재에서 멀리 떨어진 역사적인 시대에 속해 있어야 한다고 인정되어 왔다고 했다. 하지만 우리들 자신과 같은 옷차림을 하고, 우리들과 같은 주택이나 아파트에서 살고, 전화와 자동차와 라디오를 사용하는 사람들이 말하는 운문을 들을 수 있도록 만들어야 한다. 우리가 해야 할 것은 시를 관객이 살고 있는 세계, 즉 관객

---

78) 민병욱, 『희곡문학론』, 105쪽, 106~107쪽.
79) T. S. Eliot, 「시와 극」, 117쪽.
80) 민병욱, 『희곡문학론』, 106쪽. "시극작가는 관객이 현재 살고 있고 또한 극장을 떠나며 되돌아가는 그 현실세계로 시를 가지고 가도록 해야지, 관객을 자신의 세계와 다른 어떤 상상세계 ― 시가 허용하고 있는 그 비현실세계로 이송시켜서는 안 된다."라는 엘리엇의 말을 인용하고 있다.

이 극장을 떠나 나올 때 돌아가는 세계에 끌어들이는 일이다. 그것은 관객을 그 자신의 세계와는 전연 다른 세계, 시가 용납하는 비현실적인 세계로 옮겨 가는 일이 아니라, 관객이 시를 듣고 있는 것을 깨닫는 순간, 스스로 '나도 시로 말할 수 있다'고 말하도록 만들어야 하는 것이다.[81]

일반적으로 산문극이 보다 직접적인 세계의 모습을 다루는 데에, 시극이 근원성의 세계를 다루는 데에 더 많이 사용되어 온 것은 사실이다. 엘리엇도 산문극작가들이 산문으로 씀으로써 표현상의 제한을 받았던, 감정의 특수한 영역은 그것이 최고도에 달한 순간에는 시에 의해서만 표현할 수 있다고 말한다. 그래서 시극이 추구해야 할 이상으로, 극적 질서와 음악적 질서의 두 면을 동시에 나타내도록 인간의 행동과 언어로 설계해 놓은, 완전한 운문 시극을 추구했던 것이며, 이러한 것이 셰익스피어의 몇몇 장면이 성취했다고 평가했다.[82] 하지만, 엘리엇은 "진정한 극적 운문은, 셰익스피어가 그렇게 한 것처럼, 가장 실제적인 사실을 말하는 데 사용할 수 있는 것"[83]이라는 말도 하고 있다. 또한, 엘리엇은 운문이 자연적인 표현이 될 수 있으리 만큼 강렬한 극적인 상태에 도달하였을 때에만 그것은 '시'가 될 것이다. 그런 때 시는 감정을 표현할 수 있는 유일한 언어이기 때문이라고 말하고 있다. 하지만 이것은 시(운문)가 극과 온전히 융합되어야 함을 강조한 말이다. 이것은 곧 이어 그가, 과장적으로 들리지 않게 하면서도 최고조의 표현을 하고, 동시에 단조로움을 피하면서 격조를 떨어뜨림이 없이 일상적인 평범사를 말할 수 있는 것은 대단히 중요하다. 말해야 할 것은 모두 말할 수 있는 운문의 형태를 추구해야 하고, 극적 가치에 의해서 정당화할 수 없는 시는 한 줄도 사용해서는 안 된다고 말한 것을 보아도 알 수 있는 것이다. 엘리엇은 셰익스피어가 "회화적인 구어체의 운문, 극적 운문을 완성"한 것처럼 모든 것

81) T. S. Eliot, 119쪽, 123쪽.
82) 위의 글, 129~130쪽.
83) 위의 글, 「시와 극」, 117쪽.

을 다 표현할 수 있는 운문 시극을 추구했던 것이다.[84]

엘리엇은 언어에 관한 문제에 있어, 일반시가 회화적(會話的) 효과를 낼 수 있는 신축성이 없으므로, 모든 극에 일반적으로 사용하기 위한 관용어와 운율의 문제를 추구하여 현대적 어법에 가까운 리듬을 발견하고자 했다.[85] 곧, 운문을 통한 일반적인 극적 언어의 탐색, 보편적인 시극의 작법을 찾고자 했던 것이다. 그는 극이 반드시 협조를 맺어 나가야 할 일상적인 세계와 접촉을 유지해 나가면서, 가능한 한 이 방향으로 깊이 찾아 들어가는 것이 시극의 본래의 목적이라 했다. 일상적 현실에 확고한 질서를 부여하고, 나아가서 현실 속에 존재하는 질서를 감지케 함으로써, 우리들을 평온과 정밀(靜謐)과 조화의 상태로 이끌어 가고, 그 다음 우리들로 하여금 안내자가 소용없는 세계를 향해서 홀로 걸어 나가도록 하는 것이 궁극적으로 예술(시극)의 기능이라고 했던 것이다.[86]

---

84) 위의 글, 112~113쪽. 시가 다만 형식화나 부수적인 장식이 아니고 극을 한층 더 강화하는 역할을 한다(116쪽). 작품의 한 줄 한 줄은 극적 타당성의 법칙에 의해서 판단되어야 한다(119쪽). 시는 절대로 행동을 방해하고 인물의 성격에서 떠나는 일은 없을 뿐만 아니라, 반대로 어떤 신비스러운 방법을 통해서 그 행동과 성격을 조장하기까지 해야 한다(125쪽). 극적인 시는 극적인 장면을 방해하지 않을 뿐만 아니라 그것을 강화하기까지 해야 한다(126쪽).

85) 위의 글, 121쪽, 124쪽. 엘리엇은 산문에 의뢰하지 않고, 모든 목적에 사용할 수 있고, 가장 긴장된 말과 가장 이완한 대화와의 사이의 끊임없는 전환이 가능한 운율의 형식과 관용어의 발견을 추구했다(127~128쪽). 그는 셰익스피어의 초기 운문의 딱딱하고 인위적인 것, 그리고 그 시적인 수식은 자연스러운 담화의 언어로 단순화되었고, 이 회화체의 언어는 다시 위대한 시에까지, 본질적으로 극적인 위대한 시에까지 지양(止揚)되었다고 말하고 있다(132~133쪽).
양명문, 앞의 글, 174-175쪽. 양명문은 우리의 현실 속에서 얼마든지 극시(시극)의 현대적인 주제와 소재들을 찾아낼 수 있을 것이라고 했다.
장호, 「시극의 가능성 —희랍극을 통해 본 극과 언어와의 문제」, 29쪽. 장호는 현대어법에 맞는 새로운 리듬의 창조가 엘리엇의 시극에 대한 평생의 과제였다고 말하고 있다. 그러면서 희랍 비극의 대화가 당시 희랍인의 일상회화의 리듬에 가장 가까운 것이었으며, 셰익스피어의 시가 그 시대인의 일상회화의 리듬에 가장 가까웠다라고 말하고 있다. 즉, 희랍극의 리듬인 Iambos와 셰익스피어의 Iambic이 그 시대의 보편적이고 창조적인 리듬이었다는 것이다. 결국 장호도 우리 시대의 일상회화의 리듬에 맞는 우리 시극과 시의 리듬을 주장하고 있는 것이다.

엘리엇의 '시극'에 대한 위의 시각 즉, 삶의 구체적 차원과 가장 실제적인 사실을 말할 수 있어야 한다는 주장은 지극히 타당하다. 그런데 최일수의 산문시극의 주장, 시적인 산문극이 있다고 인정한 엘리엇의 말, 그리고 우리시의 운율성의 제약, 실제의 창작 시극 등을 고려한다면, 그러한 것(삶의 구체적 차원)을 엘리엇이 운문만을 통해서 추구하려고 했던 것은 우리의 시극 양상과 들어맞지 않는다. 또한, 산문은 시처럼 근원성의 세계를 제시할 수 없는 것인가? 쉽게 동의되지 않는다. 산문도 충분히 근원성의 세계를 펼칠 수 있다. 이렇게 볼 때 시극의 표현 수단은 운문, 산문 어느 쪽도 가능해 진다. 곧, 산문과 운문은 표현 수단, 문체의 문제일 뿐인 것이다.

람핑도 시가 아니면서 모든 서정적 시 장르로서의 서정시에 속하지 않는 서정적 텍스트들(서정적 쓰기 방식으로서의 산문으로 된 서정적 텍스트)이 존재할 수 있다고 했다. 곧, 서정적 쓰기 방식은 산문 텍스트에서도 실현될 수 있으며, 모든 서정적 시의 총화로서의 산문 서정시의 존재[87]를 언급하고 있다. 산문시란 산문으로 씌어진 시지만 산문 장르에 비해 짧고 압축된 형태이며, 행과 연을 파괴한 줄글 형태이며 심상과 리듬, 표현의 밀도 등 시적 장치를 지닌 것이다. 산문시의 이런 장르적 조건으로 시적 산문, 자유시, 짧막한 산문 구절로부터 산문시는 구분된다.[88] 산문시는 내재율은 물론 때로 율격적 연속을 탈 수도 있다.[89] 이

---

86) T. S. Eliot, 「시와 극」, 129~131쪽.

87) Dieter Lamping, 앞의 책, 133~134쪽.

88) Alex Preminger(ed.), 『프린스턴 시학 사전(Princeton Encyclopedia of Poetry and Poetics)』, Princeton University Press, 1974, 664쪽.

89) 김준오, 『한국 현대 장르 비평론』, 98~99쪽. 보들레르가 산문시라는 장르 명칭을 공식적으로 부여했다.
Dieter Lamping, 앞의 책, 35쪽, 60쪽. 산문시는 산문적 시, 산문으로 씌어진 시, 시행을 갖추고 있지 않은 시, 자유시행으로 씌어진 텍스트들, 산문을 통한 시로 언급되어 있다. / 59~62쪽. 람핑은 '시행의 결핍'(퓔레보른)으로 이야기한 시적 텍스트(문학)로서의 산문시에서 산문도 시도 다 함께 중요하다는 퓔레보른(Ulrich Fülleborn)의 말을 인용하면

렇게 산문시(prose poetry)는 산문체의 서정시, 곧 산문체로서 서정적 내용이 특징인 산문적 시로 정의할 수 있을 것이다.

형식주의자들은 그들의 운율론에서 운문의 주도자(the dominant), 곧 주도적(형성적) 요소를 리듬으로 봤다. 넓은 뜻의 리듬이란 일정한 시간 간격을 두고 비슷한 현상이 상호 교차하는 것이다. 즉, 작품의 소리 · 뜻의 복합체를 조직, 형성하는 것이다. 이렇게 시에서 뚜렷한 율격 · 두운 · 압운 등이 없어도 리듬은 형성된다. 즉, 리듬의 형성 원리에 따라 강조된 요소와 약화된 요소 사이의 긴장의 흐름, 투쟁에서 생기는 힘의 감각이 시의 리듬이 된다. 이러한 리듬은 구체적인 작품의 음성 · 의미의 복합적 조직에서 형성된다. 이렇게 형식주의자들은 음운론, 나아가 구문, 문단, 전체 작품의 리듬론을 주장했다. 이를 통해 리듬과 의미 사이의 연관성을 밝혔던 것이다. 전통적 율격이나 일상 언어의 자연적 억양과의 대조감 속에 리듬이 뚜렷이 지각되는,[90] 작품 내부에 있는 시적 의미 요소를 중시하여, 이것에서 리듬을 찾으려고 하였다.[91]

람핑도 운율적으로 통제되지 않은, 최소한 어떤 자의적인 산문 텍스트 이상의 것이 아닌 시작품들이 존재하며, 시행 발화[92]와 산문 발화 사이의 차이는 율동화(Rhythmisierung)의 차이일 뿐 운율화(Metrisierung)의 차이는 아니라고 결론짓는다. 또한, '산문의 문장 리듬', '산문 발화의 자연스러운 율동'까지 언급하고 있다. 람핑의 언급은 산문시에 관한 것이며, 위의 형식주의자들의 리듬론도 산문시에 확대 적용해 볼 수 있는 것으로, 이러한 시각은 외연과 내포의 충돌(tension) 및 의미의 충돌을 통한 산

서, 산문시는 결코 혼합 장르가 아니라고 말한다. 그는 시와 산문시를 구분하고 있다.
90) 이상섭, 『언어와 상상』, 문학과지성사, 1980, 59~64쪽. 리듬은 일상의 언어에 대해 리듬의 충격을 가한다.
91) 임종찬, 『고시조의 본질』, 국학자료원, 1993, 157쪽.
92) Dieter Lamping, 앞의 책, 44쪽, 46~48쪽, 40쪽, 379쪽. 자유 리듬, 자유 시행은 시행의 기본 형식이다. 시행은 운율적으로 통제될 수는 있지만 꼭 통제되어야 하는 것은 아니다. 운율과 각운(압운) 제약은 자주 나타나는 현상이지만 모든 시행에서 필연적으로 발견되는 것은 아니다. 곧, 발화의 율동적인 분절(분화)이 시행 구성의 최소 규정이다.

문시로 된 극도 산문시극으로 보게 하는 근거를 제공한다.

결과적으로, 김준오의 "구비와 기록, 또는 운문과 산문의 구분은 해당 장르가 어느 큰 갈래에 귀속되는가의 문제에는 전혀 도움이 되지 않는다"[93]라고 한 말과 같이 산문, 운문이라는 표현 수단은 단지 문체의 문제에 불과한 것이다.

서구의 시극 개념이 우리의 시극 개념으로 수용되는데 가장 큰 문제가 된 것은 위에서 언급해 온 운문의 문제이다. 거기에 전근대적인 극시와 엘리엇의 영향력은 대단히 컸다. 전근대적 극시가 운문으로 이루어진 것이고 엘리엇도 운문형식의 시극을 지향했기 때문이다. 그러므로 우리에게서 시극은 운문(율문) 문제와 밀접히 관련되어 있는 것으로 인식되어 왔다.

위의 논의들을 종합해 보면, 운문은 시극을 위한 절대적인 양식일 수 없으며, 산문과 함께 단지 표현의 한 수단(문체)일 뿐이라는 결론에 도달하게 된다.[94] 위에서도 언급했듯이, 우리의 시극 개념 또는 시극 운동

---

93) 김준오, 「서술시의 서사학」, 25쪽; 김준오, 『한국 현대 장르 비평론』, 118쪽. 운문과 산문은 오늘날 그 효력을 상실한 장르 개념이라 했다.
　　곽홍란, 앞의 논문, 58쪽. 곽홍란은 현대시극에서 요구하는 것은 모든 대사의 운문적 활용이 아니다. 운문의 삽입이나 특수한 사용을 통해 공연의 미학적 성과를 거두는 것이라고 하고 있다.

94) Terry Eagleton, 박령 옮김, 『시를 어떻게 읽을까』, 경성대학교출판부, 2010, 49~54쪽. 람핑을 거쳐 이글턴에 이르러 운문과 산문의 이항대립적 논의가 무의미하고 불필요함이 명백해졌다. 이글턴은 시와 산문의 구별은 제거될 때가 되었다고 선언한다. 시의 언어의 특질 곧, 시적 특성이 압운, 율격, 운율, 이미저리, 시어, 상징주의, 알레고리, 비유적인 말, 애매성, 은유, 암시적인 함축 등으로 이야기되지만, 이것들을 사용하지 않는 시들이 많고, 또한 아주 많은 산문이 이러한 것들을 사용하고 있다. 산문은 일반적으로 압운, 율격을 사용하지 않는다. 하지만 율격이 없는 시들도 많으므로 이것이 시에 본질적인 것은 전혀 아니다. 산문은 내운(interal rhyme)을 사용할 수도 있고, 언어음악, 말의 수사, 고양된 언어 등의 사용이 매우 흔하다. 시의 '행 끝맺기'는 시인 자신이 결정하지만 특정한 종류의 율격은 행들의 끝맺음을 결정하기도 한다. 반면, 산문은 행이 어디에서 끝나느냐에 무관심한 글이다. 하지만, 산문이 활용하지 않는 시적인 기법은 별로 없다. 산문은 서정적이며 내성적이고 섬세한 감정으로 넘쳐날 수도 있으며, 반대로 시가 산문적일 수도 있는 것이다.

은 언어에서의 넓은 의미의 음악적 효과인 율동화를 통해 판가름되어야 할 것이다. 여기에 우리 시극의 특수성이 있다.

시와 산문의 차이는 전통적으로 운율의 문제에 있었지만, 시가 운율의 구속을 지양하는 양태로 보아, 적어도 현대에 있어 운율의 문제는 더 이상 시와 비시를 구별하는 유용한 표지가 되지 못하며 율동화에 그 준거가 있다. 이렇게 시극의 표현 수단은 운문에만 국한될 수 없으며 산문도 시극의 언어가 될 수 있는 것이다. 이렇게 운문이 시극의 필요충분조건은 아니다. 운문과 산문의 형식적 분류는 장르론에서 무의미한 것이다.[95]

3) 시적 조사(措辭)와 장치

이렇게 본다면, 우리는 시와 비시의 변별 준거로 언어 용법의 차이를 제시해 볼 수 있다. 즉, 언어의 용법상의 문제인, 비유(figures of speech)와 풍부한 상징, 깊이 있는 이미지를 통한 모호성, 곧 다의성의 정도와 같은 시적 조사(詩的 措辭, poetic diction, 시어법)가 시와 비시를 구별하는 보다 유용한 표지가 될 수 있다. 시적 조사는 시극과 관련해, 절약된 대사와 생략, 어구의 반복에 의한 율동화, 연쇄법에 의한 대사의 연계 등 리드미컬한 언어의 사용, 리듬에 의한 고도의 조직성과 압축성, 상징, 비유, 집약성(concentration), 조직의 긴밀성(more closely organized), 압축의 원리에 의한 암시성의 강조 등을 들 수 있다.

그런데, 극에 있어 모호성은 극의 직접성에 견주어 볼 때, 그 정도가 심하게 되면 관객의 호응을 받기가 어려워진다. 다시 말해, 관객에게 호

---

95) 김준오, 「서술시의 서사학」.
　　T. S. Eliot, 「시와 극」, 110쪽. 엘리엇은 "우리가 무대에서 산문을 사용하든 운문을 사용하든, 그 둘은 모두가 목적에 대한 수단에 지나지 않는 것이다"라는 말을 하고 있다.

소력을 얻기 어렵다. 연극의 3요소를 굳이 언급하지 않더라도, 관객이 없는 극은 성립하기 어렵다. 고대 그리스극도 음율(운율)을 가진 시극의 형태이지만, 그 소재와 내용은 관객에게 잘 알려진 것이었다. 그래서 시어의 용법상의 문제를 전혀 가지지 않았다. 하지만, 현대에 있어서의 시극 조건은 그렇지 못하다. 그러므로 현대에 있어 시극은 일회성에 의해 지배되는 연극의 특성에 비추어 너무 모호하게 되면, 관객의 외면을 받게 될 소지가 크다. 김준오는 언어의 투명성은 서사장르에 관련되고, 언어의 불투명성, 모호성은 서정장르와 관련된다고 한 바 있다. 이야기가 전경화된 서술시에서 이미지가 약화되는 것은 지극히 당연한 현상[96]이라고 언급한 것과 같이 서사에 비해 이미지와 은유가 강화된 시극은 서정과 서사의 중간적 모호성을 가지는 것이 되어야 할 것이다.[97]

이와 함께, 시극에서는 시적 장치들을 통해 그 시적 특성을 드러낼 수 있다. 이러한 시적 장치들에는 소리와 노래의 반복적 사용을 통한 리듬감의 형성, 소리 등을 통한 상징, 느릿한 동작을 통한 리듬감의 형성, 환상성, 서정장르와의 교섭, 각종 오브제의 반복적 사용을 통한 리듬감의 형성 등 여러 방법을 쓸 수 있다.

4) 시극의 장르 규정

각 장르는 하나의 이념상으로서 그 지점이 설정될 필요가 있다. 앞의 논의들을 토대로 시극의 개념을 도출해 보기로 한다.

시극은 일반적 차원(근원성의 세계)과 구체적 차원(실제적이고 직접

---

96) 김준오, 「서술시의 서사학」, 29쪽.
97) 양승국, 『희곡의 이해』, 태학사, 1998, 111~112쪽. 극의 언어는 시어와 일상 언어의 특징을 동시에 지녀야만 한다. 즉, 현실의 모방이라는 점에서는 일상생활의 구어체의 언어를 사용해야 하지만, 인생의 은유적 의미를 동시에 드러낼 수 있으려면 함축적이고도 상징적인 언어를 사용해야만 한다.

적인 세계)을 동시에 표현할 수 있는 장르다. 더욱이 우리의 시극은 최일수의 산문시극의 주장, 시적인 산문극을 인정한 엘리엇, 실제의 창작 시극 등을 고려한다면, 시극의 표현 수단은 운문, 산문 모두 가능하다. 또한, 람핑의 시의 범주를 확대시키는 시각은, 시란 시행 발화뿐 아니라 산문시까지를 포함하는 넓은 의미의 율동화를 이룬 것으로 그 개념을 확장시킬 수 있게 한다.

순간의 장르로서 어두운 시대에 가장 적합한 문학 양식인 '시'와 주인공의 좌절이나 성취 곧, 사회의 붕괴나 궁극적 승리 그 자체에 초점을 두는 '극'이 결합하여, 총체성이 분열된 근대사회에서 변혁기에 적절한, 세계사적 개인(문제적 개인)이 총체성을 회복하기를 꿈꾸는 장르인 '시극'을 탄생시켰다. 있어야 할 미래에 대한 문제의식과 그것을 향한 의지를 특성으로 하는 문제적인 양식인 극이 '시적 비전'을 내포한 서정장르(시)를 만난 것이 역사적 장르인 '시극'이다. 이러한 시각은 바로 유기론적 세계관과 연결된다. 유기적 역사에서처럼 희극적 결말에 대한 염원은 시적 역설이다. 이렇게 유기론은 시의 이론이다. 시적 비전은 생 속에 내재한 생명현상으로 우주의 생명적 본질에 상응하는 정신이다. 시적 지향은 근대적 삶의 상실과 해체에 대응하는 생명적 본질을 옹호하는 것이다. 생명과정의 궁극이 완성이듯 시가 지향하는 바도 하나의 완성의 관념이다.

시극은 시적인 양식과 극 장르의 결합인 혼합장르로서 '서정적 극'의 전형이다. 시극에서의 '시'는 시행 발화뿐 아니라 산문시까지를 포함하는 넓은 의미의 율동화를 이루고 시적 조사를 구사하여, 궁극적으로 시적 비전을 추구하는 양식으로 정의한다. 여기에서 '시적 비전'은 총체성을 상실한 인간이 그 총체성의 회복을 꿈꾸어 궁극적으로 근원적인 세계, 화해의 세계를 추구하는 의식이며, 유기적 전체성에 대한 지향이라 정의한다. 이를 통해 '시극'은 "표현수단이 산문이든지 운문이든지에 상관없이, 시적 조사와 시적 장치들을 구사하여 율동화를 이루고, 궁극적으로 시적 비전을 추구하여 시와 극이 온전히 융합된 '극'"으로 정의한다.

이제 이렇게 정립된 시극에 대한 개념 정의를 바탕으로, 최인훈의 시극 작품들을 구체적으로 살펴보도록 하겠다.

제3장. 최인훈 시극의 세계

   최인훈의 희곡에 대해 '시극'의 관점에서 연구한 것은, 신현숙의 「「봄이 오면 산에 들에」에서 침묵의 시적 기능(I)」(『인문과학연구』 Vol. 5, 덕성여자대학교 인문과학연구소, 2000), 손필영의 「최인훈 희곡, <옛날 옛적에 훠어이 훠이> 연구 ―한국 시극의 가능성을 위한 서설―」(『한국연극연구』 Vol. 3, 한국연극사학회, 2000)과 「한국 시극의 가능성을 위한 서설 ―최인훈의 <둥둥 낙랑둥>을 중심으로」(『드라마연구』 제24호, 한국드라마학회, 2006) 등이 있다. 신현숙은 「봄이 오면 산에 들에」에서 침묵의 의미구조가 어떻게 논문의 제목처럼 '시적 기능'을 하는지 명확히 제시하지 않고 있으며, 또한 이 작품에 '시극'이라는 장르 명칭을 부여하지도 않고 있다. 손필영은 「옛날 옛적에 훠어이 훠이」를 극시의 효과를 최대한 높인 '시극'이라고 보고 있어, '시극'과 '극시'에 대한 개념 구분을 하고 있지 않는 한계를 보여준다. 또한, 「둥둥 낙랑둥」에 대해서도 '시극'이라고 보면서 '극시'라고도 언급하고 있어, 여기서도 '시극'과 '극시'에 대한 개념 구분이 모호한 분명한 한계를 보여준다.

   이상일은 최인훈을 '극문학의 시인(Dichter), 극시인'이라고 했다. 그는 「둥둥 낙랑둥」에 대해 서사적 현실감과 서정적 환상의 적절한 짜임으로 극문학의 완전한 성립을 이룩했고, 흔들리지 않는 구성, 시로 장식된 지문, 압축된 대사, 대사의 시어적 긴장감, 그리고 넓은 의미의 시세계로 확대될 가능성을 지닌 디테일의 묘미 등을 가진 것으로 평했다. 또한 이 작품은 최인훈이 소설가에서 극시인으로의 찬란한 변신을 확고히 한 것으로, 이 작품으로써 그가 완전한 극시인임을 증명하여 극문학의 발전을 예견하게 한다고 했다. 그와 함께 최인훈의 작품들이 '연극의 읽는 즐거움'을 주고 있다며, 우리 문학사에서 희곡은 대본 수준에 머물러 서자 취급을 받아왔었는데, 최인훈으로 인해 희곡이 아니면 표현할 수 없는 극문학의 성립(발전)을 이룩했다고 평가하고 있다. 즉, 최인훈의 작품이 읽는 즐거움을 주며, 낭송의 극화의 한 전형을 보여 넓은 의미의 시의 경지를 보여주고 있다는 것이다.[1] 다시 말하면, 이것은 극이 시적 요소를 가져 '읽는 희곡' 곧, 문학의 한 전범을 보였다는 말이 된다. 또한, 그는 최인훈의 희곡들이 "압축된 지문과 대사의 시화(詩化)를 시도하고 있다. 주제를 선명하게 하기 위하여 가지를 쳐버리는 그의 드라마투르기는 신화나 민담 세계의 구비 전승 체계에 알맞게 '단순과 순화'의 기능을 의도한다."[2]라고 하고 있어, 그의 희곡들이 시적 요소를 가지고 있음을 다시 한 번 확인하고 있다.

김성희도 최인훈의 희곡들이 한국적 비극의 특성을 가진 명상적 비극으로서 시적 언어의 구사와 생의 비극성이 시적 이미지로 제시되어 시적 차원의 한국적 비극을 보여주고 있다고 평했다.[3] 그런데 이상일과

---

1) 이상일,「극시인의 탄생」, 370~375쪽; 이상일,「최인훈론 ―어눌과 시적 비전의 작가」, 『한국 현역 극작가론 1』(한국연극평론가협회 편), 예니, 1994. 여기에서 이상일은 최인훈의 회곡 작품들이 역사와 현실의 이중 구조적 복합성을 띠어 치열한 시대의식을 보여준다고 평했다. 또한 여기에서도 그는 최인훈 희곡들의 '역사의 서정적 윤색, 시적 상상력, 시적 환영, 시정신, 시적 비전' 등을 언급하고 있다.
2) 이상일,「극시인의 탄생」, 375쪽.
3) 김성희,「한국적 비극의 특성과 보편성 연구 ―최인훈의 비극을 중심으로」, 연극평론집 『연극의 사회학, 희곡의 해석학』, 문예마당, 1995, 391~416쪽.

김성희도 신현숙처럼 최인훈의 작품을 평가할 때, 시극에 대한 장르 개념 및 장르 의식을 전혀 염두에 두지 않고 있다. 본 논문은 이러한 기존 연구자들의 시극과 극시 개념의 혼란 양상과 장르 의식의 결여를 극복하고, 본격적인 장르시학의 관점에서 최인훈의 희곡들의 일부가 아닌 전 작품을 염두에 두고 총체적인 입장에서 살펴보기로 한다.

1. 부활의 시적 비전—「옛날 옛적에 훠어이 훠이」

「옛날 옛적에 훠어이 훠이」4)에 대해 손필영5)은 소리와 행동의 반복, 남편의 더듬는 말과 분절음의 반복, 그리고 2음보의 삽입시가 등을 통해 리듬을 형성하고 있다고 했다. 또한, 서사적 이야기를 과감하게 생략하고 침묵까지도 이미지처럼 사용하여, 상징적 이미지와 아이러니의 효과를 통해 삶의 아이러니와 허무를 보여주며, 비극적 비전과 비극적 황홀을 상징적(시적) 이미지로 제시하였다고 평가했다. 이 절에서는 연구사

---

4) 이 작품에 대한 연구는 김향, 「최인훈의 「옛날 옛적에 훠어이 훠이」 연구 : 극테스트의 비극적 구조 분석」, 연세대학교 교육대학원 석사학위 논문, 1998.8; 김동룡, 「「아기장수 전설」과 희곡 「옛날 옛적에 훠어이 훠이」의 비교연구」, 『기전어문학』 Vol. 3, 수원대학교 국어국문학회, 1988; 이상란, 「최인훈 <옛날 옛적에 훠어이 훠이>의 극작술 연구」, 『한국연극학』 Vol. 13 No. 1, 한국연극학회, 1999; 손필영, 「최인훈 희곡, <옛날 옛적에 훠어이 훠이> 연구 —한국 시극의 가능성을 위한 서설—」, 『한국연극연구』 Vol. 3, 한국연극사학회, 2000; 김남석, 「최인훈 문학에 나타난 난민의식 연구(최인훈 작품 세계 연구(2))」, 『한국문학이론과 비평』 Vol. 34, 한국문학이론과비평학회, 2007; 한귀은, 「희곡과 연극의 시청각적 약호 교육 —최인훈 <옛날 옛적에 훠어이 훠이>를 중심으로」, 『배달말』 제45집, 경상대학교 배달말학회, 2009; 김영삼 · 김장현, 「전통한지를 이용한 무대의상 연구 —연극 "옛날 옛적에 훠어이 훠이"를 중심으로—」, 『한국의류학회지』 Vol. 34 No. 2, 한국의류학회, 2010; 조보라미, 「'한국적인 심성의 근원'을 찾아서(최인훈 문학의 도정(道程))」, 『한국현대문학연구』 Vol. 30, 한국현대문학회, 2010 등이 있다.

5) 손필영, 앞의 논문. 이 논문은 「옛날 옛적에 훠어이 훠이」를 시극의 관점에서 연구한 것으로 의의가 있다.

검토에서 보았듯이, 이 작품에 대한 기존 연구의 한계를 넘어서서 앞에서 도출한, 본 연구자의 시극 정의를 바탕으로 내재적 접근을 통해 드라마투르기(Dramaturgie) 분석을 함으로써 이 작품의 시극적 양상을 본격적으로 짚어보도록 하겠다.

1) 소리 매체와 민요를 통한 상징

「옛날 옛적에 훠어이 훠이」는 1976년에 평안북도에서 내려오는 전설인 아기장수(탄생) 설화, 용마 사상을 바탕으로 창작되었으며, 같은 해에 극단 『산하』에서 처음으로 공연을 했다. 전체 네 개의 마당으로 1막 4장으로 구성되어 있다. 아기장수 설화[6]는 일종의 신이담(神異談)이다. 이 설화는 뛰어난 능력을 지닌 자가 주위의 반대나 무지에 의해 그 뜻을 펴보지도 못한 채 죽임을 당하는 모티프를 가지고 있다. 최인훈은 이 이야기가 '평안북도 전설'이라 했지만, 사실 이 이야기는 우리나라 곳곳에 다양하게 분포되어 있으며, 특히 제주도의 전설이 가장 전형적이다.[7] 이렇게 이 작품은 일차적으로 설화와의 장르 교섭을 통해 이루어졌다.

'첫째 마당'의 배경은 눈 내리는 겨울의 가난한 오막살이다. 무대는 '방바닥이 되는 네모난 마루 한 장', '사립문일 듯한 자리'라든지 마루에서 내려서는 것이 방에서 나오는 것이 되는 것처럼, 사실적이라기보다

---

6) 대체적인 내용은 다음과 같다. 옛날 어느 곳에 평민이 살았는데, 그의 아기는 태어나자마자 겨드랑이에 날개가 있어 이내 날아다녔으며, 힘이 센 아기장수였다. 부모는 아이가 크면 역적이 되어 집안을 망칠 것이라고 판단하여 돌로 눌러 죽인다. 아이는 죽으면서 콩 닷 섬과 팥 닷 섬을 같이 묻어달라고 유언한다. 이내 관군들이 들이닥치고 부모에게서 아기장수가 묻힌 무덤을 물어 찾아갔을 때, 콩은 말이 되고 팥은 군사가 되어 아기장수가 막 일어나려 하고 있었다. 이때 관군들이 다시 아기장수를 죽인다. 이후 용마가 용소(龍沼)에서 나서 주인을 찾아 울며 헤매다가 용소에 빠져 죽었다.

7) 이만기 엮음, 『한국의 대표 설화(하)』, 빛샘, 1997, 207~211쪽; 두산백과사전 EnCyber & EnCyber.com 참고.

는 상징적이다. 또한 문고리를 거는 동작 및 문고리를 흔드는 소리, 창호지에 비치는 그림자 등이 중요하게 기능하는 것 등으로 보아 창호지 바른 문을 상징적으로 설치하는 것이 필요하다.

아내는 임신을 한 상태이며, 남편을 기다리고 있다.

> 바람 소리
> 부엉이 소리
> 사이
> 천천히 방으로 돌아온다
> 기척에 돌아선다
> 사이
> 다시 걸음을 옮겨 방으로 돌아온다[8]

위처럼 본 작품은 느릿하고 반복적인 행위 진행이 일종의 리듬감을 형성하고 있다. '작가의 말'에서도 '대사 · 움직임이 모두 느리게, 더듬거리는 분위기가 나도록'[9] 할 것을 주문하고 있다. 또한, 지문에서 직접적으로

> 모든 움직임은 느리게, 한 가지 한 가지 그때마다 생각난 듯 / 느릿느릿 / 모든 인물들의 말은 보통보다 훨씬 느리다. 띄엄띄엄, 생각난 듯이 / 남편은 심한 말더듬이 / 모든 사람의 말의 주고받음이 답답하게, 그러나 당자들은 그것이 자연스럽게, 한 사람의 말이 끝나고, 받는 말이 시작되기까지의 사이도 보통보다 지독히 굼뜨게 / 아무것도 아닌 말을 그렇게, 어렵게 한다
> (81쪽)

라고 하고 있어, 노래와 같이 느리게 대사와 행동이 이루어질 것을 요구

---

8) 최인훈, 『옛날 옛적에 훠어이 훠이』, 80쪽. 앞으로 본서에서 인용할 때는 인용문에 쪽수만 표시하기로 한다.
9) 작가의 말, 『옛날 옛적에 훠어이 훠이』, 78쪽.

하고 있다. 노래란 뉘앙스를 살리기 위해 말을 천천히 하는 것[10]이며, 일종의 주문 같은 효과를 발휘하는 성격의 것이다. 이와 같이 이 작품은 노래와 같은 느리고 반복적인 대사와 행동, 그리고 뒤에서 언급될 민요 등의 사용을 통해 최대한의 뉘앙스를 살리기를 요구하고 있는 것이다. 이를 통해 시적이고 신화적인 시간의 흐름과 분위기를 형성해 내고 있다.

기다리던 남편이 씨앗조와 콩을 빌려 돌아온다. 남편은 말더듬이다. 그는 아내를 무척 아낀다. 겨우내 산나물 죽만 먹었다며 씨앗조로 아내에게 밥을 해 먹이려 한다. 아내는 먹을 수 없다고 한사코 만류한다. 해마다 있는 일이기는 하지만, 남편은 건너 고을에 도적이 내려와 관가에 불을 지르고 곳간을 털어갔고, 목이 잘려 관가에 걸린 도적이 지난여름 빌기(비루) 먹은 나귀를 끌고 왔던 해소 기침쟁이 소금장사란 말을 전한다. 그러면서 둘은 도적이 들끓는 것에 대해 두려워한다.

남편은 자신들이 하늘이 정한 땅벌레 신세라며 체념하고, 아내는 아이가 태어나면 배고픈 세상을 살아야 할 테니 차라리 뱃속에 그대로 있었으면 좋겠다고 말한다. 이태 전에 큰 흉년이 들어 남편은 도톨이골 비탈을 개간할 계획을 세우지만, 도적이 들끓으니 병정으로 끌려갈까 걱정이다. 도둑이 없어지고 풍년이 들어 아기가 복을 타고 나기를 기원하며 희망을 품어본다.

'둘째 마당'은 봄이고, 아내가 벌써 해산을 했다. 아기가 운다. 젖을 물리지만 먹은 게 없어 젖이 나오지 않는다. 아기는 계속 운다. 아내가 아기를 달래면서 민요를 부른다. 여기에서 민요와의 장르 교섭이 이루어지고 있음이 확인된다.

우리애기 측흔애기

---

10) Marshall McLuhan, 임상원 옮김, 『구텐베르크 은하계 —활자 인간의 형성(*The Gutenberg Galaxy —the making of typographic man*)』, 커뮤니케이션북스, 2001, 374쪽, 388쪽, 381쪽, 383쪽, 386~387쪽.

젖은 먹고 크는애기
보채면서 즈란애기
흉년들면 도적되지

도적되면 넓은세상
오도갈데 없어지고
관궁기둥 높은곳에
잘린토막 머리되어

꼭꼭치 쪼으대면
엄마아프 나으파
우는신세 되는신세
아이무서 다른애기
우리애기 으닌애기

(91쪽, 97쪽, 99쪽, 108~109쪽,
111~112쪽, 114쪽, 117쪽, 120~121쪽)

위의 민요는 반복되는 이미지로 작용하여 하나의 패턴(pattern) 곧, 주동기(leitmotif)[11]로서 작품 전체를 관통하고 있다. 반복을 통해 하나의 시적 리듬을 형성하고 있는 것이다. 이를 통해 작품 전체의 독특한 분위기를 형성해 내고 있다. 이는 민요라는 전통적인 서정 장르의 활용을 통한 효과로 볼 수 있다. 이렇게 이 민요는 그 외 다양하게 사용되는 소리들과 함께 이 작품의 비극적 상황 이미지를 부각시키며, 작품의 독특한 아우라를 형성해 놓고 있다.

최인훈은 '소리' 매체를 아주 민감하게 사용한다.

---

11) Ulrich Weisstein, 이유영 옮김, 『비교문학론』, 기린원, 1991, 179쪽. 주동기(leitmotif)는 상이한 여러 측면에서 최소한의 암시나, 약간의 변형을 통해 일련의 동일한 주제를 반복하는 것이다.

기척
귀를 기울인다
바람 소리
귀를 기울인다
바람 소리

(79쪽, 80쪽)

위와 같이 이 작품에서는 바람 소리, 부엉이 우는 소리, 나뭇가지에서 눈이 떨어지는 소리, 늑대 울음소리, 눈 오는 소리, 노랫소리, 포교들이 노래 부르는 소리, 문고리가 흔들리는 소리(방 안의 기척), 다람쥐 소리, 새소리, 말의 울음소리, 부엉이 소리, 새의 깃 소리 등의 소리에 귀를 기울이는 행위가 반복적으로 제시되고 있다.

특히, 앞의 민요는 아기장수의 비극을 선취케 한다. 이것은 "상징적인 물건은 후에 구체적인 물건이 되고, 상징적인 사건과정은 후에 구체적인 사건과정"이 된 것이다. 이 작품에서 상징은 민요 형태로 제시되며, 이것은 인물의 심신 상태에 대한 객관적 상관물(objective correlative)이기도 하다. 또한 이는 은유로 작용하며, 은유가 결과적으로 기정의 사실이 되는 것을 보여준다.[12]

고개 너머 개똥어멈이 도토리묵을 가져다준다. 개똥어멈은 언어유희 (pun) 등을 통해 코믹 릴리프를 형성하는 인물이다. 자식들이 아홉이나 있으면서도, 지난여름 개똥어멈이 염병 앓을 때 아내가 도와줘 고마워서 가져왔단다. 순박한 인심들을 보여준다.

남편 : 사, 사, 사, 사, 사내, 아이면
아내 : 아빠를—도와

---

12) Volker Klotz, *Geschlossene und offene Form im Drama*, 3. Aufl, München 1968(Carl Hanser Verlag); Volker Klotz, 송윤엽 편역, 『현대희곡론 —개방희곡과 폐쇄희곡』, 탑출판사, 1981, 260쪽, 248쪽, 84쪽.

남편 : 바, 바, 바, 밭에 나, 나, 나, 나, 나가고
아내 : 계집아이면—
남편 : 어, 어, 어, 엄마를 도, 도와 사, 사, 사, 살림을 하고

⋮

아내 : 시원한—그늘에다—눕혀놓고
남편 : 응
아내 : 다람쥐도—보구, 새—소리도—듣구
남편 : 개, 개, 개, 개울에서 미, 미, 미역도 가, 가, 감기고
아내 : 구름이—지나가면—구름 보고—웃고
남편 : 푸, 풍년만, 드, 들면
아내 : 도적만—끓지 않으면

(89~90쪽)

개어 : 먹어두—자꾸, 먹자는, 귀신들이, 아홉이나, 되니, 그까짓거—있
        으나마나, 먹을, 사람, 주려구, 가져왔네

⋮

개어 : 지난, 여름, 내가, 염병, 앓을, 때, 자네, 아니면—누가, 그렇게 살
        펴, 주었겠나, 고마운, 일—내, 잊히지, 않네

(92쪽)

  이렇게 말을 더듬는 것13)이나, 대사의 주고받음도 일종의 리듬을 형
성한다. 반점(쉼표)이 많은 것도 리듬을 고려한 분절로 보인다.
  개똥어멈은, 재 너머 쇠돌어멈이 용마 우는 소리를 두 번이나 들었고,
장수가 태어나면 용마도 따라서 태어난다는 말을 보고 줄거리14) 형태로

---

13) 말더듬이는 「봄이 오면 산에 들에」에도 나타난다. 이는 최인훈 희곡의 한 특징적 인물
   이라 해도 좋을 것이다.

전해준다. 장수는 몸에는 비늘이 돋아 있고 겨드랑 밑에 날개가 붙어 있으며 나면서부터 걸어 다닌다며, 장수가 나면 저도 죽고, 부모도 죽이고 온 마을까지 쑥밭을 만들 것이라고 말한다. 전에 어느 고을에 장수가 났는데 땅이 나빠 그렇다고 온 마을에 불을 질러서 사람 채로 다 태워버렸다는 말도 전한다. 지금 다른 고을 관가에서는 갓난아기에서 열 살 안쪽 아이들을 샅샅이 훑어보고 좀 유별난 데 있는 놈은 잡아들인다는 말도 한다. 이 부분은 작가의 말처럼 예수의 탄생과 관련하여 헤롯왕(헤로데 1세, 헤로데 대왕)의 유아살해(학살) 전승을 연상시킨다. 유다인의 왕, 메시아의 도래를 두려워하여 헤롯왕은 베들레헴과 그 일대에 사는 두 살 이하의 사내아이를 모조리 죽여 버렸다. 이것은 또한 출애굽기의 모세 이야기를 연상시키기도 한다. 모세 시대에 이스라엘인들이 애굽땅에서 번성하고 강성해지는 것을 견제하기 위해, 애굽왕 파라오(바로)가 민족말살정책으로 이스라엘의 남자 어린이들을 학살했던 것이다.[15]

최인훈도 '작가의 말'에서 이 작품의 상징 구조는 예수의 생애 ―절대자의 내세(來世), 난세에서의 짧은 생활, 순교, 승천의 신화 구조 또는 구약성서 출애굽기의 과월절(過越節, 유월절逾越節)의 유래와도 동형이라고 말하고 있다.[16] 이로써 이 작품은 상호텍스트성의 관점에서 성경과

---

14) Peter Pütz, 조상용 옮김, 『드라마 속의 시간 ―극적 긴장 조성의 기법』, 들불, 1994, 70~73쪽, 305~312쪽; 민병욱, 『희곡 문학론』, 57~61쪽. Handlung은 줄거리 또는 사건진행(전개)으로 번역된다. 그것은 행위의 전체적 구조나 전체적 전개과정을 의미하여, 희곡에 실재하고 있는 다양한 모든 사건들을 가리킨다(희곡의 내용을 통칭하는 용어). 줄거리는 삶의 극적 상황이나 극적 경험을 이성적, 지적인 것으로 조립하여 질서화한 것으로, 의미의 진술체이면서 의미의 구현체다(사건 진행의 구조적 도식, 사건진행의 선).
민병욱, 『현대희곡론』, 75~87쪽. 보고 줄거리는 오직 등장인물의 언어적 표현으로써 보고되는 줄거리를 말한다.
15) 「마태복음」 제2장 1절―18절; 「출애굽기」 제1장 22절, "그러므로 바로가 그 모든 신민에게 명하여 가로되 남자가 나거든 너희는 그를 하수에 던지고 여자여든 살리라 하였더라."
16) 작가의 말, 『옛날 옛적에 훠어이 훠이』, 78쪽.

의 영향 및 교섭 관계가 확인된다.

남편이 급히 들어오며 포졸들이 고을마다 용마를 잡으러 산으로 들어
간다는 말을 전한다. 이때 앞의 민요를 목쉰 소리로 부르며 하얗게 센 머
리, 굽은 허리의 할머니가 걸레짝 같은 옷에 지팡이를 짚고 허리에 보따
리를 차고 등장한다. 머리라도 가져다 묻으려고, 관가 기둥 위에 매달려
있는 아들(도적)을 찾으러 간다고 한다.

2) 오브제(objet)의 시적 활용

'셋째 마당'은 열흘이 경과한 상황이다. 용마는 잡히지 않는다. 마을
사람들이 다 동원되는 바람에 씨도 뿌리지를 못했다. 방안에서 기척이
난다. 열린 문으로 방안을 걸어 다니는 애기가 보인다. 애기는 오브제인
인형으로 처리된다.

> 애기 : (확성기에서 나오는 목소리, 메아리처럼) 못 참겠다!
>
> (104쪽)
>
> 조명, 시뻘건 빛, 핏빛처럼
>
> (104쪽)
>
> 저녁놀이 비치기 시작한다.
> 차츰 짙어가는 노을
> 시뻘건, 핏빛 같은 노을
> 보랏빛으로 바뀐다.
> 갑자기 어둠
> 사이
> 이때 먼데서 말의 울음 소리
> 두 사람, 화다닥 놀랐다가 굳어진다
> 남편 얼굴에만 조명, 이윽고 아내 얼굴에 조명

문고리 혼드는 소리

(112쪽)

방안에 불이 켜진다, 희미한

⋮

아내 얼굴에 둥근 조명
남편 얼굴에 둥근 조명

⋮

이윽고, 숨을 내쉬듯이
조명 들어옴

(113쪽)

벌떡 일어서서 문고리를 흔드는 애기의 그림자
문고리 혼들리는 소리
밤의 고요함 속에서
우뢰처럼 우렁차게

(114쪽)

‘작가의 말’에는 “인물들은 거의 인형처럼, 조명 · 음향, 그 밖의 연출
수단의 수단처럼 연출할 것”17)이라는 지시가 제시되어 있다. 「봄이 오
면 산에 들에」, 「둥둥 낙랑둥」에서도 오브제로 탈이 사용되고 있으나
특히, 「달아 달아 밝은 달아」와 이 작품 「옛날 옛적에 훠어이 훠이」에서
는 본격적으로 인형이 사용되고 있다. 이는 고든 크레이그(Gordon Craig)
가 이야기하는 ‘초인형(super-marionette)’을 연상시킨다.18)

---

17) 작가의 말, 『옛날 옛적에 훠어이 훠이』, 78쪽.
18) 이근삼, 앞의 책, 281~282쪽. 영국의 배우, 무대장치가, 연출가. 배우란 공연 사정에
　　따라 그 감정에 차이가 있으며, 따라서 맡은 역에 대해 일관성이 없는 연기를 할 수밖

이 작품에서는 인형(목을 맨 아내 인형, 용마를 탄 애기 및 아내 인형 등), 조명(어둠, 희미한 조명, 얼굴만 비추는 조명, 아기의 죽음을 암시하는 등잔불의 꺼짐 등), 확성기의 사용 및 각종 소리, 그림자 등을 상징적이고 시적으로 활용하고 있어, 최인훈이 연극의 구성 요소들(음향 매체나 조명 매체 등)을 충분히 이용하여 작가의 메시지를 효과적인 드라마투르기를 통해 전달해 내고 있음을 알 수 있다. 이는 작가가 오브제의 기능을 잘 알고 효과적으로 사용하고 있어, 작가의 드라마투르기에 대한 충분한 이해를 반영하는 것이다. 이러한 면모는 고든 크레이그가 독창적인 무대와 공연 양식을 주장하여 사실적인 무대를 반대, 필요하지 않다고 생각되는 사실적 장치는 생략하고, 극의 전체적인 분위기를 조성하는데 주력한 것을 연상시킨다. 크레이그는 또한 상징적인 연기를 주장, 초인형을 써 예술적 효과를 내기도 했는데, 위의 오브제들(인형과 그 그림자, 소리, 조명, 확성기)을 이용해 상징적인 의미를 전달하고자 한 것이 이와 유사하다 하겠다. 물론, 이 작품은 크레이그의 주장처럼 배우를 추방하는 극의 형태는 아니며, 전통적인 인물 갈등 중심의 극이다.

남편이 돌아왔을 때, 아기는 문고리를 잡아 흔들고 있다. 아내는 아기가 노출될까봐 문 앞에 산나물을 벌여놓고 가로막고 앉는다. 그리고는 천천히, 보통 쓰이는 가락으로 자장가(앞의 민요)를 부른다. 남편은 사립문 앞에 짚을 벌여놓고 새끼를 꼰다. 갑자기 구름으로 그늘이 지고, 문고리가 다시 덜컹거린다. 아내는 천천히 슬프게 자장가(앞의 민요)를 부

에 없다고 보고 배우를 무대에서 추방, 대신 감정에 변화가 없으며 충실한 초인형을 사용하기를 주장(배우 추방론)하였다. 그는 연기 그 자체를 예술로 보지 않는다. 연기란 우연적인 행위다. 연기란 연출가라는 예술가의 예술 행위를 하는데 필요한 재료에 불과하다. 그런데 인간인 배우는 늘 자유라는 의식 때문에 그 동작, 표정, 음성에 규준이 없고 변하기 쉽다. 재료로서는 믿을 수 없는 것이다. 초인형을 쓰면 인간에게 볼 수 있는 말초신경의 변화가 없기 때문에 연출가에게는 오히려 편리하며, 그만큼 예술적 효과도 낼 수 있는 것이다. 연극이란 희곡도, 연기도, 춤도 아니다. 연극이란 이러한 것들을 구성하는 요소의 종합이며 표현이라며, 이것을 행하는 연출가를 초예술가(super-artist)로 주장했다(연출가 지상론<至上論>).

문고리 흔드는 소리

(112쪽)

른다. 문고리 흔드는 소리가 뚝 그친다. 자장가로 아기를 만류한 것이다. 아내는 다시 아무렇지도 않게 나물을 뒤적이고, 남편은 마음속의 무서움을 꼬듯이 새끼를 꼰다.

이제는 말의 울음소리가 들린다. 다시 문고리 흔드는 소리가 들리며,

애기 : (확성기로, 메아리처럼) 배고파

(112쪽)

소리 들린다. 두 사람은 극도의 두려움 속에 휩싸인다. 애기가 벌떡 일어서서 문고리를 흔든다. 아내, 다시 천천히 슬프게 자장가(앞의 민요)를 부른다.

사이, 문고리 흔드는 소리 멈춤
또 한번 말이 우는 소리
더 세차게 흔들리는 문고리
밤의 고요함 속에서
그 소리는
우뢰처럼 우렁차게
메아리처럼
"내 말!"
확성기를 거친 애기의 목소리

(114~115쪽)

이제 더 이상 아기를 만류할 수가 없다. 아기는 자기의 용마를 찾으려 한다. 남편은 결심을 한다. 아내는 필사적으로 막지만 남편은 아기를 눌러죽이고 만다.

메아리처럼, 애기의 목소리

"내 말!"
문고리가 덜컹거린다

                            ⋮

창호지에 비치는 그림자
큰 그림자가 작은 그림자를 눕힌다
애기 위에 올려놓은 큰 자루의 그림자

                            ⋮

버르적거리는, 자루에 눌린 작은 사람의 그림자
오랜 사이
방에서 (메아리처럼) "엄마!"
아내, 일어선다
남편, 아내를 아까처럼 차지른다
남편, 방안에 들어선다
또 하나 포개어지는 자루의 그림자
남편, 나온다
먼저처럼 아내를 꽉 껴안고 쭈그리고 앉는다
가끔 고개를 들어 창호지에 비치는 그림자를 본다
이윽고, 움직이지 않게 된 그림자 (메아리처럼) 말이 우는 소리 (구슬프게)
방안의 등잔불이 꺼진다
달빛
달빛이 차츰 어두워진다
구름이 아주 가리운 달빛
바람 소리
어둠
희미한 달빛
지게에다 무엇인가 지고 나가는 남편, 마당을 가로지르는 무대, 어둠

바람 소리

(115~116쪽)

　여기에서도 오브제들(소리, 민요, 인형과 그 그림자, 조명, 확성기)의 사용이 두드러지는데, 문고리를 흔드는 소리, 말의 울음소리, 확성기를 사용한 아기장수의 목소리, 민요(자장가)의 활용, 아기장수와 아버지의 그림자, 조명, 등잔불의 꺼짐을 이용한 아기장수의 죽음의 암시, 아기장수가 죽은 후의 바람 소리 등을 사용하여 상황을 효과적으로 암시하고 상징적 의미를 부여하고 있으며, 시적인 분위기를 형성해 내고 있다.

　'넷째 마당'은 거칠고 쉰 목소리의 할머니의 등장으로 시작된다. 자장가(앞의 민요)를 부르며 허리에 불룩한 봇짐을 두르고 자기 새끼를 찾았다고 말한다. 할머니는 보따리를 어루만지면서 띄엄띄엄 중얼중얼 자장가를 부른다. 거의 들리지 않는다.

> 할머니 : (전략) 너는 춥지도 않고, 덥지도 않고, 목이 마르지도 않고, 배
>   고프지도 않고 보채지도 않는 착한 내 새끼야 (중략) 새 울고
>   볕 좋은 이 에미가 김매는 밭머리께 묻어주마.
>
> (117쪽)

　자장가(앞의 민요)를 부르면서 나간다. 화창한 봄날이다. 아내는 "새소리와 섞여 할머니의 자장가가 들릴 듯 말 듯 들려오는 것에 귀를 기울이고 서"(118쪽) 있다가 방 안으로 들어간다. 목을 맨다. 남편은 "대들보에 목을 맨 아내(인형)"을 발견한다. 그리고는 아내에게서 끌러낸 띠를 대들보에 건다. 죽음(자살)이 암시된다.

　민중에게는 "스스로의 운명을 따지고, 고쳐나갈 힘이 없는"[19] 무거움과 어두움의 의식이 있다. 지배층의 위협과 논리 앞에서 영웅을 갈구하

---

19) 작가의 말,『옛날 옛적에 훠어이 훠이』, 78쪽.

지만 실현되는 데는 회의적인 민중의 어두운 전망이 있다. 이것이 민중의 현실에 대한 실제적 인식이라고 할 수 있다. 최인훈도 전설의 원화(原話)를 "애기를 눌러 죽이는 데까지"라고 파악하고 있다.

3) 부활의 암시와 시적 비전

아기장수 설화는 구원을 갈망하는 민중 속에 태어난 영웅을 그 민중이 앞장서서 거부하게 되는 아이러니, 즉 좌절되고 거부당한 아기장수의 모습을 그린다. 하지만 이것은 '지연의 법칙' 즉, 새로운 사건의 여지를 남기며 대단원을 미루는 것으로 볼 수 있다. 민중은 항시 아기장수의 부활을 꿈꾸는 것이다. 이것은 곧, 아기장수 설화를 아기 영웅의 죽음(좌절)과 함께 부활을 암시하는 신화로 읽게 하는 이유가 된다. 실제로 이 작품에서는 다음의 환상 장면에서 극적인 반전을 이룬다.

> 말이 우는 소리, 사립문 쪽에서 용마를 탄 애기(말, 애기 모두 인형, 추상적인 구조의), 마당으로 들어온다.
> 무대, 캄캄해지고, 각각, 말과 애기, 남편의 머리 위로 비추는 부분 조명 및 방안에 누운 아내의 위에서 비추는 조명
> 남편 : (마당에 내려서다가, 용마와 애기를 보고 주저앉으며)
>   너, 너, 너, 너를 무, 무, 무, 무, 무, 묻고 오, 오, 오, 오는 길인데
> 애기 : (고개를 저으면서, 들고 있던 진달래꽃 묶음을 아버지한테 준다)
> 남편 : (꿈결처럼 걸어가서 받는다)
> 애기 : 엄마, 엄마! (확성기를 통한 목소리)
> 남편 : (방으로 들어가 꽃묶음을 아내 가슴에 얹는다) 여, 여, 여보, 다,
>   다, 당신, 애, 애, 애, 애기가, 가, 가, 가, 가져왔소, 다, 다, 다, 당신
>   애, 애, 애, 애기가, 사, 사, 사, 사, 살아왔소.
> 아내 : (인형) 꽃묶음을, 들고, 일어나, 마당으로, 나선다
> 아내, 애기한테로 걸어가서 애기를 끌어안는다

애기 : (확성기를 통한 목소리) 엄마 아빠, 빨리 타요

남편 : (아내를 말에 태우면서) 자, 자, 자, 자, 가, 가거라, 어, 어, 어, 어
    ―어, 어, 어서 가거라, 사, 사, 사, 사, 사람들이 오, 오, 오, 오, 올
    라. 네, 네, 네, 네, 네가 주, 주, 주, 주, 죽었다고 해, 해, 해, 해, 했
    으니 마, 마, 마, 마, 마을 사람들이, 오, 오, 오, ―오, 오, 오, ―오,
    오, 올게다

애기 : (손짓하면서)

아내 : 빨리, 빨리, 포졸들이, 와요

남편 : (소매로 눈물을 씻으면서) 오, 오, 오, 오냐

끝내 타지는 않고
용마의 고삐를 잡고 사립문을 나간다

(118~119쪽)

사람들 : 아니, 저
    세 식구가 말을 타고 하늘로 올라가는군
    꽃을 던지는군
    가거던 옥황상제께 여쭤주게. 우리 마을에 다시는 장수를 보내
    지 맙시사구

⋮

하늘에서 : 우리 애기
    착한 애기

사람들 : 훠이 다시는 오지 말아, 훠어이 훠이 (밭에서 새 쫓는 시늉을 하며)

하늘에서 : 젖 안 먹고
    크는 애기……

사람들 : 훠이 다시는 오지 말아, 훠어이 훠이

사람들, 어느덧 손짓 발짓 장단 맞춰 춤을 추며, 어깻짓 고갯짓 곁들여,
굿 춤추듯, 농악 맞춰 추듯, 춤을 추며

하늘에서 : …… 보채면서
　　　　　자란애기
　　　　　흉년들면……
사람들 : 훠어이 훠이, 다시는 오지 말아, 훠어이 훠이

점점 신명이 난
　하늘과 땅이
　　서로 주고받는 사이에
　　천천히
　　 ― 막

(120~121쪽)

　　앞에서 장수가 난 마을에 불을 질러서 마을 사람들이 다 타 죽었다는
이야기를 제시하고, 마지막 장면에서 마을 사람들이 새를 쫓듯이 하늘
에 대고 다시는 장수를 보내지 말라고 하면서도, 신명 속에 굿판을 벌이
듯 한판 춤을 추어 ‘하늘과 땅이 / 서로 주고받는’ 장면을 연출함으로
써,20) 역설적으로 용마와 장수의 도래가 언제든지 이루어지기를 꿈꾸고
있음을 보여준다. 이는 신화의 엑스터시(ecstasy) 상태로의 함입을 통해
민중이 꿈꾸는 염원이 이루어지기를 바라는 열망을 담은 것이며, 현실
적 비극을 극복하고자 하는 태도를 보이는 것으로 파악된다. 이것은 맥
루언의 말로 한다면, 공개된 장(field), 판단 중지의 방법을 발견하기 위한
노력이며, 비문자적 혹은 신화적 형식을 통한 모자이크적 구성 혹은 은
하계를 만들어내고, 부족적 혹은 집단적 의식(collective consciousness)에로의
회귀를 추구하는 것이다. 비문자적인 인간들에게 모든 말은 하나의 시
적인 세계의 것이었고, ‘한 순간의 신(momentary deity)’ 혹은 계시였다. 곧,

---

20) 작가의 말, 『옛날 옛적에 훠어이 훠이』, 78쪽. 작가는 ‘작가의 말’을 통해 “마지막 장면
　　에서는 사건의 경위에 관계없이, 지상의 사람들은 신들린 사람처럼, ‘흥겹게’ 춤출 것”
　　이라고 지시하고 있다.

'순간의 신성'의 구어적 '주술'이었다. 이러한 청각장(聽覺場)의 접근법은 청각적, 포섭적, 비폐쇄적인 성격을 띠고 있으며, 신화의 경우 모든 의미의 차원들이 동시적(동시성, simultaneity)으로 존재한다. 몬테규(Ashley Montagu)도 비문자인(nonliterate)의 세계관은 세속적, 종교적, 신화적, 주술적, 경험적인 요소들 모두가 혼합되어 하나로 통합된 것이라고 말한다. 구어는 이렇게 공명적인 다양성(resonating diversity)을 낳는다.21) 이런 맥락에서 "다시는 오지 말아, 훠어이 훠이"라는 주문은 아기장수에 대한 민중의 강렬한 도래의 열망을 아이러니하게 소원하는 의미를 상징적으로 담은 것이라 하겠다.

또한, 발터 부르케르트(Walter Burkett)의 '살해하는 인간(homo necans)'이란 개념처럼, 연극은 살해의 책임이 있는 인간들의 영혼을 정화시키는 실황공연의 의미를 지니고 있다. 우리가 잘 알고 있듯이, 연극(비극)이 가져다주는 카타르시스는 '공포'와 '연민'을 불러일으키는 파토스의 효과를 통해 관객들의 영혼을 죄에서 벗어나게 하는 종교적 정화의 의미를 지니고 있는 것이다.22) 이와 마찬가지로 이 작품에서도 아기장수의 죽음과 좌절에 책임이 있는 민중들을 그 죄에서 벗어나게 하고 그들의 영혼을 정화하는 제의적 의미가 '아기장수의 죽음과 부활'을 통해 잘 드러나고 있다.

이러한 결말은 바로 총체성을 상실한 인간들이 그 총체성의 회복을 꿈꾸어 궁극적으로 자아와 세계의 조화와 융합을 염원하고 근원적인 세계를 추구하는 의식 곧, 유기적인 전체성의 세계, 궁극적인 화해 세계(희극 플롯)에 대한 지향을 보여주는 것으로 시적 세계관을 드러내고 '시적 비전'을 추구하는 것이다. 또한 지문 일부에서 시적 행 갈음을 하고 있

---

21) Marshall McLuhan, *The Gutenberg Galaxy*, 524쪽, 417~418쪽, 510쪽, 58쪽, 62쪽, 128쪽, 145~146쪽, 154쪽, 271쪽, 491~492쪽. 그래서 키케로는 웅변을 우리의 5개 감각을 조화시키고 모든 지식을 통합하는 포괄적인 지혜로 간주했다.
22) Werner Faulstich, 앞의 책, 454쪽.

고, 앞에서 살펴본 것처럼, 느릿하고 반복적인 대사 및 행위 진행, 더듬
거리는 대사와 분위기, 반복되는 이미지로 작용하여 하나의 패턴 및 주
동기로서 작품 전체를 관통하고 있는 민요의 사용 및 다양한 소리의 반
복 등이 하나의 시적 운율감(리듬감)을 형성하여, 시적이고 신화적인 시
간의 흐름과 분위기를 형성해 놓고 있다. 이러한 시극적 요소들은 이 작
품을 '시극'으로 보게 하는 근거들이 된다. 이로써 이 작품은 시극의 범
주 속으로 들어온다.

이 작품에서는 특히 '우리애기 측 흔애기'로 시작하는 전통적인 서정
장르인 민요의 사용이 두드러진다. 이를 통해 작품 전체에 걸쳐 시적 리
듬과 독특한 시적 분위기를 형성하고 상징적 의미를 부여하고 있는 것
이 특징적이라 하겠다.

2. 상징의 부각과 시적 비전—「봄이 오면 산에 들에」

「봄이 오면 산에 들에」23)에 대한 신현숙의 논문은 주로 침묵의 의미
구조를 밝히고 있는데, 말더듬, 침묵, 느린 몸짓과 소리, 특히 바람소리
의 기능에 주목하고 있다. 침묵과 함께 사용된 청각기호들과 몸짓들을

---

23) 이 작품에 대한 연구는 유재철, 박미리의 작품 구조를 분석한 것, 장혜전의 희곡 언어
를 분석한 것, 안치운의 기억의 문제를 다룬 것, 신현숙의 침묵의 시적 기능을 다룬 것
등이 있다. 유재철, 「회곡의 의미구조 분석 : 최인훈의 "봄이 오면 산에 들에"를 중심
으로 한 시론」, 서강대학교 대학원 국어국문학과 석사학위논문, 1981; 박미리, 「≪봄
이 오면 산에 들에≫의 극적 구조」, 『용인대학교 논문집』 Vol. 19, 2001; 장혜전, 「「봄
이 오면 山에 들에」의 희곡언어 연구」, 『기전어문학』 Vol. 8~9, 수원대학교 국어국문
학회, 1994; 안치운, 「기억의 시학을 통해 본 한국 현대연극의 글쓰기 —≪태≫와 ≪봄
이 오면 산에 들에≫를 중심으로—」, 『한국연극학』 Vol. 29, 2006; 신현숙, 「「봄이 오
면 산에 들에」에서 침묵의 시적 기능(I)」, 『인문과학연구』 Vol. 5, 덕성여자대학교 인
문과학연구소, 2000.

통한 침묵의 이미지에는 부정적 의미만 내포되어 있는 것이 아니라, 달내가 상징하는 처녀성과 사랑으로 겨울―밤―천형―분리의 연쇄 고리를 끊을 수 있는 힘이 잠재해 있다. 이와 같이 침묵의 이미지에는 포용, 사랑, 봄―생산력이라는 긍정적 의미가 첨가되며, 침묵 속의 숨죽인 움직임과 재생의 힘이 내포되어 있는 것이다. 이러한 침묵과 빈 공간에 잠재한 힘으로, 침묵은 절대적인 결여나 부동성이 아니라 그 안에 움직임과 소리들이 숨죽이고 있는 생성의 장(場)으로 해석된다고 했다. 그러나 이러한 침묵의 의미구조가 어떻게 제목에서 제시하고 있는 '시적 기능'을 하는지 명확히 제시하고 있지 않아 불완전한 면을 노정한다.

이러한 기존 연구의 한계를 넘어 서서 이 절에서는 「봄이 오면 산에 들에」의 시극적 양상을 보다 본격적으로 분석해 본다. 「봄이 오면 산에 들에」는 그의 작품들 중에서 시극(詩劇)적 성격이 가장 짙은 것으로 판단된다. 드라마투르기 분석을 통해 이 텍스트가 어떠한 시극적 드라마투르기를 가진 시극인가를 살펴보겠다.

1) 무대 매체의 본격적 구사를 통한 상징

본 연구자는 최인훈의 희곡들 중에서 「봄이 오면 산에 들에」가 시적 요소가 가장 짙게 나타난다고 판단한다. 곧, 이 작품이 시극의 한 전범(전형적인 텍스트)을 보인 작품이라고 평가하는 것이다. 그 근거들을 하나씩 짚어 보기로 한다.

깊은 산속의 밭머리
처녀가
김을 매고 있다
큰 소나무가 드문드문
하늘에 뭉게뭉게 구름

시끌짝한 매미 소리
처녀
가끔
구름을 쳐다본다

(125쪽)

　작품 전체적으로 대사뿐 아니라, 지문의 문장 배열부터가 줄글의 형
태가 아닌 시적 행 갈음을 하고 있고, 시적 조사(poetic diction)[24]의 구사 및
율동감을 느끼게 하여 시극(詩劇)의 형태미를 느끼게 한다.[25] 일단 형태
면에서 최인훈의 작품들 중 시극적 형식미를 가장 잘 보여주는 작품이
이 「봄이 오면 산에 들에」이다. 김준오는 "시행을 통한 발화 방식은 시의
가장 일반적인 특징이다. 리듬의 단위로든 의미의 단위로든 언어를 행으
로 배열하는 것은 산문적 담론과 구분되는 시의 특권"[26]이라고 했다.

바우 : ······그 말······들었어
달내 : (머리를 들고) 무슨 말?
바우 : 마을 사람들 이야기······
<u>달내 : (벌떡 일어서며) 거짓말이야</u>
바우 : 글쎄 사람들이 그러더라는······
<u>달내 : (앉으면서) 거짓말이야</u>
바우 : 그럴 테지······ 아무튼, 나는 아무래도 좋아, <u>달내만 마음이 한가</u>
　　　<u>지라면</u>······

---

24) 임의적으로 시적이라 판단되는 표현들을 찾아보면 다음과 같다. 시적 언어 구사와 관
　　련해 일차적으로 가장 먼저 눈에 띄는 것은 지시문의 '바람 소리'를 묘사하는 부분들
　　이다. 아무래도 이 부분이 가장 시적인 부분이라고 지적해야겠다. 그 외의 부분들로,
　　'125쪽. 큰 소나무가 드문드문 하늘에 뭉게뭉게 구름 / 129쪽. 달내 꿈결처럼 걸어 들
　　어온다 / 141쪽. 밤처럼 어둡게 / 142쪽. 아비와 딸은 밤의 그 부분처럼 숨을 죽이고 /
　　148쪽. 인물의 움직임이 바람 소리에 반주하듯이' 등이 있다.
25) 물론, 모든 대사와 해설 · 지문이 다 시적 행 갈음을 하고 있는 것은 아니나, 대체로 그
　　런 성격이 짙다.
26) 김준오, 『문학사와 장르』, 306쪽.

달내 : ……

바우 : <u>달내만 한가지라면</u>

달내 : 내 맘은, 늘 한가지야

바우 : 그래? 그런데 왜? <u>돌아오는 가을에……</u>

달내 : <u>돌아오는 가을에……</u>

바우 : 그렇게 정하지 않았어?

달내 : <u>그렇지만……</u>

바우 : <u>그렇지만?</u>

달내 : <u>그렇지만……</u>

바우 : <u>그렇지만?</u>

달내 : <u>그렇지만……</u> 그 때 가봐야 해

바우 : 뭘, 뭘 봐야 한다는 거야?

(126~127쪽)

또한, 위에서처럼 작품 전체적으로 극도의 생략과 특히 밑줄 친 부분들처럼 같은 어구의 반복에 의한 리듬감의 형성, 끝말잇기처럼 말의 꼬리를 무는 듯한 연쇄법에 의한 대사의 연계 등이 두드러진다. 시에서처럼 극도의 생략과 암시로, 관객의 호기심을 자극하고 이야기의 흐름 파악을 위해 집중하고 긴장하게 하는 경제적 문장을 구사하고 있다. 시의 장르적 특징에는 여러 가지가 있겠으나, 압축성과 암시성을 일반적인 특징으로 생각할 수 있다. 그러한 특징은 리드미컬한 언어의 사용, 리듬에 의한 고도의 조직성과 압축성, 집약성, 조직의 긴밀성, 압축의 원리에 의한 암시성의 강조 등으로 나타난다.[27] 이러한 성격을 이 작품은 고스란히 가지고 있다.

첫 장면은 깊은 산속의 한여름이 배경으로 되어 있다. 극의 시작은 처녀(달내)가 어떤 기척을 느끼며 김을 매는 장면으로 시작된다.

---

27) Cleanth Brooks and Robert Penn Warren, *Understanding Poetry*, p.75, p.76, p.120; 김준오, 『시론』, 이우출판사, 1988, 26~27쪽.

무대에는 그들이 앉아 있는
조금 높은 바닥과
가운데 뒤쪽에 세워놓은
문이 있을 뿐, 벽은 없지만
이때의 그림자는
무대 뒤쪽의 가리개 막에다
비쳐도 상관 없다
그때에는 그것이 벽이고
다른 때는 거기가 밖이다.

(137쪽)

바람 소리에 맞춰
바람 소리의 가락이 바뀔 때마다 그 바뀜에 어울리는
알릴락말락한
움직임을 보일 것
말하자면 인물의 움직임이
바람 소리에 반주하듯이
그렇게 움직임으로써
무대가 살아 움직이게 할 것
무대 위의 모든 소도구들도
바람 소리를 따라 숨쉬어야 하며
무대의 빈 공간들도
무대를 비추는 조명도
시각마다 순간마다
<u>주인공인 바람 소리</u>를 따라
숨쉬고 움직일 것

(148쪽)

위의 137쪽 지시문이나 작품 처음 해설에서의 '구름, 소나무, 바위 따
위 십장생도의 한 모서리처럼 보이는 무대' 등을 통해서 볼 때, 이 작품
의 무대는 상징적인 무대 장치(stage setting)가 구사되고 있음을 알 수 있

다. 또한, 십장생도(十長生圖)를 통해 전통적인 민속 신앙과의 교섭이 이루어지고 있음도 확인된다. 이 작품이 조금씩 조금씩 사건의 전모를 드러내 보여주는 추리 소설(mystery story, mystery novel)[28]과 같은 형식을 도입하고 있음에 맞춰, 무대장치로서의 십장생도도 극이 진행되면서 그 실체를 분명하게 드러내게 된다. 그와 함께 달내 가족의 갈등의 본질적 실체도 극의 진행에 따라 점점 더 선명해지고 전모가 드러나게 되는 구조를 택하고 있다. 그런데 십장생도의 상징적 역할에 있어, 처음 극이 시작될 때 그 실체를 알 수 없는 모서리가 보이고 대단원에서 십장생도의 모든 인물이 나와 있다고 언급될 뿐인데, 작품 중간 어디쯤(봄 장면 이후가 좋을 듯, 최인훈 전집 10, 158쪽)에 극의 흐름에 따라 십장생도의 모습이 점점 그 실체가 명확해진다는 언급이 있었으면, 극적으로 보다 효과적이고 선명한 상징으로서의 의미 전달이 이루어지지 않겠는가 하는 판단을 하게 한다.

위 148쪽의 지시문에서도 무대 위의 모든 소도구들, 무대의 빈 공간, 무대를 비추는 조명도 바람 소리를 따라 숨 쉬어야 한다고 제시함으로써 이 극의 무대가 오막살이의 기본적 분위기만 나는 상징(환상) 무대임이 드러난다.

> 아비 : 여, 여, 여, 염려, 마, 마, 마, 말어.
> (사이, 밝아지는 조명)
> 아비 : 내, 내, 내, 내일은, 다, 다, 다, 달이, 이, 이, 이, 있을 테니
> (다시 어두워지는 조명)

---

28) 한용환, 『소설학 사전』, 고려원, 1992, 411쪽. 추리 소설은 신비스럽고 괴기스러운 분위기를 지니고, 의혹의 중층적인 구축이라는 기법을 플롯 상에 주로 이용하여, 범죄를 중심으로 한 갈등 구조를 지닌 소설들을 가리킨다. 이러한(의혹의 중층적인 구축이라는 기법을 플롯 상에 주로 이용) 특징이 두드러진 소설들은 다음 단계의 서사에 대한 독자들의 궁금증 때문에 읽혀지는 힘이 매우 강하다. '이 사건의 원인은 무엇이며 본질은 무엇인가?' 하는 식으로 독자들에게 계속 질문이 제기되기 때문에 독자들은 그 질문을 해결할 때까지 책을 놓을 수 없다.

자, 이, 이, 이, 이만, 하, 하, 하, 하구(치우면서) 이, 이, 이, 인제

(152쪽)

무대 여기저기서 치솟는 불길
온통 불길에 쌓인 무대
도깨비 불 같은
뭉텅이 불길들이 큰 도깨비불들처럼
어우러지고 설친다.

(154쪽)

무대 구석에서 일어서며
부르짖는 바우
「문둥이!」
모든 조명이 꺼지고
<u>어미 얼굴에만 조명</u>
<u>캄캄한 무대에</u>
<u>그것만 드러난</u>
<u>문둥이 탈</u>

(157쪽)

위의 148쪽 및 157쪽의 인용문은 작가가 오브제의 기능을 충분히 알고 효과적으로 이용하고 있어, 작가의 드라마투르기에 대한 충분한 이해를 반영하고 있다. 154쪽에서는 불을 이용하고 있고, 152쪽에서는 대사와 조명 매체(lighting effect)를 일치시키고 있다. 또한, 작가는 탈(그 외 불 등의 조명, 소도구, 무대, 소리 등) 등을 이용해 상징적인 의미를 전달하고 있는데, 이는 고든 크레이그가 상징적인 연기를 주장 초인형[29]을

---

29) 이근삼, 앞의 책, 267~269쪽. 배우 대신 인형을 써야 한다는 주장은 메테를링크(Maurice Maeterlinck)도 하고 있다. 그는 궁극적 실재를 상징으로 암시하기 위해, 외적 행동을 억제하고자 한 그의 극작 태도에서 이같이 주장한 것이다. 그의 극에 있어서 등장인물은 가끔 숨겨진 신비한 힘의 도구에 불과하다.

써 예술적 효과를 낸 것과 동궤에 있는 것이다. 그리고 워드(K. J. Worth)
가 시극은 색과 운동 및 예술적 짜임의 연극으로서 상식에 벗어난, 폭포
같은 언어와 사유의 비약 및 교묘한 기구, 빛(조명), 신비와 놀람의 모든
형태로 된 연극30)이라 한 것을 떠올리게 한다. 이렇게 이 작품은 무대
매체를 본격적으로 구사하고 있다. 157쪽에서도 탈(objet)과 조명 매체를
통해 어미가 문둥이라는 충격적 사실을 효과적으로 전달하고 있다. 또
한, 앞뒤의 인과관계로 볼 때, 등장할 상황이 아닌데 무대 구석에서 바우
가 일어서며 '문둥이!'라고 외치는 장면은 이 극이 사실주의극이 아님을
드러낸다.

작품은 바우의 등장으로부터 갈등이 시작된다. 바우는 마을에서 떠도
는 어떤 소문에 대해 달내에게 묻고, 달내는 그것이 거짓말이라고 대답
한다. 둘은 사랑하는 사이로 가을에 결혼하기로 되어 있다. 달내는 마음
이 변하지 않았다고 말하지만 망설인다. 모종의 갈등(사또와의 갈등 그
리고 어미로 인한 가족 간의 본질적 갈등)이 암시된다. 바우는 새봄이 되
면 먼 곳으로 성을 쌓으러 부역을 나가야 하는 상황을 달내에게 호소하
며, 가을에 혼사를 치르자고 한다. 바우는 확답을 받고 싶지만 달내는 죽
고 싶다고 말할 뿐이다.

---

30) K. J. Worth, *Revolution in Modern English Drama*, Cambridge, 1972, chap. 4; 민병욱, 『회
곡문학론』, 107쪽. 시극의 발생은 일반적으로 표현주의 연극에 두고 있지만, 워드는
현대시극을 1940년대로부터 설정하고 있다. 그는 1940년대에 엘리엇이 운문극에서
시극을 생산한 것으로 주장하면서, 1956년을 중심으로 40년대 시극과 70년대의 시극
으로 구분하고 있다. 1956년 기점의 이유는 그 해 오스본(J. Osborn), 핀터(H. Pinter),
리빙스(H. Livings), 우드(C. Wood) 등이 배우로서의 자기습득을 통해 시극에 영향을
끼쳤기 때문이다. 워드는 운문극에서 발생한 40년대 시극이 연극의 언어에 관심을 기
울였을 뿐이며, 연극이 다른 예술보다 더 높은 도덕적 가치를 담당하고, 내용이나 도덕
적 가치의 실현에 있어서 표현수단으로서의 시나 운문이 산문보다 높은 책임 영역을
담당한 것이라 했다. 현대시극은 엘리엇과 프라이(Christopher Fry) 등의 시극작가와 도
나후(D. Donaghue)와 니콜(A. Nicoll), 브룩(P. Brook) 등의 이론가에 의해 오늘에 이르
고 있다.

다만
매미 소리만이
그림에 없는
등장 인물인 셈

(125~126쪽)

바람 소리
먼데서
겨울 밤의,
한참 듣고 있노라면
이쪽 넋이 옮아가는지
마음에 바람이 옮아 앉는지
가릴 수 없이 돼가면서
흐느끼듯
울부짖듯
어느 바위 모서리에 부딪쳐
피흘리며 한숨쉬듯
울부짖는
그
겨울 밤의
바람 소리[31]

바람 소리
멀리서
여러 사람이
피 묻은 칼을 뽑아 들고
벼랑을 달려 내려오는
그런
바람 소리[32]

---

31) 134쪽, 146쪽에서는 같은 구절이 반복되고 156쪽에서는 일부가 부분적으로 반복되어
있다.

이 작품은 무대 상연을 전제로 한 뷔넨드라마(Bühnendrama)이지만, 위와 같이 작품 곳곳에 마치 부흐드라마(Buchdrama)[33]처럼 문학성이 짙은 표현이 두드러진다. 이러한 지문 상의 비유, 상징 등의 시적 표현들은 실제 무대상에서 실현되기 어려운 부분이나 그러한 분위기를 표현해 내는 데는 문제가 없을 것이다.

달내는 어머니가 기거하는 굴을 둘러보며, 어린 시절 어머니가 들려주던 소금장수(달걀귀신) 이야기를 떠올리고, 사무치는 그리움이 묻어나는 행동들을 보인다. 오막살이였지만 어미와 가재도 잡고 행복하게 지냈던 옛날을 그리워한다. 달내는 어머니의 사정(문둥이이고 늘 집 근처를 맴돌고 있음, 달내는 늘 어머니를 만나고 그 때마다 어머니는 돌아앉으며 미안하다고 함)을 알고 있다. 그러나 이러한 사실은 관객에게는 나중에 명확히 인지된다. 이 단계에서는 암시 수준에서 제시될 뿐이다. 이 부분에서 민담(설화)과의 교섭 관계가 확인된다.

겨울이 된다. 이전처럼 여전히 누군가를 기다리는 듯한 모습의 달내와 아버지. 달내는 어머니가 엊저녁 꿈에 슬피 울며 문을 열어달라며 다녀갔다(달내는 어머니가 실제로 다녀갔음을 알고 있음)고 말한다.

> 아버지와 딸은 그들이 하고 있는 일을 아주 정성스럽게, 마치 새끼 꼬기를 처음 배우는 사람, 바늘을 처음 들어보는 사람처럼 어렵게 한다. 늑대나, 그런 것이 우는 소리. 두 사람 귀를 기울인다.
>
> (133쪽)

두 사람 다시 저마다 하는 일에 파묻힌다. 마치 무엇인가를 피하기 위해서 사람들이 매달리는 그런 일감을 다루듯, 쓸데없이 꼼꼼하게, 그러나

---

32) 137쪽. 147~148쪽에도 같은 구절이 반복되고 있다. 이외에도 여러 소리와 관련된 부분들이 작품 곳곳에서 반복되어 사용되고 있다.

33) 레제드라마(Lesedrama), closet drama(play)라고 하기도 한다. 서재극(書齋劇)으로 번역해 쓴다. 하지만, 레제드라마도 무대공간을 상상하면서 쓰고 읽는다고 볼 수 있다.

서툴게, 그리고 느릿느릿

(134쪽)

가끔 너풀거리는 불빛
벽에 어린 그림자도
그때마다 너울너울
춤을 춘다

(137쪽)

힘들게
굼뜨게
긴 겨울 밤과 싸우듯
그렇게 마디가 뚜렷하고
마디 사이가 벌어지는 투의 움직임으로
너무 과장된 것을 알리는 것은 좋지 않으나
실제로는 거의 무언극에서의 움직임처럼
(중략)
말은 할 수 없고
그 움직임만으로 무엇인가를
옮겨야 한다는 느낌으로
아니, <u>그들이 하는 일이</u>
<u>쉽게 알 수 없는 어떤 신비한 일이기 때문에 되풀이해서 관객에게 옮기</u>
<u>려 해도</u>
<u>안 되기 때문에 자꾸 되풀이하고 있다는 그런 느낌이 나게</u>
마치
우주선 속에서의
우주 비행사의 그 단순한
어린애보다 못한 움직임을
우리가 볼 때의
그 신기하고 깊게 울려 오는
그런 느낌이 들도록

움직여야 한다.
그러니까
그 움직임의 보통 뜻에 상관 없이
움직임 그것이 재미있게 보이게 그렇게 움직인다
이 극의 모든 움직임은 그렇게 이루어질 것
말더듬이처럼, 움직임 더듬이로

(138~139쪽)

138~139쪽의 지시문을 통해 언급하고 있듯이 또한 133쪽, 134쪽처럼, 작품 전체적으로 절약된 대사와 지문을 통해 지시되는 동작(action)들이 무용의 동작처럼 느릿느릿하면서도 시적으로 전개된다. 마치 마임(mime)의 동작처럼 느릿한 리듬을 통해 환상적 신비감마저 자아낸다. 137쪽처럼 조명 매체를 통해서도 시적인 신비감이 만들어지고 있다. 그런 속에서 아버지와 달내가 '문밖의 소리에 귀를 기울이는' 동작의 반복은 유의미한 행동으로 드러난다. 누군가를 기다리는 몸짓인 것이다.

2) 바람소리를 통한 상징

작품의 전반부에서는 인물들의 관계에 대해 암시만 할 뿐, 은폐 전략(strategy)을 통해 관객으로 하여금 호기심을 갖게 하고, 극의 상황에 빠져들게 하여 집중케 하고 있다. 관객의 동화(同化)를 이끌어내는 효과적인 드라마투르기가 구사되고 있는 것이다.

아비는 말더듬이다. 꿈에라도 문을 열어드렸어야 했다고, 어머니를 그리워하며 안타까움에 흐느끼는 달내. 아비는 어미도 그것이 불가능한 것임을 잘 알고 있을 테니 잊어버리라고 한다. 이때 밖에서 문을 열어 달라는 여자의 소리가 들린다. 달내의 어미다. 보고 싶어서 참지 못해 왔다고 한다. 여기에서 가족 간의 본질적인 갈등이 드러나기 시작한다. 어미는 뭔가의 이유로 스스로 집을 나갔고, 아비는 어미에게 그 첫 마음을 기억하라고 하며 문을 열어주지 않는다. 멀어지고 가까워지는 발자국 소리를 통해 또한, 바람이 불고 그침을 통해 안타깝게 맴도는 어미의 마음을 효과적으로 형상화시켜 놓고 있다.

어미는 문둥병이다. 달내에게 병을 옮기지 않기 위해서, 또한 마을 사람들이 알면 가족 모두가 마을에서 살 수 없으니까, 자식을 위한 어쩔 수 없는 선택을 한 것이다. 아버지는 달내가 안타깝다.

> 소리 : 여름내
> 　　　가을내
> 　　　밤마다
> 　　　돌아와서
> 　　　저만치서
> 　　　숨어 앉아
> 　　　새벽이면
> 　　　돌아갔소(가락을 높여)
> 　　　열어 줘
>
> (141~142쪽)

위 대사는 상당히 시적이며 강한 파토스(pathos, suffering)를 느끼게 하여, 아픈 모성애를 목격케 한다. 앞서도 "사람이 우는 소리 같은 그런 바람 소리"(136쪽)라고 지시하여 달내의 어미가 울부짖는 소리를 암시하고 있다. 또한 어미가 찾아와서 문을 열어 달라고 애원하는 소리를 지시할 때도 "바람 소리처럼", 달내가 "엄마다"라고 외치는 부분도 "바람 소리처럼"이라고 지시하고 있어, 바람 소리는 비극적 상황, 떠도는 자, 삶의 현실에서 추방된 자, 아웃사이더(outsider)의 모습을 형상화시키고 있다.

푸드득, 하고
무엇인가, 새 같은 것이
날으는 소리
아니면 지붕에 쌓인 눈이
부서져 내리는 소리
<u>두 사람</u>
<u>귀를 기울인다.</u>
그뿐
더 기척이 없다
먼데서
늑대 우는 소린지
바람 소린지
잘 모를
그런가 하면
<u>사람이 우는 소리 같은</u>
<u>그런 바람 소리</u>

(135~136쪽)

    소리(음향 매체), 예를 들면 매미소리의 사용 —달내가 바우의 뜻대로 따라 주지 않자 달내를 육체적으로 자기 뜻을 따르게끔 하려는 부분에서 소리가 멈췄다가, 달내가 뿌리쳐 바우가 실망하고 사라지는 장면에서 다시 매미소리가 시끄러워지는 것이라든지, 그 외 발자국 소리, 늑대소리, 새소리, 쌓인 눈이 떨어져 내리는 소리 등, 특히 앞 134쪽, 137쪽(주 31, 32)처럼 바람 소리는 패턴(pattern)으로서 반복되는 이미지로 작용하여 작품 전체를 관통한다. 소리 자체가 반복을 통해 일종의 시적 리듬을 형성하고 있는 것이다. 또한 바람이 불고, 그치고 하는 것을 통해 작품 전체의 독특한 분위기(mood, atmosphere)를 형성해 내고 있다. 다시 말하면, 바람소리를 통해 비극적 상황 이미지가 부각되며, 작품의 독특한 아우라(Aura)를 형성하고 있다. 작가는 지시문을 통해 '바람 소리'를 주인공(최인훈 전집 10, 148쪽)이라고 지칭하기까지 한다. 이 작품에서 소리 특히 바람소리의 전개는 그 자체로 서브플롯(sub plot)의 역할을 충분히 해 내고 있다.

이렇게 작품 전체적으로 편재해 있는 동일 어구의 반복을 통한 울림, 다양한 소리 특히 바람 소리의 반복을 통한 상징은, 상징주의[34] 시에서 소리(음악)를 통해 궁극적인 실재(천국의 이미지, 지옥의 이미지)를 암시하고자 하는 전형적인 방법을 사용하고 있는 것이다. 말라르메는 상징주의를 "하나의 사물로 하여금 점차적으로 어떤 기분을 드러내도록 하는 예술 혹은 어떤 사물을 선정해서 그것으로부터 '영혼의 상태'를 끌어내는 예술"이라 정의하면서, "한 사물의 이름을 밝히는 것은 시가 주는 즐거움의 중요한 부분을 없애 버리는 것이다. 왜냐하면 이 즐거움이란 점차적으로 조금씩 조금씩 알아가는 과정에 있는 것이기 때문"이라고 했다. 또한 "암시를 하면 거기에 꿈이 있다. 이 신비한 과정을 완벽하게 행사하는 것이 상징주의를 형성한다"[35]고 언급했다. 「봄이 오면 산에 들에」에서의 말더듬이의 대사와 무언극 같은 느릿한 행동, 반복되는

---

34) 이근삼, 앞의 책, 267~269쪽. 상징주의극에서 대사의 반복이 많다. 이는 반복을 통해 궁극적 실재를 상징적으로 암시하려 하기 때문이다.
   Charles Chadwick, 박희진 역, 문학비평총서 5 *Symbolism*, 서울대학교 출판부, 1978, 7~20쪽. 상징주의는 구체적인 영상들이 시인 내부의 특정한 사상이나 감정의 심벌로 사용되는 개인적 상징주의가 있고, 구체적인 영상들이 현실세계가 불완전하게 나타내고 있을 뿐인 광대하고 보편적인 이상세계의 심벌로 사용되는 초절적(超絶的)인 상징주의가 있다. 후자는 현실을 넘어선 이상세계의 존재에 대한 개념으로서, 신비주의나 종교에 의해서가 아니라 시를 통해서 이 이상의 세계(현실을 넘어선 본질적인 사상)에 도달할 수 있다고 보았다. / 상징주의는 감각(소리, 냄새, 그리고 눈에 보이는 광경)으로부터 그것들이 환기시키는 관념(천국의 암시)과 감정에 이르는 운동을 포함하는 이른바 '수직의 대응'을 추구한다. / 보들레르가 시를 쓰는 목적은 감정을 창조하고 인상을 전달하는 것이기 때문에 그는 끊임없이 그 시의 본질적인 내재의 테마를 반복하고 강화시키는 외적인 상징들을 축적시킨다. 후각, 청각, 시각의 세 개의 감각에 복합적으로 호소하는 영상들, 같은 것을 여러 가지 형태로 끈질기게 반복하는 것, 후렴의 형식을 쓰는 것 등은 시를 음악과 유사하게 만드는 반복의 기법을 쓰는 것이다.
35) Charles Chadwick, 문학비평총서 5 *Symbolism*, 5~6쪽.

대사, 소리 · 행동 등의 감각적 반복 등은 상징주의에서 궁극적인 실재를 차츰차츰 드러내기 위해 다양한 감각적 이미지를 반복, 축적하는 방법과 동일하다.

> 말은 할 수 없고
> 그 움직임만으로 무엇인가를
> 옮겨야 한다는 느낌으로
> 아니, 그들이 하는 일이
> 쉽게 알 수 없는 어떤 신비한 일이기 때문에 되풀이해서 관객에게 옮기려 해도
> 안 되기 때문에 자꾸 되풀이하고 있다는 그런 느낌이 나게
> 마치
> 우주선 속에서의
> 우주 비행사의 그 단순한
> 어린애보다 못한 움직임을
> 우리가 볼 때의
> 그 신기하고 깊게 울려 오는
> 그런 느낌이 들도록
> 움직여야 한다.
> 그러니까
> 그 움직임의 보통 뜻에 상관 없이
> 움직임 그것이 재미있게 보이게 그렇게 움직인다
> 이 극의 모든 움직임은 그렇게 이루어질 것
> 말더듬이처럼, 움직임 더듬이로

(138~139쪽)

특히, 위의 밑줄 친 부분들을 통해 볼 때, 상징주의 시에서 감각적 이미지들의 반복, 축적을 통해 궁극적 실재(천국의 이미지, 지옥의 이미지)를 암시하듯이, 이 극에서도 반복되는 행동을 통해 뭔가의 상징을 전달하고자 하고 있으며 이를 통해 환상적인 신비감을 부여하고 있는 것

을 확인할 수 있다. 결국 제시 형태가 언어에서 행동으로 달라졌을 뿐 추구하는 바(암시를 통한 궁극적 실재를 드러내고자 하는 것)는 동일한 것이다.

> 바람 소리에 맞춰
> 바람 소리의 가락이 바뀔 때마다 그 바뀜에 어울리는
> 알릴락말락한
> 움직임을 보일 것
> 말하자면 인물의 움직임이
> 바람 소리에 반주하듯이
> 그렇게 움직임으로써
> 무대가 살아 움직이게 할 것
> 무대 위의 모든 소도구들도
> 바람 소리를 따라 숨쉬어야 하며
> 무대의 빈 공간들도
> 무대를 비추는 조명도
> 시각마다 순간마다
> 주인공인 바람 소리를 따라
> 숨쉬고 움직일 것

(148쪽)

상징주의자들은 그들이 찾고 있는 바로 그 암시성을 음악이 소유하고 있다고 보고, 모호하고 암시적인 음악의 특성에 주목하여, 시의 음악적인 특질을 강조했다. 발레리는 '흡과 감각 사이의 영원한 배회'라고 상징주의를 규정했다.36) 즉 상징주의 시에서 궁극적 의미와 음악(소리)의 일치를 추구하듯이, 이 극에서는 오브제(objet : 소도구, 무대, 조명 등)와 소리(음악)의 일치, 행동(action, 무용적 동작)과 소리의 일치를 통해 궁극적인 이미지의 암시를 추구하고 있는 것이다. 이를 통해 환상적 신비

---

36) 앞의 책, 9~11쪽.

감을 자아내고 있으며, 또한 무용적 동작 자체가 시적이다. 이런 관점에서 이 작품은 상징주의 사조와의 교섭을 통한 상징주의 계열의 시극(詩劇)으로 볼 수 있다.

『악의 꽃』끝부분에 이르렀을 때, 보들레르에게 있어 현실이란 지옥에 대응하는 존재다. 현실은 더 이상 찬란한 천국을 그 뒤에 감추고 있지 않고 우울한 지옥을 숨기고 있는 것이다.[37] 「봄이 오면 산에 들에」에서의 '바람 소리'는 보들레르에게서의 현실처럼 지옥을 상징한다. 또한 갈등의 전개와 바람 소리의 적절한 기술적 배치, 갈등의 상승 · 하강과 바람 소리를 적절히 조화시킴으로써 효과적인 극 전개를 보여주고 있다. 즉 시련, 갈등상태를 바람을 통해 상징적으로 표현하고 있는 것이다. 작품 후반부 가족 모두가 문둥이가 된 이후의 부분에서는 더 이상 바람이 불지 않는다. 작가는 '바람 소리'를 통해 흩어지고 찢겨진 상황, 비극적이고 파편화된 상황을 상징하려 했던 것이다. 바람 소리는 앞에서 살펴본 것처럼 비극적 상황, 떠도는 자, 삶의 현실에서 추방된 자, 아웃사이더의 모습을 상징한다.

3) 마임을 통한 행동의 리듬

포교가 등장하면서 고을 사또가 달내를 탐내는 상황이 드러나게 되며, 아비는 달내가 아직 어리다는 핑계로 망설인다. 그 상황은 디에게시스(diegesis)로 포교의 대사를 통해 보고된다. 이로 인해 내면적이고 본질적인 가족의 갈등에 외면적 갈등 구조가 하나 더 보태진다. 그 보고 줄거리 속에 늙은 마누라(달내의 어미)가 늦바람이 나서 떠돌이 중하고 눈이 맞아 달아났다는 소문도 제시된다(나중에 사실이 아님이 드러난다). 포교는 사흘의 말미를 주며 스스로 갈 것인지 끌려 갈 것인지 결단을 내리

---

37) 앞의 책, 18쪽.

라고 재촉한다. 바우가 등장하여 사또가 달내를 데려가려고 한다는 소
문을 들었다고 이야기하고, 달내의 아비에게서 사실을 확인하고 충격을
받는다.

> 산등성이를 타고 넘는
> 바람 소리
> 쿵, 하고
> 눈사태가
> 어디선가
> 내려앉는 소리, 그리고
> 그 메아리
>
> (145~146쪽)

여기에서도 갈등의 전개 및 인물의 심리와 소리(sound effect)를 효과적
으로 연계시키고 있다. 아비는 바우에게 내일 밤 둘이 달아나라고 한다.
하지만 달내는 어미를 두고 갈 수 없다고 하며, 아비 혼자 있으면 관가에
서 가만히 있지 않을 것이니, 같이 도망가자고 한다. 아비는 안 된다고
거부한다.

> 아비 : (마지못해) ……네가 가고 나면
> 달내 : ……
> 옮겨 앉으면서 채근하는 눈길
> 아비 : 에, 에, 에, 에미가, 또, 또, 또, 또, 오, 오, 오, 오면
> 달내 : (문득 깨달으며) …… 아버지 ……(끄덕이며) ……고마와요 ……
> 아비 : ……
> 달내 : 나는 ……그런 줄도 모르고 ……
>
> (150쪽)

달내는 기왕 이렇게 된 것 어미를 데리고 함께 도망가자고 한다. 아비

는 마지못해 어미가 살아 있음을 비로소 시인하며(이때까지 숨기려 함), 달내가 가고 나서 어미가 오면 얘기해 보겠다고 한다. 여기서 어미가 살아 있음을 달내가 알고 있었음이 드러난다. 또한 아비도 아내에 대한 그리움과 안타까움이 있었음이 드러난다. 이 순간 달내는 아비가 어미를 미워하거나 혐오한 것이 아니라는 사실을 알게 되고, 오해를 풀게 된다. 이러한 상황들은 대사를 통해 표면적, 명시적으로 드러나는 것이 아니라, 압축적으로 암시되어 제시되는 대사나 상황의 전개를 통해 짐작케 하는 방법을 택하고 있어, 관객이 추리하여 구성해 내야 한다. 즉, 그 의미가 상당히 미묘하게 내포되어 있어, 배우의 섬세한(detail) 감정 연기가 전제되어야 작가의 메시지가 성공적으로 전달될 수 있을 것이다.

달내는 어미를 기다린다. 달내는 내일이면 떠나야 한다. 떠나는 딸에게 아비는 어미의 비녀를 준다. 달내는 어미가 비녀를 질렀을 땐 참 예뻤다고 회상한다. 달내는 혼자 도망가 잘 사는 것은 싫다고 한다. 아비는 딸이 떠나고 나서 어미가 오면, 함께 가자고 얘기하겠다고 한다. 우선 딸을 무사히 도망가게 하려는 아비의 마음이 드러난다. 부녀는 어떻게 될지 미래에 대한 두려움이 있다.

이러한 상황에서 부녀의 갈등과 위로의 행동들, 미래에 대한 천지신명에게의 비나리 등은 마임이나 무용의 동작과 같은 행동들을 통해, 깊이 있고 의미 있게 긴 시간에 걸쳐 진지하게 표출되고 있다. 인물들의 심리를 행동의 리듬을 통해 표현해 내고 있는 것이다. 이 같이 이 작품은 마임을 통해 행동의 리듬을 형성해 내고 있다. 한편, 여기서도 천지신명에 대한 비나리를 통해 전통적 민속 신앙과의 교섭 현상이 확인된다.

연이어 과거 불이 났을 때, 어미가 목숨을 걸고 불속으로 뛰어들어 달내를 구해준 사실이 달내의 꿈을 통해 제시된다. 무대가 온통 불길에 휩싸인 가운데 오직 소리에 의해서, 소리만으로의 은폐된 사건 진행[38]의

---

38) Peter Pütz, 앞의 책, 70~73쪽, 305~312쪽; 민병욱, 『희곡 문학론』, 59~61쪽; 민병욱,

형태로, 즉, 무대 이면에서 소리를 통해 사건을 전개시키고 그 사건을 관객들이 들을 수 있는 줄거리(Handlung)의 형태로 과거의 사실이 제시된다. 행동이 아닌 오직 소리만을 통해서 그때의 상황을 그려보여 주고 있는 것이다. 여기에서도 작가가 소리의 기능(환상적 신비감)에 경도되어 있으며, 무대 매체(소리 매체와 조명 매체)를 본격적으로 구사하고 있음이 확인된다. 이 부분은 달내가 '어미의 본질'에 대해 꿈을 통해 발견(폭로, anagnorisis, discovery)[39]하는 것이 된다.

달내는 그 꿈을 통해 과거의 기억을 떠올린다. 꿈에 의한 발견에 이어 기억에 의한 발견이 이루어지고 있는 것이다. 세 살 때 여름, 불이 나고 등성이 너머에서 밭 갈던 어미가 달려와서 사람들이 말리는데도, 불속으로 뛰어들어, 잠자다 울부짖는 자기를 구해줬고, 그로 인해 어미는 조막손이 되었다. 달내는 조막손으로 머루를 따주고 가재를 잡아주고 칡뿌리도 캐주던, 밭 일구고, 절구 찧고 저를 진달래처럼 키워준 엄만데 그런 엄마를 두고 떠날 수 없다고 오열한다. 이러한 상황은 앞의 꿈의 전개에 이어 디에게시스의 형태로 재확인되어 보고되고 있다.

아비는 달내에게 잊어버리라 한다. 그때 어미가 다시 찾아온다. 어미는 멀리 가 다시는 오지 않겠다며 마지막으로 목소리를 들으러 왔다

『현대희곡론』, 83~85쪽. 은폐된 사건진행은 등장인물의 무대실연 행동이 은폐된 채 언어적 표현으로써 전달되거나 보고되는 줄거리다. 전사(前史, 연극 외적 세계)와 '등장인물의 무대실연의 행동이 은폐되고 대사만 공개되어서 관객에게 전달되는 줄거리(보고가 아님)'를 제외하면 보고 줄거리와 은폐된 사건진행은 일치한다.

39) Aristoteles, 앞의 책, 78~84쪽, 제11장. anagnorisis는 행운 혹은 불행에의 숙명을 가진 인물들이 무지에서 지의 상태로 이행함을 의미한다. 인지(認知 : recognition)라고 번역되며, 대개 peripeteia가 일어나는 계기로서 극중 인물의 신분이 분명해지는 것을 말한다.
  Aristoteles, 앞의 책, 108~113쪽, 제16장. 아리스토텔레스는 발견(anagnorisis)을 ① 흔적, 상처, 목걸이 같은 표지에 의한 발견, ② 시인에 의해 조작된 발견, ③ 기억에 의한 발견, ④ 추리에 의한 발견, ⑤ 상대방의 오류 추론에서 유래하는 복잡한 발견, ⑥ 사건 자체로부터 유래하는 발견으로 나누었다. 그 중 가장 훌륭한 것으로 여섯 번째를 꼽았다.
  Peter Pütz, 앞의 책, 232~235쪽. Pütz는 아리스토텔레스의 분류에 '공동의 과거에 대한 서술을 통해 증명되는 것'을 덧붙였다.

고 한다. 달내는 더 이상 참지 못하고, 어미 손목을 끌고 들어온다. 비로소 어미가 문둥이라는 충격적 사실이 관객(바우에게도)에게 폭로(발견)된다.

이것으로 아비가 달내에게 어미는 죽었다고 말한 것이라든지, 어미를 만나지 못하게 한 것이라든지, 어미가 오막살이 주위를 돌 뿐 방으로 들어오지 못하는 것이라든지, 모든 의문은 풀리게 된다. 관객 또한 비로소 가족 간의 본질적 갈등을 간취(看取)하게 된다. 이는 사건의 자연스러운 진행에 의해 경악이 야기되고 있는 것[40]에 해당된다. 위의 세 번의 발견 및 폭로의 과정 중 첫 번째 것과 두 번째 것은 기억에 의한 발견에 해당되고, 세 번째 것은 아리스토텔레스가 이야기하는 발견 중에서 가장 뛰어난 형태를 취하고 있다. 아리스토텔레스는 가장 우수한 발견이 페리페테이아(peripeteia)를 동반하는 발견[41]이라 언급했다. 이와 같은 일련의 발견(anagnorisis)을 통해 갈등 해결의 역전(peripeteia)은 급격히 이루어진다.

4) 동화적 상상력과 시적 비전

앞에서 살펴보았듯이, 이 작품은 이중적 갈등 구조를 가지고 있다. 하나는 달내를 중심으로 한 가족(바우 포함)과 사또 간의 외부적 갈등이고, 또 하나는 어미가 문둥이라서 빚어지는 가족 내부의 보다 본질적인 갈등이다. 외부적 갈등이 심해지면서 내부적 갈등 해소의 실마리가 생겨나고 오히려 내부적 갈등 구조는 쉬이 풀려나가게 된다. 즉 외부적 갈

---

40) Aristoteles, 앞의 책, 98쪽 제14장, 113쪽 제16장.
41) 위의 책, 69쪽 제7장, 78~84쪽 제11장. peripeteia란 주인공으로 하여금 개연적 혹은 필연적 경로를 거쳐 불행으로부터 행복으로, 혹은 행복으로부터 불행으로 이행케 하는 것이다. 영어로는 reversal, 우리말로는 역전(逆轉), 급전, 급변으로 번역된다. / 이와 같은 발견은 급전과 결합될 때 애련과 공포를 환기할 것이다. 그리고 또 행운과 불운도 이와 같은 발견에서 결과될 것이다.
민병욱, 『희곡 문학론』, 71쪽.

등을 피하기 위해 가족 모두(바우 포함)가 문둥이가 되는 길을 택함으로써 외부적 갈등과 내부적 갈등을 동시에 해결해 내고 있는 것이다.

더 깊은 산속의 봄, 새의 울음소리, 짐승들이 뛰어놀고 노래 부르며 춤춘다. 뮤지컬 같은 장면, 무용적 동작. 비탈의 꼭대기 지평선 너머에서 사람들이 나타난다. 머리에 수건을 쓴 사내 하나와 여자 둘. 짐승들이 얼굴을 들여다보자, 「도깨비야!」[42] 짐승들 우르르 도망친다.

> 달내 : (문둥이 탈 아닌 맨숭 얼굴의 탈을 쓰고[43] <u>판소리 가락으로</u>)
> 토끼야 노루야
> 겁내지 마라
> 하느님이 내린 탈을
> 울엄마가 받아 쓰고
> 울엄마가 받아 쓴 탈
> 이 달내가 받아 쓰고
> 이 달내가 받아 쓴 탈
> 울아배가 받아 쓰고
> <u>하느님이 내린 탈을</u>
> <u>식구 고루 나눠 썼네</u>
> 하늘동티 입은 우리
> 사람동네 살 수 없어
> 이 산속에 찾아와서
> 너희들의 이웃됐네
>
> (158~159쪽)

겨울과 봄 사이에 있었던 은폐된 줄거리를 달내가 디에게시스로 보고한다. 각 인물은 탈을 쓰고, 달내는 판소리 가락으로 소리를 한다. 의인

---

42) 158쪽에는 없다. 서연호 편, 『한국의 현대희곡』 2, 열음사, 1988, 170쪽에서 취함. 이 부분이 들어가야 자연스러움. 전집에서 탈락된 것이 아닌가 판단됨. / 『문학과지성사』本의 161쪽 마지막 줄에도 '넘어 간다'가 탈락됨. 『열음사』本에는 있음.

43) 서연호 편, 앞의 책, 170쪽. 『열음사』本에는 '문둥이 탈 쓴 얼굴을 들고'라고 되어 있다.

화된 짐승들과의 대화, 동화(童話) 같은 장면은 환상적이고 시적인 전개를 보여, 이 극이 사실주의 극이 아님을 드러낸다. 이러한 동화적 상상력을 통해 텍스트는 인간과 짐승, 인간과 자연의 조화, 자아와 세계의 융합의 세계를 보여준다. 여기에서 노래와 춤(탈춤), 판소리 등 민속연희 장르와의 교섭 관계가 확인된다.

이 장면에서 전통적이면서도 민족적인 연희양식인 판소리를 차용하여, 또한 탈을 사용하여, 천형이지만 문둥병(Hansen's disease)을 가족이 함께 나눔으로써 오는 행복(만족)감을 노래하고 있다. 외부적 갈등(사또와의 갈등)을 피하기 위해 가족 모두는 문둥이가 된다. 이를 통해 외부적 갈등은 자연히 해소된다. 처음부터 외부적 갈등은 부수적인 것이었다. 보다 본질적인 갈등은 어미가 문둥이임을 둘러싼 갈등으로서, 가족 모두의 결단에 의해 모두가 문둥이가 됨으로써 그것을 극복해 낸다. 부수적이지만 바우도 문둥이가 됨으로써 성을 쌓으러 가지 않아도 되며 달내와 헤어지게 하는 현실과의 갈등을 효과적으로 해결한다. 고통스러운 천형이지만, 가족이 그로 인해서 흩어지고 고통 받는 것보다 천형을 함께 수용함으로써 같이 공존하는 길, 공동체적 삶의 모습을 선택한 것이다. 이를 통해 가족은 진정한 행복을 찾게 된다. 이는 텍스트 전반부의 바람 소리로 상징되는 어둠의 세계에서 가족이 하나 됨으로써 도달하게 되는 행복의 세계, 즉 밝음의 세계로의 전환을 보여준다. 그 대조가 극명함으로 해서 밝음의 세계에 대한 텍스트의 지향은 더욱 강렬하게 제시된다. 결국 텍스트의 이데올로기는 가족 관계 회복을 통한 가족 정체성(identity)의 회복, 공동체적 삶의 지향, 민족적 원형질 탐색과 복원(회복)에 있는 것이다.

　　짐승들 : 우리를 잡아 먹지 않겠지?
　　달내 : 아니
　　<u>짐승들 : 저 사람은 왜 말이 없누?</u>

(아비를 가리킨다)

아비 : 아, 아, 아, 아, 아니

짐승들 : 하하하

달내 : 인제 알았지

짐승들 : 알았어.

(159쪽)

비탈 마루를 넘어갈 때

네 식구 한꺼번에 고개를 돌려

관중들 쪽을 보고 나서

비탈을 천천히

노을 속을 내려가

머리까지 사라진다

짐승들 춤추며

그들을 쫓아

비탈을

넘어 간다

(161쪽)

　덧붙여, 앞의 148쪽 인용문에서 무대, 소도구, 조명이 바람 소리에 따라 숨쉬고 살아 움직이게 한다든지, 위에서처럼 짐승들이 사람처럼 말하고 행동한다든지 하는 물활론적 사고(hylozoism, animism)의 상상력이 확인된다. 또한 밑줄 친 부분들처럼 해학(humor)과 관객과의 교감의 시도가 보이기도 한다.

　이어 장타령을 하며 바우(사위)가 등장하면서 한 바탕 축제가 진행된다. 하강과 결말 부분은 행복함을 주체 못하는 가족의 환희(ecstasy)를 표출하고 있다. 바우까지 네 식구가 모두 문둥이가 됨으로써 누구도 갈라놓을 수 없는 진정한 하나의 가족이 된 것이다. 가족은 서로 간의 희생과 유대와 사랑을 선택했고 이는 가족의 승리를 가져다주었다. 유기론적 관점에서 생명과정의 궁극이 완성이듯 시가 지향하는 바도 하나의 완성의 관념인데[44] 이 작품은 그러한 완성을 달성해 내고 있다.

어허
얼씨구 절씨구
나ᄀ신ᄃ
ᄒᄂ님이
내리신 틀
받ᄋ 쓰고
나ᄀ신ᄃ
독사뱀도
잡아 먹고
나ᄀ신ᄃ

(161쪽)

각설이 타령(장타령)을 온 가족이 함께 부른다. 각설이 타령은 옛날 거지나 문둥이들이 남의 집 앞이나 장터에서 구걸할 때 부르던 잡가인데 타령조의 구전 민요[45]이다. 이러한 전통적이고 민족적인 연희양식인 장타령을 통해, 거기에다 실제 공연에서는 표현되기 어렵겠지만, 아래아(·)의 고전적인 표기법을 씀으로써 작가는 전통 정신을 드러내고자 한 것으로 보인다. 여기에서도 민요 및 각설이 타령 곧, 민속 연희 양식과의 교섭이 확인된다. 전통적이고 민족적인 양식의 사용은 앞부분의, 민담인 소금장수(달걀귀신) 이야기에서도 볼 수 있다.

이어,

이 때 무대에는

---

44) 구모룡, 「한국문학비평과 유기론적 전통」, 276쪽.
45) 두산백과사전 EnCyber & EnCyber.com.

십장생도의
모든 인물이
나와 있다.

(162쪽)

라고 제시함으로써, 십장생도46)가 상징적 의미를 띰을 드러내고 있다. 십장생은 모두 장수물(長壽物)로 자연숭배의 대상이며, 원시신앙과도 일치한다. 이는 가족이 모두 행복하게 오래오래 살아갈 것임을 상징적으로 보여준 것이라 하겠다. 앞의 의인화된 동물 장면과 십장생의 제시는 인간과 자연(세계)과의 하나 됨, 조화와 융합의 경지, 더 나아가 생태주의(ecology)적 세계관을 보여준다. 이러한 세계관은 자연스럽게 유기론으로 연결되는데, 유기론은 사물의 근원성, 전체성, 유기적 통일성 등에 바탕을 두고, 자연의 재문맥화, 생태학적 상상력(전망)과 연관된다.47)

원형들을 제공하는 신화는 휠라이트(Philip Wheelwright)가 말한 것처럼 공동성의 심원한 의미를 준다. 신화는 인간과 자연과 신이 하나의 공동체를 이루고 있으며 사상과 감정이 미분화된 상태의 삶의 세계를 보여준다. 프라이(N. Frye)도 신화란 인간과 세계의 동일화를 위한 상상력의 단순하고 원초적인 노력48)이라 정의했다. 또한 그것은 동일한 것의 영원한 반복이라는 통시적 동일성의 감각을 전달한다. 자아의 시간적 연속감, 변화하지 않는 자기 정체의 지속감을 일깨워 준다. 신화는 이런 두 가지 큰 의의로써 당대 삶의 의미와 리얼리티를 포착케 해주고, 인간적 상황의 비전을 마련해 준다.49)

---

46) 두산백과사전 EnCyber & EnCyber.com. 장생불사를 표상한 물상(物象)으로 해·산·물·돌·소나무·달 또는 구름·불로초·거북·학·사슴의 10가지이다.

47) 구모룡, 「한국문학비평과 유기론적 전통」, 279~281쪽.
장파, 앞의 책, 128~139쪽. 난세에 사람들은 개인을 우주와 직접 대비하여 우주와의 직접 화해를 추구하며, 이 과정에서 인간과 우주는 모두 사회를 부정한다.

48) N. Frye, *The Educated Imagination*, p.110; 김준오, 『시론』, 138쪽.

49) 김준오, 『시론』, 138~139쪽.

유기론은 인간과 자연이 전일성으로 통섭되는 사유형태이다. 이것은 자연적인 것과 인간적인 것의 직접적 통일양식으로서의 일원론적 전체론이다. 자연과 인간이란 생명 전체는 서로 융화하고 교섭한다. 유기론은 유기화된 전체성의 이론으로 순환적 질서의 전체성이 만상의 원리라고 보는 사고의 표상형식이다. 또한, 존재의 모든 양식들이 유기적으로 연결되어 있다는 연속성을 자명한 원리로 삼는다. 유기론적 본체론에서는 발생─성장─완성의 과정이 하나의 연속성을 이룬다.[50]

이 작품은 원형적 관점에서 전체적으로 겨울과 봄의 대비(대립)를 통해 고난의 시기와 그러한 갈등이 해소된 행복한 시기로의 변환, 계절의 변화에 맞추어 갈등의 상승과 하강, 그리고 그 풀림을 보여준다. 「봄이 오면 산에 들에」가 처음엔 비극이지만 나중엔 희극의 모습을 보여주는 것은 시적 비전(시적 세계관)과 관련된다. 이 작품은 총체성을 상실한 인간들이 그 총체성의 회복을 꿈꾸어 궁극적으로 근원적인 세계를 이루어 내고, 유기적 전체성의 세계 곧, 궁극적인 화해의 세계(희극 플롯)를 실현해 보여 주고 있는 것을 형상화시키고 있다.[51]

이러한 시적 비전과 함께, 이 작품은 앞의 논의에서 살펴보았듯이 작품 전체적으로 비유와 상징 등 시적 조사를 잘 구사하고 있고 시적 리듬도 충만하다. 거기에 더해 이근삼은 "오늘날 연극에서 말하는 시란 무대

---

50) 구모룡, 「한국문학비평과 유기론적 전통」, 266~271쪽. 유기론적 세계관은 우주를 만드는 재료는 정신적이거나 물질적이지 않으며 둘 모두를 포괄하는 하나의 생명력이라고 본다. 또한, 유기론은 제유다. 대상과 전체의 관계에서 통합적으로 표현된 내재성에 관한 어법이기 때문이다. 전체는 부분을 재현하며 부분 또한 전체를 재현한다. 유기론의 제유적 사유는 초월성과 내재성, 실체성과 원리성을 즉자적·무매개적으로 결합시킨다.
51) 이러한 희극 플롯은 이 작품에서 십장생도를 통해서도 드러난다. 십장생도가 처음에는 한 모서리만 보이다가 점차적으로 실체를 분명하게 드러내어 대단원에서는 완전한 모습을 드러내게 되는데(십장생도의 모든 인물이 다 나온다), 이는 작가가 처음부터 희극 구조를 미리 상정하고 썼음을 증명하는 것이다. 이러한 플롯은 작품의 전반부에서 바람이 불다가 대단원에서는 더 이상 불지 않는 것으로도 나타난다. 이렇게 이 작품의 희극 플롯은 여러 겹의 탄탄한 구조로 되어 있다.

전체에서 조성되는 특수한 시정(詩情)을 말한다", "현대의 관객이 바라는 것은 텍스트의 시가 아니라 무대를 통한 시적 분위기"52)라는 말을 하고 있는데, 최인훈의 「봄이 오면 산에 들에」도 단순한 시적 언어의 구사 차원을 넘어서서 무대 매체들을 본격적으로 구사하고 있다. 즉, 시극 드라마투르기에 대한 충분한 이해를 바탕으로, 연극의 구성 요소들(음향 매체나 조명 매체)과 오브제(탈, 소도구, 무대 등)를 십분 활용함으로써 시적인 신비감을 만들어내고 작가의 메시지를 효과적으로 전달해 내고 있다. 또한, 동작들이 마임이나 무용처럼 느릿한 리듬을 통해 시적으로 전개되어 상징적 의미의 전달 및 신비감을 자아내는 시적인 환상 무대를 만들고 있어, 이 작품을 시극의 한 수준 높은 전범적 형태(전형적 텍스트)로 평가하게 한다.

이 작품에서는 특히 바람소리의 반복을 통한 리듬과 독특한 분위기의 형성이 두드러진다. 또한 이를 통해 효과적인 상징을 구사해 내고 있다. 이것은 상징주의에서 반복을 통해서 궁극적인 실재를 암시하는 전형적인 방법을 사용하고 있는 것이다. 이러한 특징들은 이 작품을 상징주의 계열의 시극으로 보게 한다.

---

52) 이근삼, 앞의 책, 247쪽, 378쪽.

3. 궁극적 화해와 시적 비전—「둥둥 낙랑둥」

「둥둥 낙랑둥」[53]에 대해 손필영은 리듬, 이미지, 상징 등의 시적 장치를 통해 시성을 드러내고 있다고 했다. 언어의 다의성과 은유뿐 아니라, 시적 특징으로서의 아이러니는 이 극에서 언어적·의미론적 아이러니와 상황적(극적) 아이러니를 드러내고 있다. 소리와 침묵의 반복은 리듬을 형성하며, 말줄임표의 반복도 의미의 표현 방식이며 침묵의 리듬화이다. 반복되는 매미소리와 침묵은 심화된 삶의 허구와 허무감, 인간 존재의 무의미함을 드러낸다고 했다. 손필영은 호동을 체재나 이데올로기로부터 자유로운 인간이라고 보았다. 난쟁이가 등장하는 마지막 장면은 모호한데, 상징을 통한 의미의 무화와 '공(空)'이라는 한국인의 정서를 상징적 이미지로 표현하고 있다고 보았다. 인간도 사물의 하나처럼 역사의 주인공이 아니라 역사와 지배 이데올로기에 희생당하고 아무렇게나

---

53) 호동왕자와 낙랑공주 설화를 바탕으로 한 「둥둥 낙랑둥」은 1978년 『세계의 문학』 여름호에 발표되고 1980년 국립극장에서 공연되었다. 「둥둥 낙랑둥」에 대한 연구는 비교 연구의 관점, 호동 설화의 변용에 관한 연구, 서사의 관점에서 접근한 연구, 해체론적 연구, 최인훈 희곡의 극작법 연구, 시극의 관점에서의 연구 등이 있다.
김권수, 「최인훈의 둥둥 낙랑둥과 셰익스피어의 햄릿 비교 연구」, 동아대학교 교육대학원 석사학위논문, 1998.8; 김유미, 「최인훈의 <광장>과 <둥둥 낙랑둥> 비교 연구」, 『어문논집』 Vol. 43, 안암어문학회, 2001; 장혜전, 「호동설화를 소재로 한 희곡 연구」, 『이화어문논집』 Vol. 9, 이화여자대학교 이화어문학회, 1987; 장혜전, 「동일 소재 희곡의 역사적 변용」, 『기전어문학』 Vol. 4, 수원대학교 국어국문학회, 1989; 이미원, 「'호동왕자' 설화의 현대적 재구」, 『한국의 민속과 문화』 Vol. 2, 경희대학교 민속학연구소, 1999; 이철우, 「대립 속의 순환고리 드러내기 —최인훈의 "둥둥 낙랑둥"의 서사담론적 접근—」, 『한성어문학』 Vol. 13, 한성대학교 한성어문학회, 1994; 이영미, 「서사와 극의 사이」, 『연극의 이론과 비평』, 한국예술종합학교 연극원 연극학과, 2000; 김만수, 「일란성 쌍생아의 비극: 최인훈 <둥둥 낙랑둥>의 해체론적 연구」, 『한국현대문학연구』 Vol. 6, 한국현대문학회, 1998; 김기란, 「최인훈 희곡의 극작법 연구 —<둥둥 낙랑둥>을 중심으로」, 『한국극예술연구』 Vol. 12, 한국극예술학회, 2000; 손필영, 「한국 시극의 가능성을 위한 서설 —최인훈의 <둥둥 낙랑둥>을 중심으로」, 『드라마연구』 제24호, 한국드라마학회, 2006.

팽개쳐지는 물건이며, 사회 이데올로기의 허구성과 인간의 삶이란 역설임을 보여준다는 것이다. 이렇게 그는 이 작품에 대해 인간 존재의 본질을 이미지를 통한 시적 기운에 의지해 제시하며, 부조리하고 아이러니한 세계를 보여주는 '시극'이라 보았다. 그러나 이 작품을 '극시'라고도 언급하고 있어, 그는 시극과 극시에 대한 개념 구분이 명확하지 못한 한계를 보여 준다.

'극'인 「둥둥 낙랑둥」은 서정, 서사, 구비전승 등과의 장르 교섭의 양상을 지니고 있다. 시극은 혼합장르적 성격을 띠고 있어, '극'이라는 장르적 지배소를 중심으로 '시'라고 하는 주변소가 결합된 형태로 이야기되는데, 이러한 상황을 「둥둥 낙랑둥」의 드라마투르기 분석을 통해 구체적으로 살펴볼 것이다. 그리고 앞에서 정의한 본 연구자의 시극 개념의 적용을 통해, 본 작품에 대해 시극으로서 적절한 평가를 시도해 볼 것이다.

1) 한국 설화와 서양극의 이중적 수용

최인훈은 '소리'를 아주 민감하게 사용하는 작가다. 그러한 상황은 「옛날 옛적에 훠어이 훠이」, 「봄이 오면 산에 들에」 등 그의 희곡 대부분에서 확인할 수 있다. 「둥둥 낙랑둥」에서도 매미 소리 등 다양한 소리가 구사되고 있어 분위기 형성의 중요한 요소로 사용하고 있다. 특히, 「봄이 오면 산에 들에」에서는 서브플롯의 역할로까지 소리의 기능을 극대화시켜 사용하고 있어, 최인훈이 소리의 기능(환상적 신비감)에 경도되어 있는 작가임을 확인한 바 있다.

「둥둥 낙랑둥」은 지문과 대사에서 부분적으로 시적인 행 배열을 하고 있어, 시적인 발화 방식과 산문적 발화 방식을 동시에 구사하고 있다. 또한 시적 조사를 잘 구사하고 있어[54] 시극적 양상을 보여준다. 왕과 왕비가 별궁에서 매미소리를 들으며 느릿하게 움직이고 대화를 주고받는 부분도 대사의 반복과 함께 리듬감이 느껴지는 상당히 시적인 부분이며, 왕비와 호동이 '낙랑공주와 호동'이 되어 재현하는 다음 사냥 장면은 특히 낭만적이고 시적인 표현이 뛰어난 부분이다.

> 왕비 : 언제까지라도 좋으니, 이렇게 서 있기만 해도 좋을 것 같습니다,
> 머리 위에 트인 저 낙랑의 하늘, 물기 머금은 초여름의 낙랑의 하
> 늘이 우리를 내려다보고 있습니다. 해는 이제 겨우 하늘 가운데
> 로 들어서고 있는데, 멀리서 사람들 웅성이는 소리는 이어 들리
> 는데, 아무 일도 일어나지 않고, 아무 일도 일어나지 않고, 그것
> 은 짐승 아닌 무엇인가가, 저 앞에 숨어 있는 듯한, 무서운 듯한
> 즐거움, 그러나 언제까지나 그렇게 무서웠으면 좋을 그런 무서움

---

54) 시적이라고 자의적으로 판단되는 부분을 인용해 보면 다음과 같다.
홍겨움이 / 큰 바다처럼 숨쉬는(166쪽)
젊은 / 그 봄의 이 밤다다 / 더 깊고 / 봄다운 / 그러나 / 어느 먼 / 벼랑 끝에서 울리는 /
메아리 같은 / 여자의 / 젊은 / 목소리
봄다운 부름 소리(166~167쪽)
내 마음을 들고 있듯 들고 싶어 / 이렇게 놓지 못하는 것뿐이오(170쪽)
그대는 / 그렇게 찢어진 / 이 몸의 마음을 / 들고 있소(171쪽)
오른쪽으로 비죽이 솟은 벼랑 위에 산나리꽃이 한 포기 피어 있습니다. 그 꽃이 이 몸
처럼 다정합니다. 나는 나리꽃도 아니건만 산속에 홀로 서 있으니 그 나리꽃의 마음을
알 것 같습니다.(232쪽)
발 밑에는 도라지꽃이 시뿌옇게 피어 있습니다. 낙랑도 고구려도, 호랑이도, 돛배도 다
없습니다. 연못 속에 남자와 여자가 우리를 보고 있습니다. 남자는 활과 살통을 메었습
니다. 여자는 치마 위에 가죽 사냥 앞치마를 둘렀습니다. 그들이 우립니다. 물 속의 남
자와 여자가 손을 잡습니다. 그래도 물살도 일지 않습니다, 그들은 마주섭니다. 그래도
물은 움직이지 않습니다. 도라지꽃이 흔들립니다. 물속에서, 그래도 물은 움직이지 않
습니다. 조용합니다, 난데없는 사람들이 무슨 일을 하려는지 몰라서 늪도, 도라지꽃 잔
디도 다래 덩굴 우산도, 하늘도 해도 숨을 죽였는가 봅니다, 우리는 손을 잡고 있습니
다.(234쪽)
빛이 / 차츰 어두워진다 / 자꾸 어두워진다 / 관객의 눈에만 / 그들의 모습이 / 남을 때
까지 / 땅거미질 무렵 / 마지막의 마지막 빛이 / 사라지고 난 뒤의 / 누군가의 / 얼굴처
럼(234~235쪽)
(호동의 머리를 집어들며) 그대 머리여, 그대는 이렇게 토막이 잘린 이 내의 마음이로
다(246쪽)

호동 : 공주와 둘만 남게 되니 처음에는 잘 나오던 말도 어쩐지 더듬거
　　　려지다가 그만 아주 들어가버리고, 공주를 보니 시원한 곳에 서
　　　있는데 아까 산을 타고 올 때나 다름없이 얼굴은 불그레하고, 그
　　　도 말이 없이 서 있습니다. 눈길은 짐승들이 나타날 길을 바라보
　　　고 있을 터인데 아무래도 그 길 너머 어딘가를 보고 있는 사람 같
　　　습니다
왕비 : 길 너머 무엇인가 무서운 것이, 그러면서 즐거운 것이 있는 것처
　　　럼 나는 그런 생각이 듭니다. 그것이 무엇일까요, 모릅니다. 아마
　　　짐승이겠지요, 노루겠지요, 다른 때 노루는 가슴 설레기는 하지
　　　만, 이렇게 무섭게 설레지는 않았는데, 이렇게 떨리지는 않았는
　　　데, 저 산굽이에서 어떤 노루가 나타나겠길래 이렇게 무서울까?
　　　뿔이 세 개가 있는 노루일까? 이 세상에 태어나서 지낸 시간이 모
　　　두 여기 몰려와서 이 시간에 보태진 것처럼 벅차군
호동 : 나는 조금 움직여봅니다, 공주는 가만히 제자리에 서 있습니다,
　　　나는 공주를 남겨두고 서두르지는 않고 몰이꾼들 쪽으로 갈 생
　　　각입니다, 스무 발자국쯤 나가 바위를 끼고 돌아갑니다, 바위에
　　　가려 공주가 보이지 않습니다, 세상이 없어진 것처럼 허전합니
　　　다, 그때 한층 높은 몰잇소리가 들립니다, 나는 멈춰섭니다. 기다
　　　립니다, 뿔을 흔들며 나타날 낙랑의 사슴을, 노루를, 기다려도 짐
　　　승은 나타나지 않습니다, 어느덧 몰잇소리도 멀어지고, 낙랑의
　　　그릇 같은 해와 낙랑의 물빛 같은 하늘과 숲만이 남습니다, 원래
　　　부터 그렇게만 있었는데도 누군가 떠나고 난 자리 같습니다

(231~232쪽)

위의 인용문은 한편의 산문시를 읽는 듯한 느낌을 준다. 사랑의 감정
을 '무엇인가 무서운 것', '뿔이 세 개가 있는 노루' 등으로 표현하고 있는
것처럼, 시의 고유한 방식으로 알려진 은유(隱喩) 등이 극의 방식이 되어
있으며, 담화방식의 관점에서 대화성이라는 희곡적 담화방식이 독백성
이라는 시적 담화방식을 수용한 형식55)을 보여준다. 김준오도 여기에

55) 우한용, 앞의 글, 196쪽; 김병국, 「장르 관찰의 시각, 그리고 이 책의 내용」, 김병국 외,

대해서, 최인훈은 "관념소설로 전통적 리얼리즘 소설을 배반했듯이 온갖 시적 기법과 장치로 전통적 희곡을 배반했다. 그는 비평가로서의 소설가였듯이 시인으로서의 극작가였다"[56]라고 언급하고 있다. 이렇게 이 작품은 시적 조사를 잘 구사하고 있다.

기본적으로 이 작품은 역사 텍스트(기록)와 '호동왕자와 낙랑공주' 전설과의 교섭을 통해 이루어진 작품이다. 장면의 처음은, 봄 밤, 고구려 군이 낙랑을 쳐서 이기고 돌아오는(대무신왕 15년 4월, AD 32년)[57] 길이며, 국내성에 닿기 전날로 야영을 하고 있다. 호동이 낙랑 공주를 낙랑 성에 묻고 왔는데, 공주의 혼령이 찢어진 북을 들고 나타난다. 이것은 호동(사랑)을 위해서라면 얼마든지 북을 찢을 것이라는 공주 자신의 마음을 들고 있는 것이라고 말한다. 그녀는 호동이 보고 싶어서 왔다고 한다. 자기 아비의 원수의 땅(국내성)에 들어갈 수는 없지만, 사랑의 고삐를 놓치고 싶지 않다고 말하고는 사라진다. 이는 호동의 강박이 꿈으로 현시된 것이며, 이후의 쌍둥이 왕비와의 사건 전개에 대한 일종의 암시(복선, underplot)로 볼 수 있다. 이 장면은 「햄릿」의 제1막 부왕 혼령의 출현과 대비된다.[58]

『장르교섭과 고전시가』, 월인, 1999, 21쪽.

56) 김준오,『문학사와 장르』, 49~50쪽.

57)『삼국사기』권 제14, 고구려 본기 제2 대무신왕 조; 김부식, 이병도 역주,『삼국사기 (상)』, 을유문화사, 1992, 268~278쪽. 호동이 옥저를 유람하고 있을 때 최리가 그를 사위로 삼았다(4월). 낙랑에는 적병이 오면 저절로 우는 고각(鼓角, 북과 나발)이 있었다. 호동은 낙랑 공주에게 "고각을 부수면 내가 예로써 (너를) 맞이할 것이요, 그렇지 않으면 맞지 않겠다."고 종용하였다. 이후 낙랑왕 최리는 고각을 찢고 부순 공주를 죽이고 항복한다. 그해 11월에 호동은 원비(元妃)의 참소로 자결하였다. 호동은 차비의 소생이었다. 대무신왕 20년에 낙랑을 멸했으나, 대무신왕 27년 9월에 후한의 광무제가 낙랑을 쳐 군현을 삼아 살수(청천강) 이남이 한에 속하게 되었다.

58) 햄릿은 아버지의 죽음과 관련해 무슨 흉계가 있음을 간파하지만 뚜렷한 증거가 없다. 이런 와중에 선왕의 유령이 나타난다. 정원에서 자고 있을 때 숙부 클로디어스가 귀에 독을 흘려 넣었다고 유령은 말한다. 그는 이로써 그의 운명 속으로 빠져든다. 복수를 위한 운명 속으로.

낙랑공주의 혼령의 출현과 국내성에서의 쌍둥이 왕비와의 만남은 호동을 낙랑공주(저승)의 세계에 묶어 버린다. 호동의 내면(죄책감)이 저승에 속한 낙랑공주의 세계를 불러일으킨 것이다. 「햄릿」에서 유령은 햄릿의 미래를 가로막는다. 햄릿은 스스로의 미래를 열어가지 못하고 과거에, 자신의 혈통에 구속된다. 유령은 그를 죽은 자들이 머무는 저승의 공간에 결박시킨다. 이로써 그의 미래와 그의 사랑의 오필리어는, 햄릿이 과거에 속박됨으로써 파괴된다.[59] 이처럼 호동도 낙랑공주에게 구속됨으로써 죽음에 이르게 된다. 그러나 그 죽음은 햄릿처럼 운명(성격적 결함)이 아니라, 호동 스스로의 결정에 의해 수용된다. 이는 낙랑공주에 대한 사랑의 증명이며, 죄책감으로부터의 해방(속죄)을 의미하는 죽음이다.

다음 장면에서, 호동은 부장(副將, 호동에게 충성을 다한다)을 부른다. 둘은 둘만의 의미 있는 눈길을 주고받는다. 호동은 그에게 원망의 심정을 토로한다. 부장은 국내성에는 왕자를 반기는 사람들만 있는 것이 아니니, 낙랑에서 왜 호동이 떠나려 하지 않았는가를 잘 설명해야 한다고 말한다(호동이 낙랑 공주를 사랑한 것이 문제가 되는 것이다). 이때 앞으로 전개될 일에 대한 암시처럼 '날카롭게 울리는 까마귀 소리'(최인훈 전집 10, 175쪽)가 들린다. 호동은 낙랑공주의 혼령이 있는 낙랑성으로 다시 돌아가겠다고 다짐한다. 여기까지가 서막에 해당한다.

막이 오르고 호동 일행이 국내성에 도착한다. 이 부분에서는 웅장한 민족 서사시 같은 느낌을 자아낸다. 특히 주몽의 개국신화와 관련된 언급은 신화 및 서사시와의 교섭을 상정하게 한다. 왕의 대사를 통해 낙랑의 태수(총독, 崔理)가 자기 딸을 왕의 아내로 보낸 사실, 왕비는 낙랑 공주와 쌍둥이라는 사실이 전사(前史)[60]로서 제시된다. 왕비는 나라의 '어

59) Dietrich Schwanitz, 『슈바니츠의 햄릿』, 들녘, 2008, 59~60쪽.
60) 민병욱, 『희곡 문학론』, 59쪽. 전사(前史)는 일반적으로 무대지시문에 위치하며, 사건 진행 시간에 속하지 않고 사건 진행 장소에 속하는 사건이다. 그 마지막 단계가 극적

미 무당'이다. 왕비는 주몽의 탈을 쓰고 신을 받아 승리에 대한 치하의 공수를 내린다. 하지만 그녀는 어느 것이 제 나라인가에 대해 정체성의 혼란을 느낀다. 왕비는 평화를 위해, 자기 아버지보다 늙은 고구려왕과 결혼했는데 쓸데없게 되었다며 자명고가 울리지 않은 것에 대해 의심을 품는다.

한편, 호동은 정정당당한 싸움이 아니었다며 심적 갈등을 겪고 괴로워한다. 호동은 '쌍둥이 왕비'를 보며, 낙랑 공주를 죽음으로 몰아넣었다는 자책으로 고통 속에 잠을 빼앗긴다. 낙랑 공주는 자기 아버지의 칼에 죽임을 당했다. 호동은 낙랑만 취하고 낙랑 공주와 그 부모를 살리려 했지만 뜻대로 되지 않았다.

호동은 심한 우울증과 양심적인 번민에 휩싸인다. 슈바니츠는 햄릿을 브래들리의 분석에 의지해 우울증 환자로 해석했다. 햄릿은 매우 예민한 감수성의 소유자로 갑자기 닥친 재난, 즉 부왕의 급사와 급작스런 어머니의 재혼, 오필리어의 배신 등으로 정신적인 균형추를 잃고 좌초하는 인물로 그려진다. 그는 분노와 좌절, 광기에 사로잡혀 세상을 매우 부정적으로 바라보며 인간에 대한 신랄한 풍자를 늘어놓는다. 경험주의에 바탕한 브래들리는 햄릿의 과단성과 우유부단함, 깊은 상념과 쾌활함, 즉흥성과 심사숙고, 염세주의와 낙천성 등 상호모순적이고 자못 병적인 성격(다중성)이 우울증의 소산임을 밝히고 있다. 그의 독설도 우울증과 관련된 두드러진 현상 중의 하나로 보인다.[61]

낭만주의에 바탕한 괴테는 햄릿을 지나치게 예민한 감수성의 소유자로 보았다. 햄릿은 여린 마음의 소유자로 아버지의 급작스런 죽음과 어머니의 재혼으로 말미암아 헤어날 수 없는 충격을 받은 데다 살인에 대

사건진행의 발단에 나타나는 사건전개로 극적 사건진행 밖에 놓여 있는 연극 외적 세계를 보여준다. 사건진행의 선에 이바지하고 있는 시간적 비공간적 전략이기도 하다.
61) 박우수, 「아리아드네의 실처럼 우리를 인도해줄 슈바니츠의 햄릿(추천사)」, Dietrich Schwanitz, 앞의 책.

한 의무로 스스로를 파괴하는 인물, 곧 감당할 수 없는 외적 세력에 의해 파괴되는 인물인 것이다.[62]

슈바니츠가 햄릿을 브래들리의 분석에 의지해 고뇌와 우수에 찬 지식인의 전형인 우울증 환자로 해석했듯이, 호동도 예민한 감수성의 소유자로 자기에게 닥친 재난 즉, 예상치 못한 낙랑공주와 그 가족의 죽음으로 인한 트라우마(trauma, PTSD, post traumatic stress disorder, 外傷後 스트레스障碍)로 정신적인 균형추를 잃고 좌초하는 인물이다. 이와 같이 호동은 고뇌하는 햄릿형의 인물로 형상화된다. 본 작품에 대한 이 같은 분석만으로도 상호텍스트성의 관점에서 「둥둥 낙랑둥」과 「햄릿」의 영향 및 교섭 관계를 충분히 상정할 수 있을 것이다.

과거 호동왕자는, 낙랑공주가 자명고의 존재를 이야기하더라며 부장에게 이야기했고, 부장은 낙랑 공주에게 왕자를 위해 자명고를 찢어달라고 종용했음이 드러난다(왕비는 자명고의 존재를 알면서도 고구려에 이야기하지 않았다). 낙랑공주는 생전에, 왕자가 부탁해서 그런 것이 아니라 자기 판단에 의해 찢는 것이라고 왕자에게 얘기했었다(여기에서 자명고라는 영물의 제시는 역사상 낙랑이 정복하기 힘든 대상이었음을 상징한다 하겠다). 호동은 낙랑공주를 연연해 한다. 호동은 낙랑 공주에게서 벗어날 수 없으며, 그녀가 가슴 속에 있는 것이 아니라, 실재하고 있다고 생각한다. 한편, 호동은 자기가 빼앗은 낙랑을 자기 손으로 지키려 하나, 자신과 권력 다툼 관계에 있는 작은아버지가 호동을 낙랑성에 가지 못하게 한다.

무대는 각 장소의 분위기만 나도록 하는 비사실적인 무대(텅 빈 무대, bare stage), 그때그때 상황에 맞는 장소로 화할 수 있는 계단 형태 등의 단을 둔 무대, 곧 상징적인 무대가 적당해 보인다. 한편, 작품 중간 중간의 꼽추 난쟁이의 등장은 작품 속에서 언어유희(pun)를 통한 코믹 릴리프

---

62) 앞의 글.

(comic relief)를 형성한다. 이 꼽추 난쟁이는「햄릿」의 광대(무덤지기)나 배우 또는 폴로니어스(코람비스)[63]에 해당하는 에이론(eiron)형의 인물이다.

> 호동 : 네 등 속에 그 말들이 다 들어 있느냐?
> 난쟁이 : 등 따시면 배부르지요
> 호동 : 들을수록 재미있구나
> 난쟁이 : 들으면 병이요 안 들으면 약입니다
>
> (188쪽)

> 궁녀 : 이것아 왜 여길 들어오느냐?
> 난쟁이 : 누나가 보고 싶어서
> 궁녀 : 망측해라
> 난쟁이 : 저런 소리 하는 것 봐, 어젯밤에는 나 없인 못 살겠다구 하구서
> 궁녀 : (붙잡아 때린다)
> 난쟁이 : 맞는 것도 좋아
> 궁녀 : 어마
> 난쟁이 : 어마, 하는 것도 좋아
> 궁녀 : 어머머
> 난쟁이 : 그것도 좋아
>
> (209쪽)

> 난쟁이 : 업어줘
> 궁녀 : 또(때릴 시늉)
> 난쟁이 : 놀이터가 하나 없어졌구나(달아난다)
>
> (210쪽)

호동은 죄책감 속에 휩싸여 있다. 싸움이 끝난 지 한 달이 지났는데도

---

63) William Shakespeare, 김재남 역, 세계문학전집 35, 『셰익스피어 (1)』, 을유문화사, 1975, 40쪽.「햄릿」의 판본은 제1사절판(1603), 제2사절판(셰익스피어 자필원고, 1604), 제1이절판(가장 권위 있음, 1623) 세 가지가 있다. 제1사절판에는 폴로니어스가 '코람비스'라는 인물로 등장한다.

문안을 거르고, 사람도 만나지 않고 방에만 틀어박혀 있는 호동이 염려되어 까닭을 알아보려 왕비가 찾아온다. 왕비는 낙랑의 왕이 어른답게 싸우다 죽었고, 어머니와 동생이 그 뒤를 따랐다고 알고 있다. 역사 텍스트(기록)[64]에 호동은 낙랑 공주에게 "고각을 부수면 내가 예로써 맞이할 것이요, 그렇지 않으면 맞지 않겠다."고 종용한 것으로 되어 있고, 낙랑왕 최리는 고각을 찢고 부순 공주를 죽이고 항복한 것으로 되어 있다. 이러한 역사적 사실을 접한 민중의 감수성(sensibility)은 '낙랑공주와 호동왕자'의 이야기를, 호동의 비정한 정복 야욕에서 낭만적인 '사랑과 왕자로서의 책무를 둘러싼 번뇌'의 형태로, 아버지 최리의, 공주의 죄에 대한 숙청을 '아버지가 딸을 죽이고 자신도 자살했다는 식으로' 비극적으로 채색하였을 것이다. 또한 역사 텍스트에서 호동이 원비(元妃)의 모함에 아무런 대응도 하지 않고 자살한 것으로 인해, 낙랑공주에 대한 사랑의 번민 속에 자살한 것일 거라는 심증을 더욱 굳게 했을 것이다. 여기에서 설화와 역사텍스트와의 교섭 현상은 '대체 역사(代替歷史, alternative history)'로서의 희곡을 가능하게 한다. 즉, 대체역사로서 희곡이 역사의 방법론을 제공할 수 있는[65] 여지를 보여준다. 또한 이 작품을 설화(또는 역사)에 대한 패러디의 관점으로 볼 수도 있게 한다.

왕비는 호동이 싸움 전에 두 나라 간의 평화를 위해 애쓴 것을 안다며 모든 것이 하늘의 뜻이라며 원망하지 않는다고 위로한다. 그리고 왕비는 어린 시절의 추억을 떠올리며 낙랑 이야기를 들려달라고 한다. 호동은 낙랑 공주와 사냥을 갔다가 호랑이에게서 구해 준 이야기를 하다가 왕비와 낙랑 공주를 혼동하여 혼란을 일으키며, 자신의 사랑은 진정이었고 지금도 사랑한다고 말한다. 왕비는 호동이 낙랑 공주를 잃은 슬픔으로 두문불출했다고 생각한다. 왕비도 순간적으로 자신이 낙랑 공주인

---

64) 『삼국사기』 권 제14, 고구려 본기 제2 대무신왕 조; 김부식, 앞의 책, 268~278쪽.
65) 우한용, 앞의 글, 196쪽.

것처럼 착각하고, 무의식 중에 낙랑 공주의 행동을 하게 된다. 왕비는 호동이 정정당당히 싸워 이긴 것이고 하늘의 뜻이라고 생각한다.

왕비는 낙랑 공주를 잃은 호동을 위로하기 위해 자신이 낙랑 공주 역할을 해 주겠다고 말한다. 이후 둘은 완전히 호동과 낙랑 공주가 되어, 낙랑에서 있었던 일을 그대로 실행하고, 둘은 들리지 않는 배따라기 소리까지 같이 듣는다.

호동은 이로써 자신이 더욱 정정당당치 못했고, 사랑하는 사람을 전쟁을 위해 써먹은 비열한 자라고 자책한다. 왕비는 호동을 처음 보았을 때(둘은 같은 나이다), 호감을 느꼈다. 낙랑을 멸망시켰지만 동생을 사랑한 호동을 용서하고 동생 행세를 하여 그를 기쁘게 하겠다고 생각한다. 이런 의미에서 이 작품은 사이코드라마(psychodrama, 심리극, 심리치료극)적 요소도 가지게 된다.

이때, 낙랑성에서 왕비를 모시던 달래란 시녀가 나타난다. 낙랑공주가 자명고를 찢었고, 낙랑왕이 낙랑공주를 벌하여 죽이고 자기도 자결했음을 알린다. 이러한 발견(폭로, anagnorisis)으로 갈등의 첫 번째 역전(peripeteia)이 일어난다. 이것으로 왕비는 충격을 받고, 호동이 더럽게 낙랑공주가 북을 찢게 하려고 일부러 사랑한 체했다고 판단한다(호동을 독사뱀으로 지칭한다). 왕비는 호동이 낙랑공주에게 북을 찢으라고 말했는지를 알아내고자 한다. 여기에서부터 본격적인 갈등의 전개가 이루어진다고 할 수 있다. 낙랑의 정복(낙랑 공주의 죽음) 이후의 이야기가 본 작품의 중심 줄거리(Handlung)가 된다. 그런 의미에서 본 텍스트는 후일담 양식을 보여준다. 곧, 역사와 설화가 끝난 지점에서 본 작품은 시작되고 있는 것이다.

왕비는 고민 속에, 별궁에서 왕과 함께 열흘째 머물고 있다. 왕은 여름을 여기에서 보내기로 한다(왕은 젊은 시절을 생각하며 활을 쏘다가 허리를 다치기도 한다). 왕비는 거짓 사랑으로 낙랑 공주를 속여 낙랑을 멸망케 한 호동이 보기 싫어서 별궁으로 온 것이다. 호동은 중국이 낙랑을 되찾으러 올 것을 대비하여 낙랑으로 군사를 몰고 가려고 한다. 그러나 여의치 않다. 작은아버지가 그를 견제하고 있는 것이다. 이로써 작은아버지와의 권력 암투 관계가 암시된다. 이러한 상황이 역사 텍스트(기록)[66]에는 대무신왕 15년(AD 32년) 11월에, 호동이 원비(元妃)의 참소로 자결한 것으로 기록되어 있다. 호동은 차비(次妃)의 소생이었고, 원비는 호동이 낙랑을 멸한 것을 경계하여, "왕이 적(嫡)을 뺏어 호동으로 태자를 삼을까 염려하여 왕에게 참소하되, 호동이 나를 예로써 대접치 않으니 아마 나에게 음란하려 함이 아닌가 합니다"라고 고해 바쳤다. 왕은 호동에게 죄를 주려했고, 호동은 변명하지 않고, "어머니의 악을 드러내어 왕의 걱정을 끼쳐 줌이 어찌 효라고 할 수 있으랴"고 말하고는 자결했다. 그해 12월에 원비의 아들 '해우(解憂)'를 태자로 삼았다고 역사는 기록하고 있다. 이러한 역사 텍스트에서의 권력 암투 관계를 「둥둥 낙랑둥」에서는 작은아버지를 통해 극적으로 변용시켜 놓고 있는 것이다.

2) 패러디와 극중극 형식

> 왕비 : (전략) 어느 쪽이든
> 낙랑의 딸에게는 좋은 일
> 그리고 호동은
> 국내성에서 낙랑성을
> 살게 해주지
> 국내성에서 낙랑성을
> 가자 국내성으로
> 거기서 낙랑성을 살자
> 독사뱀과 더불어

---

66) 『삼국사기』 권 제14, 고구려 본기 제2 대무신왕 조; 김부식, 앞의 책, 268~278쪽.

낙랑공주를 살아주자
왜 그에게서 도망치려는가
아니다
그에게로 가자
호동에게로
내 사랑하는 님에게로
어떤 싸움터에도 다시는
가고 싶지 않게
그를 사로잡기 위해
이 낙랑의 가슴에 그를
사로잡기 위해
(자기 가슴을 부둥켜안는다)
사랑아
이 가슴에서 끓어올라
독사의 피보다 더 독하게
사랑아 끓어 번져라
나는 낙랑공주다
동생아 네 원한을
내 몸으로 풀자(무대에 핏빛 노을)

(223~224쪽)

　　위 인용 부분도 시적 영감으로 충만한 대목이다. 왕비는 호동을 낙랑
으로 보내려 하지 않는다. 중국이 쳐들어오면 낙랑을 도로 찾을 수 있고,
중국군이 오지 않으면 호동이 헛된 말을 한 것이 되어 곤경에 처하게 되
는 것이다. 왕비는 국내성으로 환궁을 하고 철저히 낙랑공주의 행세를
통해 복수하려 한다. 이로써 이 작품은 복수극의 형태를 띠는 듯이 보인
다. 그러나 본 작품은 뒤에서 살펴보겠지만, 본격적인 복수극으로 보기
는 힘들다. 하지만 여기에서도 「햄릿」의 복수 플롯과의 상관관계는 상
정해 볼 수 있다.

호동은 낙랑공주를 불러일으켜 주는 왕비에게 빠져든다. 둘은 낙랑에서의 사냥 장면을 연출하며 낙랑 공주와 호동이 사랑하게 된 경위를 재현한다. 그러는 가운데 왕비는 호동과 관계를 갖는다.[67] 이 장면은 「오이디푸스 왕(Oedipous rex)」에서 오이디푸스가 자기의 어머니와 동침하는 장면을 연상케 한다. 호동은 자기의 행동에 괴로워하지만, 낙랑공주에 대한 그리움으로 왕비를 떨쳐낼 수가 없다. 왕비는 자명고와 관련된 일을 묻고 호동은 그것을 숨긴다. 호동은 낙랑공주의 모습을 영원히 자기 곁에 두고 싶어서 왕비에게 자명고에 대한 이야기를 하지 않으려 한다. 왕비도 사랑의 혼란 속에서, 진실보다는 호동이 말하지 않고 영원히 같이 하기를 바란다. 왕비는 자신이 낙랑공주가 되었으면 하는, 또한 어느 순간 자기도 모르게 낙랑공주가 되어 있는, 정체성의 혼란을 겪는다. 여기에서 복수에서 사랑으로의 또 한번의 역전(peripeteia)이 이루어진다. 이런 의미에서 이 작품은 본격적인 복수극으로 보기 힘든 것이다. 이 장면에서는 조명 매체(스폿, spot light)를 효과적으로 사용하여 자명고를 둘러싼 감정과 자신들(호동과 왕비)의 사랑의 감정을 효과적으로 전달해 내고 있다(최인훈 전집 10, 235~236쪽, 세 번째의 극중극).

왕비와 호동은 '호동과 낙랑공주'의 과거를 패러디하고 있다. 곧 반사의 예술 즉, 패러디적 성찰(호동의 관점에서 보면, 막힌 길에서 출구를 찾고자 하는 노력)을 보여준다. 이는 패러디의 자기 성찰적이고 메타적이며 자기 반영적인 성격을 그대로 보여주는 것이다. 왕비와의 재현이라는 거울을 통해 호동은 주체의 해체 과정을 경험하게 되고 이를 통해, 자기를 돌아본다. 곧 수평으로의 초월 즉, 타자와의 대화 속에서 자신을 발견하는 옆으로의 초월[68]이 이루어진다. 이는 자기 자신이 누구인가에

---

67) 이는 앞에서 살펴 본, 원비가 차비 소생인 호동이 태자가 될 것을 두려워하여, '호동이 나에게 음란하려 한다.'는 참소를 하고 왕이 벌을 주려 하자, 호동이 AD 32년 11월에 자살한 역사적 사실을 환기시킨다. 여기에서도 역사텍스트와의 교섭을 통해 극적 변용이 이루어지고 있다.

대한 존재의 확인에 대한 물음이다.

왕비는 처음 호동이 낙랑공주에게 북을 찢으라고 했는지, 호동의 음모를 파헤치려고 하는 입장에서 호동에게 접근하나, 나중에는 그에 대한 진정한 사랑에 빠지게 된다. 여기에서 호동의 비루함을 밝히기 위한 시도로 시작된 패러디는 일종의 오락적 성격[69]을 띠게 된다. 이것은 대조·상반의 입장에서 출발했지만, 왕비의 낙랑공주에의 일치 과정을 통해 친숙에 이르는 과정이 그려지고 있어, 패러디의 이중적 성격[70]을 그대로 반영하고 있는 것이다. 곧, 이 작품은 불일치의 모방에서 일치로, 파괴의 목적에서 (이 작품이 외형적으로 파멸의 양식을 취하지만) 사랑의 확인과 창조(사랑의 완성)에 이르는 과정을 제시하고 있다.

이렇게 본 작품은 앞에서 살펴 본 바에 의해, 호동왕자와 낙랑공주에 얽힌 역사텍스트와 설화(전설), 그리고 셰익스피어의 「햄릿」, 소포클레스의 「오이디푸스 왕」 등과의 장르 교섭, 상호텍스트성 및 패러디의 상관관계를 확인할 수 있다.

왕비는 주몽의 신을 접신하는 무당이며, 그 자신의 내부에서 또한 호동에게, 자신의 또 다른 자아인 도플갱어(Doppelganger, double goer)[71]로 등장한다. 곧 분열이 일어나는 것이다. 즉, 주몽이었을 때의 자신과 왕비일 때의 자신, 그리고 쌍둥이 동생 낙랑공주일 때의 자신으로 삼중

68) Maurice Friedman, *To deny our Nothingness,* Univ. of Chicago Press, 1978, p.86; 김준오, 『시론』 제3판, 삼지원, 1991, 306~309쪽; 고현철, 『현대시의 패러디와 장르 이론』, 태학사, 1997, 185쪽.

69) 빅토르 츠메가치·디터 보르흐마이어 편저, 류종영·백종유·이주동·조정래 공역, 『현대 문학의 근본 개념 사전』, 솔출판사, 1996, 459쪽. 나보코프는 "풍자는 공부이고, 패러디는 오락"이라고 했다.

70) 김정자, 『한국근대소설의 문체론적 연구』 제2판, 삼지원, 1995, 78~78-4쪽; 김윤식 편저, 『문학비평용어사전』, 일지사, 1976, 282~283쪽; 이상섭, 『문학비평용어사전』 7판, 민음사, 1987, 204~205쪽; 빅토르 츠메가치·디터 보르흐마이어 편저, 앞의 책, 457~461쪽.

71) Dietrich Schwanitz, 앞의 책, 42~43쪽, 57쪽 참고.

분열되는 양상을 보인다. 이를 통해 인물들 간, 특히 호동과의 보다 복잡한 관계 양상을 보이게 된다.

> 왕비 : 자 뜰로 나왔습니다. 저기 아버님이 손을 흔들고 계시는군요, 손
> 　　　을 흔드세요
> 호동 : (손을 흔든다)
> 왕비 : 자, 말을 탔습니다 (두 사람 나란히 의자에 앉는다) 자 떠납시다,
> 　　　오늘 가는 데는 그리 멀지 않은 곳입니다
>
> (227쪽)

> 왕비 : 인제 성을 벗어났습니다
> 호동 : 널찍한 들판이군요
>
> ⋮
>
> 왕비 : 네 조금 쉽시다
> 호동 : 짐을 가진 사람들이 조금 처진 것 같으니 여기서 잠깐
> 왕비 : 우리는 지금 쉬고 있는 겁니다
> 호동 : 네 우리는 쉬고 있습니다
> 왕비 : 멀리 낙랑성이 보입니다
> 호동 : 보이는군요
>
> (228쪽)

> 왕비 : (전략) 자 우리는 이제 다 온 겁니다
> 호동 : 여기서는 내려야겠군요
> 왕비 : 내립시다
>
> 두 사람 의자에서 일어선다
>
> 왕비 : 우리는 내렸습니다. 우리는 저 사람들이 흩어져서 자리들을 찾아
> 　　　갈 때까지 여기서 기다립시다. 사람들이 다 떠났습니다. 우리만

남았습니다. 싱싱한 초여름의 솔잎 냄새가 납니다.

⋮

(이럴 때 그들은 제대로의 흉내를 낼 필요는 없고, 말과 몸짓과 느낌으로 산을 타고 오르내리는 흉내를 낸다)

⋮

호동 : 사람들이 몰고 있군요

⋮

왕비 : 우리는 서 있습니다. 사람들이 짐승을 모는 소리를 들으면서
호동 : 가끔 숲속에서 달려가는 것이 있지요, 우리가 지키는 목에는 아직 사냥감이 나타나지 않습니다

(229~231쪽)

왕비 : 언제까지라도 좋으니, 이렇게 서 있기만 해도 좋을 것 같습니다, 머리 위에 트인 저 낙랑의 하늘, 물기 머금은 초여름의 낙랑의 하늘이 우리를 내려다보고 있습니다. 해는 이제 겨우 하늘 가운데로 들어서고 있는데, 멀리서 사람들 웅성이는 소리는 이어 들리는데, 아무 일도 일어나지 않고, 아무 일도 일어나지 않고, 그것은 짐승 아닌 무엇인가가, 저 앞에 숨어 있는 듯한, 무서운 듯한 즐거움, 그러나 언제까지나 그렇게 무서웠으면 좋을 그런 무서움
호동 : 공주와 둘만 남게 되니 처음에는 잘 나오던 말도 어쩐지 더듬거려지다가 그만 아주 들어가버리고, 공주를 보니 시원한 곳에 서 있는데 아까 산을 타고 올 때나 다름없이 얼굴은 불그레하고, 그도 말이 없이 서 있습니다. 눈길은 짐승들이 나타날 길을 바라보고 있을 터인데 아무래도 그 길 너머 어딘가를 보고 있는 사람 같습니다

왕비 : 길 너머 무엇인가 무서운 것이, 그러면서 즐거운 것이 있는 것처럼 나는 그런 생각이 듭니다. 그것이 무엇일까요, 모릅니다. 아마 짐승이겠지요, 노루겠지요, 다른 때 노루는 가슴 설레기는 하지만, 이렇게 무섭게 설레지는 않았는데, 이렇게 떨리지는 않았는데, 저 산굽이에서 어떤 노루가 나타나겠길래 이렇게 무서울까? 뿔이 세 개가 있는 노루일까? 이 세상에 태어나서 지낸 시간이 모두 여기 몰려와서 이 시간에 보태진 것처럼 벅차군

호동 : 나는 조금 움직여봅니다, 공주는 가만히 제자리에 서 있습니다, 나는 공주를 남겨두고 서두르지는 않고 몰이꾼들 쪽으로 갈 생각입니다, 스무 발자국쯤 나가 바위를 끼고 돌아갑니다, 바위에 가려 공주가 보이지 않습니다, 세상이 없어진 것처럼 허전합니다, 그때 한층 높은 몰잇소리가 들립니다, 나는 멈춰섭니다. 기다립니다. 뿔을 흔들며나타날 낙랑의 사슴을, 노루를, 기다려도 짐승은 나타나지 않습니다, 어느덧 몰잇소리도 멀어지고, 낙랑의 그릇 같은 해와 낙랑의 물빛 같은 하늘과 숲만이 남습니다, 원래부터 그렇게만 있었는데도 누군가 떠나고 난 자리 같습니다

(229~232쪽)

여기는 '의자' 등을 이용해 말을 타고 내리는 것처럼 하는 등, 즉흥극과 같은 설정을 통해 '왕비와 호동'이 국내성에서 '낙랑성에서의 낙랑공주와의 행위들'을 재현하고 있다. 이것은 타이코스코피(Taichoskopie) 또는 담장 넘어 보기(Mauerschan)[72]를 통해 등장인물이 목격한 바를 중개하는 것 같은 모습으로, 과거의 사건 경위를 보고하는 일종의 '보고 줄거리' 형태라 말할 수 있다. 즉, 호동왕자와 낙랑공주의 과거 사건을 '왕비와 호동'이 지금 처해 있는 것처럼(과거 공간의 재현이면서 현실과 과거를 넘나든다) 상상의 공간을 상정하여, 관객에게 전달하는 형태를 취하고 있다. 보고는 왕비와 관객을 대상으로 이루어진다. 그런데 왕비가 '낙랑

---

72) 민병욱, 『희곡문학론』, 60~61쪽. 등장인물이 높은 곳 —성벽·탑·언덕·창문 등에서 자신이 목격한 바를 실제 일어나고 있는 극적 사건처럼 꾸며서 말로 전달하는 것.

공주'로 분열되면서 '왕비'는 호동과 함께 '보고자'가 되는 이중적 구조
를 형성한다. 즉, 그녀는 보고하는 자이면서 동시에 보고를 받는 자이다.
한편, 이 부분에서는 서사극처럼 사건의 경위 · 행위 · 인물들의 느낌을
서술하여 보고하는 형태가 보여진다. 이것은 '서사 작가'로서의 최인훈
의 기질이 작품에 침투한 결과라고 볼 수 있을 것이다. 즉, 극에로의 서
사적 표현의 흘러넘침, 두 장르간의 교섭 현상으로 볼 수 있다.[73] 곧, 낙
랑공주(왕비) · 호동 두 인물의 시점에서의 설명 · 서술 · 묘사 등의 서사
장르의 고유의 표현법이라고 생각되는 방법들을 사용하고 있는 것이다.

이러한 과거 공간의 재현으로, 호동은 왕비를 통해 낙랑공주의 환영
(환상)을 본다. 이러한 구조는 이 작품을 극중극[74]으로 볼 수 있게 한다.
상상을 통해서 흉내를 내면서(특히 왕비의 경우), 왕비와 호동은 낙랑에
있는 것처럼 '낙랑공주와 호동왕자'가 된 것처럼 행동한다.

이 작품에서 극중극의 상황은 네 번 나타난다. 첫 번째는 낙랑성에서
왕비를 모시던 달래란 시녀가 나타나, 낙랑공주가 자명고를 찢었고 낙
랑왕이 낙랑공주를 벌하여 죽이고 자기도 자결했음을 알리기 전인, 왕
비가 어린 시절의 추억을 떠올리며 호동에게 낙랑 이야기를 들려달라고
하는 부분에서다. 이 극중극 부분은 '무대상의 현실'과 '극중극의 상황'
이 순간순간 교체되면서 실행된다.

---

73) 서연호는 「작품 해설」, 『한국의 현대희곡』, 열음사, 1986, 344쪽에서 "산문적인 서사
성"이라 언급하고 있다.

74) 신현숙, 『희곡의 구조』, 문학과지성사, 1990, 259~262쪽. '극중의 극(le théâtre dans le
théâtre)'은 전체극(포괄 구조)과 내재적 스펙터클(내적 구조)이 테마 구조의 연속성을
지닌 극을 말한다. '극중의 극'의 기법은 바로크 시대(르네상스 이후 17세기에서 18세
기)의 프랑스극에 두드러지게 나타났던 연극 기법이다. 셰익스피어의 "세계는 하나의
무대이다(All the world's a stage)"라는 인식을 바탕으로 바로크 시대 유럽 사회의 정신
세계와 미학은 "세계는 연극이다(théâtrum mundi)"라는 세계인식, "인생은 코미디이고
꿈이다"라는 사고 방식이 지배적이었다. 자아의 이분화(le dédoublement), 그리고 하나
의 실체와 그의 닮은꼴이라는 분신의 미학(Foucault, M., *Les mots et les choses*, Gallimard,
1966, pp.32~91)을 바탕으로 '구조적 이분'과 '주제적 이분'이 가능한 '극중의 극'이 유
행하였다.

대체로,

> 왕비 : 좋소, 그렇다면, 이 내 속을 달랠 길은 없어도, 왕자의 속을 풀 길
> 은 열렸소, 내 공주의 버릇도 쌍둥이처럼 다 알고 있으니 내가 보
> 여드리지
>
> (195~196쪽)

로 시작해서,

> 왕비 : 자, (몸짓을 바꾸며) 이만하면 좀, 왕자의 속이 풀렸소?
>
> (201쪽)

로 '내적 구조'를 한정짓는 형태를 이루고 있다. 첫 번째 극중극이 끝나
고 호동은 "거기서 더 다른 일만 없었더라면 그렇지, 정들었다고 말을
하지 말아주었다면"이라고, 왕비는 "동생아, 낙랑공주야 너는 죽어도 한
이 없겠다. 저렇듯 사랑받는 몸이니"라고 허구의 관객이 되어 극중극에
대해서 논평을 하고 있으며, 극중극은 '분산적 삽입'[75]의 형태이다.

두 번째 극중극은 왕비가 호동에게 복수하려고 철저히 낙랑공주의 행
세를 하여, 호동이 낙랑공주에게 북을 찢으라고 했는지 호동의 음모를
파헤치려고 하는 부분으로, 왕비가 호동과 관계를 갖는 부분까지다. 여
기서도 '분산적 삽입' 형태를 취하고 있다.

> 왕비 : 우리는 지금 쉬고 있는 겁니다
> 호동 : 네 우리는 쉬고 있습니다
>
> (228쪽)

---

75) 신현숙, 앞의 책, 262~269쪽. 분산적 삽입의 형태는 하나의 주된 테마를 논증하기 위
해 몇 개의 내적 구조를 삽입시키는 것을 말한다. 각 내적 구조들은 결국 한 테마 구조
로 모아질 수 있는 변형 형태들이다. 분산적 삽입은 관객의 논평 형식으로 극행동에 의
미를 부여하는 특징을 갖는다.

왕비 : (전략) 물 속 남자와 물 속의 여자가 물러나면서 쓰러집니다.

(234쪽)

위의 대사들처럼, 인물들 스스로 자신들이 연기를 하고 있음(극중극의 연출)을 확인하고 있다.

세 번째는 아주 짧은 부분으로, 왕비가 무서운 일(호동이 낙랑공주에게 북을 찢으라고 했는지)을 털어놓으라고 호동을 종용하는 부분이다. 여기서도 극중극은 '분산적 삽입' 형태이다. 그러나 여기는 앞의 두 극중극과는 달리 시간성에 차이를 보인다. 앞의 두 극중극은 과거를 회상하는 구조를 보이나, 여기서는 과거의 재현이 아니라, 무서운 일을 털어놓으라고 종용하는 왕비와 그것을 털어놓으려 하지 않는 호동을 '낙랑공주와 호동왕자'의 역을 통해 보여주고 있는 형태이다. 또한, 두 사람은 허구적 현실의 인물들(왕비와 호동)로서 극중극의 상황에서 순간적으로 이탈하여 서로에 대해 다음과 같이 논평을 하기도 한다.

호동 : 아아, 알고서 하는 말일까? 아니 아무도 알 수 없지, 그 일은 아무
도 알 수 없지

⋮

왕비 : (전략) 오호 과연 고구려의 독사로다, 끝내 네가 저지른 죄를 감
추려 하다니, 오호, 그러나 감출 수만 있다면 감춰다오, 진실을
말하지 말아다오, 내가 당신 곁에 있기 위해서 말하지 말아다오,
진실보다 사랑은 더 중한 것, 진실을 어둠 속에 깊게깊게 파묻어
버리고, 그렇지 저 낙랑산 속의 그 늪에 소리도 없이 깊이깊이 가
라앉히고, 내 곁에서 떠나지 말아주오.

(235~236쪽)

왕비는 위의 대사처럼 결국 진실을 파헤치길 원치 않으며 호동을 사

랑하게 된다. 이 세 번째 극중극은 조명('갑자기 온 무대에 제대로 들어오는 불빛', 237쪽)을 통해 내적 구조가 규정된다. 이렇게 둘은 과거의 '낙랑공주와 호동왕자' 역할을 하지만 온전히 과거의 '낙랑공주와 호동왕자'일 수 없으며, 현재의 '왕비와 호동'이면서 또한 온전히 현재의 '왕비와 호동'일 수도 없는 딜레마에 빠지게 된다.

네 번째는, 굿자리에서 주몽의 신을 받은 왕비가 고구려의 흰 북과 낙랑의 검은 북을 제시하며, 자신의 결백을 위해 고구려의 북을 울리라고 하나, 호동이 낙랑공주에 대한 빚을 갚기 위해 낙랑의 북을 치고 죽임을 당하는 부분 다음으로, 왕비가 낙랑공주가 되어 호동의 죽음을 비통해하며 호동을 따라 죽는 장면이다. 여기에서도 왕비와 낙랑공주의 관계가 모호하게 처리되어 있다. 즉, 정체성의 혼란으로 두 인물이 넘나든다.

극중극들은 이야기(허구)와 배우(등장인물) 및 관객의 이분화 현상을 빚는다. 즉 연극과 극중 현실, 등장인물(배우)과 허구적 관객, 무대와 객석 사이의 경계를 허물어뜨리고 그 구분을 모호하게 만든다.[76] 이러한 극중극을 통해 호동은 낙랑공주와의 과거, 낙랑공주를 패러디하는 왕비와의 현재, 그리고 자신의 비겁함과 낙랑공주에 대한 속죄의 의미로 죽음을 택함으로써 미래의 영원한 합일(사랑의 완성)을 염원하고 추구한다. 왕비도 죽음을 통해 호동과의 영원한 합일을 염원한다.

극중극은 극중 현실을 반영하고 투사하는 거울의 역할을 한다. 이 극중극으로 인해 관객은 극중극의 과거 '낙랑공주와 호동왕자'의 모습에도 주목하게 되지만, 오히려 과거의 '낙랑공주와 호동왕자'를 재현하는 현재의 '왕비와 호동'의 태도를 주시하게 된다. 즉, 관객은 인물들이 극중극에서 빠져나왔을 때의 논평이나 행동을 주목하게 되는 것이다. 이

---

76) 신현숙, 앞의 책, 279쪽. 극중의 극은 허구 · 등장인물(배우) · 관객이라는 세 층위에서 이분화 현상을 초래하게 된다.
박혜령, 「윤대성 희곡 연구 —극중극 기법을 중심으로」, 『한국 극예술연구』 제7집(한국극예술학회편), 태학사, 1997.6, 306~307쪽.

는 극중극의 논증의 기능 중 부인의 기능으로 초연극화(surthéâtralisation) 현상이다.77)

이 작품에서의 극중극들은 모두 공간적으로 보면, 무대 전부를 사용하는, 즉 포괄 구조와 내적 구조 사이에 공간상의 한계가 없는 구성법을 쓰고 있다. 또한 시간성의 입장에서 본다면, 삽입시키는 극행동의 시간과 삽입된 스펙터클의 시간 사이가 어긋나는 '시간성의 결렬'에 의해 극행동이 전개된다. 다만 세 번째의 극중극이 스폿(spot)을 통해 극중극의 공간이 한정되는 양태를 보여주고, 네 번째의 극중극이 상연의 시간(실제 시간)과 상연된 행위의 시간(허구의 시간, 허구적 시간)이 일치하는 '시간성의 일치' 현상을 보인다.

이 작품의 극중극들은 주로 대사에 의해 극진행이 이루어지지만, 행위 없는 단순한 대사 형식이 아니라, 자율적 허구를 전개시키는 극행동이 이루어지므로, 포레스티에(G. Forestier)가 이야기하는 주된 극 행동 전체를 반영하는 스펙터클로서 일종의 '거울' 노릇을 한다.78) 또한 두 사람 이상이 대화를 나누거나 완벽한 극행동이 이루어지는 짧은 스펙터클 형식으로 연극적 허구에 참여하며, 전체극의 극행동 전개에 직접 영향을 미치는 보조 행위소79)의 기능을 한다. 보조 행위소로서의 극중의 극은

---

77) 신현숙, 앞의 책, 274~275쪽. 초연극화 현상이란, 폭력 행위 · 암살 등이 무대 위에서 연기될지라도 그것이 내적 스펙터클에서 전개되는 경우, 객석의 관객은 직접 그 폭력 행위에 반응을 보이는 것이 아니라 무대 위의 관객 즉, 삽입된 스펙터클의 관객(허구의 관객)의 반응을 주시하게 되는 것을 말한다.

78) G. Forestier, Le théâtre dans le théâtre(ed. Dorz), 1981, 149~159쪽; 신현숙, 앞의 책, 275~276쪽. G. Forestire는 극중극이 행위 없는 단순한 대사 형식인지, 자율적 허구를 전개시키는 진정한 극행동의 형식인지에 따라 의미론적으로 상이한 기능을 한다고 보았다. 전자는 주된 극행동의 연장으로 보충 역할을, 후자는 주된 극행동 전체를 반영하는 스펙터클로서 일종의 '거울' 노릇을 한다고 했다.
박혜령, 앞의 글, 304쪽. 극중극이 자율적인 허구를 전개시키는 완전한 연극적 행동으로서 나타나, 전체극의 행동에 직접적 영향을 미치는 경우, 극중극은 전체극을 반영하는 일종의 '거울' 기능을 하게 된다.

79) 전체극의 보조자(adjuvant) 역할을 한다는 말이다.

항상 주된 극행동과의 관계에서 다소간의 보충적인 정보를 제공하는 역할을 한다. '극중의 극'은 근본적으로 분신의 미학을 바탕으로 한 일종의 거울 역할을 하는 연극 구조이다.[80]

이렇게 이 작품의 극중극들(낙랑공주와 호동왕자의 스펙터클)은 현재의 '왕비와 호동'의 스펙터클과 서로 상호침투하면서 전체극의 의미를 형성해 내게 된다.

3) 궁극적인 화해와 시적 비전

이렇게 극중극은 전체극에 대해 '거울'의 기능을 하게 되는데, 그러면 이를 통해 전체극은 어떤 의미를 구성해 내는 것일까?

왕자의 방에서 왕제가 낙랑의 금부처를 찾아낸다. 호동이 낙랑의 귀신을 모셔놓고 고구려가 망하기를 빌었기 때문에, 나라에 큰 재앙이 닥쳤다고 모함한다. 이 장면에서는 캄캄한 무대에 대신들과 장군들의 얼굴에만 조명을 비치게 하여, 나라에 재앙이 닥친 상황에 대해 '보고 줄거리' 형태로 보고하고 왕의 목소리가 그에 대응하는 효과적인 극적 방법을 구사하고 있다(238~239쪽). 이렇게 최인훈은 연극의 구성 요소들(음향 매체나 조명 매체, 오브제 등)을 충분히 이용하여 작가의 메시지를 효과적인 드라마투르기를 통해 잘 전달해 내고 있다. 이 장면은 앞의 호동이 왕비와 동침하는 장면과 더불어, 또 다시 「오이디푸스 왕」을 환기시킨다. 이 작품은 오이디푸스가 자기 아버지 라이어스 왕을 죽이고 자기 어머니인 죠카스타 왕비를 아내로 맞이하여 시브스에 '재앙이 내리게 되는'[81] 모티프를 패러디하여 차용한 것으로 볼 수 있다. 이렇게 이 작품은 상호텍스트성의 관점에서 「오이디푸스 왕」과의 일정한 영향 및 교섭

---

80) 신현숙, 앞의 책, 275~276쪽, 278쪽, 282쪽.
81) Sophocles, 『이디프스 왕 ─클로너스의 이디프스, 앤티고니』(이경식 역), 박영사, 1984.

관계를 상정할 수 있다.

왕은 큰 굿(기우제)을 벌여 호동이 주몽 할아버지 앞에서 마음을 밝히도록 요구하는 대신들의 주청을 받아들인다. 이는 호동의 정적 세력에 의한 음해로 이루어진 일이다. 왕자의 부장이 모반을 일으키나 곧 진압된다. 호동은 왕비가 다치게 하지 않기 위해, 왕비를 위한 죽음을 생각한다. 이런 결심은 낙랑공주에 대한 죄책감과 왕비에 대한 사랑이 동시에 작용한 결과로 볼 수 있다. 이제 호동에게 왕비는 혼돈 속에서 '왕비'이기도 하고 '낙랑공주'이기도 한 존재가 된 것이다. 왕비는 호동에게 내일의 굿에서 목숨을 보전하라고 당부한다.

> 왕비 : 해처럼……해처럼……오 이 밤……오 이 누리에는 어찌하여 밤과 낮밖에는 없는가? 이 갈피 없는 마음을 담을 하늘은 없는가
>
> ⋮
>
> 왕비 : 낮은 밤 때문에 어둡고, 밤은 낮 때문에 벗겨지더라도, 그런 낮과 밤일망정 당신 있는 세상이면 견디리다
>
> ⋮
>
> 호동 : 누리여, 너는 왜, 밤과 낮밖에는 가지지 못했느냐?
>
> (242~243쪽)

위 대사의 '낮과 밤'처럼 왕비와 호동의 관계는 모순적인 양태를 보여준다. 둘의 관계는 현실에서 양립될 수 없다. 호동이 택할 수 있는 길은 왕비와의 관계를 비밀로 안고 죽는 길밖에 없다. 호동은 그 길을 택한다. 이것은 낙랑공주에 대한 속죄의 의미이기도 하다. 여기에서 다시 한 번 역사텍스트와의 교섭이 이루어진다. 즉, 원비가 호동을 음해하여 '호동

이 나에게 음란하려 한다.'는 참소를 하고 왕이 벌을 주려 하자, 호동이 자살한 역사적 사실을 환기시킨다.[82] 이는 역사에 대한 패러디 과정을 통해 역사텍스트에 대한 '극적 변용'을 행한 것이 된다.

굿자리에서 주몽의 신을 받은 왕비는 고구려의 흰 북과 낙랑의 검은 북을 제시하며, 자신의 결백을 위해 고구려의 북을 울리라고 한다. 호동은 빛을 갚겠다며 낙랑의 북을 친다. 주몽의 신을 받은 왕비는 호동의 목을 치라고 이른다. 난쟁이가 왕자의 목을 친다. 주몽의 탈을 벗은 왕비도 완전히 낙랑공주와 동화된 상태에서 칼로 호동의 뒤를 따른다. 하늘에서 사닥다리가 내려오고 거지 차림의 하늘 사자 백골이 내려온다. 그가 각설이 타령을 부른다. 백골의 의미는 무엇이고 각설이 타령의 의미는 무엇일까? 그 상징적 의미가 잘 잡히지 않는다. 왕자의 머리를 바랑에 주워 넣고, 왕비의 목을 잘라 바랑에 처넣고 하늘로 올라간다. 난쟁이가 나와 왕자의 관을 쓰고, 왕비의 치마를 입는다. 거드름을 피며 제단 앞을 왔다갔다 하다가, 치마에 얼굴을 묻고 흐느끼다가 대굴대굴 구른다. 난쟁이의 팬터마임(pantomime)은 무엇을 의미하는가? 호동이 왕이 될 수 있었는데 그러지 못했음을 슬퍼하는 행위인가? 둘의 사랑을 안타까워하는 행위인가? 하늘의 사자가 사라지면서 번개가 치고 천둥이 울린다. 마침내 비가 내린다. 재앙이 풀린 것이다. 풍년가가 들려온다. 왕자의 관을 쓰고 왕비의 치마를 입은 난쟁이가 주몽의 탈을 쓰고 도끼를 비껴들고 노랫소리에 맞춰 덩실덩실 춤을 춘다. 난쟁이는 일종의 무당의 변형으로 해석할 수 있다. 여기에서 왕비의 어미무당으로의 모습과 함께 굿 또는 기우제 곧, 민속예능(앞의 민요인 각설이타령, 풍년가 포함)과의 교섭 현상을 확인할 수 있다.

위에 제시한 여러 의문들은 '극중극'의 구사 정신과 관련하여 그에 대한 해답의 실마리를 찾을 수 있다. 극중극 형식은 우리의 전통극에 벌써

---

82) 주 67 참조.

내재해 있는 오래된 구조이다. 전통극에서 악공은 이중의 역할을 수행한다. 악(樂)을 담당하는 것은 물론이며, 극중극의 부수적 인물이면서 동시에 관객의 역할을 수행한다. 전통극의 인물들은 악공뿐 아니라 관객과도 대화를 주고받기도 하는데, 이때의 관객은 앞의 악공과 같이 이중역할을 수행하게 된다. 이렇게 연극과 현실의 구분이 없는 것이 전통극의 특징(정신)이다.[83]

　이렇게 이 작품은 연극과 극중 현실, 등장인물(배우)과 허구적 관객, 무대와 객석 사이의 경계를 허물어뜨리고(해체) 그 구분을 모호하게 하는 일원론적 성격의 극중극에, 전통극 기법의 놀이형식을 덧씌움으로써 궁극적인 화해에 대한 지향을 보여주고 있다. 이 작품의 극중극은 이화효과를 통해 현실에 대한 비판의 경지로 나아가지는 않는다. 대신, '호동왕자, 낙랑공주, 왕비'의 이야기를 작품 말미에서 하늘 사자(백골)가 각설이 타령을 부르고, 난쟁이가 희극적 팬터마임을 행하고 흥겨운 풍년가에 맞추어 덩실덩실 춤을 추는 놀이형식의 희극적 장면으로 전화시켜 궁극적인 화해 세계의 지평을 보여준다. 이는 총체성을 상실한 인간들인 호동, 낙랑공주, 왕비가 그 총체성의 회복을 꿈꾸어 죽음을 통한 초월(사랑의 완성)을 통해 근원적인 세계를 추구하는 의식을 보여주고, 희극적인 궁극적 화해의 경지를 통해 유기적 전체성의 세계를 지향하는 시적 비전을 보여주고 있는 것이다.[84]

---

83) 김동현, 「윤대성 희곡의 실존 의식과 현실 비판 의식 연구」, 부산대학교 대학원 국어국문학과, 석사학위논문, 2003.2, 21~22쪽, 29쪽, 39쪽, 53~54쪽. 극중극의 본래적 기능은 현실과 연극의 구분을 모호하게 함으로써 이화효과를 얻는 것이라 할 수 있다. 극중극의 이분화를 통해 현실과 연극의 경계를 허물어뜨리고 그 구분을 모호하게 함으로써 현실을 보다 객관적이고 이성적으로 생각하게 하고, 효과적으로 판단, 비판(풍자)하게끔 하는 것이다.

84) 장파, 앞의 책, 166~200쪽. 서구에서 사랑의 거대한 활력과 격정은 모든 장애물을 무너뜨리는 파괴력으로 표현되며, 지고한 이상을 꿈꾸고 현실을 환멸하는 초월성으로 표현된다. 연인들은 굴복하거나 타협하지 않고 승리하기 위해 죽음을 택한다. 곧, 죽음(파멸)으로 사랑을 지키는, 놀라운 초월을 보여준다. 사랑으로 말미암아 죽었다는 관

호동 : 이것이 정말이었으면
왕비 : 정말입니다
호동 : 이것이 꿈이었으면
왕비 : 이것이 꿈입니다
호동 : 어느 것이 정말입니까?
왕비 : 꿈이 정말입니다, 정말이 꿈입니다. 꿈속에 정말이 있고, 정말 속
에 꿈이 있습니다.

(200쪽)

이는 철학과의 교섭 현상으로 볼 수 있는데, 이러한 해체된 세계 인식
은 동양 정신, 특히 장주의 호접지몽(胡蝶之夢)[85]과 연결된다. "꿈이 현실
인지 현실이 꿈인지, 도대체 그 사이에 어떤 구별이 있는 것인가? 장주

점에서 보면, 그들은 실패했다고 할 수 있다. 하지만 죽음으로써 사랑을 지킨다는 관점
에서 보면 그들은 승리한 것이다. 이는 헤겔의 관점에서 쌍방의 멸망을 통해 절대 이념
이 승리하는 것이다. 부정의 부정을 통해 전진하는 문화는 멸망을 통해 더 높은 차원에
서 새로 태어난다. 서구 비극에서 사랑의 추구는 파괴 · 이상 · 초월의 삼위일체를 보
여준다. 헤겔적 차원에서 자신의 단편적인 생각으로 싸우지만 그 단편성을 끝까지 밀
어부치면, 시체가 쌓이면서 상대방의 단편성(편면성)도 여지없이 폭로된다. 문제는 쌍
방의 단편성을 드러내어 새로운 사고를 얻는 것이다. 절대 이념은 쌍방의 멸망 속에서
승리하며 문화적 간극은 새로운 차원으로 메워진다. 변혁적 서구 문화는 비극 의식의
폭로적 기능이 강조되며, 곤경을 이용하여 진상을 밝히고 진정한 앎을 찾는다. 고통과
실패 · 파멸을 감수하더라도 진리를 추구하는 것이다. 파멸 속에서 재사유하고 부정을
통해 다시 나아간다. 서구의 비극 의식은 이렇게 '진리 추구→파멸'의 특징을 가진다.
무지와 지의 고통이 변증법적으로 전환되어, 서구의 비극은 극단적인 생리적 증상이
나 심리적 증상(눈멂 · 미침 · 고독 등)을 통해 주인공의 자아 부정과 자아 초월을 표현
한다. 「둥둥 낙랑둥」의 전반부인 호동왕자의 죽음은 이러한 서구적 화해의 양상이 나
타난 것으로 해석할 수 있다. 또한, 「둥둥 낙랑둥」에 나타나는 서구극 「햄릿」, 「오이디
푸스」와의 상호텍스트성도 그러한 영향으로 설명된다. 그러나 한국인인 최인훈은 동
양 문화의 자장 속에 자유로울 수 없다. 동양 문화는 그 문화적 양식으로 말미암아 그
결말이 대단원과 승리로 장식된다. 또한 동양적 비극에서 주인공은 절대로 자아를 부
정하지 않는다. 「둥둥 낙랑둥」의 대단원이 동양적 화해를 추구하고 있는 것은 이것으
로써 설명된다. 결국, 이 작품은 표면적으로 서구적 화해를 추구하는 듯하나 궁극적으
로는 동양적 화해를 추구하고 있는 것으로 분석할 수 있다.
85) 김동성 역, 「제물론편(齊物論篇)」, 『장자』, 을유문화사, 1971, 25~37쪽.

와 나비 사이에는 피상적인 구별, 차이는 있어도 절대적인 변화는 없다. 물아의 구별이 없는 만물일체의 절대경지에서 보면 장주도 나비도, 꿈도 현실도 구별이 없다. 다만 보이는 것은 만물의 변화에 불과할 뿐인 것이다. 이는 피아(彼我)의 구별을 잊는 것, 또는 물아일체의 경지다."86) 이는 일원론적인 세계 인식으로 시적 비전의 발로다. 이것은 자연스럽게 유기론으로 이어지는데, 유기론은 일원론적 전체론이며 유기화된 전체성의 이론으로 순환적 질서의 전체성이 만상의 원리라고 보는 사고의 표상형식이다. 유기론은 자연유비의 발상, 연속성, 통일성, 생명성 등으로 볼 때 시의 이론이다.87)

앞의 논의들을 바탕으로「둥둥 낙랑둥」에 대한 평가를 해보자.「둥둥 낙랑둥」은 앞에서 보았듯이 지문과 대사에서 부분적으로 행 배열을 하고 있고, 은유 등의 시적 조사를 잘 구사하고 있으며, 느릿한 움직임과 대사의 반복이 리듬감을 형성하고 있다. 또한, 무엇보다 죽음을 통한 초월(사랑의 완성)을 통해 자아와 세계의 조화와 융합을 염원하고 근원적인 세계를 추구하며, 궁극적인 희극 플롯에 대한 지향을 통해 유기적 전체성의 세계를 염원하는 시적 비전을 보여주고 있어 시극으로서 충분한 요건을 갖춘 작품으로 평가된다.

이 작품은 특히「햄릿」,「오이디푸스 왕」등 서구극과의 교섭관계를 통해 그들의 영향을 받고 있다. 또한, 연극과 현실을 구분하지 않는 극중극 형식의 도입을 통해 전통극 정신을 드러내고 있는데, 이것은 서로 다른 것들을 어우러지게 하는 화해(和諧)의 전통적인 동양정신이 구조적으로 나타난 것으로 이 작품의 특징을 이루고 있다.

---

86) 두산백과사전 EnCyber & EnCyber.com.
87) 구모룡,「한국문학비평과 유기론적 전통」, 267~268쪽, 272쪽.

4. 근원적 세계와 시적 비전—「달아 달아 밝은 달아」

「달아 달아 밝은 달아」[88]에 대한 최상민의 논문은 근대와 탈근대, 남성과 여성 따위의 이분법적인 구분을 넘어서서, 여성주체가 근대의 시공을 겪고 표현하는, 혹은 표현되는 양상을 문제적 관점에서 살피는 것, 즉 여성주체의 근대경험을 그대로 드러내고자 시도한 데에 의의가 있다. 그는 「달아 달아 밝은 달아」에서 최인훈이 재현하고 있는 당대적 진실은, 약자를 이용해 사리사욕을 채우고 눈앞의 이익을 위해 타인을 기망하는 시대의 모순이라고 언급한다. 아버지의 뻔뻔하고 이기적인 욕심(개인적인 욕망)에 의해 '해체되고 있는 현실 사회'의 모습, 우리시대의

---

88) 이 작품에 대한 연구는 재생원형에 대한 탐구, 설화의 재현과 변용, 패러디, 설화의 희곡화 과정, 전통수용 · 현재적 변모 양상 · '심청이야기'의 현대적 수용 · 문화콘텐츠로의 재생산 등과 관련된 연구들이 있다.
오경복, 「「심청전」과 「달아달아 밝은 달아」에 나타난 재생원형연구」, 이화여자대학교 대학원 석사학위논문, 1980; 장혜전, 「「심청전」을 변용한 현대희곡 연구」, 『기전어문학』 Vol. 12~13, 수원대학교 국어국문학회, 2000; 최상민, 「최인훈의 '심청' 재현과 의미」, 『한민족어문학』 Vol. 49, 한민족어문학회, 2006. 12; 노지혜, 「최인훈 희곡에 나타난 설화 변용에 관한 연구 : <어디서 무엇이 되어 만나랴>, <둥둥 낙랑둥>, <달아 달아 밝은 달아>를 중심으로」, 한양대학교 교육대학원 국어교육과 석사학위논문, 2008.8; 김정혜, 「최인훈의 패러디 희곡 연구」, 숙명여자대학교 대학원 국어국문학과 석사학위 논문, 1997; 김병임, 「「심청전」의 패러디 연구」, 숙명여자대학교 대학원 국어국문학과 석사학위 논문, 2001; 옥광복, 「<심청전>의 패러디 양상 연구 : 채만식, 최인훈, 오태석의 희곡을 중심으로」, 경주대학교 교육대학원 국어교육과 석사학위 논문, 2002; 윤갑중, 「설화의 희곡화 과정에 관한 연구」, 한양대학교 교육대학원 국어교육과 석사학위 논문, 1983; 김승옥, 「한국 현대희곡의 전통 수용 연구」, 단국대학교 대학원 국어국문학과 박사학위 논문, 1996; 오현숙, 「『심청』문화콘텐츠로의 재생산을 위한 사례 연구」, 중앙대학교 예술대학원 예술경영학과 석사학위 논문, 2005; 최창헌, 「'심청 이야기'의 현대적 수용과 그 의미」, 강원대학교교육대학원 국어교육과 석사학위논문, 2008.2; 김미영, 「『심청전』의 현재적 변모 양상에 대한 연구」, 『한중인문과학연구』 Vol. 14, 한중인문학회, 2005; 최상민, 「근대/여성의 재현과 복수의 상상력 —최인훈의 「달아 달아 밝은 달아」와 황석영의 『심청』을 중심으로」, 『한국문학이론과 비평』 Vol. 34, 한국문학이론과비평학회, 2007.3.

끔직하고 처절한 현실세계의 모습을 그려, 현실세계는 사적 이익에서 비롯된 욕망을 충족하기 위해 희생물을 요구하는 모습으로 재현되고 있다. 이러한 희생은 사회현실의 구조적인 억압에 의한 불가피한 선택이며, 타율적인 강제와 구조악의 결과이며, 다른 여지가 없는 조건에서의 유일한 '적응기제'였다. 공동체를 위해 자기희생에 나섰던 이들이 현실 권력을 움켜쥔 자들에 의해 유린되는, 거짓이 진실에 앞서는 시대의 모순을 현실의 진실로 드러내고 있다. 이를 통해 남성 서사의 중심으로부터 벗어나고자 하는 탈중심화를 시도하고 있어, 심청 다시쓰기가 열어 놓은 새로운 가능성을 보여준다고 평가한다.[89] 그런데 그의 이러한 분석에도 불구하고 이 작품의 제시형식이 희곡인 것에 비추어, 서사 및 문학의 관점(언어의 면에만 국한되어 있음)에서만 이러한 결과를 분석해 내고 있어 일정한 한계를 보이고 있다.

최인훈도 자신의 희곡들에 대해서 "내 희곡에서는 여성들이 남자 주인공들을 압도하고 있습니다. 그것은 에로스적인 정열로 압도하고 있습니다. 그것은 한국 신문학사의 어떤 소설보다도, 그리고 어떤 여성들보다도 정열적으로 그려져 있습니다. 고귀하게 인간적으로 갈 데까지 가보는, 그래서 남자들은 그 아름다운 여성들이 이끄는 대로 파멸도 마다하지 않고 따라가는 그런 상태를 나는 추적했던 것이지요. 그것은 절대적으로 여성을 신앙해서 그런 것이지 남자 주인공이 무능력하거나 난봉꾼이라서 그런 것은 아닙니다. 나는 내 희곡에서 그런 것들을 보여주었기 때문에 어떤 페미니스트들도 많은 참작을 할 것이라고 생각합니다"[90]라고 언급하고 있어 「달아 달아 밝은 달아」를 페미니즘의 관점으로 볼 여지를 던지고 있다.

---

89) 최상민, 앞의 논문, 415~421쪽. 한편, 최상민은 「달아 달아 밝은 달아」에 대해 "뮤즈의 언어로 이뤄졌다", "끊일 듯 이어지는 대사들과 시적인 호흡으로 늘어진 지문들, 느릿한 호흡"을 언급하고 있다(416~417쪽).
90) 최인훈, 「기억이라는 것」, 『길에 관한 명상』, 문학과지성사, 2010, 332~333쪽.

이상일은 「달아 달아 밝은 달아」가 심청이 청루에 팔렸다가 풀려나는 것을 다루고 있어, 성스러운 추악의 다른 일면인 성창(聖娼)의 어슴프레한 흔적이 남아 있다고 평가했다. 더러움은 고대의 소외이며, 기이이며 범상치 않다는 점에서 거룩한 것이다. 신화 세계의 신성 감정은 '외경의 비의(mysterium tremendum)'로 더러움을 성스러움과 결부시키고 음란의 섹스도 다산의 상징으로 성스러움과 결부시킨다. 그런 감정이 신전에 바쳐지는 처녀상으로, 또 그 변형으로서 임당수에 던져지는 심청의 모습으로 가다듬어져 성창 의식 모티프가 최인훈의 신화 세계에 나타난 것이라고 했다.[91]

다른 절과 같이 이 절[92]의 목적도 「달아 달아 밝은 달아」의 구체적인 드라마투르기 분석을 통해, 이 작품이 어떤 시극적 성격 및 양상을 나타내고 있으며, 또한 그러한 양상이 이 작품을 시극적 드라마투르기를 가진 시극으로 성립하게 하는가를 살펴보는 데 있다. 이를 위해 본 연구자의 시극 개념이 적극적으로 적용될 것이다.

1) 패턴으로서의 여러 소리

> 심청 : (전략) 공양미 삼백 석
> 하늘에서 뚝 떨어지든
> 땅에서 불끈 솟든
> 우리집에 내려주면
> 이 한몸 바쳐
> 천지신명께
> 갚겠사오니
> 비나이다 비나이다

---

91) 이상일, 「극시인의 탄생」, 376쪽.
92) 이 절은 본 연구자가 발표한 논문 「최인훈의 「달아 달아 밝은 달아」 연구 ─남성학적 관점을 중심으로」, 『우리문학연구』 32집, 우리문학회, 2011.2를 수정, 보완한 것이다.

가련한 자식 청을
굽어 살피시어
자식 도리
갚게 하옵소서

(261쪽)

뺑덕어미 : 청이 마침내 일어서는구나 사뿐사뿐 걸어서 남경배로 올라
　　　　　가니 잘 가오 잘 가오 잘 있소 진정 마지막이로다
심봉사 : 아이구 나 죽는다
뺑덕어미 : 돛대마저 올려라 지국총 지국총 노저어라 배는 물가를 떠나
　　　　　는구나
심봉사 : 아이구 청아
뺑덕어미 : 아득할손 큰바다 푸른 물을 가르며 돛대는 차츰차츰 멀어지
　　　　　는데 청이는 뱃전에서 마을 사람들은 물가에서 끊어지는 인
　　　　　연을 부여잡고 몸부림을 치는구나
심봉사 : 못 하리로다 못 하리로다(벼랑으로 내달으려고 한다)
뺑덕어미 : (붙들며) 마침내 돛대는 아니 뵈고 백구만 훨훨 도화동 바닷
　　　　　가에 날 저문다 (후략)
심봉사 : (풀썩 주저앉으며, 고개를 푹 떨구면서) 불러본들 다시 오랴 안
　　　　　듣기만 못하구나

⋮

뺑덕어미 : 천지가 황주 도화동뿐이 아닌데 이놈의 고장 훨훨 떠나 봉사
　　　　　님과 이 뺑덕어미 한 쌍 원앙되어 돈 있으면 고향이요 대처
　　　　　찾아 자리잡고 백오십 석 밑천으로 색주가나 차리고 보면 이
　　　　　몸의 화용월태 뭇나비들이 여름 부나비 불을 쫓아 모이듯 모
　　　　　여들 게 아니오
심봉사 : 색주가가 원수련가, 색주가에 딸 판 놈이 색주가로 밥 먹자니
뺑덕어미 : 마오마오 봉사님 편한 소리 마오 재주가 공명이요 기운이 장
　　　　　비로되 남창여수 이 세월에 여자 몸을 타고나니 하늘만이 아

는 씨앗 그 어디다 꽃피울가 색주가 타박 마오 청이로 말하
면 대국나라 색주가 고대 광실 높은 집에 분단장을 고이하고
밤마다 저녁마다 풍류 남자 맞고예니 도화동 이 구석에서 비
렁뱅이 한평생에 비할 건가?

⋮

빵덕어미 : 마음도 크옵시고 의기도 좋을시고, 어화둥둥 그래야 우리 서
　　　　　방님이시지 자 인제 갑시다
심봉사 : 자네 풀이를 들으니 그믐밤에 십오야 달을 본 듯 내 마음이 환
　　　　해졌네, 자 가보세, 살면 고향이겠지

(269~271쪽)

앞의 심청이의 비나리 문구는 율문으로 리듬을 띠고 있으며, 뒤의 **빵**
덕어미와 심봉사의 대화도 상당히 시적[93]이다. 고소설이나 판소리의 문

---

93) 이 외에도 작품에서 시적이라 생각되는 부분을 임의적으로 추출해 보면 다음과 같다.
　　빵덕어미 : 도화동 포구에 배 한 척 떠 있소 누런 돛 높이 달고 어서 가자 둥실 떴소
　　빵덕어미 : 무심한 갈매기가 돛을 안고 날아들며 돛을 두고 떠나가며 갈매기 두세 마리
　　훨훨 날아 있소
　　빵덕어미 : 백사장에는 햇빛이 쨍쨍 고기 그물 널려 있고 누구를 재촉하나 흰 물결 고
　　운 물결이 철썩철썩 빛나 있소
　　빵덕어미 : 도화동 넘어가는 고갯길에는 소나무가 군데군데 바다보다 푸르렀고 피 같
　　은 황톳길이 오늘도 어김없이
　　빵덕어미 : 썩은 배에 성한 고기 싣고 오는 날이면 아배야 여보소 달려오는 저 저 걸음
　　들 지금은 볼 수 없고 시뻘건 황톳길엔 조약돌만 반짝반짝(이상 267쪽)
　　바닷물은 / 멀리서 / 자장가처럼 / 철썩 / 철썩 … 바닷물은 / 철썩 / 철썩 / 파도치는 소
　　리(273쪽)
　　짓밟힌 해당화 무더기처럼 / 쓰러져 있는 / 심청 / 아득히 / 바닷물이 / 철썩 / 철썩 / 파
　　도치는 / 소리 … 멀리서 / 바닷물이 / 철썩 / 철썩 / 파도치는 소리(278쪽)
　　먼데서 / 철썩 / 철썩 / 봄 바다 / 물결치는 소리(278쪽)
　　우련한 달빛이 번지면서 … 바닷물결이 / 철썩철썩 / 봄 저녁을 / 적시는 소리와 / 끼룩
　　끼룩 / 날개를 부딪치는 / 갈매기 울음소리가 / 노랫소리와 / 주거니받거니하면서 / 호
　　젓이 잦아드는 / 용궁의 저녁(291쪽)
　　바닷물이 / 철썩 / 철썩 / 그들 발 밑에서 물결치고(292쪽)

체처럼 3·4조, 4·4조 중심의 운율을 구사하여 율문 형태의 문체를 만들어내고 있다. 여기서 민속 신앙(천지신명, 비나리)과의 교섭이 보인다.

> 움직임들이 빨라져서 / 마지막에는 / 불빛이 / 켜졌다 꺼졌다 하는 / 무대 위에서 / 손님, 매파, / 심청, 용들이 / 떠올랐다 사라졌다 / 움직임들이 / 앞뒤 없이 / 이어졌다 떨어졌다 하고 / 마침내는 / 모든 손님이 / 다시 나와 / 무대 위를 인형처럼 / 천천히 움직이면 / 조명이 / 함부로 여기저기를 / 비치고 돌아가면서 일어난 일의 순서가 / 허물어져버린 / 인형극의 춤 대목처럼 / 번쩍껌벅 / 움직움직 / 사람과 / 그림자와 / 바닷물 소리와 / 천둥과 / 산호와 / 신음 소리가 / 엇갈리는 / 야릇한 / 무대가 된다
>
> (284~285쪽)

여기에서는 인물들의 움직임이 빨라졌다가 인형처럼 천천히 움직이기도 하고, 불빛이 꺼졌다 켜졌다 하기도 하고, 여기저기를 함부로 비치기도 하면서, 인형극의 춤 대목 같은 장면을 연출해 내고 있다. 위의 지시문을 통해 작가가 드라마투르기에 대한 충분한 이해를 하고 있음을 간파할 수 있다. 실제로 작가는 작품 전체에 걸쳐 마임과 같은 동작들, 조명 매체(lighting effect) 및 음향 매체(sound effect), 사람들의 그림자, 용의 실루엣, 빨간 아궁이의 불빛, 인형 등의 오브제(objet)를 충분히 이용하여 작가의 메시지를 효과적으로 전달해 내고 있다. 뒤쪽의 심청이와 김서방의 갈매기 두 마리 그림자 장면(실루엣)도 이와 마찬가지다. 이 작품에서는 이렇게 그림자(실루엣)의 사용이 두드러진다. 또한 "가까운 사람은 / 고개를 돌려 / 그 옆사람은 절반 일어나고 / 하는 식으로 피라미드처럼 / 차츰 키가 높아지며 / 멀리 있는 사람은 / 일어서서 심청이 앉은 / 이쪽을 / 쳐다보다"(308쪽)와 같이 무대의 구도(높낮이와 무대의 폭)도 효과적으로 구사하고 있다. 작품 전체적으로 조명도 차츰 밝아지고 어두

심청 / 돌아보며 돌아보며 / 배에 오른다(294쪽)

워지게(dim) 하고, 노을 장면 및 어두운 조명을 많이 사용해 비애와 슬픔, 시적인 분위기를 형성해 내고 있다. 행복했던 한 순간, 곧 김서방과의 만남의 순간만이 환한 조명으로 처리되고 있다.

> 끼룩끼룩 갈매기 울음소리 / 갈매기가 날개를 치는 / 가볍고 부드러운 소리 / 물결 소리와 / 갈매기 울음 소리와 / 갈매기 날개 치는 소리가 / 한참씩 사이를 두고 / 끊어지듯 / 이어지는 속에 / 우련한 달빛이 번지면서 / 노랫소리 // 달아 달아 / 밝은 달아 / 이태백이 놀던 달아 / 저기저기 / 저 달 속에 / 계수나무 박혔으니 / 은도끼로 찍어내고 / 금도끼로 찍어내어 / 초가삼간 집을 짓고 / 양친부모 모셔다가 / 천년만년 살고지고 // 바닷물결이 / 철썩철썩 / 봄 저녁을 / 적시는 소리와 / 끼룩끼룩 / 날개를 부딪치는 / 갈매기 울음소리가 / 노랫소리와 / 주거니받거니하면서 / 호젓이 잦아드는 / 용궁의 저녁

(290~291쪽)

이 부분에서도 소리와 그림자(실루엣)를 통해 향수를 불러일으키며, 부모와 함께 행복하게 살고 싶다는 소박한 꿈 곧, 두 사람(심청이와 김서방)의 기원이 담긴 적절한 민요의 삽입을 통해 시적 분위기를 자아내고 있다. 여기에서 전통적 서정 장르인 민요와의 장르 교섭이 확인된다.

최인훈은 '소리'를 아주 민감하게 사용하는 작가다. 「옛날 옛적에 훠어이 훠이」에서는 소리에 귀를 기울이는 행위가 반복적으로 제시되고 있고, 「둥둥 낙랑둥」에서도 매미 소리 등 다양한 소리가 구사되고 있어 분위기 형성의 중요한 요소로 사용되고 있다. 특히, 「봄이 오면 산에 들에」에서는 서브플롯(sub plot)의 역할로까지 소리의 기능을 극대화시켜 사용하고 있어, 최인훈이 소리의 기능(환상적 신비감)에 경도되어 있는 작가임을 확인한 바 있다. 이 작품에서도 부엉이 소리, 갈매기(울음, 날개 치는)소리, 새소리, 신음 소리, (비)바람소리, 천둥 소리, 어둠 속에서의 심청의 깊은 한숨 소리, 사람들이 떠드는 소리, 노젓는 소리, 수레가

지나는 소리, 배가 닻을 내리는 기척, (아이들의) 노랫소리 등을 사용하고 있는데, 특히 위(290~291쪽의 지시문)에서처럼 작품 전체에 편만해 있는 파도소리는 작품의 분위기를 형성하고, 사건의 전개를 암시하는 기능까지 하여 플롯 전개의 한 축을 담당하도록 효과적으로 사용되고 있다. 예를 들면, 뺑덕어미가 심청에게 자신의 몸을 팔라고 귓속말을 하고 심청이가 놀라 물러설 때는 바닷물결 소리가 크게 들려 충격적 사건 전개를 암시하고, 김서방을 만나기 전에는 "아득히 봄의 바닷물이 철썩 철썩 파도치는 소리"가 들려 희망적인 사건전개를 암시하게 기능하도록 하는 것 등이다. 이처럼 이 작품에서 "멀리서 / 아득히 / 바닷물이 / 철썩 / 철썩 / 파도치는 / 소리"는 변형·반복(273쪽, 278쪽, 280~281쪽, 284쪽, 286쪽, 287쪽, 290쪽, 291쪽, 292쪽, 294쪽, 296쪽, 298쪽, 299쪽, 318쪽)을 통해 작품 전체적으로 중심 이미지 및 하나의 중요한 상징으로 기능하고 있다. 이를 통해 사건의 전개 및 인물의 심리를 반영·암시하는 기능까지 하여 플롯 전개의 한 축을 담당하도록 효과적으로 사용되고 있다. 또한 이렇게 작품 전반에 걸쳐 분위기를 형성해 내고 있는 파도 소리와 그 표현은 상당히 시적으로 처리되어 있다.

아이들 : 그게 누군데?
심청 : 우리 님이지
아이들 : 그게 누군데?
심청 : 키가 훤칠하고
　　　　얼굴은 옥 같구
　　　　눈썹은 반달 같구
　　　　눈은 햇빛 같구
　　　　코는 빚은 송편 같구
　　　　입술은 앵도 같구
　　　　가슴은
　　　　뱃판 같구

팔은 노 같구
발은 소나무 같은
우리 서방님이지
아이들 : 그게 누군데?
심청 : 우리 김서방님이지

(312~313쪽)

위에서처럼 작품 말미의 심청과 아이들의 대화 부분도 반복적 구조
를 통해 대사의 리듬감을 형성해 내고 있다. 작품의 지문과 대사의 상당
부분에서 시적인 행 갈음94)을 하고 있고, 비유와 상징을 통한 시적 조사
의 구사 및 리듬감을 형성해 내고 있으며, 특히 작품 전체적으로 편재해
있는 "멀리서 / 아득히 / 바닷물이 / 철썩 / 철썩 / 파도치는 / 소리"의 변
형 · 반복적 사용을 통해 하나의 시적 리듬을 형성해 내고 있다. 파도소
리는 하나의 패턴으로서 변형 · 반복되는 이미지로 작용하여 작품 전체
를 관통한다. 또한 파도소리를 통해 작품 전반에 걸쳐 비극적 이미지 및
분위기를 형성해 내고 있어 작품의 독특한 아우라를 형성하고 있다. 이
러한 것들이 이 작품에 시극적 분위기를 형성해 놓고 있어, 「달아 달아
밝은 달아」를 시극으로 규정할 수 있게 한다.

한편 작품 중간 중간에, 특히 뺑덕어미와 심봉사의 언어유희를 통해
코믹 릴리프를 형성하고 있어, 민속극에서 많이 사용되는 해학(humor)의
방법이 구사되고 있음을 확인할 수 있다.

2) 남성주의와 '심청'의 의미

이 작품은 '남성주의(Men's Studies)'적 관점으로 살펴볼 때 그 이데올로
기를 보다 심층적으로 전착할 수 있다. 여태까지 이 작품은 일반적으로

---

94) 다른 시극 작가의 작품들은 지문과 해설이 대체로 산문체로 되어 있다.

심청만을 중심에 두고 분석하는 경향을 보여 왔는데, 이 작품의 이데올로기를 보다 심도 있게 파악하기 위해서는 심청을 그러한 캐릭터로 몰아간 사회적 배경과 힘에 대한 천착이 더 중요하다. 그러한 사회적 배경과 힘을 분석해 내는데 남성학적 관점이 가장 적절한 것이다. 또한, 최인훈의 「달아 달아 밝은 달아」는 그의 희곡 중 기존의 억압적인 사회구조와 가부장제의 양상을 가장 극명하게 보여주는 텍스트다.

심봉사(심학규)는 저승사자에게 잡혀가는 꿈을 꾼다. 몽은사 화주승에게 공양미 삼백 석을 부처님께 바치기로 약조했으나 약속한 날짜가 지나버렸다. 심봉사는 심리적 압박을 받고 심청에게 이러한 상황을 이야기한다.

> 심봉사 : (전략) 이생에 장님되기 전생의 죄악이라, 우리 절 부처님전 정성을 들였으면 이생에 눈을 떠서 천지만물 보련마는 집안꼴이 어려우니 안됐구려 불쌍하오, 내가 묻는 말, 재물을 안 드리면 부처님 힘 빌 수 없소? 중이 하는 말, 다 정성인데 빈손에야 할 수 있소,
>
> (258쪽)

여기서 물질만능주의(세속주의)적 관점을 엿볼 수 있다. 이것은 작품의 다른 부분들에서도 나타나는데, 특히 심봉사가 딸을 판 값 중 백오십석은 공양을 하고 나머지 백오십 석은 자기가 챙기는 것이라든지, 뺑덕어미가 거기에 대해 "저는 효도하고 봉사님과 이 뺑덕어미는 세상 사람 손가락질을 받게 됐으니, 이게 어버이 사랑"(271쪽) 아니냐며 자신들의 행위들을 합리화하는 것 등에서 두드러진다. 위에서는 돈이 있어야만 병도 나을 수 있다는 자본주의적 논리가 지배하는 현실과 또한 종교도 물질에 휘둘리는 타락된 현실을 지적하고 있다. 예나 지금이나 가난은 비극을 빚어낸다.

심봉사 : 그러나저러나 부처님 앞에 죄를 지었으니 저승사자가 날 데리
　　　　러 왔으니 인제 도리 있겠느냐? 내가 저승사자한테 하루만 말
　　　　미를 달라 했으니 인제 너를 보는 것도 하루뿐이로구나
심청 : 아이구 이 일을 어쩌누

(259쪽)

　　렌저만(Patricia M. Lengermann)과 월리스(Ruth A. Wallace, 1985)는 결혼
과 가정생활에서 성역할 평등을 요구하는 것, 가부장제에 의문을 품는
것, 그리고 전통적 남성 우월이나 여성복종에 대해 비난하는 것을 대다
수의 기독교적 시각에서는 하나님의 섭리와 상반된다고[95] 말한다. 이
러한 사정은 기독교뿐 아니라 거의 모든 종교 제도에서 마찬가지다. 가
부장적 남성문화 형성과 유지에 종교도 적극적으로 관여하고 있는 것
이다. 위에서 부처 앞에 한번 뱉은 말은 그대로 실행되어야 하는 절대적
인 것으로 인물들을 압박한다. 그것을 어기면 죄가 되는 것이다. 이렇게
종교적 논리는 기정사실화된 절대성의 모습으로 나타난다. 또한 심봉
사나 심청은 꿈에서 저승사자가 이야기한 것을 쉽게 현실로 믿어버리
는 신화적 사고를 하고 있다. 이렇게 이 작품은 다성적인 세계(유교, 부
처·극락·저승사자<불교>, 천지신명<토속적 민간신앙>)의 모습을
가지고 있다. 여기에서 앞의 신앙들과의 장르 교섭이 확인된다. 그런데
뺑덕어미만은 종교적 절대성을 의심한다. "부처님 앞에 공양미 삼백 석
을 바치면 눈이 떠진다고는 하나 그 말을 어찌 믿겠소? … 백오십 석만
바치면 눈 하나는 뜰 것이 아니요"(270쪽)라고 말하고 있는 것이다. 또
한 그녀는 "재주가 공명이요 기운이 장비로되 남창여수 이 세월에 여자
몸을 타고나니 하늘만이 아는 씨앗 그 어디다 꽃피울가"(270쪽)라고 말
하고 있어 유교적·가부장적 남성문화의 속성을 간파하는 모습을 보여
준다. 하지만 그녀는 그것을 이용해 이득을 취하는 자일 뿐이다.

---

95) Clyde W. Franklin II, 정채기 역, 『남성학이란 무엇인가』, 삼선, 1996, 193쪽.

심청 : (말리며) 진정하세요…… 좋은 수가 있을지
심봉사 : 좋은 수라니? (한참 후에) 장부자네 소실 얘기 말이야?
심청 : …… 내가 마다기로 다른 여자를 들였다 합디다
심봉사 : ……
심청 : (멍하고 앉아 있다)
심봉사 : 나는 죽었구나
　　　　(이불을 뒤집어 쓴다)

(259~260쪽)

　심봉사는 자신의 곤경을 벗어나기 위해, 장부자네가 심청을 수양딸로 삼겠다던 말을 들먹인다. 심청은 아버지의 이런 태도에 기가 질린다. 심청은 장부자네가 수양딸이 아니라 소실로 오라고 했다고 실토한다. 심봉사는 자신이 심청에게 가지 말라고 하기를 잘했다고 하면서도 저승사자에게 잡혀가게 되었다며 심청이가 은근히 장부자네 소실이 될 것에 기대를 건다. 하지만 다른 여자가 소실로 들어앉았다는 말에 실망한다. 여기에서 무기력한 가장·아버지의 모습이 여실히 드러난다. 결과적으로 그는 자신의 눈을 위해, 자신의 죽음을 모면하기 위해(부처님에게 거짓말을 했으므로) 딸을 인신매매하는 것도 불사하려는 면모를 보인다. 돈을 받고 소실로 들여보내려 하는 것은 일종의 인신매매로 볼 수 있다. 가정 내에서의 전통적인 남성의 주요 역할은 가족 부양의 책임자로서 '공급자(provider, 생계담당자 / 가장, bread—winner)'와 '보호자'이다. 하지만 심봉사는 그러한 역할을 전혀 하지 못하는 존재다. 오히려 아버지와 딸과의 역할이 역전되어 있다. 또한 아버지들이 아이를 보는 능력에 있어서 엄마와 같은 자질을 갖췄다[96]고는 하나, 심봉사는 시각장애인으로서 처음부터 그러한 능력에 분명한 한계점을 가지고 있었다. 곧, 심봉사의 '눈멂'은 정서적인 아버지의 부재 상황을 상징한다. 물론 그녀는 태

---

96) 앞의 책, 316쪽, 323~324쪽.

어날 때부터 어머니도 결핍되어 있다.

심청은 천지신명에게 공양미 삼백 석을 내려주면 자기 한 몸을 바치겠다고 빈다. 이것은 자연발생적인 효의 관념으로 볼 수도 있겠지만, 오히려 전형적인 가부장적 · 유교적 도덕관이 작용한 것으로 봐야 한다. 이 장면을 뺑덕어미가 목격하고, 배꾼들을 데리고 온다. 이후 팬터마임을 통해 심청이가 팔려가기로 결심하는 장면이 제시된다. 심청은 팔려가고, 태어난 지 이레 만에 어미 여읜 심청을 젖동냥으로 길렀고, 철도 들기 전에 밥동냥을 보내야 했던 심봉사는 실의의 나날을 보낸다. 가부장제는 전세계적인 현상이지만, 동양 특히 우리 사회의 가부장제는 유교 문화(봉건적 유교전통, 유교적 가치관)와 결합하면서 그 모습을 더욱 공고히 하였다. 이러한 상황 속에서 심청은 유교적 · 가부장적 남성문화(남성성)의 피해를 고스란히 받는 존재의 전형이다. 가부장이란 가정의 전체(재산, 부인, 아이들 그리고 다른 자원, 예를 들어 땅이나 노예들)를 지배할 수 있는 남성적인 족장97)을 의미했다. 곧, 가부장은 가족 구성원의 생사여탈권을 쥔 자이다. 물론 심청의 경우는 표면적으로 자신의 판단에 의해 자기의 운명을 결정한 경우가 되지만, 여성의 희생이 당연시되는 문화적 배경 속에 놓여 있어, 가부장적인 유교문화의 절대적인 영향 속에서 다른 결정을 할 수 있는 여지는 박탈되었다. 가부장제는 나의 밖에 있는 제도나 다른 사람들에게 있는 것일 뿐 아니라, 심청이의 일부분이기도 했다.98) 이렇게 가부장적 농경시대(사회)는 남편의 아내에 대한 군림과 아버지의 자식에 대한 지배의 종속적 사회관계, 노후 부양 등으로 특징지어진다.99)

---

97) 조정문 · 권명수 · 이의수 · 이옥 · 이나영 · 정채기 · Russell Feldmeier · Paul Kivel 공저,『남성학과 남성운동』: Russell Feldmeier(하유설),「제4장 '평등 문화'라는 아름다운 옷감을 새롭게 짜는 남성들에 대한 연구」, 동문사, 2000, 260쪽.

98) 위의 글, 299쪽.

99) Clyde W. Franklin II, 앞의 책, 55쪽.

피어링(Feiring, Lewis)과 바인로브(Weinraub, 1981)에 의하면 부성결핍을 경험한 아동은 전형적인 성역할 개념에서 벗어나지 못하고 완고하게 지키려는 방어적 자세를 보이거나, 자신의 성에 적절하다고 기대되는 행동들을 회피할 가능성이 높다고 한다. 가정에 강력한 아버지가 없는 자녀들은 빈약한 자아개념을 지닌 어른이 되며, 의존성을 지니게 된다.100) 이와 같이 눈먼 아버지에 대한 정서적인 부재 상황의 경험은, 심청으로 하여금 진정한 아버지상에 대한 과도한 집착으로 말미암아 자기의 몸을 파는 행위까지 감행하게 했던 것이다. 그런 의미에서 심봉사는 심청의 '삶의 뿌리'를 송두리째 뽑아 놓는 근원으로서, 결핍된 아버지(바람직하지 못한 아버지상)의 전형이다.

심봉사는 보름 전 자기 딸이 떠난 것을 보지 못한 것이 한이라며, 포구가 내려다보이는 언덕에서 뺑덕어미에게 떠나던 날 있었던 일을 지금 보는 듯이 전달해 달라고 한다. 심봉사와 백년해로하기로 한 뺑덕어미는 황해도 황주(黃州)땅 도화동을 떠나자고 하고, 심봉사는 자기 때문에 남경배 상인들에게 팔려 대국 청루(색주가)에 기생살이 간 심청이가 떠나는 뱃길을 배웅해야 발길이 떨어지겠다고 말한다. 마지못해 뺑덕어미는 회상 장면을 현재 일어나는 것처럼 심봉사에게 보고한다. 이것은 타이코스코피 또는 담장 넘어 보기를 통해 등장인물이 목격한 바를 중개하는 것처럼, 기억을 통해 과거의 사건 경위를 보고하는 '보고 줄거리' 형태다. 이 장면은 뺑덕어미의 보고가 이루어질 때 무대 한편에서는 실제의 미메시스가 이루어져도 좋을 것이다.

> 뺑덕어미 : (내려다보면서) 뺑덕어미가 갖은 말로 타이르는 모양이니 청
> 이 저것 보소 머리 숙여 인사하며 앞 못 보는 우리 부친 아주
> 머니 같은 요조숙녀에게 맡기고 떠나니 아무 염려 없겠노라

---

100) 조정문 외 공저, 앞의 책: 이의수, 「제6장 성경적인 남성상(아버지상)에 대한 이해」, 402쪽, 407쪽, 409쪽.

며 마침내 백사장에 앉아 나부죽이 절을 올리는 구려

(269쪽)

이처럼 뺑덕어미가 자기 자신을 객관화시켜 보고하기도 한다. 심봉사는 죄책감으로 벼랑을 뛰어내리려고 하지만, 뺑덕어미가 말린다. 뺑덕어미는 공양미 삼백 석에 눈이 떠진다고 믿을 수 없으니 백오십 석만 바치자고 꾄다. 마을 사람들이 자신이 공양미 삼백 석을 가로채려한다고 모함한다며 도화동을 떠나 백오십 석을 밑천으로 색주가를 차리자고 유혹한다. 심봉사는 심청을 대국 청루에 팔았는데 어떻게 색주가를 차리겠냐며 주저하는데, 결국 "저는 효도하고 봉사님과 이 뺑덕어미는 세상 사람 손가락질을 받게 됐으니, 이게 어버이 사랑"(271쪽)이라는 그녀의 언술에 넘어가 자신들의 행위를 합리화하기에 이르고 그녀의 말에 따른다. 이렇게 유교적·가부장적 남성문화는 자신의 행위에 대해 합리화하는 힘을 가졌다. 실제로 심봉사는 뺑덕어미의 언술로 해서 심청이가 효녀로 천추에 이름이 남게 됐고 호강도 하게 되었으니, 자신은 아무렇게 돼도 상관없다고 표피적으로 말한다.

> 심봉사 : 허허 그 말이 한번 좋을시고 우리 청이 효녀되고 우리 뺑덕어미 열녀되고 이내 몸이야 딸 마누라 위해 천하 잡놈 된다 한들 내 어찌 마달손가 부모의 큰 은혜야 하늘이 따를손가 바다인들 채울손가 자 도화동 저 바다야 (바다를 내려다보면서) 잘 있거라, 부모된 가시밭길 이 몸은 떠나간다

(272쪽)

위 대사의 밑줄 친 부분처럼 가부장제의 남성문화는 마초주의를 그 전형적 모습으로 포장한다. 뺑덕어미도 "마음도 크옵시고 의기도 좋을시고, 어화둥둥 그래야 우리 서방님이시지"(271쪽), "봉사님이 과연 천

하호걸이요"(272쪽)라며 그것을 부추기며 이득을 취하려 한다. 또한 "부모의 큰 은혜야 하늘이 따를손가 바다인들 채울손가 / 부모된 가시밭길"이란 말 속에는 '아버지는 영원히 고독하다'는 허구적 부성(父性)신화[101]가 깃들어 있다.

> 뺑덕어미 : 잘 간직하셨소(심봉사 허리에 찬 전대를 만지려고 한다)
> 심봉사 : (황겁히 물리치며) 허, 부부는 한몸이나, 재물 간수는 가장이
>   해야 집안 체통이 서지, 자네는 마음 푹 놓게
> 뺑덕어미 : 말씀 잘 하셨소 부부는 한몸이라, (혼잣소리로) 근자에 보니
>   봉사님 밤에 기운 쓰시는 일이 전에 없이 허술하니 극락 세
>   상 가실 때가 멀지 않은 것 같으니 그 돈이 갈 데 있겠나?
>   (271쪽)

심봉사는 위의 272쪽의 밑줄 친 부분들처럼 자신은 아무렇게 돼도 상관없다는 말과 달리 돈이 모든 가치를 집어삼키는, 전형적인 황금만능주의(물질주의, 세속주의)에 지배되는 양상을 보인다. 즉, 지금까지 심봉사는 가부장의 역할을 제대로 수행하지 못했으면서도 재물이 생기자 가부장의 권위를 놓으려 하지 않는다. 아들러의 권력(power) 이론에 의하면 인간의 사회적 본성의 근원은 힘의 확장과 권력의 추구란 쪽으로 나타난다고 한다.[102] 이렇게 뺑덕어미와 심봉사는 경제권을 둘러싸고 권력 관계의 갈등 양상을 보인다. 결국 심봉사는 딸과 여성인 심청의 희생을 통해, 유교적 · 가부장적 남성문화의 이득을 보는 자에 불과하다. 그것은 심봉사가 심청이가 색주가로 팔려간다는 것을 알면서도(266쪽) 보낸 것으로 뒷받침된다. 곧, 심청을 스스로의 의지에 의해 판 것이나 마찬가지인 것이다. 뺑덕어미도 여성이지만 유교적 · 가부장적 남성문화의

---

101) 조정문 외 공저, 앞의 책: 정채기, 「제2장 남성운동에 관한 제연구」, 81쪽.
102) 조정문 외 공저, 앞의 책: 권명수, 「제5장 신화—시적 남성운동의 이론과 실제 : 로버트 무어의 다이아몬드 심성 구조에 대한 비판적 고찰을 중심으로」, 330쪽.

이득을 보기는 마찬가지다. 곧 "남성문화는 남성들 자신뿐만 아니라 여성들이나 아이들 등의 모든 구성원들에게 사회 전반적으로 유지되고 보장되고 있"[103]는 것이다. 또한 그녀는 위의 방백의 말처럼 심봉사의 죽음을 기다려 재물을 취하고자 하는 철저히 배금주의에 지배되는 속물적 존재다. 그런 의미에서 그들이 도화동을 떠날 때 "두 사람 너울너울 춤을 추면서 사라"(272쪽)지는데, 이것은 앞의 자신들의 합리화와 함께, 이들 인물들에 대한 희화화로 해석할 수 있다. 이를 통해 '이화효과'가 생겨나며 독자는 인물들에게 비판적 거리를 가지게 된다. 이제 심봉사에게는 더 이상 딸 심청에 대한 죄책감과 슬픔은 존재하지 않는다.

하르트만(1981)은 유물론적인 입장에서 가부장제를 여성의 노동력에 대한 남성의 역사적 지배(억압)에 물적 근거를 갖는 사회 구조로 파악하였다.[104] 매파(포주)는 중국옷을 입은 늙은 여자로 작은 발을 가지고 있다. 이것은 전족(纏足)을 암시하는 것으로, 중국 사회에서 가부장적 사회 구조로부터 야기된 남성 우월주의, 여성에 대한 억압의 전형적인 사례이다. 매파 자신도 과거 가부장적 남성주의의 희생물로서 성적 착취를 받았던 매춘부였는지도 모른다. 그러나 그녀는 이제 심청과 같은 여성을 부의 획득을 위한 수단으로 사용하는 가부장적 남성주의 사회구조를 통해 이득을 취하는 권력자의 위치에 서 있다. 이를 통해 매파는 가부장제를 강화(reinforcement)시키는 역할을 한다. 심청을 색주가에 팔아 그걸 통해 이득을 취하는 뺑덕어미도 마찬가지다. 하지만 그들은 이것을 인식하지 못한다.

전통적인 남성다움(남성미)의 특징은 여성과 다른 남성에 대한 남성의 폭력, 여성에 대한 남성의 사회적 지배, 성적 활동 무대에서의 남성의 지배, 다른 생활 국면으로부터 남성의 성 고립, 남성에 의한 여성의 수단

---

103) Clyde W. Franklin II, 앞의 책, 73~74쪽.
104) 조정문 외 공저, 앞의 책: 이나영, 「제8장 남성과 함께하는 여성학」, 479쪽.

화, 그들 신체의 일부분에 대한 병적 집착, 여성에 대한 정복 등을 종종 포함하고 있다. 이것은 과장된 남성다움(남성다움의 과도성)으로 그런 일을 지지함으로써 남성이 되도록 남성을 교육하는 사회화 과정의 필연적 결과다. 곧, 남성의 성 인식은 사회문화적으로 구조화된 것이다. 포아(Foa)와 그의 동료학자들(1987)의 비교문화론적 결론에 의하면, 남성들이 여성들보다 사랑과 섹스를 보다 강력하게 구별시키는 경향이 있으며, 여성에게서 주어지는 봉사로써 섹스를 관련짓는다고 한다. 그들은 사랑과 애정으로부터 성행위를 분리하는 것을 사회화의 경험 기능을 통해 습득한다.[105] 이러한 과정을 통해 남성을 위한 사회 권력은 형성된다.

베노크라이티스(Benokraitis)와 피긴(Feagin)은 고정적, 체계적, 조직적, 제도적(불평등한 행위는 가족 및 정치적 · 경제적 · 교육적 · 종교적 단체와 군대를 거쳐 확립되고 내면화된다), 문화적 차별에 대해 언급하고 있다. 그들에 의하면 사회구조는 본질적으로 남성문화를 유지 · 발전시키는데 기여하고, 남성들의 행동은 남성우월권에 기반을 두고 유형화되어 왔다. 이는 사회구조(가족제도, 경제체제, 정치, 교육체제, 종교적 신앙체제)를 통해 반영되었음이 확실하다.[106] 이것이 남성들이 여성의 몸을 통제하는 방식이며, 남성이 여성의 성(sexuality)을 구축하는 방식[107]이다.

용궁루의 봄, 심청은 환한 얼굴로 나타나 누군가를 기다린다. 심청은 조선 사람이며 착실한 젊은이인 인삼장수 김서방에게 정을 두고 있다. 매파는 그가 맘씨 착하고, 돈 깨끗하지만 쓸데없다며 젊었을 때 한 밑천 잡으라고 한다. 심청은 처음 밥도 안 먹고, 잠도 안 자고, 바다에 자살을 시도하기도 했다. 이로 인해 석 달을 앓아누워 있었으며, 매파는 자기가

---

105) Clyde W. Franklin II, 앞의 책, 14~15쪽, 63쪽, 47쪽, 365쪽, 296쪽.
106) 위의 책, 91~93쪽.
107) 이나영, 앞의 글, 476쪽, 474쪽. 마르크스 페미니즘은 사적 소유제도를 보장하는 자본주의 체제가 여성억압에 대한 영속화의 결정적 기제이며, 이에 근거한 계급적 억압을 가장 근원적인 억압이라고 여긴다.

약값 오백 냥을 들여 살려놓았다고 말한다. 그러면서, '살아보니 여기가 용궁이지'라고 묻는다. 매파는 심청을 생각해 주는 척 하지만 실지는 그녀를 착취하고 등골을 빼먹는 존재다. 김서방은 한 번만 더 남쪽으로 다녀오면 고향에 돌아가서 갚을 돈을 빼고도 남부럽잖게 살 밑천을 잡을 것 같다고 말한다. 그는 관가에서 꾸어주는 돈을 가지고 인삼을 사서 대국에 왔으나 사기를 당하고, 실의의 나날을 보내던 중 청이를 만나 마음을 고쳐 먹고, 관가의 빚 갚을 돈을 마련하게 되었다. 청이의 몸값을 대기에 아직 모자라지만 빨리 갚고 고향으로 돌아가 청이 아버님 앞에서 백년가약을 맺자고 한다. 청이는 어버이 극락왕생을 위해 팔려온 것이니 너무 애쓰지 말라고 한다. 하지만 심청은 기다릴 사람이 있는 나날이면 백년이라도 기다리겠다고 말한다. 그만큼 그녀에게는 결핍된 애정을 채우고자 하는 욕망이 강렬한 것이다.

앞에서 본 연구자는 심봉사의 '눈멂'은 정서적인 아버지의 부재 상황을 상징한다고 말했다. "불성실한 아버지, 감정적으로 부재중인 아버지를 가진 아이들은 애정결핍 현상을 보이며 특히, 여자아이는 자라면서 결핍된 애정을 충족시키기 위해 깊이 있고 만족스러운 관계를 찾아 헛되이 헤매게 된다"[108]고 한다. 심청이의 김서방에 대한 지향이 여기에 해당한다.

다음 장면은 바닷가로, 김서방이 심청의 몸값을 치르고 마침 조선으로 떠나는 배가 있어 심청을 먼저 보낸다. 자기는 관가 빚 갚고도 남을 밑천을 꾸려 뒤따라가겠다고 말한다. 이별하면서 자신을 본 듯이 지니라며 거울(信標)을 건넨다.

아내 구타, 강간, 성희롱, 남성간의 파괴적인 경쟁들은 사회가 발전해 오는데 도움이 된 자산들이었다. 사회적 관점에서 이러한 비정상 행동들은 종종 개인들의 실제라기보다는 남성들에 의한 사회적 실제들이다.

---

108) 이의수, 앞의 글, 377쪽.

그런 관점에서 남성들은 여성이나 여성다움에 대한 혐오감을 나타내며, 여성들은 남성에 의해 모독되거나 가치절하 당한다. 낙인이론의 관점에서 슈어(Schur, 1984)는 정상적인 사회적 상호작용(social interaction)에서 여성이 일탈되는 것으로 취급된다고 말한다. 곧 낙인된 일탈(일탈의 낙인)이 되는 것이다. 남성우월과 남성의 사회지배는 여성의 비정상과 순종을 필요로 한다. 남성을 비정상이라 하는 것은 여성다움과 남성다움과의 구분을 애매하게 하고, 남성의 특권을 없애는 것이다. 남성다움을 유지시키는 것은 비정상과 남성다움을 분리하는 것을 필요로 하는 반면, 비정상과 여성다움을 통합하는 것이라고 슈어는 말하고 있다. 여성에 대한 보편화된 절대적 인식과 대상화, 문화적 상징주의에서 여성에 대한 만연된 평가절하, 그리고 여성의 중요한 특징이 바로 비정상화라고 여성다움의 개념을 확대하면서 성제도 안에서 명백한 비정상의 증거들을 여성들에게 귀속시킨다. 이는 여성에 대한 자동적인 비정상화이다. 반면에 남성의 일탈은 베커(Howard Becker)의 말처럼 표준에서 벗어난 상태들로 질적으로 뛰어난 상태를 나타내는 것으로 취급된다. 이러한 비정상의 원인은 대부분 남성들이 경험하는 남성사회화의 과정에 있다. 이것이 이른바 리테프카(Jack Litewka, 1979)가 말하는 "사회화된 성기", 티퍼(Leonore Tiefer, 1986)가 말하는 "완벽한 성기(완전한 남근)"[109]의 개념이다.

그러나 노드스톰(Bruce Nordstrom, 1986)이 비전통적인 남성은 그들의 결혼에 아내와의 동료의식, 감정, 가치들을 함께 하는 것에 의미를 부여한다[110]고 말한 것처럼, 김서방을 비전통적인 남성성을 가진 인물로 평가할 수 있다. 여기에서 우리는 남성 사회화의 열린 가능성을 보게 된다. 하지만 남자들은 여자들을 위안의 대상으로 여기는 성향이 있[111]으

---

109) Clyde W. Franklin II, 앞의 책, 234쪽, 273쪽, 77쪽, 249~251쪽, 210쪽, 208쪽, 206쪽, 205쪽, 245쪽, 268쪽, 277쪽.
110) 위의 책, 316쪽.

며 김서방도 심청에게서 위안을 얻고자 하는 남성으로서, 가부장제의 한계(틀) 속에 들어 있는 인물일 수도 있다. 그러므로 김서방의 모습은 바람직한 남성으로 사회화될 가능성만을 내포한 존재로 평가된다.

마초주의적 가부장제의 남성문화는 여성을 노예 상태로 전락시켜 인간 존재를 무화시키는 파괴를 자행하는가 하면, 김서방으로 하여금 사랑하는 사람을 잃게 하고 심봉사로 하여금 딸을 잃게 하는 것처럼 남성에게도 피해를 끼치며, 남성들(심봉사, 김서방, 성을 사는 자들, 해적들)의 내면을 황폐화시키고 있지만 가부장적 남성문화에 젖어 있는 그들은 이것을 깨닫지 못한다.

보수주의적 남성학의 관점에서 남성은 근원적으로 야만인(barbarian)이라고 가정[112]되는데, 성을 매개로 하는 여성 억압은 개인적인 차원에서 해결되기 어려운 문제이다. 심청도 용궁루에 처음 팔려왔을 때 저항을 해보았지만, 강력한 마초주의적 가부장적 남성문화에 결국 굴복하고 포기하고 만다. 여성 억압은 사회적 기원을 지니는 문제이므로 정치적 해결책이 요구[113]될 뿐 아니라, 보다 근원적으로 올바른 남성 사회화를 통한 사회 구조의 근본적 변혁을 통해 해결되어야 하는 문제이다.

3) 실루엣 · 오브제의 활용과 리듬

심청이 팔려온 곳은 용궁처럼 내부장식(용이 휘감고 올라간 기둥 장식, 산호침대, 용궁의 궁녀 같은 옷 등)을 한 색주가(용궁루)이다. 매파가 '나으리'라 부르는 뚱뚱한 중국 남자와 흥정을 하여 첫 매춘을 알선한다. 매파는 맨 처음 꺾는 꽃이라며 많은 돈을 받고 매춘을 제공한다. 이들에

---

111) 앞의 책, 65쪽.
112) 조정문 외 공저, 앞의 책: 조정문, 「제1장 남성학의 여러 연구 관점 및 연구 영역」, 20~21쪽.
113) 이나영, 앞의 글, 477쪽.

게 있어 여자는 상품일 뿐이다. 심청은 한 떨기 눈덩이 같은 해당화꽃으로 비유된다.

> 발 속에 닫힌 둥근 창문에 갑자기 비치는 용의 그림자, 드높아지는 파도 소리, 바위에 부딪히는 물결 소리, 그러자, 물결 소리 사이로 들리는 여자의 신음 소리, 바닷물 소리는 점점 드높게, 거칠어지고, 신음 소리는 깊은 바다 밑에서 들려오듯, 흐느끼며, 끊어졌다 이어졌다 불빛이 어두워지고 창문에 비친 용의 그림자만 뚜렷이 아가리를 벌리고 뿔을 흔들며 꿈틀거린다. 바다를 밀어붙이는 바람 소리, 비구름이 쏟아붓는 세찬 물소리 번개가 치며 찢어지는 듯한 여자의 외마디
>
> 소리 : 악─!
>
> 차츰 어두워지는 빛 속에 힘이 사그라지는 용, 비바람 소리와 바닷 물결 소리도 따라서 사그라지면서 마침내 아무 소리도 아무 빛도 없는 조용하고 캄캄한 무대
>
> (277쪽)

실루엣 효과 즉, 용의 그림자("아가리를 벌리고 뿔을 흔들며 꿈틀거린다", "솟아오르고 으르렁거리는", "헐떡이는")를 이용해 원형적 심상으로 남자의 팰릭 심벌(Phallic symbol)을 상징시켜 매춘 장면을 연출했다. 이후 매춘 장면의 동작(action)들은 팬터마임으로 처리되어 반복적으로 제시된다.

> 첫 번째 손님에게 / 한 말을 / 되풀이하는데 / 다만, / 입만 벙긋거릴 뿐 / 말소리는 내지 않는다 / 마치 / 유리 너머에서 / 이야기하는 / 사람들을 보는 것 같은 / 벙어리 무대

$$\vdots$$

방문에 비치는 / 용의 그림자 / 비바람 소리 / 거칠어지는 / 물결 / 번개 /
바위를 짓부수는 / 물결 소리 / 천둥 / 꿈틀거리며 / 솟아오르고 / 으르렁
거리는 / 용의 그림자 / 차츰 / 잦아드는 / 물소리 / 마침내 / 멎는 비바람
천둥 / 사라지는 용

(279~280쪽)

마치 / 앞산 밭머리에서 만나 / 이야기하는 / 두 사람의 이야기를 / 건너
다볼 때처럼 / 벙어리 무대

(282쪽)

이와 같이 키 큰 손님, 키 작은 난쟁이 손님 등과의 여러 번의 매춘 장
면이 반복적으로 연출되고 있는데, 이러한 변형·반복은 하나의 패턴을
이룬다. 곧, 하나의 행동의 리듬이 형성되고 있는 것이다.

이후 심청이 용궁루에서 알게 된 조선인 인삼장수 김서방의 배려로
조선으로 가는 배를 타게 되지만 이내 해적들에게 붙잡히고 마는데, 이
장면에서도 오브제(인형)를 이용한 행동의 리듬이 두드러진다. 그 장면
들을 살펴보면 다음과 같다.

해적 떼의 소굴이 배경이다. 한낮의 큰 부엌, 심청이가 누더기를 걸치
고 맨발로 절구를 찧고 있다. 지나가던 해적이 그녀를 겁탈한다.

부엌 창호지에 / 비치는 그림자 / 큰 용의 그림자

(296쪽)

이때 심청은 인형을 쓰고, 해적은 심청의 인형을 발로 걷어차고 일어
선다. 인형은 벽에 부딪혔다가 바닥에 떨어진다. 심청의 인형이 일어선
다. 심청은 인형처럼 흩어진 머리와 풀어진 옷매무새를 한 채 다시 절구
를 찧는다. 다음 장면에서 심청은 빨래를 하고 있다. 다른 해적이 다시
그녀를 겁탈한다. 심청은 자기 몸을 그저 내맡기고만 있다. 이번에도 해

적은 심청을 걷어찬다. 심청의 인형이 벽에 부딪혔다가 바닥에 떨어진
다. 심청은 아랑곳없이 나와 빨래를 계속한다. 다음 장면에서 심청은 불
을 때고 있다. 다른 해적이 심청의 머리채를 끌고 가서 겁탈한다. 누워있
는 심청 인형의 팔이 뻣뻣하게 위로 올려져 있다. 해적이 일어서면서 인
형을 걷어찬다. 심청의 인형이 벽에 부딪혔다가 바닥에 떨어진다. 심청
은 흐트러진 매무새대로 아궁이로 돌아와서 불을 지핀다. 이 장면들에
서 심청은 더 이상 인간이 아니며, 자신의 몸을 인형과 같은 기계적 도구
로 취급할 뿐이다. 남성들이 그러한 모습으로 그녀를 전락시켰으며, 그
것이 남성들이 원하는 것이었기 때문이다. 여기에서의 인형을 이용한
겁탈 장면의 변형 · 반복은 앞의 용의 그림자(실루엣)의 변형 · 반복과
마찬가지로, 오브제를 통해 행동의 리듬을 형성하고 있다.

한편, 남자들은 여자들이 정서적으로, 신체적으로, 성적으로 그들을
돌보아야 한다고 배우며, 여성들을 성적 대상이나 위안의 대상으로 여
기는 성향이 있다고 한다.114) 하이트(Shere Hite)의 연구에 의하면, 많은
남성들의 성교에 대한 욕망은 '이것이 그들이 원해야 했던 것'이라는 문
화적 기대와 관련되어 있음을 암시한다. 많은 남성에게 있어서 성교는
남성의 힘과 지배를 상징한다. 이같이 남성은 진실로 여성을 지배해 왔
다. 의심할 여지없이 남성의 성적 충동 또는 성행위는 남성의 지배를 강
조하는 보다 폭넓은 이데올로기의 일면을 가진다. 이러한 이데올로기
는, 남성은 어떤 남성의 이상에 따라 생활하기 위하여 자주 섹스를 필요
로 한다고 느껴왔음을 의미한다. 잦은 섹스와 여러 명의 다른 섹스 파트
너들은 남성다움과 동일시되었던 것이다.115)

어두워지는 무대

114) Russell Feldmeier(하유설), 앞의 글, 273쪽; Clyde W. Franklin II, 앞의 책, 65쪽.
115) Clyde W. Franklin II, 앞의 책, 278~279쪽. 하이트(Shere Hite)의 1981년 보고서.

빨간
아궁이
거기
머리를 들이밀며
불을 보는
심청
차츰
어두워지는 불빛
캄캄한 무대

(300~301쪽)

윗부분은 장면 자체가 상당히 시적이다. 더 나아가 비애감마저 느껴진다. 3의 법칙처럼 세 번에 걸친 겁탈 장면의 미메시스와 심청의 무주체적 행동은 절망과 체념 속에서, 수동적으로 숙명에 따를 수밖에 없는 심청의 한계상황(극한상황, Grenzsituation)[116]을 보여준다. 이러한 한계상황은 인형(탈)을 쓰고, 자기의 본의가 아닌 오직 인형과 같은 기계적 동작으로 행위함으로써 두드러지게 드러난다. 이런 상황에서 심청에게는 더 이상의 꿈과 희망이 존재할 수가 없다. 실제로 심청은 해적의 소굴에서 단 한 번의 반항(저항)의 모습도 보이지 않으며 절망적인 모습만 보일 뿐이다. 이러한 모습은 심청이 폭력에 의해 성의 노예로 길들여진 양상으로 해석할 수 있다.

---

116) Karl Theodor Jaspers, 황문수 번역, 『비극론 · 인간론 외』 범우사상신서 13, 범우사, 1999; 두산백과사전 EnCyber & EnCyber.com. 인간의 상황 중에는 변화시킬 수도, 피할 수도 없는, 우리들 앞을 가로막고 있는 상황이 있다. 예를 들면, 출생 · 우연 · 죽음 · 고통 · 다툼 · 책망 등이 그것이다. 우리들의 존재를 한계 짓는 이 궁극적인 상황을 극한상황이라고 한다. 대표적인 한계상황은 Tod(죽음), Schuld(죄악, 죄책감), Leid(슬픔, 번민, 고뇌), Kampf(전쟁, 투쟁) 등이다.

4) 근원적 세계와 시적 비전

조선에 전쟁(임진왜란)이 터진다. 해적들이 전쟁에 참가하며 심청을 조선으로 데려 간다. 무대 여기저기에 불탄 장승들이 서 있고 장승에는 사람의 머리며 팔다리가 넝마나 빨래처럼 걸려있다. 피난민들 속에 심청이 보따리를 끼고 나타난다. 이순신이 죄인으로 압송되는 장면이 다음을 잇는다. 이 부분은 『제3회 대한민국연극제 희곡집』(한국문화예술진흥원, 1980)에는 없는 부분이다. 이후 삽입한 것으로 보인다. 민중들이 이순신에게 음식과 여러 물건들을 바친다. 포졸들이 그걸 자루에 챙긴다. 포교와 포졸들이 그것을 착복할 것이 암시된다. 여기에서도 물질주의가 지배하는 현실을 보여준다. 이 사이 총각 하나가 심청의 보따리를 훔쳐간다. 심청이 이순신 장군을 알아보지 못하므로 사람들이 기이하게 생각하여 주시한다. 이를 통해 그녀가 조선을 떠난 세월이 오래 되었음을 시사한다. 이 부분에서 역사와의 교섭 양상이 확인된다. 위 장면들의 전환처럼 이 작품은 사건 전개를 상당히 빠르게 진행하는, 극적인 드라마투르기를 효과적으로 구성해 내고 있어 돋보인다.

바닷가의 저녁 무렵에, 머리가 세고, 허리는 굽고, 할머니가 되고, 눈이 먼 심청이 한옆에 앉아 있다. 아이들이 둘러앉는다. 심청 할머니에게 용궁 다녀온 이야기를 해 달라고 한다. 늘 하는 이야기지만 또 듣고 싶다고 한다. 늙은 심청은 "옛날에 내가 용궁에서 살았는데"라고 이야기를 시작한다. "여러 나라에서 돈 많고 힘센 왕자들이 모여들어서 모두 나하고 살고 싶다"고 했지만, "내가 좋아하는 사람"인 김서방님이 있어서 거절했다. 내가 아버지가 보고 싶어서 울자 김서방이 아버지한테 가보라고 했고, 뒤따라갈 테니 아버님 모시고 천년만년 살자고 했다. 그런데 내가 용궁에서 떠났다는 말을 듣고 왕자들이 나를 따라왔다. 왕자들이 또 나더러 같이 살자고 자꾸 졸랐다. 서방님이 있어서 안 된다고 했고, 마지막에는 왕자님들도 내가 기특하다고 큰 배를 내어 함께 태우고 여기 도 화동까지 실어다 주었다고 말한다. 아이들이, 그런데 아버지가 왜 여기에 없냐고 묻자, 내가 오지 않으니깐 용궁으로 찾으러 갔고, 아버지하고 서방님이 같이 올 것이고 자신은 기다리고 있다고 대답한다. 기다리면 오는 거냐고 아이들이 묻자 심청은 힘 있게 "암 오구말구"라고 답한다. 아이들은 "청청 / 미친 청 / 청청 / 늙은 청" 놀리며 달아난다. 심청은 "녀석들 거짓말인 줄 알구"라며 알릴락말락한 웃음을 웃는다. 이와 같이 심청은 자신에 관한 삶을 설화적 상상력을 통해 하나의 전설로 만들어놓고 있다. 심청의 이루지 못한 꿈과 소망을 상상력을 동원해 자신의 '신화'로 형상화시켜 놓고 있는 것이다.

　　사회 병리와 혼란은 남자다움의 결핍, 아버지의 부재에서 기인된다고 할 수 있다. 그런 의미에서 '아버지'란 용어는 남자다움의 완성[117]이다. 그러나 이 작품은 전반부 외에는 아버지의 존재가 보이지 않는다. 그것도 가장으로서의 책임을 다하지 못하는 존재, 허수아비 같은 정서적인 부재의식만을 안겨다 주는 아버지, 심청을 판 몸값을 챙기고 떠난 비정한 아버지만이 등장할 뿐이다. 여성은 사회화에 의해 신체적 인내심이 훨씬 강하게 발달한다[118]고 한다. 심청은 이렇게 시련에 노출된, 바닷가에 핀 '해당화'와 같은 존재다. 이러한 상황 속에서 그녀는 '김서방'으로 상징되는 진정한 남성성과 부성의 도래와 회복을 꿈꾼다. 즉, 김서방에게서 진정한 남성성과 진정한 부성의 모습을 동시에 찾고 있으며, 그의 도래를 기다리고 있는 것이다. 그녀는 아버지도 올 것이라고 믿고 있는데, 이러한 심청의 모습은 마지막까지도 유교적 · 가부장적 남성문화 이데올로기의 희생자로서 아버지에게 고착되어, '효'의 관념에서 벗어나지 못하고 있음을 보여준다. 작품의 모든 인물들, 곧 남자들(김서방, 심

---

117) 이의수, 앞의 글, 361쪽, 369쪽.
118) Clyde W. Franklin II, 앞의 책, 142쪽.

봉사, 성을 사는 사람들, 해적들), 뺑덕어미, 매파, 무의식적이지만 심지어 심청 자신119)까지도 가부장제 사회의 강화 및 확대 재생산에 기여하고 있는 것이다. 그러나 누구도 거기에 대한 문제의식은 없다.

다음 장면에서, 차츰 어두워지다 캄캄한 무대에 불쑥 둥근 달이 떠오른다. 멀리서 아이들의 노래 소리가 들린다.

> 달아
> 달아
> 밝은 달아
> 이태백이
> 놀던 달아
> 저기저기
> 저 달 속에
> 계수나무 박혔으니
> 은도끼로 찍어내고
> 금도끼로 다음어서
> 초가삼간
> 집을 짓고
> 양친부모 모셔다가
> 천년만년
> 살고지고

(317~318쪽)

심청은 얼굴을 들고 귀를 기울인다. 품속을 더듬어 한참 만에 김서방

---

119) 최상민, 「근대/여성의 재현과 복수의 상상력」, 406~407쪽. 심청은 유교적 이데올로기를 체현하는 일방적 가치의 매개물로 비판될 수도 있다. 그리고 이 작품은 남성중심적이며 유교적 독선으로 가득한 작품으로 비판될 수도 있다. 심청서사에 드러난 심청의 자기회생적 효의 실천이 오히려 불효일 수 있으며, 당대 사회의 정치 사회적인 차원의 부조리를 은폐하기 위한 이데올로기적 장치로 읽힐 수도 있다고 최상민은 평했다(최상민, 「최인훈의 '심청' 재현과 의미」, 430쪽).

이 준 반 동강짜리 거울을 꺼내 보이지 않는 눈으로 들여다본다. 심청은 교태를 지으며 갈보처럼 환하게 웃는다. 버리지 못하는 믿음과 희망이 여전히 존재하고 있음을 암시하며 막이 내린다.

작품은 특히 대단원에서 되풀이되는 노랫소리(민요)로 인해 파토스(pathos)가 짙게 배어난다. 이 작품은 전반부에서 세계에 의한 인물(영혼)의 파괴 양상을 처절한 비극으로 잘 보여주고 있으며, 대단원에서 근원적 세계를 염원하고 추구하는 심청의 의식을 잘 드러내 형상화시켜 놓고 있다. 그러므로 심청의 진정한 남성성과 진정한 부성의 도래를 꿈꾸는 기다림은 수동적인 것이 아니며, 간절하고도 적극적으로 유기적 전체성의 세계를 꿈꾸는 행위로 해석된다. 왜냐하면, 김서방으로 상징되는 진정한 남성성과 부성의 도래가 이루어지지 않는다면 심청의 평생의 기다림은 의미가 없는 것이 되기 때문이다. 그런 의미에서 이 작품에 대한 최인훈의 결말 처리는 심청의 기다림에 대해 엄밀한 인간학적 의미를 부여한 것으로 파악된다.

이 작품의 전반부는 설화가 사실의 차원으로 내려앉은 양상[120]이다. 이는 프라이가 서구문학에서 주인공의 능력과 그의 환경, 제재에 대한 태도, 정치적 변화와 관련해 역사적으로 신화 → 로망스(전설, 동화) → 상위 모방(서사시, 비극) → 하위 모방(희극, 리얼리즘 소설) → 아이러니 등으로 중심을 옮기는 양식(mode)의 변천 양상[121]을 언급한 것을 연상케 한다. 그러나 뒷부분의, 심청이 늙은 할미가 되어서 들려주는 '심청 이야기'는 오히려 하위 모방(리얼리즘 소설)으로 전락된 현실을 로망스(전설, 동화)의 세계로 상승시키고자 하는 심청의 꿈을 환상적으로 처리한

---

120) 최상민, 「근대/여성의 재현과 복수의 상상력」, 420쪽. 최상민도 "최인훈은 한 순수한 인간의 실존이 겪어야 했던 치욕과 절망을 환상적인 서사가 아니라 현실 영역의 언어로 재현함으로써 당대적 진실을 만나고자 한다."라고 평하고 있다.

121) 김준오, 『한국 현대 장르 비평론』, 82쪽; 김준오, 『문학사와 장르』, 166~167쪽; Paul Hernadi, 앞의 책, 166~167쪽.

것이라고 볼 수 있다.

이러한 원형론은 유기론으로 연결된다. 유기체로서의 유기적 역사는 여러 변화들을 인내하며, 많은 우발적인 사건 속에서도 유지된다. 이것은 목적이나 목표를 설정하려는 경향이 있고, 연속적인 역사의 과정 속에서 잠정적인 목표와 궁극적인 목표를 설정한다. 이러한 유기적 역사는 생명체의 성장과정이 완성을 향하듯 근원적 세계에 대한 갈망적 전망에 의해 서술된다.[122]「달아 달아 밝은 달아」는 이러한 유기적 역사관에 부합하는 작품이다.

이러한 논의를 바탕으로 볼 때 이 작품은 H. 화이트가 이야기하는, 비극적 상황에서 희극적 세계를 추구하며, 궁극적인 화해의 세계(희극 플롯)에 대한 지향을 통해 유기적 전체성의 세계를 염원하는 시적 비전(시적 세계관)을 잘 드러내 보여주는 작품이다. 이와 함께 앞에서도 살펴보았듯이 이 작품은, 시적 리듬감이 충만하고 시적 조사도 잘 구사하고 있어 '시극'으로서 충분한 요건을 갖춘 작품으로 평가된다.

이 작품에서는 특히 파도 소리의 변형·반복을 통한 시적 리듬의 형성과 그 상징적 기능이 두드러진다. 오브제인 인형과 그림자(실루엣)의 사용을 통한 리듬의 형성도 특징적이다. 또한, '달아/달아/밝은 달아'로 시작되는 민요의 구사도 독특한 시적 분위기를 형성한다. 한편, 이 작품은 유교적·가부장적 남성문화와 이데올로기의 부정적 양상을 전형적으로 보여주고 있는 작품이다.

---

122) H. White, 천형균 역,『메타역사』, 문학과지성사, 1991, 11~45쪽; 구모룡, 「한국문학비평과 유기론적 전통」, 271쪽.

제4장. 최인훈 시극의 역사철학적 함의와 사적 의의

　본 장에서는 앞의 최인훈의 시극들을 분석한 것을 토대로, '시극'을 단순히 극과 시의 혼합 장르로 이야기하는 차원을 넘어서서 실제 최인훈 시극을 구성하는 요소 곧, 시극 형성에 관여하는 하위 매체[1]들은 구체적으로 어떤 것들이며, 그것들이 어떤 특성을 가지고 어떤 기능을 하여, '최인훈 시극'이라는 독특한 연극 매체를 형성하게 되는지 살펴볼 것이다. 이 과정을 통해 시극 매체를 보다 잘 이해할 수 있을 것이다.

　먼저, 그의 창작 활동 전체와 8편의 희곡 작품들과의 연계성 속에서 서사작가인 최인훈이 연극 매체 중에서도 시극이란 하위 매체[2]를 택하여 하나의 장르[3]매체로서 표준화를 성립시킨 이유에 대해서 분석해 보

---

1) 황대현, 「옮긴이 서문」, Werner Faulstich, 앞의 책, 10~11쪽. 일반적으로 매체는 정보를 전달하고 확산시키는 기술적인 수단 또는 도구로 인식된다. 언론 정보학자 해리 프로스 (Harry Pross)는 언어, 표정, 제스처를 1차 매체라 했다.
2) 하위 매체라는 용어는 논리학에서의 일반적인 상위 · 하위 개념을 가져온 것이다. 예를 들어, 연극 매체를 상위 개념이라 한다면 여러 연극의 유형들은 하위 매체가 된다. 또한 상 · 하위 개념의 상대성에 따라 시극이 상위 매체가 되면 그것을 구성하는 요소들은 하위 매체가 되는 것이다.

겠다. 이는 역사과정에 대한 그의 역사인식을 살펴보는 역사철학적 함의를 담는 작업이 될 것이다. 그리고 최인훈의 희곡들은 설화라는 고전적 매체를 현대적 희곡 매체로 변용하고 있고 여러 전통적 매체를 도입하고 있는데, 그의 시극 구성에 있어서의 구체적인 매체결합 양상과 그 의미도 살펴보겠다. 이러한 과정을 통해 최종적으로 최인훈 시극의 사적 의의를 부여해 보도록 하겠다.

1. 시극 선택의 이유와 역사철학적 함의

먼저, 소설가인 최인훈이 왜 극 장르로 매체를 변경했는지, 극 장르 중에서도 왜 시극을 택했는지를 검토해 보기로 한다. 일반적으로 최인훈 소설은 관념성과 환상성이 두드러진 것으로 평가된다. 그것이 최인훈의 특징이면서 한계로 언급되고 있다. 최인훈을 소설적 수법 면에서 테크니션이며, 산문문체의 다양한 실험으로는 특이한 스타일리스트라고 평가하는 권영민은, 최인훈이 추상의 늪에 빠져드는 자신의 문학세계를 전환시켜 보고자 하는 노력의 일환으로 극 양식을 택했다고 분석한다.[4]

김준오도 최인훈이 소설에서 희곡으로 장르를 바꾼 것은 장르 인식에서 온 필연적 결과였다고 말하고 있다. 곧, 극은 언어와 행위가 일치하는 장르이기 때문이다. 그가 서사적 언어를 '수인(囚人)의 언어'로 인식한 것이 결정적으로 소설을 버리고 극을 택한 이유다. '수인의 언어'란 세계를 직접적으로 체험하지 않고 여유자적하게 일정한 거리(시간적 · 공간적)를 두고 관찰한(수인이 창을 통해 바깥 세계를 살펴보듯) 언어다. 그는

---

3) 본 연구자는 장르를 실질적인 문예의 유형적 형식으로, 구체적 실체를 가지고 있는 매체의 일종으로 본다.
4) 권영민, 『한국현대문학사』, 민음사, 1997, 199~201쪽.

이 수인의 언어를 극복하고자 극 장르를 택한 것이다.[5]

　이러한 최인훈의 극 장르의 선택은, 1970년대부터 민족문학론이 대두되어 우리 민족 스스로 민족문학이라는 주체적 자기 정립을 하려는 구체적인 노력과 실천이 있었는데, 그러한 문예사적 흐름과 관련 있는 것으로 파악된다. 당시의 사회현실은 "민족의 삶에 대한 총체적인 의미 추구와 그 동질성 회복을 요구하고 있었고, 문학에 대한 민족적인 자기 논리를 정립하고자 하는 주체적인 노력이 구체화되고"[6] 있는 상황이었다. 그러한 시대적 요청 속에서, 극 장르도 전통적인 탈춤과 판소리의 기법 연구 등을 통해, 서구적인 극양식과 전통적인 민속극의 구성 원리를 새로이 결합시켜 보고자 하는 움직임이 널리 전개되었고, 한국 현대 극문학의 정체성 확립[7]을 위한 노력들이 있었다.

　예를 들면 오태석의 경우는, 역사의식과 전통에 대한 감각을 가지고, 한국인들의 전통적인 삶의 양식을 통해 인간의 원시적 생명력과 그 본능을 확인하고 있다. 그는 1970년대에 이르러 문명적인 것에서 원시적인 것으로, 심리적인 것에서 본능적인 것으로, 현실에서 역사적 과거로 관심을 돌리기 시작했다. 그것은 전통적인 마당극의 연극적 정신을 추구하기 시작한 1970년대의 새로운 연극운동과 미묘하게 조응되어 있다. 극적 장면의 다양성과 변화를 유도하기 위한 춤의 도입이 두드러지고, 많은 노래의 삽입, 대담하게 판소리나 타령조의 사설을 활용, 놀이 형태로서의 극 양식에 대한 새로운 시도는 마당놀이의 무대적 확대로서의 의미를 띤다고 권영민은 평가한다. 이재현에 대해서는 「썰물」을 통해 모든 대사가 전통적 율문형태 즉, 판소리나 가사 등이 낭창되는 방

5) 김준오, 『문학사와 장르』, 49~50쪽; 최인훈, 『회색인』, 문학과지성사, 1977, 98쪽; 김영희, 「최인훈 희곡의 극적 언어 연구」, 부산대학교 국어국문학과 석사학위 논문, 1990, 8~13쪽.
6) 권영민, 앞의 책, 217~218쪽.
7) 권영민, 앞의 책, 349쪽.

법을 현대적으로 재현함으로써, 1970년대 전통적인 민속극의 현대화 작업에 영향을 받은 것으로 파악했다. 윤대성의 경우도 전통적인 탈춤의 구성 원리를 활용, 민속극 형식의 현대적 수용 및 마당놀이의 극적 변용을 보여주어, 전통적 극 양식 자체의 완결성에 대한 관심이 큰 작가로 평가된다.[8)]

결국, 1970년 이후 민족적 응전으로서 민족 정체성을 확립하려는 의지들이 있었고, 1970~1980년대의 폭압적이고 독재적인 정치체제에 대한 효과적인 대응적 성격을 가진 민족극, 마당극, 마당굿 운동은 우리 민족의 정체성을 찾으려는 노력의 일환이었다고 정리할 수 있다. 최인훈은 이러한 시대적 조류인 민족문학론 전개의 영향과 소설에서의 한계로 지적되는 관념성을 타개하고자 하는 노력으로, 보다 직접적인 몸의 양식인 극 장르를 택한 것이다.

최인훈은 1959년 「GREY 구락부 전말기」(『자유문학』)를 데뷔작으로 10여 년에 걸쳐 줄곧 소설만 써왔다. 1969년에 이르러 「어디서 무엇이 되어 만나랴」와 「열반의 배 −온달2−」라는 산문극을 쓰기 시작했다. 이후 1976년부터 1978년까지 본고에서 다룬 시극들이 씌어졌다. 산문극은 시극을 위한 탐색으로 파악된다. 그러므로 그의 창작사는 소설만 쓰던 시기, 소설과 시극의 창작이 병행되던 시기, 시극 이후의 시기로 대별해 볼 수 있다.

「어디서 무엇이 되어 만나랴」, 「열반의 배 −온달2−」를 제외한 본격적인 희곡(시극)은 유신 이후에 씌어졌는데, 거기에 대해서 그는 다음과 같이 언급하고 있다.

1970년대까지만 하더라도 정말 열심히 썼는데 … 그런데 아무리 써도 정신적 작업자로서의 확신을 가질 수 없다는 것을 깨닫게 되었고, 그래서

---

8) 김동현, 앞의 논문; 권영민, 앞의 책, 349~351쪽.

특히 유신이 한창이던 『태풍』을 쓰고 있을 때는 내가 정말 소설을 써야 하는 것인지 아닌지 알 수 없을 정도로 고민이 심각했어요. 뭔가를 잘못 쓰면 죽기도 하는 그런 세상인데 뭘 쓰겠다는 생각이 도대체 무엇인지 알 수 없었던 그런 상태에 빠졌던 것이지요. 그리하여 난 다시 소설을 쓸 수 없었던 거고, 그러고도 20년이 다 지나서야 다시 『화두』를 쓸 수 있게 된 것이지요.9)

이를 살펴보면, 소설을 쓸 수 없었던 시대(유신 시대)에 대한 공포가 희곡을 쓰게 된 주요 원인 중 하나로 파악된다. 또한, "어머니가 돌아가 셨기 때문에 희곡을 썼는데, 뭐 그런 것들이 결정적으로 내 운명에 작용 했던 것이지요. 소설을 쓰지 못한다는 것은 한 사람이 어떤 일에 종사하 다가 몇 십 년 만에 폐업하는 그런 기분이었는데, 그때에도 나는 운명이 나 우연에서 자유로울 수 없었던 것"이라고 말하고 있어, 그는 소설 장 르와 자기 자신에 대한 무기력함의 인식, 그리고 그것의 극복을 위해 '강 제적인 전통이 지배하는 장르'인 희곡 장르로 전향했던 것이다.10)

김종회도 최인훈이 1973년 9월부터 1976년 5월까지 미국에 체재하 는 동안 느꼈던 '문화충격'과 '소설형식에 대한 회의'를, 그가 희곡을 택 하게 한 주된 원인으로 보고 있다.11) 미국에 체재하는 동안 소설의 한자 어를 토속어로 바꾸는 작업을 하고 있었는데, 그 즈음 그는 언어의 절정 에 도달하지 못한 소설이라는 형식에 좌절하고 있었다. "내가 생각하고 있는 예술이라는 것의 어떤 기준으로 볼 때 늘 찜찜하고 어떤 절정에 도 달하지 못한 것의 연속이었다. … 마음에 차지 않았다." 그래서 그는 "정 말 내가 느끼고 있는 어떤 존재와의 접촉 지점을 내가 확보하고 있는 것 인지, 그래서 내가 아무리 거기서 멀리 가 있다 할지라도 일단 돌아가려 고만 하면 당장 돌아갈 수 있는 것인지"를 확인하기 위해 희곡을 쓰게

---

9) 최인훈, 「기억이라는 것」, 330쪽.
10) 위의 글, 317~319쪽, 324쪽, 330~331쪽.
11) 김종회, 앞의 글, 503~508쪽.

된다. 여기에 대해 김현은 "소설 속에서의 방황으로부터 어떤 구체적인 감각적인 공간으로 돌아가서 그 공간을 어떻게 만들어볼 수 없을까 하는 욕망에서 희곡 쪽으로 달려갔다"고 정리하고 있다. 최인훈도 소설이라는 장르는 얼마든지 개인주의적인 도구가 될 수 있는 것으로 늘 위험하게 생각해왔다며, 소설에서 완성하지 못한 '어떤 근원적인 것에 대한 탐구'를 희곡을 통해 완성하고자 했다.[12]

그는 소설 특히 근대 이후의 사실주의 소설이 현실 의식의 검열 즉, '사실에 대한 실증적 고증의 무한지옥'에서 자유롭지 못해 일상의식과 상상의식의 혼동을 빚었으며, 이를 바탕으로 인간 현상의 구체성만 추구하다 보니 보편성(세계와의 화해, 의식과 행동의 완전한 일치)을 상실하는 장르가 되어 버렸다고 본다. 그에 비해 희곡은 문학 작품 세계 하나하나의 개별성뿐 아니라 보편성을 획득하고 있는 장르로 보았다.[13] 그

---

12) 최인훈, 「원시인이 되기 위한 문명한 의식」, 『길에 관한 명상』, 30쪽; 최인훈, 「변동하는 시대의 예술가의 탐구」, 『길에 관한 명상』, 62쪽, 83~84쪽, 86쪽, 90쪽; 최인훈, 「소설과 희곡」, 『문학과 이데올로기』(최인훈 전집 12), 문학과지성사, 1983, 433~434쪽, 426~432쪽. "소설창작의 처음부터 소설이라는 이 장르가 지니고 있는 인식론적 의미를 ― 즉 소설은 무엇을 어떻게 나타내는 것이 옳은가를 의식적으로 관심의 중심에 두고 일해 오다 보니 이 양식이 지닌 위험성이 잘 보이게 되었다. … 어떤 작가가 이러한 상황에 도달하면 그에 대처하는 예술의 자기상실에서 벗어나기 위한 방법으로서, 보다 명확한 형식과 보다 강제적인 전통이 지배하는 장르에 자신을 구속해 보는 길이 생각될 수 있다. 이것이 필자가 근래에 희곡을 써오는 까닭이다."
최인훈, 「어떤 「머리말」」, 『문학과 이데올로기』, 12쪽; 최인훈, 「이탈리아의 인상」, 『길에 관한 명상』, 148~153쪽; 최인훈, 「도버의 흰 절벽」, 『길에 관한 명상』, 203~207쪽. 최인훈의 글에서는 서구 '전통의 연속성'을 부러워 한 것을 여러 군데서 확인할 수 있다.

13) 최인훈, 「소설과 희곡」, 『문학과 이데올로기』, 433~434쪽, 426~432쪽; 최인훈, 「[무대에서 만난 사람] "연극이야말로 인간이 가진 위대한 예술" ― 희곡 3편 동시에 공연되는 작가 최인훈」(경향신문, 2009.5.15), 『길에 관한 명상』, 385쪽. "연극이야말로 인류 문화와 마찬가지 연령을 가진 '위대한 예술'"
최상민, 「근대/여성의 재현과 복수의 상상력 ―최인훈의 「달아 달아 밝은 달아」와 황석영의 『심청』을 중심으로」, 404쪽. 최상민은 "최인훈이 자신이 행해 왔던 소설작업이 회의적이며 사색적인 인물들이거나 주체성이 결여된 인물에 관한 것이라는 반성적 인식을 통해서 창조작업의 새로운 방향을 모색"했다고 평가한다.

는 "예술이라는 인간 행위의 시원 형태가 연극이 아닌가 생각해요. …
연극이라는 것은 그 시원의 순수 형태가 남아 있어서 그대로 내려온 거
라고 아무튼 내 소설 창작 경험하고 내 예술론 사유 경험 속에서 합리적
인 결론에 도달한 것이 희곡"14)이라고 술회한다.

또한, 그는 "산문은 무엇인가? 그런 시적인 디자인에 우연의 난잡성
이 자리해 있는, 말하자면 덜 순수한, 불순한 것이 잔재하는 '훼손된 운
문이 산문'"15)이라고 언급하며, 이러한 성격의 산문의 한계를 극복하고
근원적이고 보편적인 것을, 시의 양식을 가진 '시극'을 통해 자연스럽게
추구해 갔다.

이상일은 최인훈 희곡의 신화(성)에는 영원한 인간의 문제만이 아니
라 현대의 액추얼한 사건이 끌려들어 그 암유가 활용되고 있어, 그의 신
화 세계는 현실을 반영하는 정치적, 사회적 사건의 암유적 재현일 수 있
다16)고 평하고 있다. 이러한 언급도 최인훈의 서사에서 시극으로의 변
모 이유를 뒷받침하는 것이다. 곧, 소설로 인해 부딪히는 현실적인 한계
들을 암유성(시대에 대한 알레고리)을 가진 보다 근원적인 양식인 시극
을 통해 해결하려 했던 것이다. 이는 최인훈의 서사 인쇄 매체와 연극 매
체의 개인적, 사회적 기능에 대한 고민을 반영하는 것이다.

그의 시극들에서 전반부의 형상화는 엄혹한 시대에 대한 작가의 세계
인식의 결과다. 그의 말대로 유신시대의 '피투성이'가 될 수밖에 없는 현
실을 반영하고 있는 것이다. 그러나 그는 당대의 현실을 있는 그대로 그

---

14) 최인훈, 「「두만강」에서 「바다의 편지」까지 ―개인과 민족사적 성찰로부터 인류 보편
    적 지층에 도달한 반세기의 항해일지」(최인훈 문학 50주년 기념 인터뷰), 『길에 관한
    명상』, 435쪽.
15) 최인훈, 「작가와의 대화」, 『길에 관한 명상』, 370쪽. 373~374쪽에서도 "산문 예술보
    다는 미술이 제 견해로는 음악에 더 가깝지 않은가 싶습니다. 무용 역시 마찬가지입니
    다. 육체를 가지고 언어와 마찬가지로 표현을 하니까요."라고 하고 있어 여기서도 산
    문의 한계를 언급하고 있다.
16) 이상일, 「극시인의 탄생」, 376쪽.

리는 데에만 머무르지 않았다. 여기에 대해 김태환은 "이제 삶의 불안정성, 인간 존재의 불안전성은 개인적 체험의 차원을 넘어서 한국 현대사의, 근대 세계사의 본질적 특징으로, 더 나아가서 생물학적 존재로서의 한계를 벗어나 문명의 세계에 발을 내디딘 인간 존재의 근본적 조건으로 나타난다. 최인훈이 공포스러운 소설 창작을 벗어나 인간 존재의 보편적이고 본질적인 문제를 집중적으로 파고들어가는 희곡 작업에 몰두할 수 있었던 것은 아마도 그의 이러한 보편성에 대한 인식 덕택"[17]이라고 평가했다. 이는 그가 위악적인 구체적 경험세계를 본질적이고 근원적인 세계에 대한 천착으로 넘어서려고 했음을 보여주는 것이다. 이것이 그가 '시극'을 선택한 이유다.

또한, 시는 순간의 장르로서 어두운 시대에 가장 적합한 장르[18]인데, 최인훈이 극 장르 중에서도 '시극'을 택한 다른 이유는 웅장한 영혼의 울림을 위한 것이다. 김현의 말대로 '어떤 근원적인 것에 대한 탐구',[19] 그리고 민족의 원형질(정체성), 민족의 본질을 탐색하기 위해서는 세속적인(일상적인) 산문의 형식보다는, 보다 웅혼한 세계를 제시하는 시적 형식 또는 신화적 형식이 보다 적합하다는 작가 의식의 발현 때문이다. 다시 말하면 민족의 바람직한 미래상과 이상적 꿈의 실현을 선취하는 의식을, 유기적 전체성 세계에 대한 암시와 환상적 신비감(신비성)을 부여하여 보여주려 했던 것이다. 거기에 가장 적합한 형식이 '시극'이었다.

이렇게 그의 시극 선택은 그의 세계관(역사관)과 연동되어 있다. 그의 세계관은 스스로 관념의 스승으로 이야기하는 헤겔의 영향[20]으로 형성

---

17) 최인훈, 『길에 관한 명상』: 김태환, 「문명의 불안 ─최인훈의 예술론에 대한 소고」(해설), 458쪽.
18) 김준오, 『문학사와 장르』, 389쪽. 어두운 시대에 선택되는 양식
19) 최인훈, 「변동하는 시대의 예술가의 탐구」, 『길에 관한 명상』, 90쪽; 최인훈, 「깨어 있는 꿈 ─「둥둥 낙랑둥」」, 『길에 관한 명상』, 280쪽; 최인훈, 「막이 오르기를 기다리면서 ─「옛날 옛적에 훠어이 훠이」」, 『길에 관한 명상』, 281쪽. 최인훈은 "인간에 대한 근원적인 물음", "절대와의 만남"이란 언급을 하고 있다.

된 것이다. 최인훈에게 문학은 거대한 사유운동의 결과물이었다. 헤겔에게 있어 예술이란 '세계정신', '이념', '절대자'라고 부르는 것이 전개되는 과정상의 상이한 단계들을 표현한 것이다. 이것이 예술의 내용이며 모든 일정한 내용은 그것에 알맞은 형식을 결정한다. 그는 극시를 객관적인 서사와 주관적인 서정의 종합 곧, 변증법적으로 통합된 시예술의 최고 단계라고 언급한다.[21] 헤겔에게 예술이 절대정신의 드러남이고 이상적인 것을 표현하는 것[22]처럼, 최인훈도 '시극'을 통해 근원적인 것 곧, '절대와의 만남'을 추구했던 것이다.

이러한 그의 세계관은 H. 화이트의 '유기적 역사관'으로 더 잘 설명될 수 있다. 유기론은 당면한 역사의 무대에 전개되는 현상을 부수적인 환상으로 배격하면서 생명이라는 본질을 향하는 신념체계다.[23] 이와 같이 그의 시극들은 모두 전반부의 어두운 현실에 대한 알레고리를 넘어 대단원에서 유기적 전체성의 세계를 추구하거나 달성해 내는 모습을 보여

---

20) 김현, 「헤겔주의자의 고백」, 『현대한국문학의 이론/사회와 윤리』 김현문학전집 2, 문학과지성사, 1991.

21) Terry Eagleton, 『문학비평: 반영이론과 생산이론(*Marxism and Literary Criticism*)』, 33~38쪽; 황애숙, 앞의 책, 181쪽; Georg Wilhelm Friedrich Hegel, 최동호 역, 『헤겔 시학』, 208쪽. "극은 내용 및 형식면에서 보아 가장 완전한 총체로 완성되기 때문에 시나 예술 일반의 최고 단계로 인정되어야 한다."

22) 황애숙, 앞의 책, 156쪽, 163쪽.

23) 구모룡, 「한국문학비평과 유기론적 전통」, 277쪽.
장파, 앞의 책, 59~67쪽, 128~139쪽. 정체성(整體性)이란 더 이상 분할할 수 없는 하나의 유기적 전체다. 시는 천지의 마음이며, 시는 이러한 뜻을 표현하는 것이다. 동양적 정체의 화해에서 중요한 원칙은 대립적인 요소를 조합하여 대립물이 충돌하지 않고, 상반상성(相反相成)하도록 하는 것이다. 정체적 화해는 자신의 정체성을 유지하고, 정체로서의 영원성을 유지해야만 한다. 논리적으로 말하자면, 역사와 시간이 자신에게 가할 수 있는 전복을 반드시 제어해야 하는 것이다. 따라서 역사와 마주했을 때, 정체적 화해는 순환 운행하는 화해의 궤도 안으로 역사를 끌어들여야 한다. 최인훈의 시극 작품 모두는 전복적인 역사를 제어하여 화해의 국면을 제시하려는 양상을 보여준다. 이는 곧, 사물의 시간 운동을 순환적인 것으로 보며, 자연의 천도를 역사 발전으로 간주하고, 역사 발전 역시 일종의 순환으로 이해하는 태도이다. 역사 운행은 우주적 정체의 법칙성과 영원성을 증명하는 것이다. 최인훈은 이러한 것들을 동양적 정신문화의 영향과 한국적 전통에 대한 관심을 통해 이미 체득하고 있었다.

주고 있어, 유기적 역사관의 궁극적인 화해 세계를 잘 보여주고 있다. 즉, 엄혹한 시대를 넘어서기 위한 근본적인 방법으로 유기적 전체성의 세계를 지향했던 것이다. 또한 동양적 화해는 적을 깨부수거나 파멸시키지 않으며 모든 존재를 포용한다. 이러한 것이 최인훈 시극들에 흐르는 일관된 세계관이다.

지금까지 최인훈의 시극 선택이 가지고 있는 역사철학적 함의를 살펴보았다. 최인훈의 시극 작품들은 그의 역사철학적 인식의 결과가 구체적으로 형상화된 것이며, 최인훈은 그 시극들을 통해 그의 역사철학적 인식을 드러내고자 한 것이다.

최인훈은 일련의 시극을 쓴 후인 1981년에 「한스와 그레텔」을 썼는데, "희곡을 쓰는 데 어느 정도 진력이 나서 희곡적인 이미지가 더 이상 떠오르지 않고, 소설에 준할 만한 이미지의 희곡이 떠올라 쓴 거"라고 언급하고 있다. 그가 시극을 통해 이미 근원성의 세계를 충분히 제시한 상태였으므로 더 이상 문학을 통해 할 말은 많지 않았을 것이다. 그 스스로 근원적인 것에 대한 탐구가 가능하고 보편성을 담보하는 장르로 본 시극[24]에 도달한 이후의 그의 문학 작업은 근원성 세계의 편린에 불과한 것으로 평가할 수 있다. 1983년의 「달과 소년병」도 그런 맥락에서 이해된다. 그러다 10여 년간의 문학적 휴지기를 거친 후인 1994년에 세계사적 냉전체제의 종식에 즈음해 자전적 회상록의 장편소설인 『화두』와 2003년에 「바다의 편지」라는 소설을 발표했는데, 그는 여기에 대해 "문학 안에서의 세부 하위 장르는 … 편의적인 것에 지나지 않고 … 구별은 무의미한 거"라고 언급하고 있다. 그에게 장르의 구별은 더 이상 의미 있는 것이 되지 못하며, 문학·예술을 한다는 의식만이 지배적이 된 것이다.[25] 이런 속에서, 자전적인 회상을 통해 세계사를 포괄하는 광대한

---

24) 최인훈, 「「두만강」에서 「바다의 편지」까지 —개인과 민족사적 성찰로부터 인류 보편적 지층에 도달한 반세기의 항해일지」(최인훈 문학 50주년 기념 인터뷰), 『길에 관한 명상』, 436~437쪽, 431쪽.

사유와 인간의 보편적 근원을 제시하는 형식으로는 사적 양식인 '소설'이 가장 적합할 것으로 판단된다.『화두』는 그렇게 그의 거대한 문학적 사유 활동과 그의 전 생애를 정리하는 마지막 역작으로의 의미를 가지는 것이다.

2. 전통적 매체의 도입과 매체결합 양상 및 의미

유기론은 전통적 이론, 전통미학으로 전통적인 상징들을 이용하여 정서의 심층부에 호소하고자 하는 민족주의의 한 양상이며, 전통을 통해 주체가 자기 정체성(동일성)을 지키려는 노력이다. 또한, 근대주의에 의해 파괴된 전통에 대한 향수를 내포한다. 이것이 지닌 시적 비전은 잃어버린 순수의 공간 혹은 조화의 공동체 곧, 유기적 전통에 대한 향수이다. 유기론의 미학이 서정의 철학과 구분되지 않는 것은, 이것이 기억의 현상학에 의존하는 이론이기 때문이다. 민족문학은 민족의 생명이 살아 숨쉬는 곳이고, 그 속에 생명의 원형이 보존되어 있다. 이렇게 유기론은 근대성에 대립하는 이론으로 근대주의와의 맞섬의 관계에서 주체를 세우려 한 데서 기인한다.[26)

이러한 유기론적 인식 속에서 최인훈의 희곡들이 대개 전통 서사(설화)의 재해석 내지는 패러디의 관점에서 씌어졌다는 것은 일반적으로 잘 알려진 사실이다. 이러한 사항만으로도 최인훈의 희곡들은 대체로 한국적이고 전통적인 성격을 강하게 드러내고 있는 것으로 파악된다.

이 외에 민족적이고 전통적인 매체의 도입 양상을 본 논문에서 다루

---

25) 앞의 글, 436~437쪽, 431쪽.
26) 구모룡, 「한국문학비평과 유기론적 전통」, 263~265쪽, 272~276쪽, 277~281쪽.

고 있는 작품들을 중심으로 구체적으로 살펴보면 다음과 같다.

「옛날 옛적에 훠어이 훠이」에서는 '우리애기 측흔애기'로 시작되는 전통적인 서정 장르인 민요를 활용하고 있다.「봄이 오면 산에 들에」에서는 무대장치로 민속신앙과 관련된 '십장생도'를 사용하고 있으며, 문둥이탈, 민담인 소금장수(달걀귀신) 이야기, 비나리, 맨숭 얼굴의 탈, 춤(탈춤), 전통연희인 판소리, 잡가인 타령조의 구전 민요인 각설이 타령(장타령) 등을 사용함으로써 전통 정신을 드러내고 있다.「둥둥 낙랑둥」에서는 주몽의 개국신화 및 민족 서사시, 탈, 주몽의 신, 무당굿 또는 기우제 곧 민속예능, 역사 기록, 각설이 타령, 전통 신앙과 관련되는 하늘, 하늘 사자인 '백골'의 등장, 연극과 현실의 구분이 없는 전통극의 형식(정신)이기도 한 극중극 기법 및 놀이형식 등을 사용하고 있다.「달아 달아 밝은 달아」에서는 비나리, 인형극의 춤 대목 같은 장면, 인형(탈), 민요 '달아 달아 밝은 달아', 저승사자, 토속적 민간신앙의 대상인 천지신명, 유교, 불교, 심청이 아이들에게 들려주는 전설화된 자신의 옛날이야기, 임진왜란과 이순신 장군의 등장, 장승 등이 사용되고 있다.

이러한 민족적이고 전통적인 매체의 도입은 최인훈이 희곡을 쓰기 시작한 시대와 관련지어 그 성격을 규명해 볼 수 있다. 1970년대는 폭압적이고 독재적인 정치체제 속에 놓여 있었다. 그에 대한 효과적인 응전으로 1970년대 중반부터 민족문학론이 본격적으로 대두되기 시작했는데, 이러한 문예사적 흐름 속에서 최인훈의 희곡 작품들도 위와 같은 민족적이고 전통적인 매체들을 도입하고 있는 것이다. 이로 보아, 최인훈의 희곡들은 당시에 유행한 민속극·마당극·마당굿·마당놀이형태의 전통극 양식으로부터 일정한 영향을 받은 것으로 파악된다.

제3장에서 최인훈의 시극들을 분석해 보았는데, 그 매체결합의 양상들을 정리하면 다음과 같다.

「옛날 옛적에 훠어이 훠이」는 오브제인 인형 및 조명, 확성기, 각종 소리, 그림자 등을 사용하고 있으며, 특히 소리와 민요의 반복적 사용을 통해 하나의 시적 리듬을 형성해 내고 있다. 또한 작품의 구조에 있어 상호텍스트성의 관점에서 성경과의 교섭 관계가 확인된다. 「봄이 오면 산에 들에」는 연극의 구성 요소들(음향 매체, 조명 매체)과 오브제(탈, 소도구, 무대 등)를 효과적으로 이용하고 있어, 무대 매체들을 본격적으로 구사하여 작가의 메시지를 효과적인 드라마투르기를 통해 전달해 내고 있다. 또한, 바람소리를 통한 상징과 동작들이 마임이나 무용처럼 느릿한 리듬을 통해 시적으로 전개되어, 상징적 의미의 전달 및 신비감을 자아내는 시적인 환상 무대를 만들어 내고 있어 시극의 한 수준 높은 전범적 형태를 보여준다. 「둥둥 낙랑둥」은 연극의 구성 요소들(음향 매체나 조명 매체, 오브제 등), 굿, 탈, 각설이타령을 충분히 이용하여 작가의 메시지를 효과적인 드라마투르기를 통해 전달하고 있다. 또한 은유 등의 시적 조사를 잘 구사하고 있다. 「달아 달아 밝은 달아」는 비유와 상징의 구사, 그리고 민요, 패턴으로서의 파도소리, 그림자(실루엣)의 반복적 사용을 통한 리듬의 형성, 또한 조명 및 음향, 마임과 인형을 이용한 행위의 반복 등 오브제를 충분히 활용하고 있다. 또한, 설화적 상상력을 통해 심청의 이루지 못한 꿈과 소망을 하나의 '신화(전설)'로 형상화시켜 놓고 있다.

이들을 종합해 보면, 최인훈의 시극은 단순한 시적 언어의 구사 차원을 넘어서서, 시극 드라마투르기에 대한 충분한 이해를 바탕으로, 연극의 구성 요소 및 오브제의 기능을 잘 활용하여 작가의 메시지를 효과적으로 전달해 내고 있음을 알 수 있다. 이는 최인훈의 시극이 수준 높은 현대시극임을 증명하는 것이다.

라이프니츠는 책은 필사 시대부터 사적인 성격을 지녀왔다고 말한다. 인쇄술에 의한 머리와 가슴의 분리는 마키아벨리 시대부터 오늘에 이르기까지 영향을 미치고 있는 정신적 외상이다. 네프(Nef)는 예술가는 감각의 고립이라는 단순한 길을 광적으로 추구하는 세계에서, 감각의 통합 및 상호작용을 유지하고 회복하기 위해 투쟁해왔다고 했다. 스미스도 지식인의 새로운 역할은 '노동하는 거대한 다수'의 집단적 의식을 일깨우는 것이라고 말한다. 지식인은 더 이상 개인적인 지각과 판단이 아닌 집단적 인간의 거대한 무의식(massive unconsciousness)을 탐구하고 커뮤니케이트한다. 문학적인 비전의 문제는 집단적이고 신화적인 차원의 것인 반면, 문학적 표현을 하고 커뮤니케이션하는 형식은 개인주의적이고 분절적이며 기계적이다. 즉, 시각(視角)은 부족적이고 집단적(신화적 또는 집단적인 차원의 인간 경험)인데 반해, 표현은 사(私)적이고 시장에서 팔수 있는 것27)임으로 해서 문제가 발생하는 것이다.

베르너 파울슈티히에 의하면, 연극은 근대 초기에 그 사회적 의미를 크게 상실한 것으로 평가된다. 연극은 예술 부문으로 밀려났으며 사회적으로 격리된 상태로 나아갔다. 그래서 인쇄 매체와 같은 다른 매체들에 비해서 연극은 사회적 지배력을 상실하고 말았으며, 틈새 매체(Nischen-medium)가 되어 버렸다.28) 발터 하우크(Walter Haug)는 공연에서 관람객과의 의사소통의 중심을 이루었던 것은, 생생한 형상화와 이미 오래 전부터 잘 알려져 있고 매번 똑같은 작품의 변형, 연출, 현실화라 말한다. 그 목표는 새로운 구체적인 형상화가 아니라 잘 알려져 있는 기본 도식의 확인이다. 늘 똑같은 의미를 현재적 형태로 유지하거나 언제나 새롭게 다시 접근할 수 있도록 하기 위해서는 변형이 필요했다. 인쇄 매체의 경우 예술이 변형과 다의성을 통해 의미를 창출해 내는 것은 마찬가지이지만, 그 의미는 더 이상 동일성에 있지 않고 '차이 속에' 놓여 있다. 인간 매체인 연극이 무대 위의 배우를 통해 육체적 현존과 의사소통하는 것이 인쇄 매체에서는 수사학적으로 달성된다. 독서의 상황(인쇄 매체)

---

27) Marshall McLuhan, *The Gutenberg Galaxy*, 490쪽, 331쪽, 352~353쪽, 510~512쪽.
28) Werner Faulstich, 앞의 책, 446~447쪽, 452쪽.

과 공연의 상황(인간 매체)은 그 의미 구성에 있어 완전히 다른 방식을 취한다. 최인훈도 이러한 분명한 인식을 바탕으로 소설에서 연극 매체로의 변화를 꾀했다. 늘 새롭고 색다른 공연의 생동감을 주는 연극은 매체들 중 유일하게 여전히 구술 문화의 오랜 법칙을 따르고 있다. 그러나 문제는 이 연극 매체의 영향 범위가 더 이상 '사회'가 아니라 단지 소수에게만 미친다는 것이다.[29]

이러한 연극 매체의 기능적 변화의 와중에서 에리카 피셔-리히테(Fischer-Lichte, Erika)와 파울슈티히가 이야기하는, 고대 시원기의 매체들에서 지배적이던 종교적 제의적 기능의 회복, 특히 연극의 제의적 성격의 회복[30] 혹은 공동체 의식을 공고히 하여 적어도 중세 대중 매체적 연극 기능을 회복하는 것이 최인훈이 추구하는 바였다. 이러한 연극의 제의적 성격과 대중 매체적 성격은 우리의 전통극(탈춤)에서도 마찬가지로 충분히 읽어낼 수 있으며, 최인훈이 전통극 · 전통연희 등 다양한 전통적 매체(요소)를 도입하고 있는 것은 이러한 맥락에서였다. 이렇게 최인훈의 연극(시극)은 공동체적 세계(공론장, 공공 영역, public sphere)에 대한 지향을 형상화한 것이다.

또한, 앞에서 최인훈을 소리의 기능(환상적 신비감)에 경도되어 있는 작가로 평가했듯이, 그의 시극에서는 소리와 민요의 사용이 두드러진다. 맥루언은 청각은 감수성이 고도로 강하고 섬세하며 전체 포괄적이라고 말한다. 또한, 촉각과 청각은 우리의 모든 감각을 깊은 상호 작용속에 참여시킨다. 서구의 근대 시기에 축음기가 인기를 끌면서 음악, 시, 댄스에서 소리의 리듬을 강조하고 중시하는 경향을 낳았는데 특히, 19세기 후반 예술의 모든 세계는 시각의 우위에서 다시 촉각의 아이콘적 성격과 감각의 상호 작용(공감각)을 지향하게 되었다. 오늘날 전자시대

---

29) 앞의 책, 454~456쪽.
30) 위의 책, 442쪽, 465쪽.

는 시각 경험과 청각 경험과의 통일성으로 되돌아가기를 추구하여, 모든 감각의 영역을 더욱 긴밀하게 포함하는 감각 상호 작용의 확장을 추구한다. 이를 통해 포괄적 인식의 전체적이고 총체적인 '장(field)'[31](생태적인 인간)을 이룩하고자 하는 것이 맥루언의 입장이라고 한다면, 최인훈의 이러한 소리 중시와 민요의 효과적인 사용을 통한 리듬감의 형성은 맥루언이 추구하는 청각과 촉각의 융합체를 통한 공감각(synesthesia)의 회복과 연결된다고 할 수 있다.[32]

베르너 파울슈티히(Werner Faulstich)의 말처럼 연극 매체가 인간 매체로서 지속성을 가져 현재에도 틈새 매체로서 기능하고 있지만, 근대에 있어 인쇄 시각 매체의 강력한 영향으로 인한 산문의 확립으로 말미암아 희곡에서도 산문희곡이 중심으로 자리매김하게 되었다. 이로 말미암아 연극매체의 종합적 · 총체예술적 성격이 일부 와해되었는데,[33] 이러한 산문 회곡의 융성 이후 다시금 연극이 '시(詩)'라는 구술문화에 속하는 전통적 인간 매체[34]를 매체 혼합함으로 해서, 공연 매체인 연극의 총체예술로서의 면모를 회복하고자 하는 움직임이 일어났다. 이것은 연극 매체의 사회적 조정 및 방향 설정 기능의 회복을 꿈꾸는 것으로 해석할 수 있다. 인간매체로서의 '시'의 속성은 문자로 씌어진 것이라 할지라도 가장 비문자적이고 구술적인 것이며, 노래와 가장 가까운 것이다. 또한, 시

---

31) Marshall McLuhan, *The Gutenberg Galaxy*, 65~68쪽, 527쪽, 144쪽, 89쪽, 295쪽. 공개된 '장(field)'적인 지각, 동시적 관계(simultaneous relations)의 전체 장이다. 이것은 유보된 판단이라는 판단 중지<정지>(suspended judgement)의 기법(술)으로 20세기의 위대한 발견으로 이야기되고 있다. 또한 이것은 베케시(Georg von Békésy)의 말처럼 모자이크적 접근(법) 곧, 중세적인 촉각적 모자이크이다.

32) Marshall McLuhan, *Understanding Media*, 139쪽, 466쪽, 383쪽, 348쪽, 168쪽, 370쪽, 161쪽, 385쪽, 226쪽, 391쪽 참조; 임상원, 「맥루한의 사상과 철학 ─『구텐베르크 은하계』이야기」, Marshall McLuhan, *The Gutenberg Galaxy*, 554쪽. 복합 감각.

33) Werner Faulstich, 앞의 책, 454쪽, 452쪽. 새로운 인쇄 매체 혹은 문자 문화의 점증하는 지배력은 예전의 인간 매체들 혹은 구술 문화의 근본적인 평가 절하를 가져왔다.

34) 강준만, 「대중매체 이론과 사상(개정판)」, 개마고원, 2009, 26~27쪽. 맥루한은 언어도 인간(human) 테크놀로지로 인간의 생각을 외면화하여 연장하는 미디어라 했다.

는 살아있는 몸으로(공감각적으로) 커뮤니케이션하고자 하는 것이다. 곧, 살아있는 신체적 율동을 통해 커뮤니케이션하고자 하는 것이다. 이는 말과 음악, 몸의 율동, 호흡을 담고 있는 매체를 창조하고자 하는 것이다. 이러한 매체를 창조하는 역할을 담당하는 존재가 바로 시인이고 예술가다.[35)

최인훈의 일련의 희곡(연극, 시극)[36)은 이러한 연극의 총체예술로서의 면모를 회복하여 연극 매체의 사회적 조정 및 방향 설정 기능의 회복을 꿈꾸는 연장선상에 놓인 것으로 파악할 수 있다.

3. 최인훈 시극의 사적 의의

최인훈은 매체의 변환 과정을 통해 시극이라는 장르에 대한 분명한 의식을 가지고 시극의 한 전형적인 모습을 구축해 냈다. 곧, 그는 연극 매체 중에서도 시극이란 하위 매체를 택하여 매체의 표준화를 이룩하였던 것이다. 그는 시극 매체를 통해 얻을 수 있는 효과에 대해 분명한 인식을 가지고 있었다.

하나의 매체 현상은 전체 문화사(문화 체계)와 사회사의 맥락에서 설명되어야 그 의미가 보다 분명해 진다. 연극 매체의 관점에서 이야기한다면, 연극의 포괄적인 변화들은 다양한 다른 매체들과 연극의 관계, 연극의 주변 환경으로 작용하는 다른 매체들의 문화, 그리고 연극의 사회

---

35) 임상원, 앞의 글, 551~552쪽, 553쪽. 풍요롭고 탄력적인 언어 곧, 청각적-촉각적 (audile-tactile) 구어 문화; 임상원, 역자 서문, Marshall McLuhan, *The Gutenberg Galaxy*, 9쪽. 머리와 가슴이 나누어지지 않았던 시대의 언어를 회복.

36) 희곡은 주지하다시피 문학성과 연극성을 동시에 지닌다. 물론 '희곡'이 문자 매체로 기록된 것이기는 하지만, 여기에서는 그 연극성을 중시하여 희곡이 무대에 상연되는 상황을 전제로 하여 '연극'과 동일한 개념으로 상정하고 논의를 전개한다.

적 기능의 변화37) 등이 검토되어야만 분명히 드러날 것이다. 최인훈은 소설가로서 산문(소설)이라는 개인주의적(사적, 개인) 매체에 대한 한계를 절감하고, 민족적 통합의 대중 매체로서의 연극을 지향했다. 인쇄 매체(소설)는 의사소통 상대와의 거리 두기가 가져온 대가를 분명하게 보여 준다. 인쇄 매체라는 의사소통의 통로는 문화적인 완결성과 동질성의 상실을 대가로 치르게 하며, 나와 너의 분리 현상을 가져다준다.38) 최인훈은 시대 상황에 대한 고민·예민한 반응과 함께, 매체의 기능에 대한 고민을 통해 자신의 메시지를 전달하는 데 긴요하게 작용하는 매체의 변경을 시도하게 된 것이다.

이것은 1980년대의 문학의 연희화 경향, 탈춤·마당놀이·노래놀이 등 집단성의 연회 장르의 유행과 연결된다. 김도연은「장르의 확산을 위하여」에서 운동 개념으로서의 민중문학론의 관점에서 정치적 관심을 적극적으로 표현하는 것이 문학다움을 지키는 자세라며 정치 운동을 표방했다. 소설은 그 허구성 때문에 사실을 드러내는 일상성이 결여되고 까다로운 집필 조건과 서사 구조에서 기동성이 결여되어 있다며 중심 장르가 되어 온 소설에 대해 비판한다. 한편 운동성·현장성·일상성의 효과 때문에 희곡을 부상시킨다. 삶의 구체성을 직접적으로 보여주고 배우들의 대사는 관객에게 직접적 말건넴과 같은 효과를 줄 수 있기 때문이다. 연회성 때문에 희곡을 중심 장르로 부각시킨 것이다. 그는 민중 문학을 자립적 의의보다 전체 문화 운동의 일부로 종속시킨다. 여기서 총체성의 이름으로 전체 문화를 지향, 문학 장르들이 한데 어우러져야 하고, 모든 예술 장르가 결합된 총체적 문화 양식을 모색하는 장르 융합론이 생겨난다. 시와 소설에 고유한 장르적 조건들은 문화 운동의 관점에서는 매우 부적합하다. 시가 서정시에서 벗어나 장시를 시도하여 서

---

37) Werner Faulstich, 앞의 책, 460쪽, 443~444쪽.
38) 위의 책, 467~468쪽.

사성(이야기는 공동체 의식을 확보한다)을 획득하고 시가 원래 가진 음악성을 회복했을 때(시굿놀이·시극·벽시 등으로 연희성을 회복하고 시각 매체와도 결합했을 때) 총체성에 기여한다고 주장한다. 소설도 옛날의 설화처럼 구비성과 연희성을 회복해야 한다. 문자로 씌어진 문학 장르들의 결합, 문학과 구전 문학과의 결합, 문학과 다른 예술 장르와의 결합 등의 융합론은 장르의 변화는 물론 문학의 비문학화를 초래하기도 한다. 운동성과 현장성을 위해 문학은 언어만이 아니라 다른 예술의 표현 매체들에도 의존해야 된다는 것이다. 이러한 통합론은 제시 형식의 파괴다. 장르조차 정치적 투쟁의 수단으로 이용한 장르의 '매체화'다. 장르는 민중의 정치 운동에 기여하는 방향으로 해체(통합)되어야 하는 것이다. 예를 들어, 시의 비유·상징 등의 장치는 운동의 매체로서 부적합하며, 이런 장르적 제약을 파기한 시의 '노래화'는 '최종 매체적 확산성'(최악의 상황에도 살아남아 입에서 입으로 전파될 수 있다는 민요적 성격)을 갖고 있는 것이다. 80년대를 시의 시대라고 일컬을 만큼 시를 주류적 장르로 생각하고 수기·일기·서간 등의 변두리 장르들을, 특히 마당극 등의 연희 장르를 격상시킨 것은 장르의 매체화(도구화) 때문이었다.[39]

　　이런 면에서 최인훈의 연극(시극) 매체에 대한 관심은 전체 매체 문화 속에서 연극 매체의 대중적 또는 제의적 기능이 다시 부각되었던 시대

---

39) 김도연, 「장르의 확산을 위하여」, 『한국문학의 현단계 Ⅲ』, 창작과비평사, 1984; 김준오, 『한국 현대 장르 비평론』, 203~206쪽; 김준오, 『문학사와 장르』, 391~393쪽. 해체의 원리는 확산과 통합인데, 문학 장르들끼리, 문학과 다른 예술 장르들과 통합하여 확산되는 열림의 원리이다. 통합은 장르 혼합의 현상이다. 시의 경우 운동 매체로서 격상되었지만 비유·상징에 의한 암시성이라는 형식적 제약이 있다. 시가 효과적인 운동 매체가 되기 위해서는 서사 문학의 이야기가 이 암시성과 대체되어야 한다. 이로써 시의 노래화는 가장 강조되었다. 민요가 도입되고, 판소리·무가, 조선조 후기 가사 등의 전통 장르까지 채용했다. 시의 노래화 및 시가 시굿·시극·시마당굿 등으로 연희화되든가 또는 연희 장르가 전에 없이 격상되는 현상도 연희성이 운동의 효과를 극대화하기 때문이다. 운동의 차원에서 노래, 마당극 대본은 적극적 장르로 옹호되었다.

를 예견하는 면을 띤다. 다음 시대(1980년대)는 연극 매체가 다시금 사회적 조정 및 방향 설정 기능을 보여준 시대였다. 이런 과정에서 매체들이 투쟁하는 양상들도 다양하게 나타났다.40) 이 시대에 대해서는 좀 더 깊이 있는 매체사적 연구가 요청된다.

파울슈티히는 "사회적 변화는 그 상당 부분이 명백히 매체의 변화를 통해 촉진되었을 뿐만 아니라 심지어 매체의 변화를 통해 비로소 초래되었다"고 하는 역사적 공준(公準)을 제시하였다.41) 이러한 공준은 1980년대의 상황에서 매체들이(특히 연극 매체가) 문화적, 사회적 변화의 촉매제 또는 선도적 역할을 한 것을 통해서도 확인할 수 있다.

파울슈티히가 근대 초기(1400~1700년)에 대해 매체들(매체문화)이 대립으로 점철된 사회 속에서 전반적으로 현저하게 선동적인 기능을 지니게 되었으며, 무엇보다도 투쟁 매체였다42)고 평가했는데, 이처럼 1980년대의 우리의 상황이 매체의 선동성이 크게 부각되고 매체들(매체문화)이 전형적인 저항과 투쟁 매체로 사용되던 시기였다.

최인훈은 정신과 감성과 감각의 통합을 통해 연극의 제의적 성격과 공동체적 의식의 회복을 추구했다.43) 이것은 최인훈이 새로운 시대의 매체 경쟁에 있어 연극 매체가 보다 큰 중요도(질적인 차이)44)를 가지게 될 것을 예감한 것이라고 할 수 있다. 그러나 그가 이런 연극(시극)의 사회적 역할을 감지하고 있었지만, 1980년대에 접어들면서 그의 연극(시극)을 통한 사회적 기능 수행을 그만두게 된다. 그 역할은 다음 세대인 민중론자들이 맡는다. 그 이유는 그가 '시극'을 통해 역사의 무대에 전개되는 현상을 부수적인 것으로 배격하고 생명이라는 본질을 향하는 신념

---

40) Werner Faulstich, 앞의 책, 465~466쪽 참조.
41) 위의 책, 462쪽.
42) 위의 책, 465쪽.
43) Marshall McLuhan, *The Gutenberg Galaxy*, 468쪽 참고.
44) Werner Faulstich, 앞의 책, 464쪽.

체계인 유기적 역사관을 드러내고 있어, 이미 유기론적 전체성의 세계, 근원성의 세계에 도달해 있었기 때문이다.

이브 슈브렐(Yves Chevrel)은 연극적인 틀은 예술의 상호 교차에 가장 적합한 틀이며 가능한 모든 공감각적 경험들의 장소[45]라고 말한다. 이 절에서는 최인훈의 일련의 연극(시극)들이 가지는 매체사적 의의를 짚어 보았다. 최인훈이 서사 인쇄 매체에서 연극 매체 특히 시극 매체로 전환을 시도한 것은, 1980년대의 문예의 연희화 또는 시극(시굿, 시굿놀이, 시마당굿 등)의 전개에 대한 선구적 성격을 띠는 것이다. 곧 민족문예, 민중문예로 이어지는 문화사적 흐름 속에서 문예가 특히 연극(시극)이 공동체 의식을 회복하고자 하는, 이를 통해 사회적 조정 및 방향 설정 기능을 회복하고자 하는 일련의 흐름 속에 놓인다. 그러므로 최인훈의 일련의 행보(서사 인쇄 매체 → 산문 희곡 → 시극)는 신동엽의 「그 입술에 파인 그늘」과 함께, 문예의 연희화, 집단성의 연희 장르의 유행 등으로 연극(시극)이 본격적인 사회적 조정 및 방향 설정 기능을 발휘했던 1980 년대의 전사로서의 의미를 띠는 것이다. 이로써 1980년대의 시극 운동의 전개에 대한 자연스러운 관심을 불러일으키며, 이를 새로운 연구 과제로 일깨운다.

우리의 희곡사에서 근대적 시극은 1920년대부터 시작된 것으로 평가되고 있다. 박종화의 「「죽음」보다 압흐다」(1923), 오천석의 「人類의 旅路」(1925), 류도순의 「셰죽엄」(1926), 노자영의 「黃昏의 草笛」(1926)·「金井山의 半月夜」(1926) 등이 그것이다. 1930년대에는 박아지의 「어머니와 딸」(1937), 1960년대에는 이인석의 「고분(古墳)」·「모란농장」·「사다리 위의 인형」 등과 신동엽의 「그 입술에 파인 그늘」(1966), 홍윤숙의 「여자의 공원」(1966)·「에덴 그 후의 도시」(1967), 장호의 「수리

---

45) Yves Chevrel, 박성창 옮김, 『비교문학, 어떻게 할 것인가(La Littérature Comparée)』, 민음 사, 2002, 168쪽.

뫼」(1968) · 「바다가 없는 항구」· 「이파리무늬 오금바리」, 1970년대에 는 문정희의 「나비의 탄생」(1974) · 「봄의 장(章)」, 이승훈의 「계단」 (1975), 1980년대에는 문정희의 「도미(都彌)」, 정진규의 「빛이여, 빛이 여」, 강우식의 「벌거숭이의 방문」(1980), 하종오의 「서울의 끝」· 「집없 다 부엉」· 『어미와 참꽃』(1989) 등 많지는 않지만 꾸준히 창작, 발표되 어 왔다. 그러나 그 문학적, 연극적 성과는 미미했다.

그 중에서 시극사에서 높이 평가할 수 있는, 1960년대의 대표적인 시 극 작가인 신동엽과 최인훈을 비교해 본다면, 신동엽의 시극이 언어 자 체의 구사 면에서 시적이라 한다면,46) 최인훈의 시극들은 단순한 시적 언어의 구사 차원을 넘어서서, 시극 드라마투르기에 대한 충분한 이해 를 바탕으로, 마임과 같은 동작들, 그 외 여러 연극의 구성 요소(음향 매 체나 조명 매체 등) 및 오브제의 기능을 충분히 이용하여 곧, 무대 매체 들을 본격적으로 구사하여, 작가의 메시지를 효과적으로 전달해 내고 있어, 현대시극의 한 수준 높은 전범적 형태를 보여주고 있다. 이렇게 최 인훈은 신동엽 및 그 이전의 시극작가들에 비해 독보적인 시극 세계를 구축한 작가로 적극적으로 평가된다.

본 논문은 장르론적 관점에서 기존의 시극과 극시에 대한 논의들을 검토하고, 다양한 장르 이론을 섭렵하여 그 동안 혼란되어 있던 장르관 을 극복하고 그 개념들을 확정, 제시하였다는 데 큰 의의가 있다. 또한, 연구자가 정립한 시극의 장르 개념과 장르 의식을 바탕으로 최인훈 시 극을 분석함으로써, 본 연구자의 시극 장르론이 정합성이 있음을 입증

---

46) 김동현, 「신동엽 시극 「그 입술에 파인 그늘」의 이데올로기」, 『한국문학논총』제55집, 한국문학회, 2010.8. 본 연구자는 이 논문에서 「그 입술에 파인 그늘」에서 중요한 의 미를 띠는 '그늘'의 상징성은 작품 전체에서 상당히 모호하다. 극에서 시적 모호함을 지나치게 구사하게 되면 전달의 명징성을 상실하게 된다. 이러한 '그늘' 상징의 모호함 은 작가의 무대 컨벤션에 대한 명확한 인식을 체득치 못한 상태에서의 드라마투르기 상의 미숙으로 판단된다고 평가했었다. 이렇게 그의 시극은 언어의 사용면에서 시적 모호함이 강하게 드러난다.

하였다. 그와 함께 최인훈 시극에 대한 명확한 자리매김과 가치 부여를 한 최초의 본격적인 연구가 되었다.

그리고 최인훈의 시극들을 통해 알 수 있는 것처럼, 시극이 일부에서 제기하는 것처럼 '높은 도덕적, 정신적 가치'의 주제에만 국한되는 특수한 경지의 장르가 아니라, 다양하고 포괄적인 전개가 가능한 보편적 장르임을 확인하였다. 시극에 대한 넓은 정의와 최인훈의 시극을 분석해 본 결과 시극은 근원적 차원과 구체적 차원을 다 표현할 수 있는 성격의 장르임이 드러난 것이다.

제5장. 결론

본 연구는 다원적이고 개방적인 장르관에 입각하여, 파울러, 헤르나디, 김준오, 람핑의 장르 이론을 참고한, 일정한 정합성을 지닌 장르론을 제시하였다. 이를 바탕으로 장르론적 관점에서 기존의 시극과 극시에 대한 논의들을 검토하여 기존의 혼란스러운 장르관을 극복하고 이들 개념들을 확정, 제시하였다. 또한, 연구자가 정립한 시극의 장르 개념과 장르 의식을 바탕으로 최인훈의 시극들을 분석하는 연역과 귀납의 방식을 동시에 구사하여 씌어졌다.

'제2장. 시극(詩劇)의 장르론적 검토'에서는 장르론적 관점에서 다양한 장르 이론을 섭렵하여 우리 시극에 적합한 장르 개념을 도출하였다. 이 장의 주요 내용은 다음과 같다.

첫째, '극'이라는 장르류는 보편적이고 관념적인 형태로 본질 시학의 관점에서의 분류다. 이 관념적 형태가 시대에 따라 구체적인 역사적 장르로 나타난 것이 역사시학으로서의 장르종이다. 전근대적 극시는 역사적 장르종으로서 극으로서의 극시이며, 근대(현대)에 있어서의 '극시'란, 시극과 상대적인 장르 개념을 가진 역사적 장르종으로서, 극의 형식을 통해 씌어진 시(서정 장르)로 상연에는 부적합한 것을 지칭한다. 근대 이전 극의 장르종으로서의 '극시'라는 개념은 소멸한 역사적 장르의 명칭이다.

둘째, 지금까지 '극시'와 '시극'의 개념 정의는 다양한 논자들에 의해 많은 혼란상을 보여 왔다. 그러나 제시 형식(방식)의 관점에서 극시와 시극은 분명히 변별된다. '극시'와 '시극'의 변별의 핵심은 '시성'에 있는 것이 아니라, '극성'에 있다. 이는 극이 되느냐 마느냐 하는 상연의 적합성 여부, 미메시스의 가능성 여부에 달려있다. 곧, 대본 또는 대본에 준하는 시놉시스를 이루었는가 등 무대에 대한 고려를 문제 삼을 수 있는 것이다. 다시 말해, 서술되느냐 동작(몸짓)으로 표출되느냐의 문제이다. 극시(서정)는 시인의 자기표현이고, 시극(극)은 등장인물들의 자기표현(대화)이다. 또한, 담화(담론)방식의 관점에서, '극시'는 독백성이라는 시적 담화방식을 취하면서 대화성이라는 희곡적 담화방식을 수용하고 있는 것이고, '시극'은 대화성이라는 희곡적 담화방식을 취하면서 독백성이라는 시적 담화방식을 수용하고 있는 것이지만, 극시와 시극은 각각 구조적인 면에서 '시'이고 '극'이다.

셋째, 최일수는 모든 예술 장르가 각자의 개성을 완전히 평등하게 드러내면서도 그것을 지양하여 종합되는, 새로운 차원의 초장르로서의 시극 개념을 제시하였다. 그는 헤겔의 철학에 대한 지향을 변형시켜 '가장 완전한 형태의 종합예술'로서의 '시극'이라는 형식을 통해 절대정신을 추구한 것이다. 이를 위해 그는 '신산문'으로 쓰는 산문시극을 주장했다.

넷째, 장르론적으로 '시극'은 극이 서정적 부분을 지니고 있는 복합장르다. 즉, 시적인 양식과 외적 형식인 극 장르의 결합인 혼합장르로서 '서정적 극'의 전형이다.

다섯째, 서구의 시극 개념 수용에서 가장 큰 문제가 된 것은, 시극이 운율 문제와 밀접히 관련된 것으로 인식된 것이다. 그러나 우리 시의 특수성(우리말 소리 자질에 따라 운율이 충분히 발달하지 못함)으로 인한 시극 개념의 많은 혼란 과정을 거쳐, 서구의 개념과는 다른 우리 실정에 맞는 시극 개념이 형성되었다. 시와 산문 발화 사이의 차이는 율동화에 있으며, 운문만이 별도의 특수한 서정적이고 심원한 언어 사용이 가능한 것은 아니다. 즉, 운문이 시극에 한층 알맞은 형식인 것은 아니다. 시극 그리고 운문 · 산문은 모두 근원성(심원성)의 세계와 삶의 구체적 차원(가장 실제적인 사실)을 동시에 표현할 수 있다. 또한, 람핑의 확장된 시 개념과 이글턴의 논의로 볼 때, 운문과 시, 시극이 모든 것을 표현할 수 없는 제약을 가진 형식일 수 없다. 시극의 표현 수단은 운문, 산문 어느 쪽도 가능한 문체의 문제일 뿐이다. 이렇게 시극은 가장 느슨한 리듬을 허용한다. 여기에 우리 시극의 특수성이 있다.

　여섯째, 시극에서의 '시'는 시행 발화뿐 아니라 산문시까지를 포함하는 넓은 의미의 율동화를 이루고 시적 조사를 구사하여, 궁극적으로 시적 비전을 추구하는 양식으로 정의한다. '시적 비전'은 총체성을 상실한 인간이 그 총체성의 회복을 꿈꾸어 궁극적으로 근원적인 세계, 화해의 세계를 추구하는 의식이며, 유기적 전체성에 대한 지향이라 정의한다. '시극'은 "표현수단이 산문이든지 운문이든지에 상관없이, 시적 조사와 시적 장치들을 구사하여 율동화를 이루고, 궁극적으로 시적 비전을 추구하여 시와 극이 온전히 융합된 '극'"으로 정의한다. 이러한 준거들로 시극은 일반 산문극과 확연히 변별된다.

　이렇게 도출된 시극 개념을 바탕으로 최인훈의 시극들을 분석한 '제3장 최인훈 시극의 세계'를 정리하면 다음과 같다. 먼저 「옛날 옛적에 훠어이 훠이」를 분석한 결과는 다음과 같다. 첫째, 지문 일부에서 시적 행 갈음을 하고 있고, 노래와 같이 느릿하고 반복적인 대사 및 행위 진행, 더듬거리는 대사와 분위기, 그리고 민요와 다양한 소리, 소리에 귀를 기울이는 행위의 반복 사용 등을 통해 시적이고 신화적인 시간의 흐름과 분위기, 일종의 주문과 같은 효과와 리듬을 형성하고 있다. 최인훈은 '소리' 매체를 아주 민감하게 사용하는데, 특히 전통적 서정 장르인 민요는 반복되는 이미지로 하나의 패턴 및 주동기로서 작품 전체를 관통한다. 이러한 소리와 민요는 상징으로 작용한다.

둘째, 「옛날 옛적에 훠어이 훠이」는 인형, 조명, 확성기, 각종 소리, 민요, 그림자 등을 상징적이고 시적으로 활용하고 있어, 최인훈이 드라마투르기에 대한 충분한 이해를 바탕으로 연극의 구성 요소들(음향 매체나 조명 매체 등)과 오브제의 기능을 십분 발휘하여 작가의 메시지를 효과적으로 전달해 내고 있음을 알 수 있다.

셋째, 마지막 장면에서 신명 속에 굿판을 벌이듯 한판 춤을 추어 '하늘과 땅이 / 서로 주고받는' 장면을 연출함으로써 신화의 엑스터시 상태로의 함입을 통해 민중이 꿈꾸는 염원이 이루어지기를 바라는 열망을 담았으며, 현실적 비극을 극복하고자 하는 태도를 보이고 있다. 이러한 결말은 바로 총체성을 상실한 인간들이 그 총체성의 회복을 꿈꾸어 궁극적으로 자아와 세계의 조화와 융합을 염원하고 근원적인 세계, 화해의 세계를 추구하는 의식 곧, 유기적인 전체성의 세계, 궁극적인 희극 플롯에 대한 지향을 보여주는 것으로 시적 세계관을 드러내고 '시적 비전'을 추구하는 것이다. 이러한 결과들로 이 작품은 '시극'의 범주 속으로 들어온다.

「봄이 오면 산에 들에」를 분석하여 얻어낸 결과는 다음과 같다. 첫째, 「봄이 오면 산에 들에」는 대사와 지문이 대체적으로 시적 행 갈음을 하고 있어 시극의 형태미를 보여준다. 전체적으로 극도의 생략과 절약된 대사, 어구의 반복에 의한 운율감(리듬감)의 형성, 연쇄법에 의한 대사의 연계 등 리드미컬한 언어의 사용, 리듬에 의한 고도의 조직성과 압축성, 집약성, 조직의 긴밀성, 압축의 원리에 의한 암시성의 강조 등이 두드러진다.

둘째, 「봄이 오면 산에 들에」에서의 소리, 특히 바람 소리는 패턴으로서, 반복되는 이미지로 작용하여 시적 리듬을 형성하고 작품 전체의 독특한 분위기 및 아우라를 형성한다. 동일 어구의 반복을 통한 울림, 다양한 소리 특히, 바람 소리의 반복을 통한 상징은, 상징주의 시에서 소리(음악)를 통해 궁극적인 실재를 암시하고자 하는 전형적인 방법이다. 작품에 나타나는 말더듬이의 대사와 무언극 같은 느릿한 행동, 반복되는 대사, 소리·행동 등의 감각적 반복 등은 상징주의 시에서 궁극적인 실재(지옥의 이미지, 천국의 이미지)를 드러내기 위해 사용하는, 다양한 감각적 이미지의 반복·축적과 동일하다. 또한 상징주의 시에서 궁극적 의미와 음악(소리)의 일치를 추구하듯이, 이 극에서는 오브제와 소리의 일치, 행동(시적인 무용적 동작)과 소리의 일치를 추구하고 있다. 이를 통해 환상적 신비감이 형성되고 있어 이 작품은 상징주의 계열의 시극으로 볼 수 있다.

셋째, 「봄이 오면 산에 들에」는 이중적 갈등 구조를 가지고 있다. 하나는 달내를 중심으로 한 가족과 사또 간의 외부적 갈등이고, 또 하나는 어미가 문둥이라서 빚어지는 가족 내부의 보다 본질적인 갈등이다. 외부적 갈등이 심해지면서 내부적 갈등 해소의 실마리가 생겨나고 오히려 내부적 갈등 구조는 쉬이 풀리게 된다. 즉 외부적 갈등을 피하기 위해 가족 모두(바우 포함)는 문둥이가 되는 길을 택함으로써 외부적 갈등과 내부적 갈등을 동시에 해결한다.

넷째, 텍스트의 이데올로기는 가족 관계 회복을 통한 가족 정체성(원형)의 회복, 공동체적 삶의 지향, 민족적 원형질(정체성) 탐색과 복원(회복)에 있다. 짐승들이 대화하고 뛰어놀고 노래 부르며 춤추는 동화 같은 장면은 환상적이고 시적인 전개를 보여준다. 이러한 동화적 상상력 및 십장생의 제시는 인간(자아)과 자연(세계)과의 하나 됨, 조화와 융합의 경지, 더 나아가 생태주의적 세계관을 보여준다. 이러한 세계관은 유기론과 연결되며, 「봄이 오면 산에 들에」가 처음엔 비극이지만 나중엔 희극의 모습을 보여주는 것은 시적 비전(시적 세계관)과 관련된다. 이 작품은 총체성을 상실한 인간들이 그 총체성의 회복을 꿈꾸어 궁극적으로 근원적인 세계를 이루어 내고, 유기적 전체성의 세계 곧, 궁극적인 화해의 세계(희극 플롯)를 실현해 보여 주고 있는 것을 형상화시키고 있다.

다섯째, 전체적으로 비유와 상징 등 시적 조사를 잘 구사하고 있고 시적 리듬도 충만하다. 오늘날 연극에서 말하는 시란 무대 전체에서 조성되는 특수한 시정(詩情)을 말한다. 또한 현대의 관객이 바라는 것은 텍스트의 시가 아니라 무대를 통한 시적 분위기다. 「봄이 오면 산에 들에」도 단순한 시적 언어의 구사 차원을 넘어서서, 무대 매체들을 본격적으로 구사하고 있다. 즉, 시극 드라마투르기에 대한 충분한 이해를 바탕으로, 연극의 구성 요소들(음향 매체나 조명 매체)과 오브제(탈, 소도구, 무대 등)를 십분 활용함으로써 작가의 메시지를 효과적으로 전달해 내고 있다. 또한, 동작들이 마임이나 무용처럼 느릿한 리듬을 통해 시적으로 전개되어 상징적 의미의 전달 및 신비감을 자아내는 시적인 환상 무대를 만들고 있어, 시극의 한 수준 높은 전범적 형태(전형적인 텍스트)를 보여준다.

「둥둥 낙랑둥」을 분석한 결과는 다음과 같다. 첫째, 「둥둥 낙랑둥」은 역사 텍스트(기록)와 '호동왕자와 낙랑공주' 전설(설화), 주몽의 개국신화 및 민족 서사시, 무당굿 또는 기우제 곧 민속예능, 민요(풍년가, 각설이타령), 서사, 철학 등과의 장르 교섭을 통해 이루어진 작품이다.

둘째, 낙랑공주 혼령의 출현과 쌍둥이 왕비는 호동을 낙랑공주(저승)의 세계에 묶어 버린다. 이는 「햄릿」의 부왕 혼령의 출현과 대비된다. 또한 호동은 심한 우울증과 양심적인 번민에 휩싸이는데, 햄릿이 고뇌와 우수에 찬 지식인의 전형인 우울증 환자이듯이, 호동도 예민한 감수성의 소유자로 자기에게 닥친 재난으로 인한 트라우마로 정신적인 균형추를 잃고 좌초하는 인물이다. 이와 같이 호동은 고뇌하는 햄릿형의 인물로 형상화되고 있다. 왕비가 복수를 위해 호동의 정체를 밝히려고 낙랑공주의 행세를 하는 것도 「햄릿」의 복수 플롯과의 상관관계를 상정할 수 있게 한다. 또한, 작품 중간 중간에 코믹 릴리프를 형성하는 꼽추 난쟁이는 「햄릿」의 광대(무덤지기)나 배우 또는 폴로니어스(코람비스)에 해당하는 에이론형 인물이다. 이로써 본 작품은 상호텍스트성의 관점에서 셰익스피어의 「햄릿」과의 일정한 영향 및 교섭 관계가 상정된다.

셋째, 호동이 왕비와 관계를 갖는 것과 호동의 죽음은, 오이디푸스가 자기의 어머니와 동침하는 장면을 연상케 하며, 그로 인한 재앙과 그것의 풀림 구조는 상호텍스트성의 관점에서 소포클레스의 「오이디푸스왕」과의 일정한 영향 및 교섭 관계를 상정케 한다.

넷째, 왕비와 호동은 '호동과 낙랑공주의 과거'를 패러디하고 있는데, 이를 통해 반사의 예술, 곧 패러디적 성찰을 보여준다. 호동은 왕비와의 재현이라는 거울을 통해 주체의 해체 과정을 경험하게 되고, 수평으로의 초월 즉, 타자와의 대화 속에서 자신을 발견하는 옆으로의 초월을 보여준다. 또한, 처음에는 왕비가 호동의 음모를 파헤치려고 낙랑공주의 흉내를 내는 패러디의 대조·상반의 입장에서 출발했으나, 왕비의 낙랑공주에의 일치 과정을 통해 친숙에 이르는 과정, 곧 불일치의 모방에서 일치로, 파괴의 목적에서 사랑의 확인과 창조(사랑의 완성)에 이르는 과정을 보여주고 있어 패러디의 이중적 성격을 잘 반영하고 있다.

다섯째, 왕비는 주몽이었을 때의 자신과 왕비일 때의 자신, 그리고 쌍둥이 동생 낙랑공주일 때의 자신으로 삼중 분열된다. 또한 왕비는 보고자이면서 보고를 받는 이중적 구조를 형성한다. 이 작품에서 극중극은 네 번 나타난다. 극중극은 이야기(허구)와 배우(등장인물) 및 관객의 이분화 현상을 이루어내고, 연극과 극중 현실, 등장인물(배우)과 허구적 관객, 무대와 객석 사이의 경계를 허물어뜨리고(해체) 그 구분을 모호하게 만든다. 극중극들은 극중 현실을 반영하고 투사하는 거울의 역할을 하며, 전체극의 극행동 전개에 직접 영향을 미치는 보조 행위소의 기능을 한다. 이 극중극 형식은 우리의 전통극에 벌써 내재해 있었던 오래된 구조로, 연극과 현실의 구분이 없는 것이 전통극의 정신이다. 전체극의 의미는 '극중극'의 구사 정신과 관련되어 있다.

여섯째, 「둥둥 낙랑둥」은 지문과 대사에서 부분적으로 행 배열을 하고 있고, 은유 등의 시적 조사를 잘 구사하고 있으며, 느릿한 움직임과 대사의 반복이 리듬감을 형성하고 있다. 또한, 전반부의 '호동왕자, 낙랑공주, 왕비'의 이야기를 말미에서 놀이형식의 희극적 장면으로 전화시켜 화해(和諧) 세계의 지평을 보여준다. 이는 총체성을 상실한 인간들인 호동, 낙랑공주, 왕비가 그 총체성의 회복을 꿈꾸어 죽음을 통한 초월(사랑의 완성)을 통해 근원적인 세계를 추구하는 의식을 보여주고, 희극적인 궁극적 화해의 경지를 통해 유기적 전체성의 세계를 지향하는 시적 비전을 보여주고 있는 것이다. 이로써 이 작품은 시극으로서 충분한 요건을 갖춘 작품으로 평가된다.

「달아 달아 밝은 달아」를 분석한 내용을 정리하면 다음과 같다. 첫째, 작가가 드라마투르기에 대한 충분한 이해를 하고 있어, 작품 전체에 걸쳐 마임과 같은 동작들, 조명 매체 및 음향 매체, 사람들의 그림자, 용의 실루엣, 갈매기 두 마리의 그림자, 빨간 아궁이의 불빛, 무대 구도의 효과적 구사, 인형 등의 오브제를 충분히 이용하여 메시지를 효과적으로 전달하고 있다. 또한 민요의 삽입 및 작품 전체적으로 조명의 효과적 구사를 통해 비애와 슬픔, 시적인 분위기를 자아내고 있다. 작가는 소리를 아주 민감하게 사용하고, 소리의 기능(환상적 신비감)에 경도되어 있다. 특히 작품 전체에 편만해 있는 파도소리는 인물의 심리를 반영·암시하고, 작품의 중심 이미지 및 분위기를 형성하며, 사건의 전개를 암시하는 기능까지 하여 플롯 전개의 한 축을 담당하도록 효과적으로 사용된다. 또한, 작품의 지문과 대사의 상당 부분에서 시적인 행 갈음을 하고 있고, 비유와 상징을 통한 시적 조사의 구사 및 리듬감을 형성해 내고 있으며, 특히 중요한 상징으로 기능하는, 작품 전체에 편재해 있는 파도소리의 변형·반복은 시적 리듬을 형성한다.

둘째, 심청은 유교적·가부장적 남성문화의 피해를 고스란히 받는 존재의 전형이다. 심봉사의 '눈멂'은 정서적인 아버지의 부재 상황을 상징하며, 심봉사는 심청의 '삶의 뿌리'를 송두리째 뽑아 놓는 결핍된 아버지의 전형이다. 심봉사는 딸과 여성인 심청의 희생을 통해 유교적·가부장적 남성문화의 이득을 보는 자이며, 뺑덕어미와 매파(포주)도 심청과 같은 여성을 부의 획득을 위한 수단으로 사용해 이득을 취하는 권력자다. 남성문화는 남성들뿐만 아니라 여성들이나 아이들 등 모든 구성원들에 의해, 무의식적이지만 심지어 심청 자신에 의해서도 유지되고 보장된다. 마초주의적 가부장제의 남성문화는 여성을 노예 상태로 전락시켜 인간 존재를 무화시키는 파괴를 자행하는가 하면, 김서방과 심봉사로 하여금 심청을 잃게 하는 등 남성에게도 피해를 끼치며, 남성들의 내면을 황폐화시킨다. 김서방은 비전통적인 남성성을 가진 인물로 바람직한 남성 사회화의 열린 가능성을 가진다. 성을 매개로 하는 여성 억압은 사회적 기원을 지니는 문제이므로 정치적 해결과 남성 사회화를 통한 사회 구조의 근본적 변혁을 통해 해결되어야 한다.

셋째, 팬터마임으로 처리된 매춘 장면의 반복적 제시, 그리고 오브제(인형)를 이용한 심청에 대한 겁탈 장면의 변형·반복은 패턴을 이루어 행동의 리듬을 형성하고 있다.

넷째, 심청은 진정한 남성성의 도래와 진정한 부성의 회복을 꿈꾼다. 심청은 대단원에서 자신의 이루지 못한 꿈과 소망을 설화적 상상력을 동원해 전설(신화)로 형상화시켜 놓고 있다. 이 작품은 전반부에서 세계에 의한 인물(영혼)의 파괴 양상을 처절한 비극으로 잘 보여주고 있으며, 대단원에서 근원적 세계를 염원하고 추구하는 심청의 의식을 잘 드러내 보여주고 있다. 유기체로서의 유기적 역사는 생명체의 성장과정이 완성을 향하듯 근원적 세계에 대한 갈망적 전망에 의해 서술된다. 「달아 달아 밝은 달아」는 유기적 역사관에 부합하는 작품이다. 이 작품은 비극적 상황에서 희극적 세계를 추구하며, 궁극적인 화해의 세계(희극 플롯)에 대한 지향을 통해 유기적 전체성의 세계를 염원하는 시적 비전을 잘 드러내 보여주고 있다. 또한, 앞에서 확인했듯이 이 작품은 시적 리듬감이 충만하고, 시적 조사도 잘 구사하고 있어 '시극'으로서 충분한 요건을 갖춘 작품이다.

'제4장. 최인훈 시극의 역사철학적 함의와 사적 의의'의 논의를 정리하면 다음과 같다. 첫째, 최인훈이 소설에서 희곡으로 장르를 바꾼 것은 시대적 조류인 민족문학론 전개의 영향과 소설에서의 한계로 지적되는 관념성을 타개하고자 보다 직접적인 몸의 양식인 극 장르를 택한 것이다.

둘째, 본격적인 희곡(시극)은 유신 이후에 씌어졌는데, 소설을 쓸 수 없었던 시대에 대한 공포가 희곡을 쓰게 된 주요 원인 중 하나다. 그는 소설 장르와 자기 자신에 대한 무기력함의 인식, 그리고 그것의 극복을 위해 희곡 장르로 전향했다. 소설 장르의 개인주의적 도구성의 위험을 넘어 '근원적인 것에 대한 탐구'를 희곡을 통해 완성하고자 했다. 그는 소설이 인간 현상의 구체성만 추구하여 보편성을 상실한 장르가 되어버렸다고 본 반면, 희곡은 개별성뿐 아니라 보편성을 획득하고 있는 장르로 보았다. 또한, 그는 근원적이고 보편적인 것을 '산문'의 한계를 극복한 시의 양식을 가진 '시극'을 통해 추구했다. 소설로 인해 부딪히는 현실적인 한계들을 암유성을 가진 보다 근원적인 양식인 시극을 통해 해결하려 했던 것이다. 그의 시극들은 당대의 현실을 있는 그대로 그리는 데에만 머무르지 않았다. 위악적인 구체적 경험세계를 본질적이고 근원적인 세계에 대한 천착으로 넘어서려 했다. 이것이 그가 '시극'을 선택한 이유다. 최인훈이 '시극'을 택한 또 다른 이유는 웅장한 영혼의 울림을 위해서다. '근원적인 것', 민족의 원형질(정체성), 민족의 본질을 탐색하기 위해서는 세속적인(일상적인) 산문의 형식보다는, 보다 웅혼한 세계를 제시하는 시적 형식 또는 신화적 형식이 보다 적합하다는 작가 의식의 발현 때문이다. 즉, 민족의 바람직한 미래상과 이상적 꿈의 실현을 선취하는 의식을, 유기적 전체성 세계에 대한 암시와 환상적 신비감을 부여하여 보여주려 했던 것이다. 거기에 가장 적합한 형식이 '시극'이었다.

그의 시극 선택은 그의 세계관(역사관)과 연동되어 있다. 헤겔에게 예술이 절대정신의 드러남이고 이상적인 것을 표현하는 것처럼, 최인훈도 '시극'을 통해 근원적인 것 곧, '절대와의 만남'을 추구했다. 이러한 세계관은 '유기적 역사관'으로 더 잘 설명된다. 그의 시극들은 모두 전반부의 어두운 현실에 대한 알레고리를 넘어 대단원에서 유기적 전체성의 세계를 추구하거나 달성해 내는 모습을 보여주고 있어, 유기적 역사관의 궁극적인 화해 세계를 잘 보여주고 있다. 즉, 엄혹한 시대를 넘어서기 위한 근본적인 방법으로 유기적 전체성의 세계를 지향했던 것이다. 이것이 최인훈 시극들에 흐르는 일관된 세계관이다. 최인훈의 시극 작품들은 그의 역사철학적 인식의 결과가 구체적으로 형상화된 것이다. 이러한 것들이 그의 시극 선택이 가지는 역사철학적 함의다.

셋째, 유기론은 전통미학으로 전통적인 상징들을 이용하여 정서의 심층부에 호소하고자 하는 민족주의의 한 양상이다. 최인훈의 희곡들은 대개 전통 서사(설화)의 재해석 내지는 패러디의 관점에서 씌어졌으며, 다양한 민족적이고 전통적인 매체를 도입하고 있다. 이것은 1970년대

중반부터 대두된 민족문학론이라는 문예사적 흐름의 영향이다.

넷째, 최인훈 시극에서의 소리 중시와 민요의 효과적인 사용을 통한 리듬감의 형성은 청각과 촉각의 융합체를 통한 공감각의 회복과 연결된다. 근대에 산문의 확립으로 희곡에서도 산문희곡이 중심으로 자리매김하였다. 이로 말미암아 연극매체의 종합적 · 총체예술적 성격이 일부 와해되었는데, 다시금 연극이 '시(詩)'라는 구술문화에 속하는 전통적 인간 매체를 혼합해, 연극의 총체예술로서의 면모를 회복하고자 하는 움직임이 일어났다. 최인훈의 희곡(연극, 시극)은 이러한 연극의 총체예술로서의 면모를 회복하여 연극 매체의 사회적 조정 및 방향 설정 기능의 회복을 꿈꾸는 연장선상에 놓인 것이다.

다섯째, 최인훈은 소설이라는 개인주의적 매체에 대한 한계를 절감하고, 민족적 통합의 대중 매체로서의 연극을 지향했다. 최인훈은 시대 상황에 대한 고민 · 예민한 반응과 함께, 매체의 기능에 대한 고민을 통해 매체를 변경했다. 최인훈은 시극이라는 장르에 대한 분명한 의식을 가지고 시극의 한 전형적인 모습 곧, 매체의 표준화를 이룩했다.

여섯째, 최인훈은 연극 매체의 기능적 변화의 와중에서 연극의 제의적 성격의 회복, 공동체 의식을 공고히 한 중세 대중 매체적 기능의 회복을 추구했다. 이러한 성격들은 우리의 전통극에서도 충분히 읽어낼 수 있는데, 최인훈은 전통극 · 전통연희 등 다양한 전통적 매체(요소)를 도입하고 이를 통해 공동체적 세계를 지향했다. 이것은 1980년대의 집단성의 연희 장르의 유행과 연결된다. 이런 면에서 최인훈의 연극(시극) 매체에 대한 관심은 연극 매체의 대중적 또는 제의적 기능이 다시 부각되었던 시대를 예견하는 것이다. 1980년대는 연극 매체가 다시금 사회적 조정 및 방향 설정 기능을 보여준 시대였다. 하지만 그는 1980년대에 접어들면서 연극(시극)을 통한 사회적 기능 수행을 그만두게 된다. 그 역할은 민중론자들이 맡는다. 그 이유는 그가 이미 유기론적 전체성의 세계, 근원성의 세계에 도달해 있었기 때문이다.

일곱째, 1960년대의 대표적인 시극 작가인 신동엽과 비교해 본다면, 그의 시극이 언어 자체의 구사 면에서 시적이라 한다면, 최인훈의 시극들은 단순한 시적 언어의 구사 차원을 넘어서서, 시극 드라마투르기에 대한 충분한 이해를 바탕으로, 마임과 같은 동작들, 그 외 여러 연극의 구성 요소 및 오브제의 기능을 충분히 이용하여 곧, 무대 매체들을 본격적으로 구사하여, 작가의 메시지를 효과적으로 전달해 내고 있어, 현대 시극의 한 수준 높은 전범적 형태를 보여준다. 최인훈은 신동엽 및 그 이전의 시극작가들에 비해 독보적인 시극 세계를 구축한 작가로 적극적으로 평가된다.

본 논문은 장르론적 관점에서 기존의 시극과 극시에 대한 논의들을 검토하고, 다양한 장르 이론을 섭렵하여 그 동안 혼란되어 있던 장르관을 극복하고 그 개념들을 확정, 제시하였다는 데 큰 의의가 있다. 또한, 연구자가 정립한 시극의 장르 개념과 장르 의식을 바탕으로 최인훈 시극을 분석함으로써, 본 연구자의 시극 장르론이 정합성이 있음을 입증하였다. 그와 함께 최인훈 시극에 대한 명확한 자리매김과 가치 부여를 한 최초의 본격적인 연구가 되었다.

그리고 최인훈의 시극들을 통해 알 수 있는 것처럼, 시극이 일부에서 제기하는 것처럼 '높은 도덕적, 정신적 가치'의 주제에만 국한되는 특수한 경지의 장르가 아니라, 다양하고 포괄적인 전개가 가능한 보편적 장르임을 확인하였다. 시극에 대한 넓은 정의와 최인훈의 시극을 분석해 본 결과 시극은 근원적 차원과 구체적 차원을 다 표현할 수 있는 성격의 장르임이 드러났다.

마지막으로 장르 교섭 곧, 장르 간의 교류를 통해 생겨난 새로운 종(변종장르)은 더 튼튼한 장르의 형태를 실현할 것이다. 그것은 시대와 환경에 보다 잘 적응하는 형태가 될 것이기 때문이다. '시극'도 그러한 관점에서 유리한 형질을 가진 장르라 할 수 있을 것이며, 시대에 잘 적응한 형태로의 발전을 기대해 본다. 이후 시극의 보다 큰 전개를 다른 시극 작가의 도래로 기대해 본다.

제2부

신동엽 시극의 세계
─「그 입술에 파인 그늘」의 이데올로기

신동엽이 민족시인으로 불리듯이 그의 작품에 접근하는 데 있어, 이데올로기 이론을 통한 접근은 아주 절실하다. 그런데 위의 선행 연구들에서는 이데올로기에 대한 언급이 보이기는 하지만, 본격적인 이데올로기 이론에 입각한 작품 분석이 이루어지지 못하였다. 그래서 본고에서는 보다 본격적으로 신동엽의 시극 「그 입술에 파인 그늘」의 드라마투르기의 분석은 물론, 이데올로기 이론에 입각한 분석이 필요하다고 보았다. 이것이 이 논문의 목적이며 의의가 될 것이다.

제1장. 서론

1. 선행 연구 검토 및 연구 목적

「산에 언덕에」, 「껍데기는 가라」, 「누가 하늘을 보았다 하는가」, 장시 「이야기하는 쟁기꾼의 대지」, 동학혁명을 주제로 한 서사시 「금강(錦江)」(1967) 등으로 강렬한 민중의 저항의식을 노래한 것으로 잘 알려진 신동엽(申東曄, 1930.8.18~1969.4.7)은 주로 시인으로 우리에게 기억되고 있지만, 오페레타 「석가탑」,[1] 시극 「그 입술에 파인 그늘」(1막)을 남기고 있어 희곡 연구자의 관심의 대상이 되고 있다.

오페레타 「석가탑」은 1968년 5월 백병동(白秉東) 작곡으로 드라마센터에서 상연되었다. 특히 그는 1963년에 만들어진 동인 단체 '시극동인회(詩劇同人會)'가 중심이 된 시극(詩劇) 운동에도 참여하였는데, 그 운동의 일환으로 「그 입술에 파인 그늘」이 쓰여 졌으며, 시극동인회[2]의 제2회 공연 작품으로 1966년 2월 26일·27일 양일간 최일수(崔一秀) 연출로 국

---

1) 이현원, 「한국 현대시극 연구」, 계명대학교대학원 국어국문학과 박사학위논문, 2000.6, 104쪽. 이현원은 이 작품을 극시류로 보고 있다.
2) 이현원, 위의 논문, 104쪽.
   임승빈, 「시극 「그 입술에 파인 그늘」 연구」, 『비교한국학』 Vol. 17 No. 2, 국제비교한국학회, 2009, 249쪽. 신동엽은 시극연구회와 시극동인회의 창립 멤버로서 시극동인회의 사무간사를 맡았다.

립극장에서 상연되었다.

신동엽의 시에 대한 연구는 상당한 양이 축적되어 있지만, 그의 희곡 「그 입술에 파인 그늘」에 대한 연구는 상대적으로 적은 편이다. 하지만 점차 늘어나고 있는 추세다. 먼저, 강형철의 「신동엽 연구 −그 입술에 파인 그늘 중심으로」(『숭실어문』 3권, 숭실어문학회, 1986)가 있다. 그의 논의는 해당 작품에 대한 내용 해설 정도에 머무른 감이 없지 않다. 일정한 방법론 없이, 신동엽에 대한 평가, 곧 그가 '민족시인'으로 불려지는데, 신동엽의 작품이 내용면에서 민족 동질성을 통해 '냉전 이데올로기의 주체적 극복'을 지향하고 있으며, 이것으로 신동엽에게 이름 붙여진 '민족시인'이라는 호칭을 확인할 수 있다는 식의 순환 논증, 동어반복의 수준에 머무르고 말았다. 또한 그의 작품 분석은 드라마투르기 (Dramaturgie)에 대한 이해를 결여한 상태에서의 접근이라 불완전한 면을 많이 노정하고 있다. 또한 이현원의 「한국 현대시극 연구」(계명대학교 대학원 국어국문학과 박사학위논문, 2000.6) 중에 「그 입술에 파인 그늘」에 대한 분석이 보이는데, 이것도 간단한 내용 및 형식 분석에 그치고 있는 정도다. 곽홍란은 「한국 현대시극의 형성과 전개양상에 관한 연구 −1920~1960년대를 중심으로」(영남대학교 대학원 국어국문학과 박사학위 논문, 2007.12)에서 「그 입술에 파인 그늘」을 분석하고 있는데, 신식민지적 상황에서 문학(시극)을 혁명의 도구로 하여 민족의 내일(희망)을 향해 나아가고자 하는 의지를 표현한 것으로 파악했다. 임승빈은 그의 「시극 「그 입술에 파인 그늘」연구」(『비교한국학』 Vol. 17 No. 2, 국제비교한국학회, 2009)에서, 작가의 생래적 이야기 의식에서 이 작품이 창작되었으며, 우리 민족의 침탈의 역사와 한국전쟁과 같은 희생양의 모습을 보여주고 그 극복 의지를 드러내고자 했다고 평가했다.

신동엽이 민족시인으로 불리듯이 그의 작품에 접근하는 데 있어, 이데올로기 이론을 통한 접근은 아주 절실하다. 그런데 위의 선행 연구들에서는 이데올로기에 대한 언급이 보이기는 하지만, 본격적인 이데올로기 이론에 입각한 작품 분석이 이루어지지 못하였다. 그래서 본고에서는 보다 본격적으로 신동엽의 시극 「그 입술에 파인 그늘」의 드라마투르기의 분석은 물론, 이데올로기 이론에 입각한 분석이 필요하다고 보았다. 이것이 이 논문의 목적이며 의의가 될 것이다.

2. 연구 방법

루이 알튀세르(Louis Althusser)는 『레닌과 철학(Lenin and Philosophy)』에서, "예술이 우리로 하여금 보게 하는 것은 이데올로기다. 이 이데올로기로부터 예술은 출현하게 되고 그 속에 잠겨 있다가 예술로서 스스로 분리되어 나오고, 결국에는 예술이 그 이데올로기를 암시하게 된다", "예술은 이데올로기에서 생겨나고, 이데올로기를 그 필수적인 구성요소로 하고 있지만 독특한 거리화 기능을 가지고 있어서 그 이데올로기를 볼 수 있게 한다"고 했다.[3] 또한 테리 이글튼(Terry Eagleton)은, 이데올로기란 구체적인 사회적 관계의 산물로서 상충하는, 상호모순적인 세계관의 혼합이다. 문학작품이란 하나의 지각형태이며 세계를 바라보는 방식이다. 문학 텍스트는 이데올로기의 복합적 산물이다. 미학적 생산품으로서의 텍스트는 모종의 이데올로기의 생산이며, 다음의 것들을 포함한 다양한 요소들의 다중결합의 복잡한 구조라고 했다. 그 요소들로 먼저, 일반적인 이데올로기(GI: General Ideology)가 있는데, 이는 어

---

3) Louis Althusser, *Lenin and Philosophy*, London, 1971, pp.203~204; Terry Eagleton, 윤희기 역, 『비평과 이데올로기 −마르크스 문학이론의 한 연구』, 열린책들, 1987, 123쪽에서 재인용; Terry Eagleton, 이경덕 옮김, 『문학비평: 반영이론과 생산이론(*Marxism and Literary Criticism*)』, 까치, 1986, 108쪽.

느 사회구성체 내에서도 발견될 수 있는 이데올로기들만의 억압된 총체를 지칭한다고 했으며, GI와 미학적 혹은 작가의 이데올로기간의 관계나 결합을 언급할 때, 헤게모니를 쥔 이데올로기 전체에 작가의 구성체와 미학적 구성체가 삽입되는 방식을 살펴야 한다고 했다. 또한 "작가의 이데올로기(AuI: Authorical Ideology)는 작가의 특수한 전기적 양식이 GI 속에 삽입된 결과로 나타나는 것이다. 이 구성체는 GI와 분리되어 취급되어서는 안 되며, 반드시 GI와의 연결 속에서 연구되어져야 한다. GI 구성체와 AuI 구성체 사이에는 실제적인 일치관계, 부분적인 분열관계, 심각한 모순관계 등이 발생할 수 있다. AuI는 텍스트의 이데올로기와도 동일시되지 않는다. 텍스트의 이데올로기는 작가의 이데올로기를 표현한 것이 아니다. 텍스트의 이데올로기가 작가적 · 전기적 요소들의 다중규정성에 의해서 이루어지고 생산된 만큼이나 일반적인 이데올로기가 미학적으로 작용한 결과다"라고 했다. 한편, 미학적 이데올로기(AI: Aesthetic Ideology)는 GI 내에 존재하는 특정한 미학영역이며, 이 미학영역은 높은 정도의 상대적 자율성을 지니면서 작용한다. 이로 해서 텍스트에는 미학적 생산양식에 의한 미학적 변형 메카니즘이 작동하는 것이다.4)

본고는 위와 같은 테리 이글튼의 이론적 틀을 토대로, 「그 입술에 파인 그늘」에 나타난 당대의 일반적인 이데올로기와 미학적 이데올로기, 작가의 이데올로기 및 텍스트 이데올로기 간의 관계를 분석함으로써 텍스트의 생산 관계를 살펴보고자 한다. 이로써 이 작품의 이데올로기 및 미학적 가치를 보다 잘 자리매김할 수 있을 것이라고 본다.

본고의 필자가 테리 이글튼의 이론에 입각하게 된 이유는, 먼저 그의 이론이 알튀세르 학파 중 가장 정연한 이론체계를 구성한 것으로 평가

---

4) Terry Eagleton, 『비평과 이데올로기 —마르크스 문학이론의 한 연구』, 67~95쪽, 116쪽, 139쪽; Terry Eagleton, 『문학비평: 반영이론과 생산이론(*Marxism and Literary Criticism*)』, 110쪽.

되기 때문이다. 또한, 그는 토대와 상부구조 사이의 그리고 생산으로서의 예술과 이데올로기적인 것으로서의 예술 사이의 예술내적 관계를 어떻게 기술하느냐에 관심을 가진다. 다시 말해, 어떻게 생산양식으로서의 예술에 대한 분석을 경험양식으로서의 예술에 대한 분석과 체계적으로 통합시킬 것인가, 곧 예술 자체 내에서의 토대와 상부구조의 관계에 관심을 가진다. 이는 마르크스주의와 형식주의와의 통합을 꾀하는 것으로 보인다. 이러한 면에서 테리 이글튼의 이론이 미학과 이데올로기의 복합체인 신동엽의 문학 작품을 보다 잘 설명할 수 있다고 보았기 때문이다.

제2장. 본론 – 지배적 이데올로기와
Aul 사이의 심각한 대립

1차 자료「그 입술에 파인 그늘」이 실려 있는『신동엽 전집』은 그 초판이 나오자마자 독자들의 큰 관심을 끌었다. 그러나 두 달이 채 못 되어 그 내용이 긴급조치 9호에 위반된다는 이유로 당국으로부터 판매금지 처분을 받았다. 이 문제로 편집책임자가 수사기관에 연행까지 되었지만, 어떤 내용이 저촉되는지는 끝내 밝혀지지 않았고 다만 이런 책을 다시 안 내겠다는 다짐을 요구받았다.[1] 물론 이러한 상황은 1970년대 중반의 상황으로, 그가 1969년 사망했으니 그가 활동한 1960년대와는 6년여의 시간이 상거하여 시간적 거리감이 없지 않으나, 군사 쿠데타로 정권을 장악한 박정희 정권이 통치했던 1960년대와 1970년대는 동일한 역사적 전개 상황에 있다고 볼 때, 위의『신동엽 전집』출판과 관련된 사건은 당시의 지배적 이데올로기와 작가 및 텍스트 이데올로기와의 관계를 상징적으로 보여주는 사건이라 하겠다.

---

[1]『신동엽 전집』(증보판), 창작과비평사, 1992, 447쪽. 편집진에서는 이런 사태로 인해 민족 시인으로서 신동엽의 위치가 더욱 굳어진 면도 없지 않았다고 평가하고 있다. 전집 출판 금지는 1980년에 해제되었다.

1. '그늘'의 상징성—그 이중적 의미

본 텍스트에서 '그늘'은 작품의 핵심 갈등 축에서 파생하는 것으로 중요한 상징적 의미를 띠는 것으로 보인다. '그늘'의 상징적 의미가 파악됨으로써 작가 및 텍스트의 이데올로기를 보다 선명하게 드러낼 수 있을 것이다. 그런 의미에서 우선적으로 이 장에서는 '그늘'의 상징적 의미를 중점적으로 분석해 보도록 하겠다.

텍스트는 전쟁 중의 어느 봄날의 대낮, 치열한 육박전이 휩쓸고 지나간 산중 계곡이 배경으로 되어있다. 30세쯤의 ㄱ측(남자, 남한군) 부상병과 25세쯤의 ㄴ측(북한군) 여자 부상병 '지아'가 중심인물이다.[2]

무대 중앙에 포탄에 맞아 처참하게 부러져 나간 고목이 한 그루 서 있고, 남은 가지 하나가 창살처럼 하늘을 찌르고 있다는 해설은 본 작품의 무대가 사실적이라기보다는 상징적 무대의 성격이 짙음을 보여주고 있다.

막이 오르면서 고요한 음악이 흐르고, 남자가 굵은 목소리로 노래를 부른다. 곧 한쪽 다리를 저는 여자가 등장한다. 이지러진 기관포 탄환을 주워서는 그것으로 얼굴 여기저기를 찌르다가 입술가를 지그시 누른다.

여기에서 작가는 미메시스(mimesis)만으로 표현되는, 기관포 탄환으로 입술가를 눌러 생기는 '그늘'을 통해 모종의 상징적 의미 전달을 꾀한 것으로 보인다. 그러나 이러한 표현은 배우의 숨소리 하나까지도 포착할 수 있는 소극장에서의 배우의 세밀한 연기로써, 관객과의 호흡 교환이 있어야 전달이 가능한 디테일한 설정으로, 대형 무대에서는 전달되기 힘든 부분이 된다. 또한 이 '그늘'의 상징적 의미는 작품 전체에서 상당히 모호하여, 그 의미가 쉽게 잡히지 않는데, 시에 있어서의 모호함

---

[2] 노인의 말에 '원산'이란 언급이 보이긴 하지만, ㄱ측, ㄴ측이라고 한 것 그리고 어떠한 전쟁인지를 분명히 밝히지 않은 것은 '자체 검열'로도 볼 수 있겠다. 하지만 그것을 통해 알레고리적 상징성을 부여한 것이라고 볼 수 있다(주 17 참조).

(ambiguity)[3]은 그 의미가 풍부하고 다양하게 해석될수록 좋은 시를 형성하게 되지만은, 극에서 시적 모호함을 지나치게 구사하게 되면 전달의 명징성을 상실하는 역효과를 가져오게 된다. 뒤에서 상술하겠지만, 이런 의미에서 '그늘' 상징의 모호함은 작가의 극장 상황에 대한 고려와 드라마투르기 상의 미숙으로 보인다. 문학 텍스트의 경우 한 번의 묘사 또는 표현으로 그 전달이 충분할 수 있지만, 극에서 어떤 대상에 주요한 상징적 의미를 부여하려 한다면, 패턴을 통해 유의미하게 반복 제시되어야 명확한 의미 전달이 가능해 진다. 이는 말의 생산 조건과 글의 생산 조건이 다르기 때문에 발생하는 문제이다.[4] 이는 결국 작가 신동엽이 무대 컨벤션(stage convention)에 대한 명확한 인식을 체득치 못한 상태에서의 극적 미숙에서 오는 결과로 판단할 수 있겠다. 하지만, 이것이 '그늘'의 상징성이 작품 전체에서 완전히 실패했다는 것을 의미하는 것은 아니다. 다만 극적으로 부분적 실패라는 평가를 내릴 수 있다는 것이다. 그것은 미메시스[5]와 함께 대사(diegesis)로 대상에 대한 상징성을 동시에 부

---

3) 윌리엄 엠프슨(William Empson, 1906~1984)의 용어다. 일반적으로 극에 있어서의 모호성(ambiguity)의 정도는 일상적인 회화나 과학적 문장에서의 명백성(clarity)과 시에서의 모호성 사이에 위치해야 한다고 판단된다.
곽홍란, 「한국 현대시극의 형성과 전개양상에 관한 연구 -1920~1960년대를 중심으로」, 영남대학교 대학원 국어국문학과 박사학위 논문, 2007.12, 141쪽. 곽홍란은 시극이 시 속에서는 난해하게 전개된 생각이라도 극을 통해서 흥미롭게 일반 대중에게 전달될 수 있다는 의식에서 출발했다고 말하고 있다.
임승빈, 앞의 논문, 263쪽. 임승빈은 이 작품의 상징과 환유가 지나친 시의식에서 기인한 것으로, 이것이 대사를 너무 어렵게 해 관객이 이해하기 힘들게 만들고 있다고 평가했다.
4) Walter J. Ong, 이기우 · 임명진 옮김, 『구술문화와 문자문화 -언어를 다루는 기술(Orality and Literacy -The Technologizing of the Word)』, 문예출판사, 1995.
5) 김준오, 「서술시의 서사학」, 『한국 서술시의 시학』(현대시학회), 태학사, 1998, 22쪽. 미메시스(mimesis)는 화법 개념인데, 모방(imitation)으로 잘못 인식되고 있다고 말하고 있다(Paul Hernadi, 김준오 옮김, 『장르론 -문학분류의 새 방법(Beyond Genre)』, 문장사, 1983, 11쪽, 71~72쪽, 220~221쪽 참조). 여기서는 mimesis를 imitation 또는 mime의 개념으로 썼다.

여했다면 더 명징한 효과를 거두었을 것이라는 것을 통해 뒷받침된다.

여자는 소총을 든 남자와 조우한다. 둘은 이전부터 알고 있는 사이다. 남자는 왼손에 붕대를 감았다.

> 남 : (피식 웃으며) 달아나지 않았군요.
> 여 : (깜짝 놀라 돌아서며) 무의미해요. 선생님을 포로로 잡지 못하
>   면…… 웬일이세요. 좀 걱정했어요. 혹시, 아까, 그……
> 남 : <u>이 건너편 능선의 산토끼를 부수나 보더군요. 무언가 깡충하고 공
>   중 높이 솟구쳤어.</u>
> 여 : 어느 쪽 비행기였어요?
> 남 : 몰라.[6]

둘 사이는 서로 적이라는 것이 드러나며, 남자는 여자에게 달아나라고 얘기했고, 여자는 남자를 포로로 잡아야 자기가 소속된 부대로 복귀할 명분이 생김을 암시한다. 그러면서 둘은 동일한 상황에서의 묘한 동질감, 또는 동류의식을 느낀다.

위의 밑줄 친 남자의 대사는 이 시극(詩劇)이 리얼리즘극의 리얼리티(현실적 상황)에서 상당 정도 거리를 두고 있음을 드러낸다. 이는 현실의 상황(역사)을 있는 그대로 반영하는 것이 아닌, 거리(distance)를 통해 표현되는, '부재'(숨김, 왜곡, 변형, 침묵) 개념이 적용된 미학적 변형 메카니즘의 작용으로 볼 수 있겠다. 또한 이 극 전체에서 보이는 전반적인 모호성과 상징성도 그렇게 해석된다.

> 여 : (고목 밑둥에 앉으며 수통에서 입술을 뗀다) 아, 이 물냄새…… 어쩌
>   면 꼭 우리집 옹달샘 물맛일까…… (무대 어두워지면서, 여자에게
>   만 스폿) 뒤꼍에 장독이 있었어요. 그 장독 옆에 앵두나무가 있었
>   구, 앵두나무 밑에 맑은 옹달샘이 솟고…… 고조할아버지께서 꿈속

---

6) 『신동엽 전집』, 327쪽. 앞으로 본서에서 인용할 때는 인용문에 페이지만 표기하기로 한다.

에 현몽받은 샘이었대요. 초여름이면 빨간 앵두알이 그 맑은 물 속
을 주렁주렁 굽어들고 있었어요. (다시 수통에 코를 가져다 대며)
이, 이 물 냄새.

남 : (소리만) 지지들지 일이요. 그러다간 무너져요.

여 : 지탱하기가 힘에 겨워요. 이 물맛. 한반도의 등뼈를 타고 흘러내리
　　는 물. 몇천년을 두고 우리 조상들이 이어 마셔오던 물,
　　아사녀,
　　아사달이 마셔 오던 그 물맛,
　　(일어서면서), 아, 이 바람,
　　이 바람의 냄새,

남 : (소리만) 추억 같은 소리 말아요. 지금은 엉망진창야,
　　(바람소리, 하늘 높이)

(327~328쪽)

여자는 물냄새를 매개로 아름다웠던 옛 시절을 그리워한다. 하지만
그러한 행복하고 만족스러웠던 상황 곧, 전통적인 유기적 전체성이 어
떤 외부적 힘에 의해 파괴되었음을 암시한다. 여자는 그리움의 대상을
의식의 확장을 통해, 우리 민족 · 역사 전체로 확대시키고 있으며, 역사
의 연연한 흐름(유기적 삶)이 단절되었음을 탄식한다. 또한, 여자는 현
재의 상황이 지탱하기 힘들 정도로 버거움을 호소하기도 한다. 남자는
과거에 연연해야 소용이 없으며, 추억 속의 유토피아의 상황은 다시 오
기 어려우며, 현재를 버텨 나가는 것이 더 중요하다는 태도를 보인다. 여
기서 여자의 태도는 상당히 이상적이고, 낭만적[7]이며 감상적이라 할 수

---

7) Lilian R. Furst, 이상옥 역, 『Romanticism(낭만주의)』, 서울대학교 출판부, 1981, 7~9쪽.
낭만주의에 대한 정의는 아주 다양하다. 그 중 일반적으로 수용될 수 있는 것들을 나열
해 보면 다음과 같다. 이러한 정의들은 이 작품에서의 여자의 태도와 관련이 깊다고 생
각된다. Fairchild는 낭만주의를 "한정적인 것 속에서 무한한 것을 찾고, 현실적인 것과
비현실적인 것의 종합을 이루려는 욕구", Rousseau는 "자연으로 돌아가는 것",
Abercrombie는 "외적인 경험을 떠나서 내적인 경험에 집중하는 것", Herford는 "상상적
감수성의 비범한 발전", Watts Dunton은 "경이로움의 재생", Saintsbury는 "낭만적 작품

있겠다. 현실과 이상 사이의 괴리에 의한 상실감, 이것은 텍스트 전체의 이데올로기와 맞닿아 있다(특히 비극적 카타스트로프와 관련시켜 생각해 보면 더욱 그렇다). 거기에 비해 남자의 태도는 보다 현실적인 것으로 나타난다. 여기에서 작가 및 텍스트의 이데올로기는 여자의 어조(tone, attitude)에 보다 가까운 것으로 보인다.

결국 작가나 텍스트의 이데올로기가 지향하는 것은 과거의 만족스러웠던 상황(전통적인 유기적 전체성)과 그것을 가로막고 깨뜨리고 있는 현재 상황과의 대립 양상을 극대화시켜 보여주는 것과 관련되어 있다. 이것이 이 작품의 갈등의 핵심축을 형성한다.

현재의 상황은 코믹 릴리프(comic relief)로서의 역할을 수행하는 귀머거리 노인(약초 캐는 낭인)[8]이, 죽은 송장이나 늑대보다도 산 사람들과 마주칠 때 더 질겁하며 무서워하는 아이러니한 상황을 통해, 또한 산속의 송장들을 죄다 묻고 돌아다니는 상황 등을 통해 암시된다. 여기에서 귀머거리 노인이 전쟁 통에 버려진 아이를 업고 다니는 상황 설정은 극 전개상의 의미가 잘 드러나지 않는다. 이는 작가가 현재의 부정적이고 비극적 상황을 드러내는 요소 중의 하나로 제시한 것으로 보이지만, 그 아이에 대한 언급은 지문 형태의 "보자기에 싼 유아를 업고"와 "(남, 노인 등의 보자기를 들추며) 이게 뭐요?", "앵? 앵? 줏었죠. 임진난리때 청상 과부가 우물가에 버리고 간 아들놈이던가?"로 나타나고 있어, 버려진 아이를 통한 비참한 현실의 의미 부각이 잘 이루어지지 않고 있다.

이후 여자와 남자는 서로에 대해 연민을 느끼며, 관계가 깊어짐을 느낀다. 여자는 동굴로 가서 휴전이 되기를 기다리자고 제안한다. 이때 포소리가 들리고, 남자는 죽어가고 있을 동지들 때문에 갈등한다.

에서는 사상이 오직 암시와 상징의 도움만을 받는 가운데 독자의 예지력에 맡겨질 뿐이다."라고 정의했다.

8) 온 산에 지뢰가 매설되어 있는데, 포탄이 터져 자식은 죽고 자신은 귀머거리가 되었다.

남 : (전략) (남, 중앙으로 걸어나오며, 무대 어두워지고, 스폿트)
　　나는 지금 당신을 쏘아버릴 자신은 없지만, 미워한다. 열 번 백 번이
　　라도 쏘고 또 쏘고 싶다. (고개를 돌리며) 그러나 …… 당신 의 그 입
　　에서, 내 고향에 계시는 우리 어머님이나, 누님이 쓰시는 말과 똑 같
　　은 말들이 새어나오는 것을 봤을 때…… 하도 신기해서, 나는 내 허
　　벅다리를 꼬집어 봤던 거다. 총을 떨어뜨렸었다…… 하고, 네 콧둥
　　에 난 보오얀 무명링이 내 마음을…… 또 있다. 아까 네 몸을 애무할
　　때, 너의 흰, 어깨 위, 커다란 두 개, 우둣자죽을 보았다.
　　커다란 두 개의 우둣자죽.
　　(스폿트, 여자에게로)
여 : 저도 누구보다도, 이념, 의지, 목표, 이상, 이런 어휘를 즐겨 쓸 줄
　　아는 여자예요. 훈장도 탔어요. 당신들을 동이째 저주도 했고……
　　어젯밤, 그 육박전이 있은 후, 쏘나기가 퍼부었지요…… 밤이 부러
　　져 나가는 줄 알았어요…… 마지막이라고 생각하며 나는 의식을
　　놓았어요…… 아주 노곤한 봄잠이라고 생각하며 눈을 감았어요.
　　눈을 떴어요…… 눈부시던 아침 햇빛, 이웃 동무들하고 산에 고사
　　리라도 뜯으러, 재질재질 오르고 싶은 아름다운 봄, 아침. 나는 몸
　　을 일으켰어요. 그 순간 까물어쳤어요. 한참만에 눈 앞에서 흔들거
　　리던 바다밑 삼라만상이 고정되더군요…… 당신네 병사가 내 벗겨
　　진 양말자락을 붙든 채 싸늘하게 굳어 있었어요. 왜 하필이면 내 양
　　말 끝을 붙들고 죽었는지…… 눈을 못 감았더군요. 나는 또 한번 기
　　절했어요. 그 눈동자…… 허망하게도 빛 없이 나를 바라보고 있는
　　거예요. (남에게도 스폿트)
남 : 그는 대학 재학중이었다.
여 : 그 눈동자가. 제 인생의 바늘을…… 저는 그만 끝내고 싶어요. 그만
　　끝내고 싶어요.

(328~329쪽)

　　여기에서는 각 인물들이 자신들의 상황을 디에게시스 곧, 보고 줄거
리9)의 형태로 압축하여 전달 보고하고 있다. 여기에서 각 인물들의 이
데올로기가 드러나며, 이 부분은 작가 및 텍스트의 핵심적 이데올로기

를 드러내는 부분 중의 하나가 된다.

둘은 적으로 미워하지만 또한 서로에게서 인간적인 면과 한 민족으로서의 동질성을 보면서, 인간적 연민을 느낀다. 여자의 경우, 죽음과 봄의 생동하는 따뜻한 이미지의 역설적 상황, 즉 '눈부시던 아침 햇빛, 이웃 동무들하고 산에 고사리라도 뜯으러, 재질재질 오르고 싶은 아름다운 봄, 아침'에 상대편 병사가 여자의 벗겨진 양말자락을 붙든 채 눈도 못 감고 허망한 눈빛으로 그녀를 바라보며 죽어 있는 것을 보고는, 의식의 일대 전환점을 맞이한다. 즉 이념보다도 더 중요한, 무언가 인간적인 가치가 있음을 느끼게 되는 것이다. 결국 작가 및 텍스트의 이데올로기는 이념의 갈등을 넘어선 동질성의 회복, 휴머니즘의 회복 그리고 전쟁 상황의 종식, 이념의 한계를 넘어선 새로운 유토피아의 지평을 지향하고 있는 것이다. 다시 말하면, 일체의 이념을 초월한 낭만적이고 전통적인 휴머니즘의 유기적 삶에 대한 회복을 꿈꾸는 것이다.

한편, 제목 '그 입술에 파인 그늘'[10] 또한 상징적 의미를 내포하고 있으며, 서곡과 같은 역할을 하는 다음의 노래도 작품 전체의 내용을 상징적으로 압축하는 것으로 보인다.

세월은 가도 햇빛은 남듯이 우리는 가도
그늘은 빛나리

---

9) 민병욱, 『희곡 문학론』, 민지사, 1996, 57~61쪽. Handlung은 줄거리 또는 사건진행 (전개)으로 번역된다. 그것은 행위의 전체적 구조나 전체적 전개과정을 의미하여, 희곡에 실재하고 있는 다양한 모든 사건들을 가리킨다(희곡의 내용을 통칭하는 용어). 줄거리는 삶의 극적 상황이나 극적 경험을 이성적, 지적인 것으로 조립하여 질서화한 것으로, 의미의 진술체이면서 의미의 구현체다(사건 진행의 구조적 도식, 사건진행의 선).
민병욱, 『현대희곡론』, 삼영사, 1997, 75~87쪽; Peter Pütz, 조상용 옮김, 『드라마 속의 시간 −극적 긴장 조성의 기법』, 들불, 1994, 70~73쪽, 305~312쪽.
10) '파인 그늘'은 고통의 역사로, '그 입술'은 그러한 역사에 대한 증언으로 해석할 수 있을 것이다.

우리는 가도 산천은 남듯이
역사는 가도 이야기는 남으리
우리는 가도 입술은 빛나리.

(326~327쪽)

'역사는 가도 이야기는 남으리'에서 '이야기'는 역사 속에서 몸부림치
는 인간의 행적을 의미한다 할 것이다. '입술'은 공간적 개념이니까 어떤
지역, 곧 한반도를 의미한다고 볼 수 있겠다. 그러면 '그늘은 빛나리'의
상징적 의미는 무엇일까? '그늘'이 무엇이기에 '빛난다'고 했을까?[11] 선
뜻 그 의미가 잡히지 않아 상당히 모호하기는 하나, 그 답은 다음의 대사
에서 찾을 수 있을 듯하다.

여 : 그늘이야. 이 산맥 전체가 그늘이야. 웬일일까. 어떻게 할까. 소속이
없어진다.

(327쪽)

여 : 그러나 선생님의 적은, 지금은 제가 안…… 우리를 둘러싼 이 그늘
밖의 모든 헛소리예요…… 그 눈먼 조직들이예요. 그 콧구멍도 없
는 장님들의 눈깜 땡깜이예요. 지금 이럴 때 아니예요. 잘못하다간
이 햇빛 영 못 봐요……

(330쪽)

여 : 싫어요. (하며 총알을 입술가에 대고 지긋이 누른다) 이 그늘을 보
세요

⋮

---

11) 임승빈, 앞의 논문, 261쪽. 임승빈은 '입술'을 이야기로서 역사에 대한 증언으로, '그늘'
을 비록 성공적인 것은 아니었지만 부끄럽지 않게 열심히 살았던 우리 삶의 흔적을 상
징하는 것으로 해석했다.

여 : 이 그늘 좀 보세요. 호호호. 이거 제 체온으로 녹히겠어요. (후략)

(335~336쪽)

　먼저, 이 텍스트의 배경은 한국전쟁이다. 하지만 이 텍스트는 한국전쟁 당시의 지배적 이데올로기뿐 아니라, 이 작품이 씌어진 1960년대 당시의 지배적 이데올로기도 배경으로 하고 있다는 것을 염두에 두어야 할 것이다. 어떤 예술품이 속해 있는 역사는 반드시 그 작품의 동시대적 순간으로 축소되지 않는다. 역사적으로 다른 시기의 작품이라 할지라도 현재 속의 우리에게 이야기할 수 있는 것이다.[12] 위의 여자의 말(327쪽)에서 '그늘'은 일차적으로, 소속이 없는, 소속을 뛰어넘는 곳으로 표현되고 있다. 즉 어떠한 이념의 소속에서도 유보된 지역, 유예된 지역을 의미한다 할 것이다.

　또한, 텍스트는 우리를 둘러싼 모든 쇳소리나 맹목적인 조직들(공산주의, 제국주의, 군국주의, 패권주의, 파쇼 등)이 '그늘'을 만들어 내고 있고, 그 '그늘'을 위협하는 것은 '모든 쇳소리'라고 말하고 있다. 또한 총알로 대유(代喩)되는 '모든 쇳소리'가 만들어 내는 그 '그늘'은 온몸으로 녹여 내야 하는 것으로 제시되고 있다. 결국 이 '그늘'은 이중적인 의미를 띠는 공간이 된다.

　즉, 일차적으로 '그늘'은 원형적 이미지로서 뜨거운 햇빛을 막아주고 시원한 바람을 안겨다 주는 '편안함, 안식, 휴식, 여유, 평화' 등을 의미하는 공간으로서, 모든 이념에서 벗어난 유보된 지역으로 볼 수 있을 것이다. 하지만 그 평화는 일시적인 것으로, 뭔가 불안한 그야말로 유예된 평화일 뿐이다. 그러므로 그 '그늘'은 '모든 쇳소리'에 의해 만들어진 음울한 '그늘'로서 동굴로 피신해야 하는 위험한 공간이기도 하다. 이는 작품의 카타스트로프에서 이 '그늘'을 피해 동굴[13]로 가려다가, 결국 어느 쪽

---

12) Terry Eagleton, 『비평과 이데올로기 ―마르크스 문학이론의 한 연구』, 260쪽.
13) 임승빈, 앞의 논문, 253쪽. 임승빈은 이 동굴을 "새로운 생명의 원천으로서의 고향, 또

인지 알 수 없는 비행기의 기관포탄을 맞고 남녀 둘 다 죽음을 맞이하게 되는 결말을 통해서도 뒷받침된다. 이때의 '그늘'은 결국 극복되어야 하는 성질의 것이 된다.

위의 논의들과 작품 전체의 흐름(비극적 카타스트로프 등)을 종합해 볼 때, 이 텍스트의 주된 갈등은 음울한 '그늘'을 만들어내는, 모든 쇳소리로 상징되는 외세와 외세에 의해서 고통 받는 우리 민족 간의 갈등이 상위 갈등축이 되고 있고, 그에서 파생된 외세의 꼭두각시처럼 대리된, 남녀의 갈등으로 구체화되어 있는 남북 간의 이념 갈등이 하위의 갈등으로 구축되어 있음을 알 수 있다. 이러한 갈등의 배경이 되는 냉전 체제의 대립은 전쟁 이후에도 계속되었음은 주지의 사실이다.[14]

2. 모든 쇳소리에 대한 거부─갈등과 상징적 통일

모든 쇳소리는 앞장에서 그 의미를 분석해 본 '그늘'을 만들어내는 근원으로서 거부의 대상이 된다. 이 장에서는 작가 및 텍스트의 이데올로기가 모든 쇳소리에 대처하는 양상을 살펴보도록 하겠다.

남자는 여자에게 사랑의 감정을 느낀다. 처음으로 여자의 이름(지아)을 부르며 고향으로 데려가고 싶다[15]고 귀순을 권유한다. 여자는 거부

는 재생의 공간"으로 해석한다. 하지만 동굴은 고향(원수성·귀수성의 세계) 그 자체라기보다는 완충지대로 보는 것이 보다 타당하다.

14) 임영태, 『대한민국 50년사』 1, 들녘, 1998, 154쪽. 갈등의 이면에는 단지 한국민 사이의 이념과 계급대립만이 아니라 국제 차원에서 진행되고 있던 사회주의와 자본주의 간의 체제대립, 즉 국제 냉전이 존재하고 있었다.

15) 이 작품에서 현실 역사에 대한 대응 방법으로 생각할 수 있는 것은 다음의 세 가지가 될 것이다. 현실 역사에 끌려가기, 현실 역사에 대한 외면, 현실 역사로부터의 극복(초월)이 그것이다. 여기에서의 고향으로 가자는 남자의 말은 현실 역사에 대한 외면, 눈 감음을 제시한 것이라고 할 수 있다. 그것은 현실과의 적절한 타협, 고통스러운 역사적

한다. 둘은 역사적 상황을 벗어날 수 없음(현실적 한계)을 자각하고 있는 것이다.

그러면서 왜 지금과 같은 불행한 상황에 처하게 되었는지를 숙고한다. 또한 현재의 상황을 벗어날 방법을 모색한다. 하지만 남자는 인간 역사의 어쩔 수 없는 숙명을 이야기한다.

> 남 : 당신은 당신 고향으로 가시오.
>   나는 내 부대로 돌아가겠어.
>
> (333쪽)

여자는 역사의 톱니바퀴에서 비껴서야 함을 역설한다.

> 여 : 어리석어요. 아까, 선생님은 제 상처를 들여다보시며 무얼 홀리셨
>   죠? 선생님의 방아쇠가 뚫어 놓은 구멍이라고……되풀이가 있을
>   뿐이에요, 이번 돌아가면. 이번엔 선생님의 팔뚝이 아니라 선생님
>   의 그, 서늘한 눈동자에 동그란 구멍을……
>   아, 그건 우리 한두 사람의 힘으론 발뺌이 안돼요. 그 큰 톱니바퀴
>   속에 빨려 들어가 버리고 말아요.
>
> (334쪽)

남자는 헤어지자고 한다. 하지만, 자신의 부대로 절뚝거리며 돌아가는 여자를 다시 데려온다. 여자를 안으며 이 순간대로 누군가가 총으로 쏘아 영원히 못 박아 줬으면 좋겠다고 말한다. 현실의 상황이 쉽게 극복될 수 없으므로 해서 서로의 가슴이 맞닿아 있는 순간, 초월을 꿈꾸는 것이다.16)

현실에서 벗어난 안주에 대한 권유와 남자의 안주 욕망을 나타낸 것이라 할 수 있다.
16) 강형철, 「신동엽 연구 -「그 입술에 파인 그늘」 중심으로」, 『숭실어문』 3권, 숭실어문학회, 1986, 183쪽. 이것을 강형철은 절망감의 표현이라고 해석했다. 아마 남자의 말 "누군가 해결해 줬으면 좋겠어."란 대사에 주목하여 단순히 죽음을 통한 현실의 회피

여 : (전략) 기관포 탄환인가봐요. 바윗돌 때문인지 깊이 박히지 못하고
   축축한 흙을 약간 후볐어요. 이 납덩이의 얼굴 표정 좀 보세요. 이
   표정 좀 보세요. 불쌍하죠?

남 : 어깨가 처졌군요.

여 : 실패한 소꿉장난이에요.

남 : 좌절된 의지지?

여 : 하필이면, 이 깊은 산 속에 와서. 꽃다운 진달래 밑둥. 그것도 바위
   에 부딪쳐 이렇게 못생기게 이지러져. 잔뜩 찡그리고, 나뒹굴게 뭐
   에요? ……바보 같이.
   (하며 자세히 들여다본다)
   선생님, 이거 미제에요? 쏘제에요?

남 : 몰라.

여 : 전 도대체, 이 쇠붙이들의 의지를 모르겠어요. 내 가슴에 무슨 적의
   가 있다고. 기어코, 내 이 흰 가슴을 겨냥해야만 할까. 그 눈먼 의지.

남 : 그렇지만, 인류의 역사를, 좋든 나쁘든 이곳까지 이끌어 온 것도 바
   로 그 의지의 공로였으니까.

여 : 기껏, 이거냔 말예요. 이 장난감 같은, 일전짜리도 안되는 납덩어리
   에게 내가 왜 쩔쩔매야 되느냐 말예요.

(335쪽)

여기에서는 시적이며 상징적인 내용이 상당히 길게 이어지고 있다.
폭력을 통한 혁명 그리고 제국주의 폭력성을 이념을 향한 맹목적인 의
지로 의미 규정하며, 그 의지의 실패를 이지러진 기관포 탄환을 통해 상
징화시켜 비판하고 있다. 작가 및 텍스트의 이데올로기는 이러한 폭력
적 시도들을 '실패한 소꿉장난, 좌절된 의지, 쇠붙이들의 눈먼 의지'로
인식하며 거부하고 있는 것이다.

여자는 남자가 총알도 없는 총을 계속 들고 있는 걸 보고 버리라고 종

를 염원한 것으로 판단한 듯하다. 하지만 필자에게는 '절망감'뿐 아니라 보다 적극적인
둘의 결합을 통한 '초월'을 염원한 것으로 읽힌다.

용한다. 남자는 갈등한다. 그리고는 결국 토끼굴에 버린다. 남자는 전쟁17)이 끝나고 다시 여기를 찾자고 한다.

> 남 : 콧노래 부르며 이 산에 올 수 있게 되었을 때 난 꼭 이 곳을 찾겠어. 어젯밤의 그 팔다리 분지르던 처절했던 육박전에서 양쪽 병사가 다 전멸하고, 신령스럽게도 살아남은 이 골짜기. 그리고 적병인 당신을 처음으로 만나 내 생전 최초의 소중한 사랑을 느껴 본 이 골짜기.

> ⋮

> 남 : 좋아. 그럼 네 사람이서. 때는 오십년 후라도 좋으니까, 전쟁이 끝나고 모든 장벽, 모든 쇠붙이, 모든 껍데기들이 이 강산에서 무너져 나간 다음다음 날.

> ⋮

> 남 : 이 골짜기에서, 어젯밤, 아우성 치다 무너져 나간 그, 가엾은 넋들에게……
> 모든, 쏟아져 바다로 쓸려 간 그 혼령들에게 그날 다시 와서 머리를 숙여 봅시다. 아리랑을 부르던 민족의 이름으로.

(337~338쪽)

결국, 남자는 이전의 현실적 갈등상태에서 벗어나 모든 장벽, 모든 쇠붙이, 모든 껍데기들이 사라지기를 진정으로 염원하게 된다. 하나 된 민족의 미래를 말이다.

텍스트에서 제시되고 있는, 갈등 구조의 하위 갈등(남북 간의 이념 갈

---

17) 이 작품에서는 뚜렷이 이 전쟁이 '한국 전쟁'임을 명시하지 않고 있다. 이같이 한국 전쟁임을 명시하지 않는 것은 그 전쟁의 성격이 누구 또는 무엇을 위해 싸우는지, 왜 싸우는지를 알 수 없는, 주체적 성격의 전쟁이 아닌, 모호한 성격의 대리전쟁임을 상징한 것이라고 볼 수 있겠다(주 2 참조).

등)에 대한 해결 지향점은 노인의 다음 대사에서 암시된다 하겠다.

> 노 : (사람 끌어 덮는 시늉을 하며) 송장을 묻고 다녔죠……헤, 헤, 헤,
> 이, 산속에 있는 송장은 다, 내가 묻고 다녔읍죠……헤헤, 헤헤, 송
> 장만 보면 반갑고 다정해서, 헤헤헤헤. 가서 한번씩 껴안아 주
> 죠……이쪽이건, 저쪽이건 상관없죠. 헤헤헤헤.
>
> (330~331쪽)

또한 남자의 다음 대사에도 시사점은 있다.

> 남 : (전략) 난 난생 처음, 이 순간 당신에게 사랑은, 아니지만, 사랑 비슷한
> 향기를 느껴……내 것을, 내 목숨 안창 저 속의 것까지도, 다 던져주
> 고 싶은 생각이오……지아씨의 것도, 지아씨 목숨, 지아씨 역사, 저
> 안창의 시작서부터 오늘까지……뿌리채를 홀랑 뽑아 가지고 싶어,
>
> (331쪽)

이쪽저쪽을 구별하지 않는 인간에 대한 사랑, 그리고 서로의 목숨 안
창의 것, 뿌리를 공유하고 싶어 하는 바람을 통한 하나됨의 상태가 작가
및 텍스트의 이데올로기가 지향하는 바가 될 것이다.

> 여 : (전략) 껍데기끼리의 멱살잡이가 끝나지 않는 한 아무 쪽에서도 살
> 고 싶지 않아요. 전 공동 우물 바닥에 가서 살겠어요……이 산 속에
> 서 살겠어요.
> 남 : 우리에겐, 그런 선택권이, 지금, 없어, 이 답답한 반도를 벗어나지
> 않는 한.
> 여 : 껍데기는, 곧, 가요. 껍데기는 껍데기끼리, 껍데기만 스치고, 병신스
> 럽게, 춤추며 흘러가요, 기다리면 돼요, 땅 속 깊이, 지하 백 미터 깊
> 이에 우리의 씨를 묻어 두면, 이 난장판은 금세 흘러가요.
>
> (332쪽)

작가의 이데올로기는 여러 인물에 편재해 있지만, 대표적인 작가의 대변자 역할을 하는 인물인 '여자'를 통해 주로 나타난다. 남자는 두 이념 중 어떤 하나를 택할 수밖에 없다는 현실론을 전개하기도 하는데 비해, 여자는 텍스트에서 시종 외세에 의해 조종되는 껍데기가 없는, 주체적이고 유토피아적인 세상을 꿈꾼다. 작가의 시 「껍데기는 가라」[18]에서처럼 말이다.

이러한 민족 내부적 갈등의 하위 구조는 남녀가 고려가요 '청산별곡'을 읊으며 감격적인 동화(同化)의 순간을 느끼며 해결의 국면으로 접어든다. 둘이 감격하며 얼싸안을 때 격정적인 음악이 함께 울린다. 여기서 "미학적 형식들이란 어떤 이데올로기적 약호의 산물이며, 텍스트는 형식을 수단으로 해서 이데올로기와 관계를 형성한다. 어떤 형식과 장르들이 실제로 선택, 발전될 것인가는 이미 존재하고 있는 것인 GI에 근거를 둔 AI에 의해 지정된다"[19]는 점을 상기하게 된다. 곧 작가 및 텍스트의 이데올로기가 과거의 미학적 형식인 '청산별곡'이라는 전통적이고 유기적인 형식을 통해 민족의 동질성 회복을 제시하고 있는 것이다. 즉 비교적 자율적인 문학형식들의 계보들,[20] 곧 미학적 이데올로기의 작동을 통해 낡았지만 전통적이고 민족적 양식의 차용을 통해 진보적 이데올로기를 드러내고 있는 것이다. 이는 낭만적 아이디얼리즘(idealism)의 세계에 대한 열망을 과거의 유기체적 양식 차용을 통해 표현하고 있는 것이 된다.

또한, 여자가 총알을 입술에 대고 지그시 누르며,

---

18) 시 「껍데기는 가라」는 본 시극 「그 입술에 파인 그늘」이 공연된 다음 해인 1967년 『52 인시집』(신구문화사)에 발표되었다.
19) Terry Eagleton, 『비평과 이데올로기 ―마르크스 문학이론의 한 연구』, 105쪽, 125쪽, 90쪽; Terry Eagleton, 『문학비평: 반영이론과 생산이론(Marxism and Literary Criticism)』, 94쪽, 114쪽. 이글튼은 또한 형식은 사회현실을 바라보는 방식 즉, 이데올로기적 지각양식을 구체화한 것이라 했다.
20) Terry Eagleton, 『비평과 이데올로기 ―마르크스 문학이론의 한 연구』, 260쪽.

> 여 : 이 그늘 좀 보세요. 호호호. 이거 제 체온으로 녹히겠어요. 다행히
> 녹지 않으면, 이 다음 평화가 와서, 또각또각 구둣소리 빛내며, 오
> 월의 가로수밑, 연인과 더불어 걷게 되었을 때, 제 서재 책상 앞, 유
> 리 그릇 속에 깍듯이 넣어 두고 가보로 만들래요. (후략)
>
> (336쪽)

라고 말하는데, 이는 상당히 시적이며 모호하고 상징적이다. '총알을 체
온으로 녹히겠다'는 말은 온몸으로 폭력의 역사에 맞서 평화의 세계를
열겠다는 의지로 들린다. 또한 평화가 꼭 올 것을 믿는 의지도 함께 표출
되고 있다.

또한, 인터루드(interlude) 또는 극중극의 형태로 제시되는, 청군과 일본
군이 동학군 대창을 치는 무용 동작 및 의연히 견디는 동학군의 모습은,
의연함을 가지고 역사적 비극을 견뎌내면 민족의 자주, 주체성 및 정체
성(identity)은 회복될 수 있을 것이라는 믿음을 상징적으로 보여준다.21)
자의적이든 타의적이든 정체성의 상실은 비극을 초래했었다.

> 남 : 우리 마을 앞엔 대장간이 하나 있었어. 불 풀무 속에서 시뻘겋게 달
> 고 있는 불구멍 한가운데를 보고 있노라면 하도 고와서 먹고 싶어
> 지는 때가 다 있더군. 그런데, 그 속에 뭐든지 넣기만 하면
>
> ⋮
>
> 남 : 다음을 들어봐요. 저 총을 그날 꺼내다가, 그 곰보 아저씨에게 주겠
> 단 말이요.
>
> ⋮

---

21) 임승빈, 앞의 논문, 254쪽. 임승빈은 이 장면을 단순히 동학군의 무력한 모습을 통해
   힘없는 우리 민족을 상징하는 것으로 해석했다. 그러나 동학군이 '의젓이 일어서면서'
   웃는 것으로 되어 있어 이런 해석을 넘어서는 것으로 판단된다.

남 : 호미 두 자루만 뽑아달라고 하겠어.

(338쪽)

이것 또한 모든 폭력과 일체의 이념(공산주의, 제국주의, 군국주의, 파쇼 등)에 대한 거부의 언술이며 평화의 성취에 대한 결연한 의지의 표현이다.

남 : 그 모자, 버리세요.
여 : (모자를 만져본다) 왜요?
남 : 난 쇠붙이를 버렸어. 당신은 껍데기를 벗겨요. (여의 곁으로 가 모자에 손댄다)
여 : 호호호, 그래요 저도 이 그늘이 싫어요. 제가 벗겠어요. (벗는다)
남 : 버려요. 그 고운 손으로.
여 : (모자를 만진다. 볼에 대어 본다. 앞가슴에 대어 본다. 한참 생각에 잠긴다) 이것도, 이 몸뚱이도 버리고 싶어요. (모자를 던진다. 언덕 너머로 포물선을 긋는다)

(338쪽)

남자는 쇠붙이(총)를 버리고 여자는 그늘이 싫다며 껍데기(모자)를 벗어 버린다. 남자가 쇠붙이를 버리는 것은 모든 외세를 몰아내고 민족의 순수성을 회복하는 것으로 읽히며, 여자가 북한군 모자를 벗어버리는 것은 모든 이념이 만드는 '그늘'을 벗어버리고자 하는 행위로 파악된다.

여 : (전략) 우린 지금 통일을 성취한 셈이에요.
남 : 통일이 이렇게 쉽게 이루어질 줄은. 조국의 일부분이 지금 이곳에서 통일 되었구료.
여 : 아아아.
남 : 우린, 아까지 싸워 왔지만, 우리의 아랫배가 싸운 건 아니었어. 껍질이 싸웠어, 껍데기가 껍데기끼리 저희끼리 싸웠던 거야.

여 : 모자.

남 : 모자끼리 싸웠어. 지아씨의 모자와 내 모자가 저희끼리, (담담한 표
정으로, 장난스런 손짓을 하며) 치고 받고 해 왔던 거야. 왜, 내가(담
담하게 자신을 가리키며) 왜, 내 생생한 이 산짐승처럼 순수한 알몸
뚱이가 찢어지고 구멍 뚫려야 하느냔 말요? 모자는, 저렇게 높고,
성성하고 거만하고 저렇게 높은데 왜? 이? 아사달의 흰 살이 찢어
져야 한단 말이요?

(339쪽)

이렇게 둘은 둘만의 통일을 이룩한다. 동족상잔의 비극적 피흘림은,
우리 스스로가 마음 밑바닥에서부터 원해서 그랬던 것이 아니며, 외세
에 의해 조종되어 치러진 대리전이었음을 폭로한다. 그리고 그것의 극
복을 두 사람의 상징적 통일을 통해 이뤄내고 있는 것이다.

3. 비극적 카타스트로프(catastrophe) — 작가의 이데올로기와 텍스트 이데올로기의 분열 지점

이 장에서는 미학적 이데올로기가 작가의 이데올로기에 개입함으로
써, 작가의 이데올로기를 미적인 형상화 과정에서 어떻게 변형, 굴절시
키는지 그 양상을 살펴 볼 것이다. 그리고 작가의 이데올로기와 텍스트
이데올로기의 분열을 통해, 숨겨진 작가의 이데올로기적 진실이 어떻게
드러나는지 '부재'의 개념 적용을 통해 살펴보도록 하겠다.

드디어 둘은 골짜기를, 그늘을 벗어나려고 한다. 곧 역사의 톱니바퀴,
역사적 현실의 순간에서 벗어나고자 한다. 그들은 동굴로 향한다.

남 : (전략) 벗어날 수 없을까. 이 현실, 저 포소리, 저 맹목의 질주.

여 : 머리 위로 지나가게 버려 두세요. 지나가요. 곧 지나가요. 이 산천을
다 불살라도 남은 것은 있어요. 오늘 밤부터 그곳에 가서 지하 오십
미터의 굴을 파요.

⋮

여 : 그 동굴에 가면 열 평짜리 완충지대는 확보돼요. 그리고 깊이 오십
미터의 지심을 파요. 죽어도, 이 대지의 깊은 속에 내려 앉아 죽으
면, 이 강산의 밑거름이 돼요.

남 : (전략) 이 껍데기 위에서 죽으면 강물에 쓸려 바다로 흘러가 버리고
말꺼야.

여 : 우릴 심어요. 깊은 땅속에. 안 창에 (남의 어깨에 손을 얹으며) 빨리
가요. 선생님의 모든 역사 다아 가지고 싶어요.

(339∼340쪽)

하지만, 골짜기를 벗어나려는 순간, 제트기의 폭음 소리와 기관포 사
격 소리가 나며 둘은 시체로 덩그렇게 남는다. 서로 팔을 뻗어 맞잡으려
하나 겨우 손가락이 닿을 듯 접근해 있을 뿐이다. 이 장면은 하늘 높은
솔바람 소리, 평화스런 산새들의 노랫소리, 밝고 가벼운 음악과 대조되
어 카타스트로프의 비장미를 더한다.

여기서 역사의 수레바퀴에서 벗어나 동굴에 숨으려는 태도는 역사를
회피하려는 반동적(反動的, reactionary)이고, 회피적이며 소극적인 역사
대응으로 볼 수도 있을 것이다. 하지만 남녀 스스로 이념의 극복을 통해,
또한 서로에 대한 사랑을 통해 상징적(부분적) 통일을 이루어 내는 적극
성을 내포한 것이기도 하다. 여기서 작가가 남녀로 하여금 동굴에 숨어
서 때를 기다려 역사의 헛된 희생물이 되지 않겠다는 태도를 보이게 한
것은, 현실 역사의 거대함이 쉬이 감당되어질 수 있는 성질의 것이 아님
을 작가가 깊이 인식하고 있었음을 드러내고 있는 것이다.

남 : 실상 우리의 마음을 안다면 해치고 싶은 바보는 없을꺼야.

여 : 우리의 마음 속은 저 진달래 뿌리나 알고 있을 꺼에요.

(340쪽)

위의 여자의 말도 작가 및 텍스트의 이데올로기가 그 시대에 쉽게 받아들여지지 않을 것임을 암시하는 부분이다. 곧 지배적 이데올로기와 작가 및 텍스트 이데올로기 사이의 심각한 대립을 드러내고 있는 것이다.

텍스트의 비극적 카타스트로프는 미래에 대한 전망이 두 남녀의 상징적 통일처럼 낙관적이지만은 않음을, 외세가 한반도의 평화를 쉽게 허락하지 않을 것임을, 쉽게 그 그늘에서 벗어날 수 없을 것임을, 누구든 현실 역사에서 한 발자국도 자유로울 수 없을 것임을 약호화(略號化)한다고 하겠다. 이것이 텍스트 이데올로기의 골자가 된다.

작가는 내재적으로 낭만적이며 감상적인 세계 인식, 곧 현실과 이상의 괴리를 심각하게 느끼고 있으며, 이상의 성취가 쉽지 않을 것이라는 것을 깊이 인식하고 있었다. 이는 역사적 현실에 대한 객관적 인식이며, 그 시대 및 텍스트 그리고 작가의 이데올로기적 한계가 될 수 있다.

하지만, 한계가 놓여있다 하더라도 의연하게 역사를 견뎌내어야만 하며, 그렇게 할 때 새로운 민족적 유토피아의 지평이 펼쳐질 것임을 작가의 이데올로기는 웅변하고 있다. 깨뜨려지더라도 피흘리는 죽음만이 있더라도, 민족적 유토피아를 향한 지향은 그칠 수 없는 것이다. 이것이 작가의 이데올로기의 핵심이 될 것이다.

이 작품에서 작가의 이데올로기는 텍스트의 이데올로기와 거의 일치한다.22) 하지만 작가의 이데올로기는 외세와의 갈등 극복의 길이 험난

---

22) 김준오, 『시론』, 이우출판사, 1988, 161~163쪽. 시의 화자(시적 자아, 서정적 자아, 서정적 화자, 상상적 또는 가상적 자아 등)와 시인을 어느 정도로 동일시해야 하는가. 시는 수필과 마찬가지로 가장 주관적이고 고백적인 장르로 화자를 실제 시인과 동일시할 때 시는 곧바로 자전적(自傳的)인 것으로 간주된다(개성론 : 화자를 시인과 동일시). / 현대의 몰개성론의 시관은 시적 자아를 실제의 시인과 엄격히 구분한다. 시가 하나의

하겠지만 그 갈등을 극복한, 일체의 이념으로부터 우리 민족의 자주와 주체성 및 고유의 아이덴티티를 회복한 유토피아의 지평을 지향하고 있다. 이 지점(비극적 카타스트로프)에서 텍스트의 이데올로기는 지배적 이데올로기에 편입되어 버리는 양상을 보이지만, 작가의 이데올로기는 텍스트의 이데올로기와 분열된다. 미학적 이데올로기는 작가의 이데올로기에 개입함으로써 카타스트로프를 비극적으로 처리하여, 작가의 이데올로기를 미적인 형상화 과정에서 변형, 굴절시키고 있는 것이다. 곧 '부재' 개념의 미학적 변형 메카니즘의 작동이 이루어진 것이다.

이것과 관련해, 테리 이글튼은 AuI와 GI 사이의 관계는 AI의 견지에서 그것들의 조정에 의해 변형될 수 있는 것이다. 텍스트 자체 내에서 어떤 미학적 형식을 수단으로 해서 이루어진 GI의 생산은 작가의 이데올로기가 되는 GI의 생산을 무효화시키고 그것과 모순되기도 한다[23]고 말하고 있다.

결국 작가 및 텍스트의 이데올로기가 지향하는 것은, 남북한의 내부적 갈등을 우리 자체적으로 극복해야 하며, 그것은 한 민족으로서의 동질성과 인간에 대한 휴머니즘적 가치를 통해 가능함을 드러내고 있는 것이다. 하지만 외세의 힘은 거대하고 그것과의 갈등의 극복은 쉽지 않음을 텍스트의 이데올로기는 온몸으로 드러낸다. 반면 작가의 이데올로기는 텍스트의 이데올로기를 넘어선다. 바로 여기에서 작가의 이데올로기와 텍스트 이데올로기의 분열 지점이 생겨나는 것이다.[24] 민족적 유

창조물인 이상 '탈'이란 시적 화자를 "자전적으로 동일시할" 것이 아니라 "상상적으로 동일시해야 할" 것이라고 주장한다. 시적 화자는 제재에 대한 태도를 표명하기 위해 창조된 극적 개성이기 때문에 시는 어디까지나 허구적이고 극적이다. 시의 화자 역시 '창조'의 일부가 된다. 시인과 화자는 존재하는 차원의 차이 곧, 시인은 작품밖에, 화자는 작품 안에 존재한다. / 이렇게 시인과 시적 화자, 작가와 서술자가 서로 다른 존재일 수도, 또는 거의 일치할 수도 있으며, 다양한 스펙트럼의 관계 양태들이 있을 수 있다. 이것을 작가의 이데올로기와 텍스트의 이데올로기와 연결시켜서 생각해 볼 수 있다.

23) Terry Eagleton, 『비평과 이데올로기 ―마르크스 문학이론의 한 연구』, 92~93쪽.

24) 이러한 상황을 페쇠(Michel Pêcheux)의 이론으로 설명한다면, 인물들(여자와 남자)은

토피아의 지평을 위해, 신동엽은 역사에 대한 긍정적이고 희망적인, 강렬한 신념을 보여주고 있다. 곧, 일체의 이념을 초월한 낭만적이고 전통적인 휴머니즘의 유기적 삶에 대한 회복을 꿈꾸고 있는 것이다.

피에르 마셔레이(Pierre Macherey)는 작품은 그것이 말하는 것보다 말하지 않는 것에 의해 이데올로기와 결부되어 있다. 이데올로기의 존재가 확실히 느껴질 수 있는 곳은 텍스트의 의미 있는 침묵들과 공백과 부재에서이다. 비평가는 이것들을 드러내야 하고, 작가는 그 공백과 침묵, 말해서는 안 되는 것을 드러내게 되어 있다. 텍스트는 이런 공백과 침묵을 포함하고 있으므로 항상 불완전하다. 결코 완전하고 일관성 있는 전체를 구성하지 못하고 의미들의 충돌과 모순을 보여준다. 작품의 의미는 이 의미들 간의 통일보다 차이에 있다고 했다.[25] 또한, 브레히트도 예술

동일화 담론을 거쳐 반동일화 담론을 추구하나 텍스트 이데올로기는 결국 동일화 담론으로 귀결되며, 작가 이데올로기는 반동일화 담론을 실현하고 있다고 할 것이다.
Daniel Macdonell, 임상훈 옮김, 『담론이란 무엇인가(*Theories of Discourse*)』, 한울, 1992, 49~56쪽; Michel Pêcheux, *Language, Semantics and Ideology*(trans; Harbans Nagpal), St. Martin's Press, 1982, pp.155~170; 고현철, 『현대시의 패러디와 장르 이론』, 태학사, 1997, 37~39쪽.
페쇠는 주체가 구성되는 세 가지 기제에 따라 담론 양식을 세 유형으로 구분했다. 동일화(identification) 담론은 지배적 이데올로기에 동의하는 순응적인 주체들의 양식, 곧 그들에게 주어진 이미지에 자유롭게 동의하는 '착한 주체'들의 양식이다. 반동일화(counter-identification) 담론은 동일화를 거부하는 '나쁜 주체'들의 양식이다. 비동일화(역동일화, disidentification) 담론은 이데올로기 종속의 지배적 실천에 '편승하는 동시에 저항하는' 작업의 결과로 기술되는 역설적인 통합의 담론 양식이다. 비동일화는 지배적 이데올로기 안에서 만들어지는 정체성과 동일화가 비록 완전히 거기에서부터 빠져나올 수는 없지만, 변형되고 치환된 결과에서 비롯된 것이다. 다시 말해 비동일화는 지금 우세한 이데올로기 실천에 편승하는 동시에 저항하는 정치적이고 이데올로기적인 실천에 의해 발생 가능한 것이다.
25) Terry Eagleton, 『문학비평: 반영이론과 생산이론(*Marxism and Literary Criticism*)』, 51~52쪽. 골드만 같은 비평가는 작품에서 중심구조를 찾지만, 마셔레이에게서 작품은 항상 탈중심화된 것이고, 거기에는 중심적인 본질이 아니라 단지 의미들의 부단한 충돌과 불일치만이 있을 뿐이다(산재된, 분산된, 다양한, 불규칙적인 등). 마셔레이가 작품이 불완전하다고 했을 때, 그것은 비평가가 채워 넣을 수 있는 부족한 부분이 있다는 의미는 아니다. 작품은 어떤 부분에서는 침묵을 지키게 하는 이데올로기에 구속되어 있어

은 모순들을 제거하기보다는 드러내는 것이어야 하고, 그럼으로써 사람들로 하여금 실제생활에서 그것들을 타파하도록 자극해야 한다. 작품은 본질적으로 균형 있게 완성된 것이 아니라, 다른 사회적 산물처럼 오직 사용되는 행위 속에서만 완성되어야 한다고 했다.[26]

이같이 의미들 간의 충돌 · 모순 · 차이 즉, 작가의 이데올로기와 텍스트 이데올로기의 분열을 통해, 작품의 의미 곧 숨겨진 작가의 이데올로기적 진실이 드러나게 되는 것이다. 이러한 숨겨진 작가의 이데올로기는 그가 「시인정신론」[27]에서 언급한, 대자연으로의 회귀, 원수성세계(原數性世界)로의 회귀를 추구하는 귀수성세계(歸數性世界), 종합인을 의미하는 전경인(全耕人)과 전경인 정신으로 대지로 다시금 돌아갈 것을 역설한 것, 곧 "사실 전경인적으로 생활을 영위하고 전경인적으로 체계를 인식하려는 전경인이란 우리 세기에서 찾아볼 수가 없다. … 전경인적인 실천생활을 대지와 태양 아래서 버젓이 영위하는 전경인, 밭갈고 김쌈하고 아들 딸 낳고, 육체의 중량에 합당한 양의 발언, 세계의 철인적 · 시인적 · 종합적 인식, 온건한 대지에의 향수적 귀의, 이러한 실천생활의 통일을 조화적으로 이루었던 완전한 의미에서의 전경인이 있었다면 그는 바로 귀수성 세계 속의 인간, 아울러 원수성 세계 속의 체험과 겹쳐지는 인간"이라는 언급에서 잘 드러난다. 그는 대지 위에 뿌리박은 전경인적 시인과 철인(哲人)을 갈구한다. 진정한 시인혼과 시인정신을 추구한다. 전경인적인 귀수적 지성으로의 합일을 추구한다. 또한 그것은 「전통

서, 불완전하다(그 불완전함으로 해서 완전하다고 말할 수도 있다). 비평가의 과제는 작품을 채워 넣는 것이 아니라, 작품에 담긴 의미들이 충돌하는 원리를 찾아내서 작품과 이데올로기의 관계가 어떻게 해서 이 충돌을 산출해내는가를 보여주는 것이다. / 70쪽. 또한 마셔레이는 작품은 현실에 대해 하나의 각도를 취한 거울이며 파편화된 형태 속에서 그 영상들을 제시하는 깨진 거울이고, 반영하고 있는 것에서 뿐 아니라 반영하고 있지 않은 것에서도 여전히 무언가를 표현하고 있는 거울이라고 했다.

26) Terry Eagleton, 『문학비평: 반영이론과 생산이론(*Marxism and Literary Criticism*)』, 97쪽.
27) 『신동엽 전집』, 361~373쪽.

정신 속으로 결속하라 —남북의 자유로운 문화교류를 위한 준비회의를 제의하며」28)에서도 극명하게 드러난다. "우리는 조국(남북한)의 역사적 주인임을 각성하자. 적극적으로 나서서 조국의 운명을 연구하고 모색 · 실천하고 발언해야 하는 것이다. 우리밖에 아무도 맡길 사람이 없다", "그들 외부 세력을 우리 문화국민이 지성적 운동으로써 좌우할 수 있음을 자신하라. 우리의 의견을 그들 외부에 반영하여 영향을 주라. 우리는 아무에게도 이용당하고 싶지 않다는 것을 남북공동으로 선언하라"란 발언이 작가의 이데올로기를 잘 대변해 준다고 할 것이다. 하지만 한편으로 "제주에서 아리랑을 부르기 시작하면 두 시간도 안돼 평양 압록까지 합창이 번질 것이다. 날짜를 택해 판문점이나 임진강 완충지대에 그리운 사람들끼리 모여 아리랑을 합창해 보자고 제의하는 사람이 남북을 통해 아직 없다는 것을 쓸쓸한 일이다"라는 발언 등은 그의 이데올로기가 상당히 낭만적이며 감상적임을 드러내고 있어, 이것이 한편으로 작가의 미덕이기도 하지만 그의 한계이기도 한 것으로 판단하게 한다.

4. 드라마투르기(Dramaturgie) 검토 – 검열

슈타이거(Emil Steiger)는 그의 『시학의 근본 개념』에서 모든 문학 작품은 오로지 서정적인 것, 서사적인 것, 극적인 것은 없고, 정도의 차이는 있으나 세 가지 본질을 고루 갖추고 있다는 장르의 비순수성, 곧 문학을 개방적 구조로 봤다. 장르는 원래 이렇게 비순수한 것이다(Adrain Marino).29) 이러한 관점은 시극의 장르 개념을 정의하는데 유용하다. 시극은 시와

---

28) 『신동엽 전집』, 400~401쪽.
29) Emil Steiger, 이유영 · 오현일 공역, 『詩學의 根本概念(Grundbeqriffe der Poetik)』, 삼중당, 1978, 13~14쪽; 김준오, 『한국 현대 장르 비평론』, 문학과지성사, 1990, 82쪽, 13쪽.

극이 혼합된 혼합 장르적 성격을 띠고 있다. 현대 시극의 개념을 정립한 엘리엇(T. S. Eliot)은 그의 「시와 극(Poetry and Drama)」에서 "시극은 다만 희곡의 틀을 가진 훌륭한 시이여서는 안 될 것이며 그 자체가 극적이어야 할 것이다"라고 했다. 그는 시극을 시와 극이 융합된 양식으로 본 것이다. 즉, 시극을 시와 극이 일체화되고 융합된 경지의 극으로 보고 있는 것이다.30) 이와 같이 시극(詩劇, poetic drama)의 정의는 형용사(관형사)로서의 시와 명사로서의 극이 융합된 장르라 할 수 있다.

드라마투르기 면에서, 이 작품은 전체적으로 모호성과 상징성이 풍부하며 시정신(poesie)31)이 충만하고, 지시적 언어 구사를 넘어선 치환은유(Epiphor)적 시적 표현들이 곳곳에서 구사되고 있어32) 충분한 시적 조사(詩的 措辭, poetic diction, 시어법)가 이루어지고 있다. 또한 작가 및 텍스트의 이데올로기를 압축적이면서도 상징적, 암시적으로 표현하고 있다. 극이 시를 택하는 이유는 웅장한 영혼의 울림을 위한 것이다. 신동엽은 거대한 역사와 민족의 지향에 관한 문제를 세속적인(일상적인) 산문의 형식이 아닌, 보다 웅혼한 세계인 시의 형식을 통해 보여주고 있다. 또한 시는 순간의 장르로 어두운 시대에 선택되는 문학 양식이며, 어두

---

30) T. S. 엘리어트, 최창호 역, 「시와 극」, 『엘리어트 문학론』, 서문당, 1973; 오학영, 『희곡론』, 고려원, 1981, 20~21쪽.
31) 김준오, 『시론』, 18쪽. 시정신, 시적 세계관(비전)은 자아와 세계의 동일성(자아와 세계의 일체감)이다. / 103쪽. 시적 세계관(시정신)의 본질은 인간의 마음과 외부 세계를 결합하고 동일화되고 싶어 하는 욕구다.
32) 다음 외에 여러 부분이 있을 수 있겠지만, 자의적으로 시적이라 판단되는 부분을 제시해 보면 다음과 같다. 327쪽. 산토끼를 부수나 보더군요. / 328쪽. 아우성치며 쏟아지고 있을, 내 동지들. / 329쪽. 네 콧등에 난 보오얀 무명링 / 커다란 두 개의 우둣자죽 / 당신들을 동이째 저주도 했고 / 밤이 부러져 나가는 줄 알았어요 / 한참만에 눈 앞에서 흔들거리던 바다밑 삼라만상이 고정되더군요 / 그 눈동자가. 제 인생의 바늘을 / 우린 중간지대에 둘다 떠 있소. 지금은 떠 있소. / 331쪽. 머리칼을 빗질하는, 이 산속의 바람 / 사랑 비슷한 향기를 느껴 / 334쪽. 저 산새들의 천진이 나를 울려, / 338쪽. 불 풀무 속에서 시뻘겋게 달고 있는 불구멍 한가운데를 보고 있노라면 하도 고와서 먹고 싶어지는 때가 다 있더군. / 어머니의 야윈 괴춤에 꽂혀오던 호미, 그 호미의 갸우뚱한 고개.

운 시대에 가장 적합한 장르다.[33] 그런 의미에서 이 작품은 위에서 언급한 시극의 장르적 개념에 부합되는 작품이 된다.

작품의 플롯은 인물들이 제시되고 그들이 처한 상황이 제시되는 도입 부분, 고려가요 '청산별곡'을 읊으며 동질성을 회복하는 순간 등의 상승 부분, 여기에는 남자가 여자에게 부대로 돌아가라고 하는 위기의 부분이 포함되어 있다. 이후 남녀가 상징적(부분적) 통일을 이루는 데서 절정을 이루며, 하강(반전)을 거쳐 두 남녀의 죽음으로 파국을 맞이한다.[34] 이와 관련해 주요 등장인물의 극적 움직임을 살펴보면, 한 적군 병사의 충격적 죽음을 경험하고 나서의, 여자의 태도는 일관적이다. 즉 역사의 톱니바퀴에서 벗어나려고 하며, '그늘'을 벗어난 유토피아적 세상을 꿈꾼다. 이렇게 여자는 텍스트 처음부터 일관성을 유지한다. 거기에 비해 남자는 두 이념 중 어떤 하나를 택할 수밖에 없는 인간 역사를, 어쩔 수 없는 숙명으로 받아들이고자 하는 갈등상태를 거쳐 여자와 동일한 하나의 지향점에 도달하게 된다.

그런데,

> 여 : 그 눈동자가. 제 인생의 바늘을…… 저는 그만 끝내고 싶어요. 그만 끝내고 싶어요
> 남 : 무엇을?(무대 점점 밝아진다)
> 여 : 만세를,
> 남 : 만세?(329쪽)

> (시대 불명의 부상병 등장. 한쪽 눈을 안대로 가리고 절뚝절뚝 세월없이 걷는다)
> 부상병 : 어쩐다? 어쩐다? 이 구름을 어쩐다? 이 행복을 어쩐다? 마렵긴

---

33) 김준오, 『문학사와 장르』, 문학과지성사, 2000, 389쪽.
34) 구스타프 프라이탁, 임수택 · 김광요 역, 『드라마의 기법 —고전비극의 이념과 구조 (Die Technik des Dramas)』, 청록출판사, 1992, 107~128쪽.

하고 땅은 넓고 누구 얼굴에다 쏟는다? 많아도 걱정이야. 헌데
이 쓸개빠진 산천은 어쩌자고 하필이면, 내 눈앞을 탐낸다?
(퇴장)

(329~330쪽)

위 대사들과 같이 작품의 곳곳에서 보이는 모호함은 어디에서 기인하는
것일까? 특히, 인터루드 또는 극중극의 성격을 띠고 있는 위의 아래쪽
인용문(329~330쪽)은 작가가 거기에 무언가의 상징성을 부여하려고
의도하는 듯하나, 그 상징성의 실마리가 잘 서지 않는다.[35]

또한 앞에서 살펴보았듯이, 작품 전체에서 '그늘'이 가지는 상징성은
텍스트 및 작가의 이데올로기를 드러내는 면에서 중요하다. 하지만 그
상징의 의미가 잘 읽혀지지 않는 맹점이 있다. 이 작품에서의 '그늘'의
상징은 문학에서 구사되는 미묘한 상징의 형태를 띠고 있다. 그러나 극
의 관객은 문학 텍스트와 같은, 두고두고 참조하며 반복해서 읽을 수 있
는 텍스트가 없다. 극에서 어떤 대상에 상징적 의미를 부여하려 한다면,
특히 그것이 관념적이고 추상적인 것이라면 더더욱 패턴 제시를 통해

---

[35] T. S. Eliot, 최종수 역, 『문예비평론』, 박영사, 1983, 160쪽. T. S. Eliot은 시의 제일차 노
력은 자기 자신에게 명석성을 성취하는 일이다. 시라는 것은 그 시가 이루어진 과정의
당연한 결과다. 시의 모호성의 가장 서투른 형태는 자기를 자신에게 표현할 수 없는 시
인의 모호성이다. 모호성의 가장 거짓스러운 형태는 시인이 말할 것을 가지고 있지 않
으면서도 가지고 있는 것처럼 자신을 설득시키려고 애쓸 때 나타난다고 했다. 본 필자
는 신동엽의 작품이 T. S. Eliot이 이야기하는 차원의 모호함을 갖는 것은 아니라고 판
단한다.
강형철, 앞의 논문, 181쪽. 여기서 강형철은 그 부상병이 "안대를 하고 한쪽 눈을 가리
고 있음"은 "분단시대는 어차피 절름발이 인간으로 육성되기를 강요하"므로, "자라면
서 한쪽의 이데올로기만을 주입받은 작중 주인공의 모습을 상징적으로 드러낸" 것으
로 추측하였고, 곽홍란은 그러한 현실에 대한 비판이라고 보았다(곽홍란, 앞의 논문,
140쪽). 그런데 여기에서 강형철은 부상병이 주인공들 앞에 실제로 나타난 것으로 파
악하고 있는데, 이는 그가 드라마에 대한 인식이 전혀 없음으로 인한, 다시 말하면, 무
대 컨벤션에 대한 이해 부족에서 오는 오해이다. 이것은 동학군의 등장 장면에 대한 인식
에서도 동일하다. 여기에서도 분명히 동학군의 장면이 스폿 처리되는데도 그것을 주
인공들 앞에서 벌어지는 일로 파악하고 있는 것이다(『신동엽 전집』, 336쪽 참조).

야, 또는 보다 구체적인 전달의 수단을 찾아야 그 의미의 명징한 전달이 가능해진다. 게다가 극이 이데올로기적 지향을 명확히 하려고 한다면 시의 경우에서처럼 과도한 비유와 상징의 방법을 사용하는 것은 부적절하다. 비유와 상징의 암시성은 운동적 효과가 약하기 때문이다.[36] 이것은 결국 신동엽이 극의 본질적 성격에 대한 명확한 인지가 없는데서 오는 드라마투르기 상의 미숙의 결과로 판단된다.

또한 그 모호함은 지배적인 이데올로기의 검열[37]을 피하는 방법으로도 보인다. 한국전쟁을 미소(美蘇)로 대표되는 사회주의와 자본주의 간의 체제대립의 대리전이었음을 '껍데기끼리의 싸움'이라는 상징을 통해 표현한 것이라든지, 공산주의, 제국주의, 군국주의, 패권주의, 파쇼 등의 맹목적 폭력성을 드러내기 위해 '그늘'의 상징을 사용한 것 등은 시대적 검열[38]을 염두에 둔, 작가 자신의 자체 검열로 볼 수도 있다. 하지만 미학적 이데올로기의 개입에 의한 생경한 소재 나열 차원을 넘어서기 위한 예술적 형상화로 읽히기도 한다. 곧 '부재' 개념의 미학적 변형 메카니즘의 작동으로 볼 수 있는 것이다. 이때의 미학적 이데올로기의 개입은 작가 및 텍스트 이데올로기 사이의 분열을 일으키게 한다. 이것은 앞

---

36) 김준오, 『문학사와 장르』, 392쪽. 시의 경우 운동 매체로서 격상되었지만 비유 · 상징에 의한 암시성이라는 형식적 제약이 있다. 시가 효과적인 운동 매체가 되기 위해서는 서사 문학의 이야기가 이 암시성과 대체되어야 한다.
　　김준오, 『한국현대장르비평론』, 72쪽. 희곡은 관객에게 직접적 호소의 효과를 획득하는 장르다. / 77쪽. 연극적 감수성은 관객의 즉각적 반응을 요구한다.
37) Terry Eagleton, 『비평과 이데올로기 —마르크스 문학이론의 한 연구』, 85쪽. 이데올로기적 직접 통제.
38) 김정원, 『분단한국사 : 남북한정치발전론』, 예진, 1992, 315~317쪽. 1967년 제3공화국은 전날의 이승만 정부보다 훨씬 탄탄한 권력강화를 이룩하였다. 전문화된 군사기구에 대한 정부의 통제는 확고하였다. 사회에 대한 조직적 통제는, 그것이 사회로의 효과적인 조직적 침투를 하지 못하고 위로부터의 조작과 통제에 기초한 것이었음에도 불구하고 확연했다. …(중략)… 몇몇 낙관적인 관측자들은 새로운 정치체제가 경제시책의 다이나믹한 성공을 통하여 효과적인 정치기반 강화뿐 아니라 정치적 정통성 역시 확립해 나가고 있는 것으로 보았다.

의 "3. 비극적 카타스트로프"에서, 텍스트의 이데올로기는 지배적 이데올로기에 편입되어 버리는 양상을 보이지만, 작가의 이데올로기는 텍스트의 이데올로기와 분열된다. 미학적 이데올로기는 작가의 이데올로기에 개입함으로써 카타스트로프를 비극적으로 처리하여, 작가의 이데올로기를 미적인 형상화 과정에서 변형, 굴절시켰다. 곧 '부재' 개념의 미학적 변형 메카니즘의 작동이 이루어진 것이라고 살펴본 바 있다.

> 여 : (전략) 전 헛간에서 태어난 여자예요, 그 점잔만 빼는 으리으리한 상전집들이 싫어졌어요 ……로미오집 가헌도 주리엣집 가헌도 싫어요. 껍데기끼리의 멱살잡이가 끝나지 않는 한 아무 쪽에서도 살고 싶지 않아요. 전 공동 우물 바닥에 가서 살겠어요……이 산 속에서 살겠어요.
>
> (332쪽)

위의 여자 대사도 지배적 이데올로기의 검열을 염두에 둔 자체 검열의 형태로 읽을 수 있다. 여자가 자신이 프롤레타리아 출신임과 외세에 대한 배격과 민족 주체성의 추구를 직접적인 미메시스가 아닌 우회적 상징의 형태로 디에게시스를 통해, 시적으로 형상화시켜 드러내는 데서 추론할 수 있다.

제3장. 결론 - 유기적 삶의 회복

지금까지의 논의를 정리하면 다음과 같다.

첫째, 작품에서 중요한 의미를 띠는 '그늘'의 상징성은 작품 전체에서 상당히 모호하다. 극에서 시적 모호함을 지나치게 구사하게 되면 전달의 명징성을 상실하게 된다. 이러한 '그늘' 상징의 모호함은 작가의 무대 컨벤션에 대한 명확한 인식을 체득치 못한 상태에서의 드라마투르기 상의 미숙으로 판단된다.

'그늘'은 이중적 의미를 띠는데, 일차적으로 원형적 이미지로서 뜨거운 햇빛을 막아주고 시원한 바람을 안겨다 주는 '편안함, 안식, 휴식, 여유, 평화' 등을 의미하는 공간으로서, 일체의 이념에서 벗어난 유보된 지역을 의미한다. 또한 그 '그늘'은 우리를 둘러싼 '모든 쇳소리'나 맹목적인 조직들(공산주의, 제국주의, 군국주의, 패권주의, 파쇼 등)에 의해 만들어진 음울한 '그늘'로서 동굴로 피신해야 하는 위험한 공간이기도 하다. 이때의 '그늘'은 결국 온몸으로 극복되어야 하는 성질의 것이 된다.

둘째, 작가 및 텍스트의 이데올로기는 폭력을 통한 혁명, 제국주의 폭력성을 이념을 향한 맹목적인 의지로 보고, 그 의지는 실패했으며, 이러한 폭력적 시도들을 '실패한 소꿉장난, 좌절된 의지, 쇳붙이들의 눈먼 의지'로 비판하며, 모든 쇳소리에 대한 거부를 주장하고 있다. 모든 장벽, 모든 쇠붙이, 모든 껍데기들이 사라지기를 진정으로 염원하고 있는 것이다. 외세에 의해 조종되는 껍데기가 없는, 주체적이고 유토피아적인 세상을 꿈꾸며 그것이 꼭 올 것을 믿는다. 그것의 실체를 남녀 주인공의 상징적 통일을 통해 제시하고 있다. 곧, 작가 및 텍스트의 이데올로기가 과거의 미학적 형식인 '청산별곡'이라는 전통적이고 유기적인 형식을 통해 민족의 동질성 회복을 제시하고 있는 것이다. 즉 미학적 이데올로기의 작동을 통해 낡았지만 전통적이고 민족적인 양식의 차용을 통해 진보적 이데올로기를 드러내고 있는 것이다. 이는 낭만적 아이디얼리즘의 세계에 대한 열망을 과거의 유기체적 양식 차용을 통해 표현하고 있는 것이 된다.

셋째, 이 작품에서 작가의 이데올로기는 텍스트의 이데올로기와 거의 일치한다. 그런데 텍스트의 비극적 카타스트로프는 미래에 대한 전망이 두 남녀의 상징적 통일처럼 낙관적이지만은 않음을, 외세가 한반도의 평화를 쉽게 허락하지 않을 것임을, 쉽게 그 그늘에서 벗어날 수 없을 것임을, 누구든 현실 역사에서 한 발자국도 자유로울 수 없을 것임을 약호화(略號化)한다. 이것이 텍스트의 이데올로기다.

하지만 작가의 이데올로기는 외세와의 갈등 극복의 길이 험난하겠지만 그 갈등을 극복한, 일체의 이념으로부터 자유로운, 우리 민족의 자주와 주체성 및 고유의 아이덴티티의 회복을 지향하고 있다. 한계가 놓여 있다 하더라도 의연하게 역사를 견뎌내어야만 하고 그렇게 할 때, 새로운 민족적 유토피아의 지평이 펼쳐질 것임을 작가의 이데올로기는 웅변한다. 깨뜨려지더라도 피흘리는 죽음만이 있더라도, 민족적 유토피아를 향한 지향은 그칠 수 없는 것이다. 이렇게 이 지점에서 텍스트의 이데올로기는 지배적 이데올로기에 편입되어 버리는 양상을 보이지만, 작가의 이데올로기는 텍스트의 이데올로기를 넘어서서, 그것과 분열된다. 민족적 유토피아의 지평을 위해, 신동엽은 역사에 대한 긍정적이고 희망적인, 강렬한 신념을 보여준다. 곧, 일체의 이념을 초월한 낭만적이고 전통적인 휴머니즘의 유기적 전체성에 대한 회복을 꿈꾸고 있는 것이다. 이것은 그가 「시인정신론」에서 언급한, 대자연으로의 회귀, 원수성 세계로의 회귀를 추구하는 귀수성 세계, 종합인을 의미하는 전경인과 전경인 정신으로 대지로 다시금 돌아갈 것을 역설한 것, 또한 「전통정신 속으로 결속하라 −남북의 자유로운 문화교류를 위한 준비회의를 제의하며」에서의 주체성 등을 통해 뒷받침된다. 미학적 이데올로기는 작가의 이데올로기에 개입함으로써 카타스트로프를 비극적으로 처리하여, 작가의 이데올로기를 미적인 형상화 과정에서 변형, 굴절시켰다. 곧 '부재' 개념의 미학적 변형 메카니즘이 작동한 것이다. 이렇게 의미들 간의 충돌 · 모순 · 차이 즉, 작가의 이데올로기와 텍스트 이데올로기의 분열을 통해, 작품의 의미 곧 숨겨진 작가의 이데올로기적 진실이 드러난다.

넷째, 현대 시극의 개념을 정립한 엘리엇은 시극을 시와 극이 융합된 양식 곧, 시와 극이 일체화되고 융합된 경지의 극으로 보고 있다. 이와 같이 시극의 정의는 형용사로서의 시와 명사로서의 극이 융합된 장르라 할 수 있다. 「그 입술에 파인 그늘」은 시와 극이 혼합된 혼합 장르적 성격을 띠고 있다. 드라마투르기 면에서, 이 작품은 전체적으로 모호성과 상징성이 풍부하며 시정신이 충만하고, 지시적 언어 구사를 넘어선 치환 은유적 시적 표현들이 곳곳에서 구사되고 있어, 충분한 시적 조사(詩的 措辭)가 이루어지고 있다. 또한 작가 및 텍스트의 이데올로기를 압축적이면서도 상징적, 암시적으로 표현하고 있다. 신동엽은 거대한 역사와 민족의 지향의 문제를 세속적인(일상적인) 산문의 형식이 아닌, 보다 웅혼한 세계인 시의 형식을 통해 보여주고 있는 것이다. 그런 의미에서 이 작품은 시극의 장르적 개념에 부합되는 작품이다.

한편, '그늘' 상징 등의 모호함은 지배적 이데올로기의 검열을 피하는 방법으로서, 작가 자신의 자체 검열로 볼 수 있다. 또한 미학적 이데올로기의 개입에 의한 생경한 소재의 나열을 넘어서기 위한 예술적 형상화로 읽히기도 하는데, 곧 '부재' 개념의 미학적 변형 메카니즘의 작동으로 볼 수 있다.

동족상잔의 깊은 상처로 말미암아 1960년대의 역사적 상황에서 민족의 현실을 이야기한다는 것은 금기시되어 있었다. 작품 발표 당시의 지배적 이데올로기는 자본주의에 바탕을 둔 민주주의 수호의 미명, 친미, 군사독재, 파쇼, 반공(매카시 선풍, McCarthyism) 등의 성격을 띠고 있었다. 이에 비해 이 작품의 작가의 이데올로기와 텍스트 이데올로기는 단순한 반미, 반공의 차원을 넘어 서서, 일체의 이념을 초월한 민족주의를 궁극적으로 지향하고 있다. 다시 말해, 신동엽은 일체의 이념을 초월한 낭만적 휴머니즘 및 전통적 총체성의 유기적 삶에 대한 회복을 꿈꿨던 것이다. 이에 대해, 지배적 이데올로기는 신동엽 민족주의의 반공 및 일체의 이념으로부터의 초월에 대한 시각에는 주목하지 않고, 오직 반미의 성격, 제국주의의 침탈에 대한 거부만을 문제 삼음으로써 필연적으로 작가 및 텍스트의 이데올로기와 심각한 대립을 일으킬 수밖에 없었다. 즉 신동엽의 민족적 정체성 및 순수성의 회복을 친북 좌파적 성격으로 몰아감으로써 검열과 판매 금지의 파쇼적 행태를 보였던 것이다. 집권 세력은 정권 유지의 수단으로 반공 이데올로기를 철저히 이용하였으며, 정권 유지를 위해서 반공의 희생자가 절대적으로 필요했다. 거기에 신동엽의 문학도 대상이 되었다 할 것이다. 기실 군사 정부는 많은 조작을 통해 수많은 희생자를 양출한 것이 사실이다.

이러한 상황에서 지배적 이데올로기에 도전하는 세력은 신동엽이라는 작가로 하여금, 지배적 이데올로기 세력에 도전하기 위해, 또는 모든 국민을 대상으로 민족적이고 진보적 이데올로기를 호소하기 위해 시극이라는 연극의 형식을 택하게 했던 것이다. 이와 같이 본 텍스트가 당대의 역사로부터 이데올로기적으로 일탈된 것은 궁극적으로 그 역사적 상황 자체에 의해서 결정된 것이다.[1] 궁극적으로 이 작품「그 입술에 파인 그늘」을 포함한 신동엽의 문학은 전통적 총체성 및 낭만적 휴머니즘의 유기적 삶에 대한 회복을 꿈꾸는 것이며, 그런 의미에서 그의 문학은 생산적인 노동이 된다.

본 텍스트의 문학 생산은 이데올로기적으로 민족적 현실에 대한 반성과 미래에 대한 계시, 환상 등을 약호화하고 있으며, 이 작품은 민족적 유토피아 실현을 위한 과정, 실천, 상징, 제스처 등을, 이 작품의 소비는 독자들의 민족적 역사 현실에 대한 마술적인 영향, 비밀스러운 의식, 대화참여 등을 약호화하고 있다 하겠다.[2]

---

1) Terry Eagleton, 『비평과 이데올로기 −마르크스 문학이론의 한 연구』, 87쪽.
2) Terry Eagleton, 『비평과 이데올로기 −마르크스 문학이론의 한 연구』, 89쪽. 문학생산 자체는 이데올로기적으로 계시, 감화, 노동, 놀이, 반성, 환상, 재생 등으로 약호화될 수 있으며, 문학작품은 과정, 실천, 매체, 상징, 목적대상, epiphany, 제스추어 등으로, 문학의 소비는 마술적인 영향, 비밀스러운 의식, 대화참여, 수동적 수용, 교훈적 가르침, 영적인 만남 등으로 약호화될 수 있다.

참고문헌

제1부. 최인훈 시극의 세계—장르시학적 연구

1. 자료

최인훈, 「온달」, 『현대문학』, 1969.7.

_____, 「어디서 무엇이 되어 만나랴」, 『옛날 옛적에 훠어이 훠이』(최인훈전집 10), 문학과지성사, 2000.

_____, 「열반의 배 —온달2—」, 『현대문학』, 1969.11.

_____, 「옛날 옛적에 훠어이 훠이」, 『옛날 옛적에 훠어이 훠이』(최인훈전집 10), 문학과지성사, 2000.

_____, 「봄이 오면 산에 들에」, 『옛날 옛적에 훠어이 훠이』(최인훈전집 10), 문학과지성사, 2000.

_____, 「봄이 오면 산에 들에」, 『한국의 현대희곡』 2(서연호 편), 열음사, 1988.

_____, 「둥둥 낙랑둥」, 『옛날 옛적에 훠어이 훠이』(최인훈전집 10), 문학과지성사, 2000.

_____, 「달아 달아 밝은 달아」, 『옛날 옛적에 훠어이 훠이』(최인훈전집 10), 문학과지성사, 2000.

_____, 「달아 달아 밝은 달아」, 『제3회 대한민국연극제 희곡집』, 한국문화예술진흥원, 1980.

_____, 「첫째야 자장자장 둘째야 자장자장」, 『옛날 옛적에 훠어이 훠이』(최인훈전집 10), 문학과지성사, 2000.

_____, 「한스와 그레텔」, 『옛날 옛적에 훠어이 훠이』(최인훈전집 10), 문학과지성사, 2000.

2. 논문

강철수, 「1960년대 한국 현대 시극 연구 −신동엽 · 홍윤숙 · 장호를 중심으로−」, 한양대학교 대학원 국어국문학과 박사학위논문, 2010.2.

곽홍란, 「한국 현대시극의 형성과 전개양상에 관한 연구 −1920∼1960년대를 중심으로」, 영남대학교 대학원 국어국문학과 박사학위 논문, 2007.12.

구모룡, 「생명현상의 시학」, 『어문교육론집』 8집, 부산대 국어교육과, 1984.

_____, 「한국문학비평과 유기론적 전통」, 『한국문학논총』 제20집, 한국문학회, 1997.6.

김권수, 「최인훈의 둥둥 낙랑둥과 셰익스피어의 햄릿 비교 연구」, 동아대학교 교육대학원석사학위논문, 1998.8.

김기란, 「최인훈 희곡의 극작법 연구 −<둥둥 낙랑둥>을 중심으로」, 『한국극예술연구』 Vol. 12, 한국극예술학회, 2000.

김남석, 「최인훈 문학에 나타난 난민의식 연구(최인훈 작품 세계 연구(2))」, 『한국문학이론과 비평』 Vol. 34, 한국문학이론과비평학회, 2007.

김동룡, 「「아기장수 전설」과 희곡 「옛날 옛적에 훠어이 훠이」의 비교 연구」, 『기전어문학』 Vol. 3, 수원대학교 국어국문학회, 1988.

김동현, 「윤대성 희곡의 실존 의식과 현실 비판 의식 연구」, 부산대학교 대학원 국어국문학과, 석사학위논문, 2003.2.

_____, 「신동엽 시극 <그 입술에 파인 그늘>의 이데올로기」, 『한국문학논총』 제55집, 한국문학회, 2010.8.

_____, 「최인훈의 「달아 달아 밝은 달아」 연구 —남성학적 관점을 중심으로」, 『우리문학연구』 32집, 우리문학회, 2011.2.

김만수, 「일란성 쌍생아의 비극: 최인훈 <둥둥 낙랑둥>의 해체론적 연구」, 『한국현대문학연구』 Vol. 6, 한국현대문학회, 1998.

김미영, 「『심청전』의 현재적 변모 양상에 대한 연구」, 『한중인문과학연구』 Vol. 14, 한중인문학회, 2005.

김병국, 「장르 관찰의 시각, 그리고 이 책의 내용」, 김병국 외, 『장르교섭과 고전시가』, 월인, 1999.

김병임, 「「심청전」의 패러디 연구」, 숙명여자대학교 대학원 국어국문학과 석사학위 논문, 2001.

김성희, 「연극에서의 상징성과 현실참여 —<밤으로의 긴 여로>, <어디서 무엇이 되어 만나랴>, <아리랑>」, 『연극의 사회학, 희곡의 해석학』(연극평론집), 문예마당, 1995.

_____, 「한국적 비극의 특성과 보편성 연구 —최인훈의 비극을 중심으로」, 『연극의 사회학, 희곡의 해석학』(연극평론집), 문예마당, 1995.

김승옥, 「한국 현대희곡의 전통 수용 연구」, 단국대학교 대학원 국어국문학과 박사학위 논문, 1996.

김영삼 · 김장현, 「전통한지를 이용한 무대의상 연구 —연극 "옛날 옛적에 훠어이 훠이"를 중심으로—」, 『한국의류학회지』 Vol. 34 No. 2, 한국의류학회, 2010.

김유미, 「최인훈의 <광장>과 <둥둥 낙랑둥> 비교 연구」, 『어문논집』 Vol. 43, 안암어문학회, 2001.

김정혜, 「최인훈의 패러디 희곡 연구」, 숙명여자대학교 대학원 국어
국문학과 석사학위 논문, 1997.

김종회, 「최인훈, 문학적 연대기」, 최인훈, 『화두』 1, 문이재, 2002.

김준오, 「서술시의 서사학」, 현대시학회, 『한국 서술시의 시학』, 태학
사, 1998.

김태환, 「문명의 불안 −최인훈의 예술론에 대한 소고」(해설), 최인훈,
『길에 관한 명상』, 문학과지성사, 2010.

김 향, 「최인훈의 「옛날 옛적에 훠어이 훠이」 연구 : 극테스트의 비극
적 구조 분석」, 연세대학교 교육대학원 석사학위 논문, 1998.8.

김현주, 「판소리의 장르 교섭 양상」, 판소리학회 엮음, 『판소리의 세
계』, 문학과지성사, 2000.

노지혜, 「최인훈 희곡에 나타난 설화 변용에 관한 연구 : <어디서 무
엇이 되어 만나랴>, <둥둥 낙랑둥>, <달아 달아 밝은 달
아>를 중심으로」, 한양대학교 교육대학원 국어교육과 석사
학위 논문, 2008.8.

민병욱, 「한국 근대 시극 <인류의 여로>에 대하여」, 『문화전통논집』
창간호, 경성대학교 부설 한국학 연구소, 1993.8.

박미리, 「≪봄이 오면 산에 들에≫의 극적 구조」, 『용인대학교 논문
집』 Vol. 19, 2001.

박우수, 「아리아드네의 실처럼 우리를 인도해줄 슈바니츠의 햄릿(추
천사)」, 디트리히 슈바니츠, 『슈바니츠의 햄릿』, 들녘, 2008.

박정호, 「극시의 형성 및 장형화에 대한 일고찰」, 『한국어문학연구』
8, 한국외대 어문학연구회, 1997.12.

박혜령, 「윤대성 희곡 연구 −극중극 기법을 중심으로」, 한국극예술학
회편, 『한국 극예술연구』 제7집, 태학사, 1997.6.

서연호,「작품 해설」,『한국의 현대희곡』, 열음사, 1986.

서인석,「한국 고전소설과 인접 장르의 관련」, 이상택 외,『한국 고전 소설의 세계』, 돌베개, 2005.

손필영,「최인훈 희곡, <옛날 옛적에 훠어이 훠이> 연구 −한국 시극 의 가능성을 위한 서설−」,『한국연극연구』Vol. 3, 한국연극 사학회, 2000.

_____,「한국 시극의 가능성을 위한 서설 −최인훈의 <둥둥 낙랑둥> 을 중심으로」,『드라마연구』제24호, 한국드라마학회, 2006.

신현숙,「「봄이 오면 산에 들에」에서 침묵의 시적 기능(I)」,『인문과 학연구』Vol. 5, 덕성여자대학교 인문과학연구소, 2000.

안치운,「기억의 시학을 통해 본 한국 현대연극의 글쓰기 −≪태≫와 ≪봄이 오면 산에 들에≫를 중심으로−」,『한국연극학』Vol. 29, 2006.

양명문,「극시 소고」,『명지어문학』1, 명지어문학회, 1960.2.

_____,「극시 소고」,『국어국문학』, 서울문리사범대학 국어국문학 회, 1960.3.

엄국현,「한국시의 리듬을 어떻게 읽을 것인가 −한국시의 작시법을 찾아서−」,『문창어문논집』제37집, 문창어문학회, 2000.12.

오경복,「「심청전」과 「달아달아 밝은달아」에 나타난 재생원형연구」, 이화여자대학교 석사학위논문, 1980.

오현숙,「『심청』 문화콘텐츠로의 재생산을 위한 사례 연구」, 중앙대 학교 예술대학원 예술경영학과 석사 학위 논문, 2005.

옥광복,「<심청전>의 패러디 양상 연구 : 채만식, 최인훈, 오태석의 희곡을 중심으로」, 경주대학교 교육 대학원 국어교육과 석사 학위 논문, 2002.

우한용,「제7장 문학교육과 장르론」,『문학교육과 문화론』, 1997.

유재철, 「희곡의 의미구조 분석 : 최인훈의 "봄이 오면 산에 들에"를 중심으로 한 시론」, 서강대학교 대학원 국어국문학과 석사학위논문, 1981.

윤갑중, 「설화의 희곡화 과정에 관한 연구」, 한양대학교 교육대학원 국어교육과 석사학위논문, 1983.

이미원, 「'호동왕자' 설화의 현대적 재구」, 『한국의 민속과 문화』 Vol. 2, 경희대학교 민속학연구소, 1999.

이영미, 「서사와 극의 사이」, 『연극의 이론과 비평』, 한국예술종합학교 연극원 연극학과, 2000.

이상란, 「최인훈 <옛날 옛적에 훠어이 훠이>의 극작술 연구」, 『한국연극학』 Vol. 13 No. 1, 한국연극학회, 1999.

이상일, 「최인훈론 ―어눌과 시적 비전의 작가」, 한국연극평론가협회 편, 『한국 현역 극작가론 1』, 예니, 1994.

_____, 「극시인의 탄생」, 『옛날 옛적에 훠어이 훠이』(최인훈전집 10), 문학과지성사, 2000.

이철우, 「대립 속의 순환고리 드러내기 ―최인훈의 "둥둥 낙랑둥"의 서사담론적 접근―」, 『한성어문학』 Vol. 13, 한성대학교 한성어문학회, 1994.

이현우, 「역자 서문」, 윌리엄 셰익스피어, 『햄릿―제1사절판본(1603)』(이현우 옮김), 동인, 2007.

이현원, 「1920년대 극시 · 시극 연구」, 계명대학교대학원 국어국문학과 석사학위논문, 1988.12.

_____, 「한국 현대시극 연구」, 계명대학교대학원 국어국문학과 박사학위논문, 2000.6.

임승빈, 「1920년대 시극 연구」, 『한국극예술연구』 제16집, 한국극예술학회, 2002.10.

장혜전, 「호동설화를 소재로 한 희곡 연구」, 『이화어문논집』 Vol. 9, 이화여자대학교 이화어문학회, 1987.

_____, 「동일 소재 희곡의 역사적 변용」, 『기전어문학』 Vol. 4, 수원대학교 국어국문학회, 1989.

_____, 「「봄이 오면 山에 들에」의 희곡언어 연구」, 『기전어문학』 Vol. 8~9, 수원대학교 국어국문학회, 1994.

_____, 「「심청전」을 변용한 현대희곡 연구」, 『기전어문학』 Vol. 12~13, 수원대학교 국어국문학회, 2000.

장 호, 「시극의 가능성 −희랍극을 통해 본 극과 언어와의 문제」, 『연극학보』 1, 동국대학교 연극영상학부, 1967.

정우숙, 「최인훈 희곡 「첫째야 자장자장 둘째야 자장자장」 연구 −'무서운 어머니' 모티프를 중심으로−」, 『여성문학연구』 13, 한국여성문학학회, 2005.

조보라미, 「'한국적인 심성의 근원'을 찾아서(최인훈 문학의 도정(道程)」, 『한국현대문학연구』 Vol. 30, 한국현대문학회, 2010.

조세형, 「가사와 민요의 장르 교섭 양상과 그 문화적 의미」, 김병국 외, 『장르교섭과 고전시가』, 월인, 1999.

천형균, 「헤이든 화이트 H. White의 메타 역사」, 『사총』 제51집, 고대사학회, 2000.

최상민, 「최인훈의 '심청' 재현과 의미」, 『한민족어문학』 Vol. 49, 한민족어문학회, 2006.12.

_____, 「근대/여성의 재현과 복수의 상상력 −최인훈의 「달아 달아 밝은 달아」와 황석영의 『심청』을 중심으로」, 『한국문학이론과 비평』 Vol. 34, 한국문학이론과비평학회, 2007.3.

최인훈, 「소설과 희곡」, 『문학과 이데올로기』(최인훈 전집 12), 문학과지성사, 1983.

최일수, 「시극과 종합예술」, 『현실의 문학』, 형설출판사, 1976.

_____, 「현대시극과 종합예술」, 『현대문학』, 1960.1.3~9.

_____, 「시극의 가능성」, 『현실의 문학』, 형설출판사, 1976.

_____, 「시극의 가능성」, 『사상계』, 사상계사, 1966.5.

_____, 「시극의 현대적 의의」, 『현실의 문학』, 형설출판사, 1976.

_____, 「시극의 현대적 의의」, 현대문학, 1972.3.

최창헌, 「'심청 이야기'의 현대적 수용과 그 의미」, 강원대학교 교육대학원 국어교육과 석사학위 논문, 2008.2.

한귀은, 「희곡과 연극의 시청각적 약호 교육 ―최인훈 <옛날 옛적에 훠어이 훠이>를 중심으로」, 『배달말』 제45집, 경상대학교 배달말학회, 2009.

허형만 · 김성진, 「한국 시극 연구」, 『목포대학교 논문집』 제16집 2호, 1995.12.

Marshall McLuhan, 임상원 옮김, 『구텐베르크 은하계 ―활자 인간의 형성(The Gutenberg Galaxy- the making of typographic man)』: 임상원, 「맥루한의 사상과 철학 ―『구텐베르크 은하계』 이야기」, 커뮤니케이션북스, 2001.

3. 국내서

강준만, 『대중매체 이론과 사상』(개정판), 개마고원, 2009.

고현철, 『현대시의 패러디와 장르 이론』, 태학사, 1997.

구모룡, 『한국문학과 열린 체계의 비평담론』, 열음사, 1992.

권영민, 『한국현대문학사』, 민음사, 1997.

김부식, 이병도 역주, 『삼국사기(상)』, 을유문화사, 1992.

김상태, 『문체의 이론과 해석』(증보판), 집문당, 1993.

김정자,『한국근대소설의 문체론적 연구』, 삼영사, 1985.

_____,『한국근대소설의 문체론적 연구』(제2판), 삼지원, 1995.

김종철 외,『한국의 고전을 읽는다 2』, 휴머니스트, 2006.

김준오,『시론』, 이우출판사, 1988.

_____,『시론』, 삼지원, 1991.

_____,『한국 현대 장르 비평론』, 문학과지성사, 1990.

_____,『한국 현대 장르 비평론』, 문학과지성사, 1991.

_____,『문학사와 장르』, 문학과지성사, 2000.

김중하,『현대소설의 이론과 작품세계』, 삼영사, 2005.

김 현,「헤겔주의자의 고백」,『현대한국문학의 이론 / 사회와 윤리』
        김현문학전집 2, 문학과지성사, 1991.

김희보 편저,『한국의 옛시』, 종로서적, 1993.

민병욱,『희곡문학론』, 민지사, 1996.

_____,『현대희곡론』, 삼영사, 1997.

_____,『한국근대희곡론』, 부산대학교출판부, 1997.

서연호 편,『한국의 현대희곡』, 열음사, 1986.

서연호 외 5명,『한국대표희곡강론』, 현대문학, 1996.

신현숙,『희곡의 구조』, 문학과지성사, 1990.

오학영,『희곡론』, 고려원, 1981.

유민영,『우리시대 연극운동사』, 단국대학교 출판부, 1996.

이근삼,『서양연극사』, 탐구당, 1983.

이두현,『한국연극사』, 학연사, 1987.

이만기 엮음,『한국 대표 설화』상, 빛샘, 1997.

_____,『한국 대표 설화』하, 빛샘, 1997.

이상섭,『언어와 상상』, 문학과지성사, 1980.

이창배,『T. S. 엘리엇의 문학비평』, 동국대학교 출판부, 1999.

임종찬,『시조 문학 탐구』, 국학자료원, 2009.

_____,『고시조의 본질』, 국학자료원, 1993.

_____,『현대시조탐색』, 국학자료원, 2004.

장백일 · 홍석영 공저,『문학개론』, 대방출판사, 1984.

조동일,『한국소설의 이론』, 지식산업사, 1977.

_____,『한국문학통사 2』, 지식산업사, 1983.

_____,『한국문학의 갈래 이론』, 집문당, 1992.

조우현 · 천병희 역,『국가/시학』, 삼성출판사, 1990.

조정문 · 권명수 · 이의수 · 이옥 · 이나영 · 정채기 · Russell Feldmeier · Paul Kivel 공저,『남성학과 남성운동』, 동문사, 2000.

최동원 · 김무조 외 공저,『한국문학개론』, 삼영사, 1986.

최인훈,『문학과 이데올로기』(최인훈 전집 12), 문학과지성사, 2009.

_____,『길에 관한 명상』, 문학과지성사, 2010.

최재서,『증보 문학원론』, 신원도서, 1963.

한국문화예술진흥원,『연극사전』(공연예술총서 6), 예니, 1995.

_____,『장치조명』(공연예술총서 3), 예니, 1988.

_____,『연출』(공연예술총서 II), 예니, 1987.

한용환,『소설학 사전』, 고려원, 1992.

황애숙,『시와 철학 −시를 중심으로 본 예술철학사』, 한국학술정보, 2010.

4. 번역서 및 국외서

Alex Preminger(ed.),『프린스턴 시학 사전(*Princeton Encyclopedia of Poetry and Poetics*)』, Princeton University Press, 1974.

Aristoteles, 손명현 역,『시학』, 박영사, 1986.

Charles Chadwick, 박희진 역, *Symbolism*, 서울대학교 출판부, 1978.

Clyde W. Franklin II, 정채기 역, 『남성학이란 무엇인가』, 삼선, 1996.

Dieter Lamping, 장영태 옮김, 『서정시 : 이론과 역사 ─현대 독일시를
　　　　중심으로(*Das lyrische Gedicht : Definitionen zu Theorie und
　　　　Geschichte der Gattung*)』, 문학과지성사, 1994.

Dietrich Schwanitz, 박규호 옮김, 『슈바니츠의 햄릿』, 들녘, 2008.

Emil Steiger, 이유영 · 오현일 공역, 『시학의 근본개념(*Grundbeqriffe der
　　　　Poetik*)』, 삼중당, 1978.

G. B. Tennyson, 오인철 역, 『희곡원론(*An Introduction to Drama*)』, 동아
　　　　학연사, 1982.

────────────, 김종선 역편, 『희곡 입문』, 계명대학교출판부, 1985.

Georg Lukács, 반성완 역, 『소설의 이론(*Die Theorie des Romans*)』, 심설
　　　　당, 1985.

Georg Wilhelm Friedrich Hegel, 김종호 역, *Die Philosophie der Geschichte*,
　　　　사상계사, 1969.

Georg Wilhelm Friedrich Hegel, 최동호 역, 『헤겔시학』, 열음사, 1992.

Georg Wilhelm Friedrich Hegel, 두행숙 역, 『헤겔의 미학강의 3 ─개
　　　　별 예술들의 체계』, 은행나무, 2010.

H. White, 천형균 역, 『메타역사』, 문학과지성사, 1991.

Janet Wolff, 이성훈 · 이현석 옮김, 『예술의 사회적 생산』 한마당글집
　　　　21, 한마당, 1988.

Karl Theodor Jaspers, 황문수 번역, 『비극론 · 인간론 외』 범우사상신
　　　　서 13, 범우사, 1999.

M. H. Abrams, 최상규 옮김, 『문학용어사전』, 보성출판사, 1998.

Marshall McLuhan, 임상원 옮김, 『구텐베르크 은하계 ─활자 인간의
　　　　형성(*The Gutenberg Galaxy ─the making of typographic man*)』, 커

뮤니케이션북스, 2001.

_____, 김성기 · 이한우 옮김, 『미디어의 이해(*Understanding Media : The Extensions of Man*)』, 민음사, 2002.

Northrop Frye, 임철규 역, 『비평의 해부』, 한길사, 1982.

Paul Hernadi, 김준오 역, 『장르론 ―문학 분류의 새 방법(*Beyond Genre*)』, 문장사, 1983.

Peter Pütz, 조상용 옮김, 『드라마 속의 시간 ―극적 긴장 조성의 기법』, 들불, 1994.

Peter Szondi, 송동준 역, 『현대 드라마의 이론(*Theorie des modernen Dramas(1880-1950)*)』, 탐구당, 1983.

Robert Pignarre, 신현숙 역, 『세계연극사』, 탐구당, 1984.

Sophocles, 이경식 역, 『이디프스 왕 ―클로너스의 이디프스, 앤티고니』, 박영사, 1984.

Terry Eagleton, 이경덕 옮김, 『문학비평: 반영이론과 생산이론 (*Marxism and Literary Criticism*)』, 까치, 1986.

_____, 박령 옮김, 『시를 어떻게 읽을까』, 경성대학교출판부, 2010.

T. S. Eliot, 최창호 역, 「시와 극」, 『엘리어트 문학론』, 서문당, 1973.

_____, 최종수 역, 「시의 세 가지 음성」, 『문예비평론』, 박영사, 1983.

Tzvetan Todorov, Richard Howard 역, *The Fantastic*, Cornell University Press, 1978.

Ulrich Weisstein, 이유영 옮김, 『비교문학론』, 기린원, 1991.

Volker Klotz, 송윤엽 역편, 『현대희곡론 ―개방희곡과 폐쇄희곡』, 탑 출판사, 1981.

Werner Faulstich, 황대현 옮김, 『근대 초기 매체의 역사 ―매체로 본 지배와 반란의 사회 문화사』, 지식의 풍경, 2007.

William Shakespeare, 김재남 역, 세계문학전집 35 『셰익스피어 (1)』, 을유문화사, 1975.

_____, 이종구 옮김, 『햄릿/맥베드』, 마당문고사, 1984.

_____, 권응호 옮김, 『햄릿』, 혜원출판사, 1994.

_____, 이현우 옮김, 『햄릿─제1사절판본(1603)』, 동인, 2007.

Yves Chevrel, 박성창 옮김, 『비교문학, 어떻게 할 것인가(*La Littérature Comparée*)』, 민음사, 2002.

장 파, 유중하 · 백승도 · 이보경 · 양태은 · 이용재 옮김, 『동양과 서양, 그리고 미학』, 푸른숲, 1999.

5. 사전류 및 기타

김윤식 편저, 『문학비평용어사전』, 일지사, 1976.

두산백과사전 EnCyber & EnCyber.com.

빅토르 츠메가치 · 디터 보르흐마이어 편저, 『현대문학의 근본 개념 사전』(류종영 · 백종유 · 이주동 · 조정래 공역), 솔출판사, 1996.

위키백과 ─ 우리 모두의 백과사전

이상섭, 『문학비평용어사전(7판)』, 민음사, 1987.

한국문학평론가협회 편저, 『문학비평용어사전』 상, 새미, 2006.

naver 국어사전

「마태복음」 2장 1절─18절

「제물론편(齊物論篇)」, 김동성 역, 『장자』, 을유문화사, 1971.

「출애굽기」

제2부. 신동엽 시극의 세계
―「그 입술에 파인 그늘」의 이데올로기

1. 기본 자료

『신동엽 전집』(증보판), 서울: 창작과비평사, 1992.

2. 참고 자료

강형철, 「신동엽 연구 ―「그 입술에 파인 그늘」중심으로」, 『숭실어문』
　　　3권, 숭실어문학회, 1986.
고현철, 『현대시의 패러디와 장르 이론』, 서울: 태학사, 1997.
곽홍란, 「한국 현대시극의 형성과 전개양상에 관한 연구 ―1920~196
　　　0년대를 중심으로」, 영남대학교 대학원 국어국문학과 박사
　　　학위 논문, 2007.12.
김준오, 『시론』, 서울: 이우출판사, 1988.
_____, 『한국현대장르비평론』, 서울: 문학과지성사, 1991.
_____, 「서술시의 서사학」, 『한국 서술시의 시학』(현대시학회), 서
　　　울: 태학사, 1998.
_____, 『문학사와 장르』, 서울: 문학과지성사, 2000.
두산백과사전 EnCyber & EnCyber.com.
민병욱, 『희곡 문학론』, 서울: 민지사, 1996.
민병욱, 『현대희곡론』, 서울: 삼영사, 1997.
오학영, 『희곡론』, 서울: 고려원, 1981.
이현원, 「한국 현대시극 연구」, 계명대학교대학원 국어국문학과 박

사학위논문, 2000.6.

임승빈, 「시극 「그 입술에 파인 그늘」 연구」, 『비교한국학』 Vol. 17 No. 2, 국제비교한국학회, 2009.

임영태, 『대한민국 50년사』 1, 2, 서울: 들녘, 1998.

지명관, 『한국을 움직인 현대사 61장면』, 서울: 다섯수레, 1996.

Daniel Macdonell, 임상훈 옮김, 『담론이란 무엇인가(*Theories of Discourse*)』, 서울: 한울, 1992.

Emil Steiger, 이유영 · 오현일 공역, 『詩學의 根本概念(*Grundbeqriffe der Poetik*)』, 서울: 삼중당, 1978.

구스타프 프라이탁, 임수택 · 김광요 역, 『드라마의 기법 − 고전비극의 이념과 구조(*Die Technik des Dramas*)』, 서울: 청록출판사, 1992.

Lilian R. Furst, 이상옥 역, 『낭만주의(*Romanticism*)』, 서울: 서울대학교 출판부, 1981.

Peter Pütz, 조상용 옮김, 『드라마 속의 시간 − 극적 긴장 조성의 기법』, 서울: 들불, 1994.

Paul Hernadi, 김준오 옮김, 『장르론 − 문학분류의 새 방법(*Beyond Genre*)』, 서울: 문장사, 1983.

Terry Eagleton, 윤희기 역, 『비평과 이데올로기 − 마르크스 문학이론의 한 연구』, 서울: 열린책들, 1987.

Terry Eagleton, 이경덕 옮김, 『문학비평: 반영이론과 생산이론(*Marxism and Literary Criticism*)』, 서울: 까치, 1986.

T. S. Eliot, 최종수 역, 『문예비평론』, 서울: 박영사, 1983.

T. S. 엘리어트, 최창호 역, 「시와 극」, 『엘리어트 문학론』, 서울: 서문당, 1973.

Walter J. Ong, 이기우 · 임명진 옮김,『구술문화와 문자문화 —언어를 다루는 기술(*Orality and Literacy —The Technologizing of the Word*)』, 서울: 문예출판사, 1995.

한국 현대 시극의 세계

초판 1쇄 인쇄일	| 2013년 3월 19일
초판 1쇄 발행일	| 2013년 3월 20일

지은이	| 김동현
펴낸이	| 정구형
출판이사	| 김성달
편집이사	| 박지연
책임편집	| 이하나
편집/디자인	| 정유진 신수빈 윤지영
마케팅	| 정찬용 권준기
영업관리	| 한미애 천수정 심소영 김소연
인쇄처	| 월드문화사
펴낸곳	| **국학자료원**

등록일 2006 11 02 제2007-12호
서울시 강동구 성내동 447-11 현영빌딩 2층
Tel 442-4623 Fax 442-4625
www.kookhak.co.kr
kookhak2001@hanmail.net

ISBN	| 978-89-279-0224-9 *93800
가격	| 19,000원